A escola de boas mães

Jessamine Chan

A escola de boas mães

Tradução: Fal Azevedo

GLOBOLIVROS

Copyright © 2022 by Editora Globo S.A. para a presente edição
Copyright © 2022 by Jessamine Chan

Publicado em acordo com a DeFiori and Company Literary Management, Inc.,
por intermédio da Agência Literária Riff Ltda.

Todos os direitos reservados. Nenhuma parte desta edição pode ser utilizada ou reproduzida —
em qualquer meio ou forma, seja mecânico ou eletrônico, fotocópia, gravação etc. —
nem apropriada ou estocada em sistema de banco de dados sem a expressa autorização da editora.

Texto fixado conforme as regras do Acordo Ortográfico da Língua Portuguesa
(Decreto Legislativo nº 54, de 1995).

Título original: *The School for Good Mothers*

Editora responsável: Amanda Orlando
Assistente editorial: Isis Batista
Preparação: Wendy Campos
Revisão: Marcela de Barros, Theo Cavalcanti e Bruna Brezolini
Diagramação: Abreu's System
Capa: Equatorium Design
Imagem de capa: @Hackman

1ª edição, 2022

CIP-BRASIL. CATALOGAÇÃO NA PUBLICAÇÃO
SINDICATO NACIONAL DOS EDITORES DE LIVROS, RJ

C43e

    Chan, Jessamine
        A escola de boas mães / Jessamine Chan ; tradução Fal
    Azevedo. – 1. ed. – Rio de Janeiro : Globo Livros, 2022.
        336 p. ; 23 cm.

    Tradução de: The school for good mothers
    ISBN 978-65-88016-23-7

        1. Ficção americana. I. Azevedo, Fal.
    II. Título.

22-80030   CDD: 813
                              CDU: 82-3(73)

Gabriela Faray Ferreira Lopes – Bibliotecária – CRB-7/6643

Direitos exclusivos de edição em língua portuguesa para o Brasil
adquiridos por Editora Globo S.A.
Rua Marquês de Pombal, 25 — 20230-240 — Rio de Janeiro — RJ
www.globolivros.com.br

Para meus pais

Eu queria encontrar uma lei que abrangesse todos os seres vivos, encontrei o medo. Uma lista dos meus pesadelos é o mapa de saída daqui.

— ANNE CARSON, *Plainwater*

Capítulo 1

— Estamos com sua filha.

É a primeira terça-feira de setembro, a tarde de um dia muito ruim, e Frida está tentando permanecer na estrada. Na caixa postal, o policial diz a ela para ir à delegacia imediatamente. Ela pausa a mensagem, desliga o celular. São 14h46. Ela pretendia chegar em casa uma hora e meia atrás. Entra na primeira rua lateral da Grays Ferry e estaciona em fila dupla. Liga de volta e começa a se desculpar, explicando que perdeu a noção do tempo.

— Ela está bem?

O policial diz que a criança está segura.

— Senhora, estamos tentando localizá-la.

Frida desliga e liga para Gust, mas cai na caixa postal. Ele precisa encontrá-la na estação da Eleventh com a Wharton.

— Há um problema. É Harriet. — Sua voz falha. Ela repete a garantia do policial de que a filha deles está segura.

Quando Frida começa a dirigir novamente, lembra-se de ficar abaixo do limite de velocidade, evitar passar no sinal vermelho, respirar. Durante todo o fim de semana do Dia do Trabalho, Frida se sentiu frenética. Na última sexta-feira e no sábado, sofreu de sua insônia habitual, dormindo duas horas por noite. No domingo, quando Gust deixou Harriet para os três dias e meio da guarda compartilhada de Frida, Harriet estava com uma infecção no ouvido. Naquela noite, dormiu noventa minutos. Na noite anterior, uma hora. O choro de Harriet tem sido implacável, intenso demais para seu corpo, alto demais para as paredes de sua pequena casa absorverem. Frida fez o que pôde. Cantou canções de ninar, esfregou o peito de Harriet, deu-lhe mais leite. Deitou-se no chão ao lado do berço da filha, segurou sua mão incrivelmente perfeita por entre as barras, beijou seus dedos, suas unhas, sentindo as que precisavam ser aparadas, rezando para que os olhos de Harriet se fechassem.

O sol da tarde está ardendo no céu quando Frida estaciona na delegacia, que fica a dois quarteirões de sua casa em um antigo bairro italiano no sul da Filadélfia. Ela estaciona e corre para a recepção, pergunta se a recepcionista viu sua filha, uma criança de dezoito meses, branca com ascendência chinesa, grandes olhos castanhos, cabelo castanho-escuro encaracolado com franja.

— Você deve ser a mãe — diz a recepcionista.

A recepcionista, uma mulher branca idosa, com vestígios de batom rosa nos lábios, surge de trás da mesa. Seus olhos percorrem Frida da cabeça aos pés, estacionando bem ali, nas suas sandálias gastas.

A delegacia parece praticamente vazia. A recepcionista caminha com passos vacilantes, favorecendo a perna esquerda. Ela conduz Frida pelo corredor e a instala em uma sala de interrogatório sem janelas, onde as paredes são de um verde-menta enjoativo. Frida se senta. Nos filmes policiais a que ela assistiu, as luzes estão sempre oscilando, mas aqui o brilho é constante. Ela sente arrepios e deseja uma jaqueta ou um cachecol. Embora esteja frequentemente exausta nos dias em que fica com Harriet, agora há um peso em seu peito, uma dor que atingiu os ossos, deixando-a entorpecida.

Frida esfrega os braços, sua atenção indo e vindo. Apanha o celular no fundo da bolsa, amaldiçoando-se por não ter visto as mensagens do policial imediatamente, por ter silenciado o telefone esta manhã depois de se irritar com uma série de intermináveis chamadas automáticas, por ter se esquecido de ativar novamente o som do toque. Nos últimos vinte minutos, Gust ligou seis vezes e enviou diversas mensagens preocupadas.

"Cheguei", escreve finalmente. "Venha logo." Ela deveria ligar de volta, mas está com medo. Durante a metade da semana, Gust liga todas as noites

10 *Jessamine Chan*

para saber se Harriet disse novas palavras ou desenvolveu novas habilidades motoras. Ela odeia a decepção em sua voz quando responde que não. Mas Harriet está mudando de outras maneiras: mais firmeza nas mãos, percebe um novo detalhe em um livro, retribui o olhar de Frida por mais tempo quando dão um beijo de boa noite.

Descansando os antebraços na mesa de metal, Frida abaixa a cabeça e adormece por uma fração de segundo. Olha para cima e vê uma câmera no canto do teto. Sua mente volta para Harriet. Ela vai comprar um pote de sorvete de morango, o favorito de Harriet. Quando chegarem em casa, deixará Harriet brincar na banheira pelo tempo que quiser. Vai ler mais histórias para a filha na hora de dormir. *Eu sou um coelho. Veludo.*

Os policiais entram sem bater. O policial Brunner, que telefonou para ela, é um homem branco e corpulento, na casa dos vinte anos, com acne nos cantos da boca. O policial Harris é um homem negro de meia-idade, com um bigode perfeitamente aparado e ombros fortes.

Ela se levanta e aperta as mãos de ambos. Eles pedem para ver sua carteira de motorista, confirmam que ela é Frida Liu.

— Onde está meu bebê?

— Sente-se — diz o policial Brunner, olhando para o peito de Frida. Ele vira seu caderno para uma página em branco. — Senhora, a que horas saiu de casa?

— Talvez meio-dia. Meio-dia e meia? Saí para um café. Então fui para o meu escritório. Sei que não deveria ter feito isso. Eu sei. Foi tão estúpido. Eu estava exausta. Sinto muito. Eu não queria... Vocês podem, por favor, dizer onde ela está?

— Não se faça de boba conosco, sra. Liu — diz o policial Harris.

— Não é isso. Posso me explicar.

— A senhora deixou sua filhinha em casa. Sozinha. Seus vizinhos a ouviram chorar.

Frida estende as palmas das mãos sobre a mesa, precisando tocar em algo frio e sólido.

— Foi um engano.

Os policiais chegaram lá por volta das duas e entraram pela porta dos fundos.

A porta de vidro deslizante entre a cozinha de Frida e o quintal estava aberta, apenas a frágil porta de tela protegia a criança.

— Então, sua filha... Harriet é o nome dela? Harriet ficou sozinha por duas horas. É isso mesmo, sra. Liu?

Frida permanece imóvel. Ela abandonou seu corpo, agora está flutuando no alto da sala.

Eles dizem a ela que Harriet está sendo examinada em um centro de saúde infantil.

—Alguém vai trazê-la.

— O que você quer dizer com "sendo examinada"? Olha, não é o que vocês pensam. Eu jamais...

— Senhora, acalme-se — diz o policial Brunner. — A senhora me parece uma pessoa inteligente. Vamos relembrar o que aconteceu. Vamos começar com a senhora me explicando por que deixaria sua filha sozinha?

— Tomei um café e depois fui trabalhar. Precisava de um arquivo. Eu só tinha a cópia impressa. Devo ter perdido a noção do tempo. Eu já estava a caminho de casa quando vi sua ligação. Sinto muito. Não durmo há dias. Preciso ir buscá-la. Posso ir agora?

O policial Harris balança a cabeça.

— Nós não terminamos aqui. Onde a senhora deveria estar hoje? Quem iria cuidar do bebê?

— Eu... como eu disse, fui trabalhar. Trabalho na Wharton.

Frida explica que produz um periódico com resumos de pesquisas de professores universitários, reescrevendo trabalhos acadêmicos como artigos curtos com sugestões para a comunidade empresarial. É como escrever trabalhos de conclusão de curso sobre assuntos a respeito dos quais ela não sabe coisa alguma. Trabalha em casa de segunda a quarta-feira, os dias em que fica com Harriet, como combinado no acordo de guarda — é uma licença especial do trabalho. Aquele é seu primeiro emprego em tempo integral desde que Harriet nasceu. Está nele há apenas seis meses. Tem sido tão difícil encontrar um emprego decente, bem, qualquer emprego, na Filadélfia.

Frida conta a eles sobre seu chefe exigente, seus prazos. O professor com quem está trabalhando agora tem oitenta e um anos. Ele nunca envia suas notas por e-mail. Frida se esqueceu de levar as anotações dele para casa na sexta-feira anterior, precisava delas para o artigo que está terminando.

— Eu ia só pegar o arquivo e voltar. Mas, então, acabei respondendo a alguns e-mails. Eu deveria ter...

— A senhora foi trabalhar assim? — O policial Harris faz um gesto na direção do rosto cansado e sem maquiagem de Frida, a camisa de cambraia manchada de pasta de dente e manteiga de amendoim. Seu longo cabelo preto amarrado em um coque bagunçado. Os shorts. A mancha no queixo.

Ela engole em seco.

— Meu chefe sabe que tenho uma bebê.

Os policiais fazem anotações em seus cadernos. Vão fazer uma verificação de antecedentes, mas, se ela tiver alguma passagem anterior, deve contar a eles agora.

— Claro que não tenho antecedentes. — Seu peito está apertado. Ela começa a chorar. — Isso tudo foi um enorme engano. Por favor. Vocês têm de acreditar em mim. Estou sendo presa?

Os oficiais dizem que não. Mas ligaram para o Serviço Social. Uma assistente social está a caminho.

Sozinha na sala verde-menta, Frida rói a ponta dos dedos. Lembra-se de ter tirado Harriet do berço e trocado a fralda. Lembra-se de dar a Harriet sua mamadeira matinal, alimentando-a com iogurte e uma banana, e, depois, ler um livro dos Berenstain Bears para a filha, aquele sobre uma festa do pijama.

Estavam acordadas desde as quatro horas da manhã, o artigo de Frida deveria ter sido entregue na semana anterior. Durante toda a manhã, ela ia e retornava do cantinho da sala onde Harriet ficava com seus brinquedos e voltava para o sofá, pois suas anotações estavam espalhadas na mesa de centro. Frida escreveu o mesmo parágrafo várias vezes, tentando explicar a modelagem bayesiana em termos leigos. Harriet continuou gritando. Ela queria subir no colo de Frida. Queria ser segurada. Puxou os papéis de Frida e os jogou no chão. Continuou colocando as mãozinhas no teclado.

Frida deveria ter colocado um desenho para Harriet assistir. Ela se lembra de pensar que, se não conseguisse terminar o artigo, se não conseguisse cumprir suas tarefas, seu chefe rescindiria os privilégios de trabalhar em casa e Harriet teria de ir para a creche, algo que Frida esperava evitar. Ela, então, se lembra de que colocou Harriet em sua mesinha de atividades, uma geringonça que deveria ter sido aposentada meses antes, assim que Harriet começou a andar. Mais tarde, Frida serviu a Harriet água e biscoitos de bichinhos. Verificou a fralda. Beijou a cabeça da filha, que exalava um cheirinho oleoso. E apertou seus braços rechonchudos.

Harriet estaria segura na mesinha de atividades, ela pensou. Não poderia ir a lugar algum. O que poderia acontecer em uma hora?

Sob as luzes fortes da sala de interrogatório, Frida mordisca suas cutículas, arrancando pedaços de pele. As lentes de contato ferem seus olhos. Ela apanha um espelho em sua bolsa e examina os círculos cinzentos nos seus olhos. Frida costumava ser considerada adorável. É pequena e magra e, com seu rosto redondo, franja e feições de boneca de porcelana, as pessoas costumavam supor que ela ainda estava na casa dos vinte. Mas, aos trinta e nove anos, tem rugas profundas entre as sobrancelhas e em volta da boca, linhas que apareceram no pós-parto, tornando-se mais pronunciadas depois que Gust a deixou por Susanna quando Harriet tinha três meses.

Esta manhã, ela não tomou banho nem lavou o rosto. Temia que os vizinhos reclamassem do choro constante. Deveria ter trancado a porta dos fundos. Deveria ter voltado para casa imediatamente. Nunca deveria ter saído. Deveria ter se lembrado de levar a pasta para início de conversa. Ou ido buscá-la no fim de semana. Deveria ter cumprido seu prazo original.

Ela deveria ter dito aos policiais que não pode perder este emprego. Que Gust contratou um mediador para determinar a pensão alimentícia. Ele não queria desperdiçar dinheiro com honorários advocatícios. Com o cargo gratificante, mas mal remunerado, de Gust, sua dívida de empréstimo estudantil e seu potencial de ganhos, além do fato de que a guarda seria compartilhada, o mediador sugeriu que Gust lhe desse US$ 500 por mês, o que não era suficiente para sustentar Frida e Harriet. Especialmente desde que ela desistira de seu emprego em Nova York. Frida não podia lhe pedir mais dinheiro. Não pediu pensão alimentícia para si própria. Seus pais a ajudariam se pedisse, mas não queria, odiaria a si mesma se fizesse isso. Eles já tinham dado dinheiro a Frida durante a separação.

São 16h15. Ao ouvir vozes no corredor, ela abre a porta e vê Gust e Susanna conversando com os policiais. Susanna se aproxima e abraça Frida, mantendo o abraço mesmo quando Frida se retrai, envolta nos exuberantes cabelos ruivos de Susanna e em seu perfume de sândalo.

Susanna acaricia as costas de Frida como se fossem amigas. A garota está em uma missão de sufocá-la de gentilezas. Uma guerra de desgaste. Susanna tem apenas vinte e oito anos, é ex-dançarina. Antes de Susanna aparecer em sua vida, Frida não tinha entendido que a diferença entre vinte e oito e trinta e nove poderia ser tão potente e mortal. A garota tem um rosto delicado de elfo, com enormes olhos azuis que lhe dão o ar frágil de personagens de contos de fadas. Mesmo nos dias em que não faz nada além de cuidar de Harriet, ela usa delineador preto e se veste como uma adolescente, exibindo uma confiança que Frida nunca teve.

Gust está apertando a mão dos outros homens. Frida olha para o chão e espera. O antigo Gust gritaria. Como ele fazia nas noites em que ela se escondia no banheiro e chorava em vez de segurar o bebê. Mas este é o novo Gust, aquele que a abraça com ternura apesar de sua negligência, que se tornou plácido pelo amor de Susanna e seu estilo de vida livre de toxinas.

— Gust, eu sinto muito.

Ele pede a Susanna que espere do lado de fora, então pega o braço de Frida e a leva de volta para a sala verde-menta, onde ele se senta ao lado dela, segurando suas mãos. Faz meses desde que estiveram a sós. Ela se sente envergonhada por querer um beijo mesmo nessa situação. Ele é mais bonito do que ela jamais mereceu, alto, magro e musculoso. Aos quarenta e dois anos, seu rosto anguloso está marcado por tomar sol demais, seus cabelos ondulados e louros já um tanto grisalhos, mais longos para agradar Susanna. Ele agora se parece com o surfista que foi em sua juventude.

Gust aperta suas mãos com mais força, machucando-a.

— Obviamente, o que aconteceu hoje...

— Eu não tenho dormido. Não estava raciocinando. Sei que isso não é desculpa. Achei que ela ficaria bem por uma hora. Eu iria entrar, sair e voltar logo.

— Por que você faria isso? Isso não está certo. Você não está criando Harriet sozinha, você sabe. Poderia ter me ligado. Para qualquer um de nós. Susanna poderia ter ajudado você. — A pressão em seus pulsos aumenta. — Harriet virá conosco esta noite. Olhe para mim. Você está ouvindo, Frida? Isso é sério. Os policiais disseram que você pode perder a guarda.

— Não. — Frida afasta as mãos. A sala gira.

— Temporariamente — diz ele. — Querida, você não está respirando. — Ele sacode o ombro dela e diz para ela respirar, mas Frida não consegue. Se o fizer, ela pode vomitar.

Do outro lado da porta, ela ouve um choro.

— Posso?

Gust assente.

Susanna está segurando Harriet. Deu algumas fatias de maçã ao bebê. Sempre afeta Frida a tranquilidade que Harriet aparenta quando está com Susanna, sua tranquilidade mesmo agora, depois de um dia de mal-estar, medo e estranhos. Esta manhã, Frida vestiu Harriet com uma camiseta roxa de dinossauro, *leggings* e mocassins listrados, mas agora ela está com um suéter rosa esfarrapado e jeans grandes demais, de meias, mas sem sapatos.

— Por favor — diz Frida, tomando Harriet de Susanna.

Harriet agarra o pescoço de Frida. Agora que elas estão juntas novamente, o corpo de Frida relaxa.

— Está com fome? Eles alimentaram você?

Harriet dá uma fungadela. Seus olhos estão vermelhos e inchados. As roupas emprestadas cheiram a azedo. Frida imagina funcionários do Estado tirando as roupas e a fralda de Harriet, inspecionando seu corpo. Alguém a tocou inapropriadamente? Como ela vai recompensar sua bebê? Será o trabalho de meses ou anos ou uma vida inteira?

— Mamãe. — A voz de Harriet está rouca.

Frida encosta sua têmpora na de Harriet.

— Mamãe sente muito. Você precisa ficar com papai e Sue-Sue por um tempo, certo? Bub, sinto muito. Eu realmente fiz uma bobagem. — Ela beija a orelha de Harriet. — Ainda dói?

Harriet assente.

— Papai vai dar o remédio para você. Promete que vai ficar bem? — Frida começa a dizer que elas vão se ver em breve, mas segura a língua e enrosca o seu mindinho no de Harriet.

— Galáxias — sussurra. É o jogo favorito delas, uma promessa que fazem na hora de dormir. *Prometo a você a lua e as estrelas. Amo você até as galáxias.* Ela diz isso quando aconchega Harriet, essa garotinha com o mesmo rosto redondo de Frida, as mesmas pálpebras duplas, a mesma boca pensativa.

Harriet começa a adormecer em seu ombro.

Gust puxa o braço de Frida.

— Precisamos ir para casa, ela tem que jantar.

— Ainda não.

Ela segura Harriet e a embala, beijando sua bochecha salgada.

Eles precisam tirá-la dessas roupas nojentas. Ela precisa de um banho.

— Vou morrer de saudade. Amo você, Bub. Amo você. Amo você. Amo você.

Harriet se mexe, mas não responde. Frida dá uma última olhada nela e em seguida fecha os olhos enquanto Gust pega seu bebê.

A assistente social está presa no trânsito na hora do rush. Frida espera na sala verde-menta. Meia hora se passa. Ela liga para Gust.

— Eu esqueci de lhe dizer. Sei que vocês estão reduzindo os laticínios, mas, por favor, deixem que ela coma a sobremesa hoje à noite. Eu iria deixá-la tomar um sorvete.

Gust diz que eles já jantaram. Harriet estava cansada demais e não comeu muito. Susanna está dando banho nela agora. Frida se desculpa novamente, sabe que isso pode ser o começo de anos de desculpas, um buraco que ela mesma cavou do qual talvez nunca saia.

— Fique calma quando falar com eles — diz Gust. — Não surte. Tenho certeza de que isso vai acabar em breve.

Frida resiste ao impulso de dizer "eu amo você". Resiste a agradecer. Diz boa noite e começa a andar de um lado para o outro. Ela deveria ter perguntado aos policiais quais vizinhos ligaram. Se tinha sido o casal de idosos que tinha cartões-postais desbotados do papa João Paulo II colados na porta de tela. A vizinha dos fundos, cujos gatos defecam no quintal de Frida. O casal do outro lado da parede de seu quarto, cujos gemidos de prazer fazem com que ela se sinta mais solitária do que já é.

Ela não sabe nenhum de seus nomes. Tentava dizer "olá", mas, quando o faz, eles a ignoram ou atravessam a rua. Desde o ano anterior, Frida alugava uma casa geminada de três quartos perto da Passyunk Square. É a única moradora não branca em seu quarteirão, a única que não mora lá há décadas, a única locatária, a única yuppie, a única com um bebê. Foi o maior espaço que pôde encontrar num prazo curto. Frida teve de pedir que seus pais fossem fiadores da locação, ainda não tinha encontrado o emprego na Penn. West Philly ficava mais perto do trabalho, mas era um bairro muito caro. Fishtown, Bella Vista, Queen Village e Graduate Hospital eram muito caros. Eles se mudaram do Brooklyn para cá quando Gust, um arquiteto paisagista, foi recrutado por uma prestigiada empresa de telhados ecológicos na Filadélfia. Os projetos de sua empresa se concentram na sustentabilidade: restauração de áreas úmidas, sistema de águas pluviais. Gust disse que na Filadélfia eles poderiam economizar e comprar uma casa. Ainda estariam perto o suficiente para visitar Nova York sempre que quisessem. Seria um lugar melhor para criar os filhos. Agora, ela está presa na menor cidade em que já morou, uma cidade de brinquedo, onde não tem rede de apoio, apenas alguns conhecidos, nenhum amigo de verdade. Agora, por causa da guarda compartilhada, tem de ficar ali até Harriet completar dezoito anos.

Uma das luzes do teto emite um zumbido. Frida quer descansar a cabeça, mas não consegue se livrar da sensação de estar sendo observada. Susanna contará a seus amigos. Gust contará aos pais dele. Frida terá de contar aos *seus* pais. Ela arrancou a maior parte da cutícula do polegar esquerdo. Sente dor de cabeça, a boca seca, desejo de sair imediatamente daquela sala.

Abre a porta e pede permissão para usar o banheiro e fazer um lanche. Na máquina de venda automática, compra biscoitos de manteiga de amendoim e uma barra de chocolate. Não comia desde a manhã. Apenas tomara café. Suas mãos tremeram durante todo o dia.

Quando retorna à sala, a assistente social a espera. Frida deixa cair a barra de chocolate meio comida e a apanha, desajeitada, dando uma boa olhada nas panturrilhas firmes da assistente social em calças capri pretas, nos seus tênis. A mulher é jovem e impressionante, talvez tenha seus vinte e poucos anos e evidentemente veio direto da academia. Ela usa uma jaqueta esportiva sobre uma regata. Uma cruz de ouro pende sobre seu decote. Os músculos do braço são visíveis através das roupas. O cabelo tingido de loiro está preso em um rabo de cavalo que faz seus olhos arregalados parecerem reptilianos. Ela tem uma pele linda, mas está usando uma tremenda quantidade de base, seu rosto maquiado com contornos e iluminador. Quando ela sorri, Frida vê seus dentes brancos e brilhantes de estrela de cinema.

Apertam as mãos. A assistente social, srta. Torres, aponta o pedaço de chocolate nos lábios de Frida. Antes que Frida possa se livrar dele, a assistente social começa a fotografá-la. Ela vê as cutículas roídas de Frida e pede que ela mostre as mãos.

— Por quê?

— Isso é um problema, sra. Liu?

— Não. Tudo bem.

Ela faz um close das mãos de Frida, depois do rosto. Estuda as manchas na camisa de Frida. Apoia seu tablet e começa a digitar.

— A senhora pode se sentar.

— Meu ex-marido disse que podem tirar minha guarda. Isso é verdade?

— Sim, a criança permanecerá sob os cuidados do pai.

— Mas nunca mais vai acontecer. Gust sabe disso.

— Senhora Liu, esta foi uma remoção de emergência por causa do perigo iminente. A senhora deixou sua filha sem supervisão.

Frida cora. Ela sente que está sempre fazendo merda, mas agora há evidências.

— Não encontramos nenhum sinal de abuso físico, mas sua filha estava desidratada. Faminta. De acordo com o relatório, a fralda tinha vazado. Ela estava chorando havia muito tempo. Estava em péssimo estado. — A assistente social folheia suas anotações, ergue uma sobrancelha. — Também me disseram que sua casa estava suja.

— Normalmente não sou assim. Pretendia fazer uma faxina no fim de semana. Eu nunca faria mal a ela.

A assistente social sorri friamente.

— Mas fez. Diga-me, por que a senhora não a levou consigo? Que mãe não diria: *Se eu quiser ou precisar sair de casa, meu bebê vem comigo?*

A mulher espera por uma resposta. Frida relembra a crescente frustração e a angústia daquela manhã, o desejo egoísta de um momento de paz.

Na maioria dos dias, consegue afastar esse sentimento. É mortificante que tenham iniciado um processo contra ela, como se estivesse batendo em Harriet ou vivendo na miséria, como se fosse uma daquelas mães que deixam o bebê no banco de trás de um carro em um dia quente de verão.

— Foi um engano.

— Sim, você disse isso. Mas sinto que há algo que a senhora não está me contando. Por que a senhora de repente decidiu ir ao escritório?

— Fui tomar um café. Então eu dirigi na direção da universidade. Eu tinha esquecido de levar um arquivo para casa. Eu só tinha uma cópia impressa. Estou trabalhando em um artigo com um dos professores mais antigos da cadeira de Administração. Ele já reclamou de mim para o reitor. Quando eu o citei errado. Tentou fazer com que eu fosse demitida. Então, quando cheguei ao escritório, comecei a responder e-mails. Eu deveria ter controlado melhor meu tempo. Sei que não deveria tê-la deixado em casa. Eu sei. Estraguei tudo.

Frida puxa seu cabelo, soltando-o.

— Minha filha não tem dormido. Ela deveria tirar duas sonecas por dia, mas não tem dormido nada. Durmo no chão, ao lado do berço. Harriet não adormece a não ser que eu esteja segurando sua mão. Se eu tentar sair do quarto, ela acorda no mesmo instante e enlouquece. Os últimos dias têm sido um mero borrão. Estou sobrecarregada. Você não tem dias assim? Estou tão cansada, que sinto dores no peito.

— Todos os pais estão sempre cansados.

— Eu pretendia voltar logo.

— Mas a senhora não fez isso. A senhora entrou em seu carro e foi embora. Isso é abandono, sra. Liu. Se quiser sair de casa a qualquer momento, adote um cão, não tenha uma criança.

Frida pisca para conter as lágrimas. Ela quer dizer que não é igual às mães ruins do noticiário. Não incendiou a casa. Não abandonou Harriet em uma plataforma de metrô. Não prendeu Harriet no banco de trás e se lançou com o carro em um lago.

— Eu sei que cometi um grande erro, mas não queria fazer isso. Entendo que foi uma loucura o que eu fiz.

— A senhora tem histórico de doença mental?

— Já tive depressão vez ou outra. Não foi isso que eu quis dizer. Eu não estou...

— Devemos assumir que isso foi um surto psicótico? Um episódio maníaco? A senhora estava sob a influência de alguma substância?

— Não. Absolutamente, não. Eu não sou louca. Não vou fingir que sou uma mãe perfeita, mas os pais cometem erros. Tenho certeza de que você já viu coisa muito pior.

— Mas não estamos falando de outros pais. Estamos falando da senhora.

Frida tenta firmar a voz.

— Eu preciso vê-la. Quanto tempo tudo isto vai levar? Ela nunca esteve longe de mim por mais de quatro dias.

— Nada se resolve tão rápido. — A assistente social explica o processo como se estivesse recitando uma lista de compras. Frida passará por uma avaliação psicológica, assim como Harriet. A bebê fará sessões de terapia. Serão três visitas supervisionadas nos próximos sessenta dias. O Estado coletará dados. — O Serviço Social está lançando um novo programa. Vou elaborar uma recomendação — diz a assistente social. — E o juiz decidirá qual sistema de guarda será do melhor interesse da criança.

Quando Frida tenta falar, a assistente social a interrompe.

— Senhora Liu, fique feliz pelo pai da criança estar presente na vida dela. Se não tivéssemos essa opção, Harriet seria colocada em um lar temporário.

Esta noite, novamente, Frida não consegue dormir. Precisa dizer ao juiz da Vara de Família que Harriet não sofreu abusos, não foi negligenciada, que sua mãe teve um dia muito ruim. Precisa perguntar ao juiz se ele já teve um dia ruim. Em seu dia ruim, ela precisava sair da casa de sua mente, presa na casa de seu corpo, presa na casa onde deixara Harriet brincando em sua mesinha de atividades com um prato de biscoitos de bichinhos. Gust costumava explicar o mundo inteiro assim: a mente como uma casa morando na casa do corpo, morando na casa de uma casa, morando numa casa maior que era a cidade, na casa maior do estado, nas casas do país, da sociedade e do universo. Ele dizia que essas casas se encaixam umas nas outras como as bonecas russas que eles compraram para Harriet.

O que ela não consegue explicar, o que não quer admitir, o que não tem certeza de se lembrar corretamente: o prazer repentino que sentiu ao fechar a porta e entrar no carro que a levou para longe de sua mente, de seu corpo, de sua casa, de sua filha.

Tinha saído correndo sem que Harriet visse. Frida se pergunta agora se isso não fora como atirar em alguém pelas costas, a coisa menos justa que fizera na vida. Tinha comprado um café gelado na cafeteria do quarteirão, depois caminhado até o carro. Jurou, então, a si mesma que voltaria imediatamente para casa. Mas a ida de dez minutos à cafeteria tinha se transformado em trinta, que se transformaram em uma hora, que se transformara em duas, depois duas e meia. O prazer da viagem a impulsionara. Não era o prazer do sexo, do amor ou do pôr do sol, mas o prazer de esquecer seu corpo, sua vida.

À uma hora da tarde, Frida sai da cama. Não limpa a casa há três semanas, não consegue acreditar que a polícia viu sua casa desse jeito. Apanha os brinquedos de Harriet, esvazia a lixeira da reciclagem, aspira os tapetes, começa a lavar a roupa, limpa a mesinha de atividades suja, envergonhada por não ter limpado aquilo tudo.

Faz faxina até as cinco da tarde, zonza com a mistura dos desinfetantes com o alvejante. As pias são lavadas. A banheira é esfregada. Os pisos de madeira são limpos. A polícia não está ali para reparar em seu fogão limpo. Os policiais não verão como o vaso sanitário está impecável, que as roupas de Harriet foram dobradas e guardadas, que os recipientes descartáveis com restos de comida foram jogados fora, que não há mais poeira em todas as superfícies. Mas, enquanto se mantiver ocupada, não terá de dormir sem Harriet, não esperará ouvi-la chamando por ela.

Descansa no chão limpo, o cabelo e a camisola encharcados de suor, gelados pela brisa da porta dos fundos. Normalmente, se não consegue dormir e Harriet está lá, ela pega a bebê de seu berço e a segura enquanto Harriet dorme em seu ombro. Sua doce menina. Ela sente falta do peso e do calor da filha em seus braços.

Frida acorda às dez com o nariz escorrendo e dor de garganta, ansiosa para dizer a Harriet que mamãe finalmente dormiu, que mamãe pode levá-la ao parquinho hoje. Então ela percebe, com um gradual pavor, que Harriet não está em casa.

Ela se senta e faz movimentos circulares com os ombros doloridos, lembrando-se da assistente social e da sala verde-menta, onde foi tratada como uma criminosa. Ela imagina os policiais entrando em sua casa estreita e escura, encontrando Harriet assustada no meio da bagunça. Talvez tenham visto os armários e a geladeira quase vazios. Talvez tenham visto migalhas na bancada, toalhas de papel amassadas, saquinhos de chá usados na pia.

Frida e Gust ficaram com os móveis que cada um tinha quando se casaram. A maioria das peças mais bonitas era dele. A maior parte da decoração e das obras de arte. Estavam no processo de redecorar sua antiga casa quando ele se mudou. A casa atual tinha sido pintada em tons pastéis pelo proprietário, a sala de estar amarelo-claro, a cozinha tangerina, o andar de cima lavanda e azul-claro. A mobília e a decoração de Frida destoam das paredes: seus porta-retratos pretos, seu tapete persa azul-marinho e ameixa, sua poltrona verde-oliva com pés de palito.

Frida não tinha sido capaz de manter vivas as suas plantas. As paredes da sala e da cozinha estão nuas. No corredor do andar de cima, ela pendurou apenas algumas fotos de seus pais e avós, uma tentativa de lembrar Harriet de sua ascendência, embora ela não saiba mandarim o suficiente para ensinar à filha de maneira adequada. No quarto de Harriet, além de uma série de bandeiras de tecido de cores vivas, ela pendurou uma foto de Gust de oito anos atrás. Ela queria que Harriet visse o pai ali, mesmo que apenas a foto dele, ainda que saiba que Gust não faz o mesmo. Essa é uma das coisas terríveis sobre a guarda compartilhada. Uma criança deveria ver sua mãe todos os dias.

Verifica o telefone. Perdeu uma ligação de seu chefe, que quer saber por que ela não respondeu aos e-mails dele. Ela liga de volta e pede desculpas, afirma estar com uma intoxicação alimentar. Pede outra extensão de prazo.

Depois de tomar banho, Frida liga para sua advogada de divórcio, Renee.

— Preciso que você arrume um horário para mim ainda hoje. Por favor. É uma emergência.

A rua estreita de Frida está vazia esta tarde, embora em dias ensolarados os vizinhos idosos gostem de se reunir em cadeiras de jardim na pequena faixa de calçada do quarteirão. Frida gostaria que eles pudessem vê-la agora. Está vestindo calças de alfaiataria, uma blusa de seda, sapatos de salto alto. Ela se maquiou, escondeu as pálpebras inchadas atrás de óculos com grossos aros de tartaruga. Os policiais e a assistente social deveriam tê-la visto assim, competente, refinada e confiável.

O escritório de Renee fica no quinto andar de um prédio na Chestnut Street, dois quarteirões ao norte da Rittenhouse Square. Por um tempo, no ano anterior, este escritório parecera a segunda casa de Frida. Renee era como uma irmã mais velha.

— Frida, entre. O que aconteceu? Você está pálida.

Frida agradece a Renee por recebê-la em cima da hora. Ela olha em volta, lembrando-se da vez em que Harriet babou no sofá de couro e tirou cada pedaço de fiapo do tapete. Renee é uma morena corpulenta de quase quarenta anos que prefere suéteres com gola careca e exuberantes joias de turquesa. Outra filha de Nova York. O laço inicial das duas se deveu ao fato de serem estranhas em uma cidade onde parece que todos se conhecem desde o jardim de infância.

Renee permanece de pé enquanto Frida explica o que aconteceu, recostada em sua mesa com os braços cruzados. Ela está mais zangada do que Gust e Susanna, mais chocada e desapontada. Frida sente como se estivesse falando com seus pais.

— Por que você não me ligou ontem à noite?

— Não me dei conta do tipo de problema em que me meti. Eu fodi tudo. Sei disso. Mas foi só um engano.

— Você não pode chamar assim — diz Renee. — Essas pessoas não se importam com suas intenções. O Serviço Social está ficando mais agressivo. Duas crianças morreram, ano passado, sob a guarda deles. O governador disse que não há margem para erro. Novas regras estão sendo implementadas. Houve um referendo na última eleição local.

— Do que você está falando? O que aconteceu não foi maus-tratos. Eu não sou uma dessas pessoas. Harriet é um bebê. Ela não vai se lembrar.

— Frida, deixar sua filhinha sozinha em casa não é pouca coisa. Você entende isso, não é? Eu sei que as mães ficam estressadas e precisam de um tempo às vezes, mas você foi pega.

Frida olha para as próprias mãos. Feito uma tola, esperava que Renee a confortasse e oferecesse compreensão, como fizera durante o divórcio.

— Vamos chamar o que aconteceu de lapso de julgamento — diz Renee. — Você não pode mais chamar o que aconteceu de engano. Você precisa assumir a responsabilidade.

Renee acha que recuperar a custódia pode levar semanas. Na pior das hipóteses, alguns meses. Ela ouviu que o Serviço Social está bastante ativo agora. Há um novo foco em transparência e responsabilidade, algo sobre coleta de dados, dando aos pais mais oportunidades para provar que são capazes. Estão tentando agilizar o processo nacionalmente, então há menos variação de estado para estado. A diferença de abordagem entre os estados sempre foi problemática. Ainda assim, muito depende do juiz.

— Por que eu não ouvi a respeito disso? — pergunta Frida.

— Você provavelmente não prestou atenção, porque não se aplicava a você. Por que se importaria? Estava apenas vivendo sua vida.

Agora Frida precisava se concentrar no jogo: recuperar a guarda de Harriet e conseguir que o caso fosse encerrado. Mesmo depois de recuperar a guarda, provavelmente haveria um período de experiência com monitoramento adicional, talvez um ano. O juiz pode exigir que Frida complete um programa — inspeção domiciliar, aulas para pais, terapia. Telefonemas e visitas supervisionadas são melhores do que nada. Alguns pais não conseguem nem isso. Mesmo que ela complete todas as etapas, infelizmente não há garantias. Se, Deus me livre, na pior das hipóteses, o Estado a considerar incapaz e decidir contra a restituição da guarda, pode determinar a perda de seus direitos parentais.

— Mas isso não pode acontecer conosco. Certo? Por que você está me contando isso?

— Porque você precisa ter muito cuidado a partir de agora. Não estou tentando assustá-la, Frida, mas estamos falando sobre os procedimentos da Vara de Família. Quero que conheça o tipo de pessoa com quem está lidando. Sério, não quero que se junte a um desses fóruns de direitos dos pais. Este não é o momento de defender a si mesma. Você vai ficar maluca. Não existe mais privacidade. Precisa se lembrar disso. Eles estarão observando você. Além disso, eles não divulgaram nenhum detalhe específico do novo programa.

Renee se senta ao lado de Frida.

— Eu prometo, vamos recuperá-la. — Ela repousa a mão no braço de Frida. — Ouça, sinto muito, mas preciso atender meu próximo cliente. Ligo para você mais tarde, certo? Vamos resolver isso juntas.

Quando Frida tenta ficar de pé, não consegue se mexer. Tira os óculos. As lágrimas brotam de repente.

No fim do dia de trabalho, a Rittenhouse Square está cheia de corredores, skatistas, estudantes de medicina e homens e mulheres sem-teto. É o lugar favorito de Frida na cidade, um parque de design clássico com uma fonte, esculturas de animais e canteiros de flores bem cuidados, cercado por lojas e restaurantes com mesas na calçada. O único local da cidade que a faz se lembrar de Nova York.

Encontra um banco vazio e liga para Gust. Ele pergunta se ela conseguiu dormir. Conta que acabou de se encontrar com Renee, então pede para falar com Harriet. Ela tenta mudar para o FaceTime, mas a conexão é ruim. Assim que ouve a voz de Harriet, começa a chorar novamente.

— Estou com saudade. Como você está, amor?

A voz de Harriet ainda está rouca. Ela balbucia uma série de sons de vogais, nenhum dos quais soa como "mamãe". No fundo, Gust diz que a infecção no ouvido está melhorando. Susanna a levou ao Museu Please Touch esta manhã.

Frida começa a perguntar sobre o museu, mas Gust diz que eles estão prestes a jantar. Ela faz outro discurso sobre sorvete.

— Frida, eu sei que você tem boas intenções, mas não queremos ensiná-la a engolir os sentimentos dela. Vamos, ursinha, diga adeus agora.

Eles desligam. Frida limpa o nariz escorrendo nas costas da mão. Embora a caminhada para casa demore quarenta minutos e ela certamente vá ficar com bolhas, não pode chorar no trem com todo mundo a encarando. Ela pensa em chamar um táxi, mas não quer conversar com ninguém. Para na Starbucks para assoar o nariz e limpar os óculos. As pessoas devem pensar que ela acabou de ser despejada ou demitida. Ninguém adivinharia seu crime. Ela parece muito chique. Muito adequada. Superasiática.

Frida caminha para o sul, passando por pares de mulheres jovens carregando tapetes de ioga, pais tatuados pegando seus filhos na creche. Os eventos da noite anterior ainda parecem ter acontecido com outra pessoa. O juiz vai ver que ela não é alcoólatra, não é viciada, que não tem antecedentes criminais. Tem um emprego remunerado e é uma mãe pacífica e comprometida. Tem bacharelado e mestrado em literatura pela Brown e pela Columbia, uma conta de aposentadoria privada, um fundo de poupança universitária para Harriet.

Frida quer acreditar que Harriet é jovem demais para se lembrar. Mas ela pode guardar uma ferida aberta, leve, que pode se calcificar à medida que vá crescendo. Uma memória sensorial de chorar e não receber consolo.

A campainha toca às oito da manhã seguinte. Frida fica na cama, mas, depois de três toques, ela apanha seu roupão e corre para o andar de baixo. Os homens do Serviço Social são altos, brancos e de peito largo. Ambos usam camisas azul-claras enfiadas em calças cáquis. Eles têm expressões inescrutáveis, sotaques da Filadélfia e cabelos castanhos curtos. Um tem uma barriguinha, o outro, uma papada. Cada um carrega uma maleta metalizada.

O da papada diz:

— Senhora, precisamos configurar algumas câmeras. — Ele lhe mostra a papelada.

— Esta é a inspeção da casa?

— Temos uma nova maneira de fazer as coisas.

Câmeras serão instaladas em todos os cômodos, Frida descobre, exceto no banheiro. Eles também inspecionarão o local do incidente. O homem com papada espreita por cima da cabeça dela para a sala de estar.

— Parece que a senhora andou fazendo faxina. Quando foi que a senhora fez isso?

— Noite passada. Isso foi discutido com minha advogada?

— Senhora, não há nada que sua advogada possa fazer.

A mulher que mora do outro lado da rua abre as cortinas. Frida morde o interior de sua bochecha. Nunca reclame, disse Renee. Seja respeitosa. Cooperativa. Não faça muitas perguntas. Cada interação com o Serviço Social será documentada. Tudo pode ser usado contra ela.

Eles explicam que o Estado coletará imagens de um *feed* de vídeo ao vivo. Em cada cômodo, montarão uma câmera no canto do teto. Instalarão uma câmera no quintal. Rastrearão chamadas, mensagens de texto, correios de voz e uso da internet e de aplicativos.

Entregam a Frida um formulário para assinar. Ela deve consentir com a vigilância.

Sua vizinha ainda os observa. Frida fecha a porta da frente, enxuga as mãos úmidas no roupão. O objetivo é trazer Harriet de volta, disse Renee. Perder é perder tudo. Esta situação pode parecer insuportável, mas, em uma vida inteira, algumas semanas ou mesmo alguns meses significam pouco. Imagine a alternativa, dissera Renee. Frida não consegue nem pensar. Se isso acontecesse, não desejaria continuar vivendo.

Ela entra para encontrar uma caneta e, então, assina o formulário. Enquanto os homens se instalam e desempacotam o equipamento de vigilância, ela pergunta cautelosamente o que pretendem avaliar na observação.

O homem barrigudo diz:

— Vamos conhecer você.

Ela pergunta se eles instalarão alguma coisa em seu carro, em seu cubículo no trabalho. Eles garantem a ela que estão se concentrando apenas em sua vida doméstica, como se saber que eles só vão vê-la comer, dormir e respirar devesse fazê-la se sentir melhor. Quando tiverem material suficiente, dizem, usarão a filmagem para *analisar os sentimentos de Frida.*

O que isso significa? Como isso é possível? Nos artigos que ela encontrou on-line, a representante do Serviço Social disse que o novo programa eliminaria o erro humano. As decisões seriam tomadas com mais eficiência. Eles seriam capazes de corrigir a subjetividade ou o preconceito, implementar um conjunto de padrões universais.

Os homens fotografam cada cômodo, parando ocasionalmente para apontar e sussurrar. Frida liga para o trabalho para avisar que vai se atrasar. Eles verificam seus armários e sua geladeira, cada gaveta, cada armário, o pequeno quintal, o banheiro, o porão. Acendem lanternas dentro da lavadora e secadora.

Vasculham suas roupas, levantam a tampa de sua caixa de joias. Eles tocam seus travesseiros e roupas de cama. Sacodem as barras do berço de Harriet, correm as mãos pelo colchão antes de virá-lo. Vasculham os cobertores e brinquedos de Harriet. Frida permanece na porta enquanto cada cômodo é inspecionado, tentando controlar a vontade de protestar contra a intrusão. Parece que, a qualquer momento, aqueles homens pedirão para inspecionar seu corpo. Eles podem pedir para ela abrir a boca, observar a condição de seus dentes. O Estado pode precisar saber se ela tem alguma cárie.

Os homens carregam uma escada. Tiram teias de aranha do teto. Depois que terminam de instalar a última câmera, ligam para o escritório e ativam a transmissão ao vivo.

Capítulo 2

Frida está tentada a não ir para casa hoje à noite, considera alugar um quarto em uma residência do campus, alugar um Airbnb de última hora, fazer uma viagem de impulso para visitar os amigos há tanto negligenciados no Brooklyn. Dormir em seu cubículo é uma possibilidade, embora esta tarde seu chefe, notando que as fotos de Harriet em sua mesa estavam viradas para baixo, tenha começado a fazer perguntas.

— Eu estava tentando me concentrar — mentiu.

Com o chefe fora de vista, Frida endireitou as fotos, acariciou-as e pediu desculpas: Harriet, uma recém-nascida enrolada em um charutinho; Harriet com as mãozinhas sujas de seu bolo de primeiro aniversário; Harriet usando óculos de sol em forma de coração e um macacão xadrez na praia. Aquele rosto. A única coisa que ela já fez certo.

Frida fica até as onze da noite, muito tempo depois que o prédio esvazia, até que seu medo de ser assaltada no campus supere seu medo do que a espera em casa. Ligou para Renee durante todo o dia. Renee ficou alarmada ao saber sobre as câmeras, mas disse, com um suspiro pesado, que as regras estão sempre mudando. Evitar sua casa não é uma opção. Nem se armar de informações. Não que Frida tenha encontrado muita coisa on-line. Apenas artigos opinativos aqui e ali sobre experimentos que usam dados colhidos de cidadãos, vício em mídia social, a relação profana entre o governo e as empresas de tecnologia. A transmissão ao vivo de partos e crimes violentos. Controvérsias sobre influenciadores infantis no YouTube. Se câmeras secretas para vigiar babás eram uma violação dos direitos civis. Meias e cobertores inteligentes que medem a frequência cardíaca e os níveis de oxigênio do bebê e a qualidade do sono. Um berço inteligente que regula o sono de seu bebê para você.

Há anos todo mundo vem sendo observado por meio de seus dispositivos. Câmeras de circuito fechado foram instaladas na maioria das cidades americanas, o governo se inspirou na redução das taxas de criminalidade em Londres e Pequim. Quem não está usando um software de reconhecimento facial? Segundo Renee, pelo menos essas são câmeras visíveis. Frida deve presumir que eles estão ouvindo. Qualquer coisa que uma pessoa normal poderia fazer sem problemas pode ser interpretada como oposição. Não deixe muitas pegadas, disse Renee. Pare com as pesquisas do Google. Eles também têm acesso ao computador de trabalho de Frida. Ela não deveria estar discutindo o caso no telefone.

Renee ouviu rumores sobre o Serviço Social renovando seu braço educacional. Eles estão atualizando suas aulas de cuidados parentais. O Vale do Silício está supostamente contribuindo com dinheiro e recursos. O Serviço Social está em uma onda de contratações. Estão oferecendo salários muito mais altos do que antes. Infelizmente, Frida vive no estado de teste, no condado de teste.

— Eu gostaria de ter mais detalhes — continuou Renee. Se isso tivesse acontecido há um ano ou mesmo alguns meses atrás, eu estaria em uma posição muito melhor para orientá-la. — Ela fez uma pausa. — Vamos conversar pessoalmente. Por favor, Frida, tente ficar calma.

A casa, que nunca pareceu dela, parece ainda menos nesta noite. Depois de comer um jantar de micro-ondas, depois de arrumar cada cômodo, limpar os rastros de sujeira deixados pelo Serviço Social, fechar gavetas, dobrar a roupa de cama de Harriet e reorganizar os brinquedos, Frida se retira para seu banheiro apertado, desejando poder desmoronar ali, dormir e comer ali. Toma banho e esfrega o rosto, aplica tônicos, hidratantes e séruns antienvelhecimento. Penteia o cabelo molhado, corta e lixa as unhas, bota ataduras nas cutículas roídas. Limpa as sobrancelhas com a pinça. Sentada na beira da banheira, remexe no cesto de brinquedos de banho: a morsa de corda, o patinho, o polvo laranja que perdeu os globos oculares. Brinca com o robe de Harriet. Esfrega a loção de Harriet nas mãos para que o cheiro de coco a faça dormir.

Ainda que a noite esteja quente, ela coloca um moletom com capuz sobre a camisola. Encolhendo-se com o pensamento dos homens tocando seus travesseiros, decide trocar os lençóis.

Frida se deita na cama, puxa o capuz e o amarra sob o queixo, desejando ter uma mortalha. Em breve, o Estado descobrirá que ela raramente recebe visitas. Perdeu o contato com seus amigos de Nova York depois do divórcio, não fez novos amigos, não tem tentado, passa a maior parte de suas noites sozinha na companhia do telefone. Às vezes come cereais no jantar. Quando não consegue dormir, faz abdominais e levantamento de pernas por horas. Se a insônia piora, toma um comprimido de Unisom e bebe. Se Harriet estiver com ela, nada de sonífero, só uma dose de bourbon. Se ela está sozinha, três ou quatro doses, uma depois da outra. Graças a Deus aqueles homens não encontraram nenhuma garrafa vazia. Todos os dias, antes do café da manhã, Frida mede sua cintura. Aperta o tríceps flácido e a parte interna das coxas. Sorri para si mesma no espelho para se lembrar de que costumava ser bonita. Deve abandonar todos os maus hábitos, não pode parecer vaidosa, egoísta ou instável, como se não pudesse cuidar de si mesma, como se talvez não estivesse preparada, mesmo nessa idade, para cuidar de uma criança.

Ela se vira de lado e fica de frente para a janela. Leva a mão à boca e, então, fica imóvel. Encara a luz vermelha piscando. Está dando a eles o suficiente? Está arrependida o suficiente? Com medo o suficiente? Aos vinte e poucos anos, teve um terapeuta que a fez listar seus medos, um processo tedioso que só revelou que seus medos eram aleatórios e ilimitados. Quem está assistindo agora deve saber que ela tem medo de florestas e grandes massas de água, caules e algas marinhas. Nadadores de longa distância, pessoas que sabem respirar debaixo d'água em geral. Ela tem medo de pessoas que sabem dançar. Ela tem medo de nudistas e móveis escandinavos. Programas de

A ESCOLA DE BOAS MÃES 33

televisão que começam com uma garota morta. Muita luz solar e pouca luz solar. Uma vez, ela teve medo do bebê que crescia dentro dela, medo de que ele parasse de crescer, medo de que o bebê morto tivesse de ser aspirado, que, se isso acontecesse e ela não quisesse tentar de novo, Gust a deixasse. Frida estava com medo de sucumbir às suas dúvidas, ir a uma clínica, alegar que perdera o bebê naturalmente.

Esta noite ela está com medo das câmeras, da assistente social, do juiz, da espera. O que Gust e Susanna podem estar dizendo às pessoas. Da filha que já poderia amá-la menos. Como seus pais ficarão devastados quando descobrirem.

Em sua cabeça, repete os novos medos, tentando extrair o significado das palavras. Seu coração está batendo muito rápido. Suas costas estão ensopadas de suor frio. Talvez, em vez de ser monitorada, uma mãe ruim devesse ser jogada em uma ravina.

Frida descobriu as fotos no ano anterior. Era início de maio, no meio da noite, a insônia atacando novamente. Ela foi verificar a hora, pegou o telefone de Gust na mesa de cabeceira. Havia uma mensagem enviada pouco depois das três da manhã: "Venha amanhã".

Encontrou a garota em um álbum marcado como "Trabalho". Lá estava Susanna em uma sala ensolarada, segurando uma torta de merengue. Susanna lambuzando a torta na virilha de Gust. Susanna lambendo a torta do corpo dele. As fotos foram tiradas naquele mês de fevereiro, quando Frida estava grávida de nove meses. Ela não entendia como Gust teve tempo de conhecer aquela garota, por que ele foi atrás dela, mas havia noites no escritório e fins de semana com amigos, e ela estava em repouso na cama, tentando não ser o tipo de esposa que passava seu tempo puxando o marido pelo colarinho.

Frida ficou sentada na cozinha por horas, estudando o sorriso maroto de Susanna, seu rosto divertido, o pênis de Gust em suas mãos, seus lábios úmidos. A menina tinha um ar pré-rafaelita e um corpo pálido e sardento, com seios fartos e quadris de menino. Seus braços e pernas eram levemente musculosos, suas clavículas e costelas, salientes. Ela achava que Gust odiava mulheres ossudas. Achava que ele amava seu corpo grávido.

Ela não o acordou ou gritou, apenas esperou até o nascer do sol, então tirou uma selfie, por mais horrível que estivesse, e mandou uma mensagem para a garota.

Naquela manhã, depois de amamentar Harriet e colocá-la de volta no berço, Frida engatinhou em cima de Gust e esfregou seus quadris contra ele até excitá-lo. Só tinham feito sexo duas vezes desde que o médico a liberara para que tivessem relações sexuais, sempre incrivelmente dolorosas. Frida esperava que Gust usasse camisinha com a garota, que a garota não fosse uma parceira fixa. Talvez ela não fosse do tipo que se intimidasse com uma aliança ou uma bebê, mas a garota certamente se cansaria dele. Frida tinha visto isso acontecer com amigos em Nova York que namoravam garotas na casa dos vinte. Um caso apaixonado, vigor renovado, um compromisso súbito seguido da moça decidindo fugir para as ilhas Galápagos. As viagens de aventura eram muitas vezes a desculpa para o fim, assim como os despertares espirituais.

Depois que fizeram amor, ela lhe pediu:

— Livre-se dela.

Gust soluçou e se desculpou e, por algumas semanas, parecia que poderiam salvar o casamento. Mas ele se recusou a desistir dela. Alegou estar apaixonado.

— Preciso seguir meu coração — disse ele. Ele começou a falar sobre coparentalidade antes que Frida estivesse pronta para aceitar.

Ele disse:

— Ainda amo você. Vou amar você para sempre. Seremos sempre uma família.

Frida veio a entender que Susanna era a craca e Gust era o navio, ainda que nunca tivesse acreditado que Susanna venceria, não quando Frida teve o bebê. Se ao menos tivesse a chance de se provar como mãe, ela gosta de pensar. Harriet tinha começado a sorrir, dormia apenas por três horas. Os dias de Frida eram passados cobertos de saliva e baba, correndo para limpar a casa, cozinhar ou lavar roupa entre as mamadas e as trocas de fraldas. Ela não tinha acabado de perder o peso da gravidez. A ferida em sua barriga ainda não estava cicatrizada.

Ela assumiu que Susanna era selvagem, talvez permitisse que Gust gozasse em seu rosto. Talvez topasse fazer sexo anal. Frida disse não para o gozo no rosto e não para sexo anal, embora ela se arrependa agora. O pensamento de que deveria ter liberado a bunda para Gust a preocupa, assim como todas as coisas que deveria ter feito para fazê-lo ficar.

Se ela fosse mais saudável. Mais fácil de conviver. Se tivesse continuado a tomar Zoloft, não teria a recaída. Se ele não tivesse testemunhado seus ataques histéricos de choro, sua ansiedade crescente. Se ela nunca tivesse gritado com ele. Mas nada era cem por cento seguro, disse seu médico. Frida realmente queria correr esse risco? Seu obstetra a alertou sobre a conexão entre o uso de antidepressivos da mãe e a depressão nos filhos adolescentes, com o autismo. O bebê pode ser agitado. O bebê pode ter problemas para mamar. O bebê pode ter baixo peso ao nascer, um índice de Apgar mais baixo.

Gust estava tão orgulhoso por ela parar com a medicação. Ele parecia respeitá-la mais.

— Nosso bebê deve conhecer a verdadeira você — disse ele.

Sua necessidade de antidepressivos sempre fazia seus pais sentirem que haviam falhado com ela. Ela não fala sobre isso com eles. Mesmo agora, ela não pediu uma nova receita ao seu médico, não tentou encontrar um psiquiatra ou terapeuta, não quer que ninguém saiba quão mal a casa de sua mente funciona sozinha.

Ela deixou Gust convencê-la a um divórcio consensual. Ele a convenceu de que o registro de má conduta conjugal seria prejudicial para Harriet. Quando Harriet for mais velha, disse Gust, eles explicarão a ela que mamãe e papai decidiram que são melhores como amigos.

Assim que teve Gust para si, Susanna começou a expressar suas opiniões. Tinha sido monitora de acampamento no ensino médio. Na faculdade, tinha sido babá. Passara muito tempo com suas sobrinhas e sobrinhos. E-mails começaram a aparecer, depois textos. Frida deveria eliminar todo o plástico de sua casa. A exposição a plásticos está ligada ao câncer. Ela deve instalar um sistema de filtragem de água para que Harriet não seja exposta a metais pesados e cloro em sua água potável ou na hora do banho. Deve garantir que todas as roupas de Harriet sejam feitas de algodão orgânico em fábricas que pagam um salário justo a seus funcionários. Ela deveria comprar produtos orgânicos para a pele, fraldas, cueiros e roupas de cama, lenços umedecidos sem produtos químicos. Frida consideraria mudar para fraldas de pano? Muitas das amigas das irmãs de Susanna que eram mães usavam fraldas de pano. Ela deveria tentar a comunicação de eliminação. Não era assim que faziam as coisas na China? Frida deveria ter alguns cristais de cura e aterramento no quarto de Harriet. Susanna ficaria feliz em dar a Frida um pouco de quartzo rosa para começar. O berço da casa de Frida viera da IKEA, e Frida não sabia que o aglomerado era feito de serragem e formaldeído? Quando Susanna começou a incomodá-la sobre os benefícios do aleitamento materno de longo prazo, o uso do sling e da prática de cama compartilhada, Frida foi levada a apanhar o celular e reclamar com Gust, que lhe disse:

— Lembre-se, ela tem boa intenção.

Ela o fez prometer que não deixaria Susanna fazer experimentos com a bebê deles. Nada de aprender cedo, nada de cristais, nada de dormir junto, nada de colocar comida mastigada na boca de Harriet. No ano anterior, Susanna obteve sua certificação como nutricionista, destinada a complementar seu trabalho ocasional como instrutora de pilates. Frida muitas vezes se preocupa que Susanna esteja misturando clorela e espirulina na comida de Harriet e aplicando óleos essenciais ou banhos de lama desintoxicantes quando a bebê tem coriza ou infecção no ouvido. Tiveram discussões acaloradas sobre vacinas e imunidade de rebanho. Gust já tinha removido suas obturações de mercúrio, e Susanna também. Em breve, tentarão ter um bebê, mas primeiro vão curar suas cáries usando ervas, meditação e boas intenções.

As mulheres se conheceram em junho do ano anterior, quando Frida estava deixando Harriet no fim de semana. Gust havia se mudado para o loft de Susanna em Fishtown, enquanto Frida ainda morava em sua primeira casa em Bella Vista. Eles estavam separados fazia apenas algumas semanas. À noite, ela podia ficar com Harriet para amamentar, mas Gust pegava a filha nas tardes de sábado e domingo, e Frida tinha de entregar a bebê e as mamadeiras de leite que armazenava. Naquele dia, Susanna atendeu à porta vestindo apenas a camisa de Gust. Ela estava com um olhar orgulhoso e sonolento no rosto que fez Frida querer enfiar as unhas em seu rosto. Frida não queria entregar a filha para uma mulher que acabara de transar, mas Gust apareceu e pegou Harriet de seus braços, e ele parecia feliz, não feliz como um homem que encontrou um novo amor, mas feliz como um cão.

Quando Susanna apanhou o isopor com o leite, Frida a repreendeu. Somente os pais devem manusear o leite.

— Por favor, Frida, seja razoável — disse Gust.

Enquanto subiam as escadas com Harriet, Frida esperava que não se beijassem na frente do bebê, mas, ao se afastar, ela percebeu que iriam se beijar e se esfregar e se agarrar na frente de Harriet, talvez até fazer amor enquanto a bebê dormia no mesmo cômodo. Na casa de seu pai, Harriet veria o amor prosperar e crescer.

É sábado à noite. Cedo. A hora do jantar de Harriet. Frida está sentada à mesa da cozinha observando os minutos passarem no relógio digital acima do fogão. Ela chuta a perna do cadeirão de Harriet. Gust e Susanna podem não estar dando a Harriet o suficiente para comer. Susanna provavelmente a levou ao parque hoje e tagarelou sem parar, narrando cada movimento dela. Susanna nunca para de falar. Ela leu um livro sobre como bebês e crianças pequenas precisam ouvir dez mil palavras por dia, desde o nascimento até os cinco anos, para se prepararem para o jardim de infância.

Ainda que finalmente tenha cedido, Frida costumava achar lamentável a tagarelice das mães americanas. Outras mães lançavam seus olhares de desaprovação quando ela empurrava Harriet no balanço silenciosamente, quando se sentava na beirada da caixa de areia e tentava folhear a *New Yorker* enquanto Harriet brincava sozinha. Às vezes, ela era considerada uma babá distraída. Certa vez, quando Harriet tinha sete meses, uma mãe a repreendeu enquanto Harriet engatinhava pelo playground. Por que ela não estava cuidando da bebê? O que aconteceria se a bebê pegasse uma pedra e tentasse engoli-la e se engasgasse?

Frida não tentou se defender. Ela agarrou Harriet e correu para casa, nunca mais voltando para aquele playground, mesmo sendo o mais próximo e o mais limpo.

As mães do playground a assustavam. Ela não conseguiu igualar sua dedicação ou habilidade, não fez pesquisas suficientes, parou de amamentar depois de cinco meses, ao passo que essas mulheres ainda amamentavam alegremente crianças de três anos.

Ela achava que se tornar mãe significaria ingressar em uma comunidade, mas as mães que conheceu são tão mesquinhas quanto novos membros de uma irmandade, uma força-tarefa autonomeada seguindo um rígido código de maternidade. Mulheres que só falam de seus filhos a entediam. Ela tem pouco entusiasmo pelo mundo banal e repetitivo das crianças pequenas, mas acredita que as coisas vão melhorar quando Harriet for para a pré-escola, quando puderem conversar. Não que Frida não tivesse ideias sobre criação de filhos. Gostou daquele livro sobre pais franceses, mas Gust ficou horrorizado com a ideia de treinar Harriet para dormir aos três meses, a ideia de priorizar as necessidades dos adultos. O *ethos* daquele livro era egoísta.

— Estou pronto para ser altruísta — disse Gust. — Você não?

Ela não saiu hoje. Renee lhe pediu que parasse de ligar para Gust e implorar ligações de FaceTime com Harriet, para esperar para falar com a assistente social. Esta manhã, ela ficou no quarto de Harriet por horas, tocando os brinquedos e cobertores de sua filha. Tudo precisa ser lavado. Talvez, substituído quando puder pagar. Os homens não deixaram marcas, mas deixaram má sorte. Harriet nunca poderia saber que seu quarto fora tratado como uma cena de crime.

Sentada na cadeira de balanço, Frida chorou, com raiva por ser obrigada a fingir quando não tinha mais lágrimas. Mas nenhuma lágrima sugeriria nenhum remorso, e nenhum remorso sugeriria que ela é uma mãe ainda pior do que o Estado imagina. Então agarrou o coelhinho rosa de Harriet e o apertou, imaginando Harriet assustada e sozinha. Ela nutriu sua vergonha. Seus pais sempre diziam que ela precisava de plateia.

Ela se levanta e caminha até a porta de vidro deslizante. Abre e espia o quintal do vizinho. O vizinho do lado norte está construindo uma treliça. Ele martela o dia todo. Ela gostaria de jogar um fósforo aceso por cima da cerca só para ver o que aconteceria, gostaria de queimar aquela árvore que enche seu quintal de gavinhas marrons felpudas, mas não sabe se ele foi o bom samaritano que chamou a polícia.

Sua geladeira está mais vazia do que estava na inspeção. Há um recipiente de fatias de batata-doce começando a mofar, um pote de manteiga de amendoim pela metade, uma caixa de leite que venceu há três dias, pacotes de ketchup escondidos na porta. Ela come um pouco do queijo de Harriet. Ela deveria preparar um jantar nutritivo, mostrar ao Estado que sabe cozinhar, mas quando pensa em caminhar até o supermercado, considera como a câmera registrará a hora de sua partida e retorno, seus métodos de preparação de alimentos e com que graciosidade ela come, ela quer ir para mais longe.

Vai deixar seu telefone em casa para que não possam rastreá-la. Se perguntarem, dirá que foi ver um amigo, embora Will seja mais amigo de Gust do que dela. Seu melhor amigo. Padrinho de Harriet. Ela não o vê há meses, mas, durante o divórcio, ele disse para ligar se precisasse. As câmeras não devem detectar nenhum comportamento suspeito. Ela não coloca um vestido, não penteia o cabelo, não se maquia ou coloca brincos. Ela tem uma leve penugem por fazer nas pernas e axilas. Põe uma camiseta vermelha larga com buracos e shorts jeans desfiados. Veste um blusão verde e sandálias. Frida se parece com uma mulher que não quer ser importunada, uma mulher com pouco a oferecer. A última mulher que Will namorou foi uma trapezista. Mas ela não quer namorar Will, lembra a si mesma, e voltará para casa em uma hora decente. Ela só precisa de companhia.

Por qualquer estimativa razoável, ele não deveria estar em casa no sábado à noite. Will tem trinta e oito anos e é solteiro, um entusiasta de namoros on-line em uma cidade sem muitos solteiros de sua idade. As mulheres adoram seus modos gentis, seu cabelo preto encaracolado, agora salpicado de cinza, sua barba espessa, os pelos escuros em seu peito, que, em tom de brincadeira, ele afirma serem prova de sua virilidade. Ele usa o cabelo bem aparado e, com seus minúsculos óculos de arame, nariz comprido e olhos fundos, ele se assemelha a um cientista vienense da virada do século xx. Will não é tão bonito quanto Gust, tem um corpo mais flácido e uma voz aguda, mas Frida sempre amou sua atenção. Se ele não estiver em casa, ela já se considerará sortuda. Não tem certeza de se lembrar em qual transversal ele mora ou o número da casa, em algum lugar em Osage, entre as ruas 45 e 46, mas o desespero é seu próprio farol, levando-a ao quarteirão correto, a uma vaga de estacionamento, a alguns prédios do apartamento de Will, na região de West Philly, onde ele aluga o primeiro andar de um edifício vitoriano em ruínas em Spruce Hill. Suas luzes estão acesas.

Eles costumavam brincar sobre sua paixão por ela. A vez em que ele disse a ela, na frente de Gust: "Se não der certo com esse cara...". Ela se lembra de seus elogios enquanto sobe os degraus da frente e toca a campainha. A maneira como ele tocava as costas dela. A maneira como ele flertava quando ela usava batom vermelho. Ao ouvir passos, Frida sente esperança, desespero e uma onda de excitação, uma intensa excitação que acreditou ter desaparecido para sempre. Não há nada atraente nela, exceto sua tristeza, mas Will gosta de suas mulheres tristes. Ela e Gust costumavam rir dele por causa de seu péssimo gosto. Seus pássaros de asas quebradas. Uma aspirante a agente funerária. Uma *stripper* com um ex-namorado abusivo. As moças que se cortavam e as poetas com seus poços sem fundo de carência. Ele está tentando fazer escolhas melhores, mas ela espera que ele ainda seja capaz de um último erro.

Will atende à porta, sorri para ela, perplexo.

— Eu posso explicar — diz ela.

Costumavam dizer a ele que nunca conseguiria uma mulher decente se continuasse vivendo como um universitário. Há uma camada visível de pelos de cachorro no sofá e no carpete, apenas um abajur funcionando na sala de estar, pilhas de jornais e canecas, sapatos largados junto da porta, moedas espalhadas sobre a mesa de centro. Will está em sua terceira qualificação, um doutorado em antropologia cultural, após um mestrado em educação e sociologia e uma breve passagem pela Teach For America. Está no programa de doutorado na Penn há nove anos, planeja estender para dez se conseguir financiamento.

— Sinto muito pela bagunça — diz ele. — Eu deveria ter...

Frida diz a ele para não se preocupar. Os padrões de todos são diferentes e, se ela tivesse padrões ou escrúpulos, não estaria aqui. Ela não aceitaria uma tigela de guisado de lentilhas ou um copo de vinho tinto, não se sentaria à mesa da cozinha dele e lhe contaria, em jorros incoerentes, sobre seu péssimo dia, a delegacia de polícia, sobre perder a guarda, os homens chegando em sua casa, tocando em tudo e instalando câmeras, e sobre como, nas últimas noites, ela fica escondida debaixo das cobertas para ter um pouco de privacidade quando chora.

Frida espera que ele fique com raiva por ela, ou, se não ficar, que a julgue e pergunte como pôde ter sido tão estúpida, mas ele permanece em silêncio.

— Frida, eu sei. Gust me contou.

— O que ele disse? Ele deve me odiar.

— Ninguém odeia você. Ele está preocupado com você. Eu também. Quero dizer, ele definitivamente está chateado, mas não quer que essas pessoas importunem você. Você precisa contar a ele sobre essa besteira de vigilância.

— Não. Por favor. Você não pode contar a ele. Não tenho escolha. Essas pessoas são como a porra da Stasi. Minha advogada disse que pode levar meses. Você deveria ter ouvido a maneira como eles falaram comigo na outra noite.

Will lhes serve mais vinho.

— Estou feliz por você estar aqui. Queria mesmo ligar para você.

Frida não tinha se dado conta de como seria bom ver um rosto familiar. Will ouve atentamente enquanto ela conta a história novamente. Sobre a infecção no ouvido de Harriet e o choro incontrolável. O arquivo esquecido. A decisão irracional de ir ao escritório. Como ela não conseguia dar conta de tudo, precisava fazer seu trabalho, nunca quis colocar Harriet em perigo.

— Como se eu precisasse de outra pessoa para me punir — diz ela. — Eu me odeio para caralho. — É errado estar ali, é errado sobrecarregá-lo. Ela percebe que ele está lutando para encontrar algo gentil para dizer, mas não consegue. Em vez disso, Will leva sua cadeira para o lado dela da mesa e a abraça.

Talvez se houvesse alguém para abraçá-la à noite. Frida ainda sente falta do cheiro de Gust. Caloroso. Uma temperatura e um sentimento em vez de um cheiro. A camisa de Will cheira a guisado de lentilhas e cachorro, mas ela quer descansar o rosto no pescoço dele como fazia com Gust. Ela deveria valorizar sua amizade e honrá-la, mas está imaginando o corpo dele. Gust uma vez contou a ela sobre ver Will no vestiário. Will supostamente tem um pênis enorme, a fonte de sua confiança silenciosa. Ela se pergunta se pode tocá-lo, se algum de seus pássaros de asas quebradas lhe transmitiu uma doença incurável. Ela não sucumbia a esse estado desde seus vinte anos, quando aparecia nas casas de homens que conhecia na internet e saía machucada e desorientada.

Ela olha para o tufo de pelos do peito saindo de seu colarinho, começa a brincar com ele.

— Posso beijar você?

Ele se senta, corando.

— Querida, não é uma boa ideia. — Ele passa as mãos pelo cabelo. — Você vai se sentir terrível. Estou falando por experiência própria.

Ela mantém uma mão no joelho dele.

— Gust não vai saber.

— Não é como se eu nunca tivesse pensado nisso. Eu penso. Bastante. Mas não devemos.

Ela não responde, não olha para ele. Não está pronta para ir para casa. Ela se inclina e o beija, continua beijando-o quando ele tenta se afastar.

Faz mais de um ano desde que o toque de um homem pareceu aceitável. Depois que Gust se mudou, eles continuaram trepando. Quando ele ia deixar Harriet, se Harriet estivesse dormindo. Gust sempre declarava seu amor, dizendo que sentia falta dela, que havia cometido um erro, que poderia voltar. Ele transou com ela na manhã da homologação de seu divórcio, tendo acabado de sair da cama de Susanna.

Era bom guardar um segredo de Susanna, roubá-la, embora isso significasse que Gust a abandonara várias vezes. Frida pensou que, se engravidasse de novo, ele mudaria de ideia. Alguns meses ela até tentou ficar com ele quando estava ovulando. Ela ainda se admira com a própria estupidez. Vai ensinar sua filha a ser diferente. A ser corajosa e sábia. A ter dignidade. Que trepar com um homem que não ama você, que decidiu que não quer você, mesmo que seja o pai do seu filho, não é melhor do que espetar um garfo no olho.

Seus terapeutas gostavam de culpar sua mãe. Sua mãe tinha sido muito distante, eles disseram. Frida nunca aceitou essa explicação. Nunca quis pensar a respeito de seu comportamento. Parecia impossível de explicar, horrível demais para dizer em voz alta. Quando alguém a desejava, ela simplesmente se sentia mais viva. Puxada para um futuro diferente e melhor. Não mais sozinha. Antes de conhecer Gust, tinha se tornado anônima e entorpecida, convencida de que tudo o que queria eram algumas horas de toque. Não se lembra de muitos nomes, mas se lembra de corpos e dos raros elogios, assim como daquele cara que a sufocou. Aquele que começou a ver filme pornô enquanto ela o chupava. Aquele que amarrou seus pulsos com tanta força, que ela perdeu a sensação nas mãos. Aquele que a acusou de ser tímida quando ela se recusou a participar de uma orgia. Estava orgulhosa de si mesma por dizer não daquela vez, por ter limites.

Ela caminha até a sala e fecha as cortinas. Que ousadia era possível agora, uma década depois, após o divórcio e o bebê?

— Frida, sério. Estou lisonjeado.

Talvez ele pense que ela ainda pertence a Gust. Talvez só a veja como uma mãe, uma mãe ruim. Ela está nervosa e sedenta ao se aproximar dele. Ele não protesta quando ela começa a desabotoar sua camisa.

Um dia, ensinará Harriet a nunca se comportar dessa maneira. Nunca oferecer seu corpo como um reles pedaço de carne. Ela ensinará Harriet sobre integridade e respeito próprio, dará a ela amor suficiente para que a filha nunca implore. Sua mãe nunca falava com ela sobre sexo, sobre corpos ou sentimentos. Frida não cometerá esse erro.

— Você não está me vendo no meu melhor — diz Will.

Ele precisa perder vinte quilos. Precisa começar a malhar. Ela toca a dobra na cintura dele e diz que ele é lindo, silenciosamente satisfeita por ele ter estrias também, nas laterais e na parte inferior das costas.

Ela iria embora se lhe fosse pedido, mas ele não pediu, então ela abre o sutiã e tira a calcinha, esperando que sua tristeza seja radiante. Os pássaros de asas quebradas de Will sempre emitiam luz própria, tinham olhos grandes e corpos esqueléticos. Nos jantares, ela queria tocar suas gargantas e brincar com seus cabelos compridos e emaranhados, imaginava como era vestir a tristeza tão perto da pele e ser amada por isso.

Ela se impacienta enquanto ele a estuda, tocando em seus braços cruzados sobre seus seios caídos, a cicatriz rosa ondulada acima dos pelos pubianos. Ela encolhe a barriga, olhando para suas coxas, o franzido odioso acima do joelho esquerdo. Ele não deveria vê-la com as luzes acesas, sem romance ou cerimônia. Quando era mais jovem, ela poderia passar por esse constrangimento, mas Will viu seu corpo ficar enorme, sentiu Harriet chutando. *A invasão alienígena*, ele dizia, rindo. *A criatura*.

Gust e Susanna devem estar preparando Harriet para dormir agora. Quando Frida está com ela, elas tomam banho, leem um livro, se aconchegam, apagam as luzes e dão boa noite para o mundo inteiro de Harriet. *Boa noite, paredes; boa noite, janela; boa noite, cortinas. Boa noite, cadeira. Boa noite, Carneirinho. Boa noite, mantinha. Boa noite, pijaminhas.* Boa noite para os olhos, nariz e boca de Harriet. Boa noite para cada brinquedo em seu berço até que finalmente chegue a hora de *Boa noite, Harriet* e uma conversa sobre galáxias.

A ereção de Will pressiona a barriga de Frida. Ela precisa saber como Harriet tem dormido. Frida enfia um dedo no cinto de Will, mas não consegue tocar seu pênis supostamente enorme, nem mesmo por cima do jeans. Se alguém descobrir que ela esteve aqui.

— Eu sou uma pessoa terrível — sussurra. Ela pega a camisa dele e cobre o torso. — Sinto muito.

— Ah, Frida, *shhhh*. Tudo bem. Tudo bem. — Ele a puxa para seu peito. Os pelos dele parecem tão ásperos contra sua bochecha.

— Eu abusei de você — diz ela, sua voz abafada. — O que há de errado comigo?

Ela não sabia que era possível para uma mulher adulta abusar sexualmente de um homem adulto, mas ela fez isso. O que lhe dera o direito de vir aqui e se despir?

— Frida, não seja tão dura consigo mesma.

Ela o faz se virar enquanto recolhia as roupas. Quando Gust decidiu se mudar, ela ligou para seus amigos mais próximos esperando que alguém o fizesse recobrar o juízo. Will foi o único que realmente ouviu enquanto ela soluçava e reclamava. Pelas pausas dele, dava para ver que ele sabia sobre Susanna, talvez soubesse há algum tempo. Ele disse que não aprovava a decisão de Gust. Ele disse a Frida que ela ainda era jovem e bonita. A mentira mais doce.

Frida prende o cabelo para trás em um rabo de cavalo. Sua camiseta está do avesso.

Volta para a cozinha para pegar sua bolsa. São 20h17.

— Prometa que não vai contar.

— Frida, não surte. Você não fez nada de errado.

— Não, eu fiz. Você estava tentando ser legal comigo. Eu não precisava fazer isso. Juro que não sou um abutre. — Ela quer ficar. Aceitaria ficar no sofá, até no closet. Se ela pudesse ver um rosto gentil todo dia.

Na porta, Will beija sua bochecha, então segura seu queixo com a mão.

— Gostei de ver você nua.

— Você não precisa dizer isso para me fazer sentir melhor.

— Estou falando sério — diz ele. — Volte outro dia e talvez eu a deixe me ver nu também. — Rindo, ele encosta Frida na porta e a beija.

A porcelana está fria contra seu cóccix. Há manchas cinzentas no perímetro superior da banheira ao longo da calafetagem, vestígios do mofo que ela limpou alguns dias atrás. Frida tira os óculos, se deita de costas com os joelhos dobrados, as mãos cruzadas no peito, as unhas cravadas nas palmas das mãos. A família de gritadores, duas portas abaixo, está do lado de fora, fumando maconha e tilintando garrafas de cerveja. Americanos brancos e barulhentos ocupando espaço. Ela nunca reivindicou seu espaço. Gust costumava dizer a ela que parasse de se desculpar, parasse com os maneirismos do Meio-Oeste. Mas talvez algumas pessoas não devessem reivindicar seu espaço. Ela reivindicou por duas horas e meia e perdeu seu bebê.

Frida levanta a camisola pensando no jeito que Will olhou para ela quando se despediram. Ela e Gust costumavam provocá-lo e o obrigavam a encenar aquele olhar durante o jantar. Como ele os capturava. O olhar de trepe comigo. Ela não conseguiria olhar para Gust daquele jeito sem rir. Com eles, era sempre a mão de Gust na nuca de Frida enquanto Gust dirigia. Ela sente falta de ser esposa, de ser metade de alguma coisa. Mãe e filha não são a mesma coisa, embora ela se lembre de pensar, quando Harriet nasceu, que nunca mais estaria sozinha.

Frida quase seguiu Will de volta para dentro. Quando foi a última vez que alguém além de Gust a beijara de verdade?

Ela precisa voltar para seu quarto, deixar que a observem. Já ficou fora tempo demais. Mas quer mais um minuto ou dois. Um minuto para si mesma. "Supere um obstáculo de cada vez", disse Renee.

Frida passa as mãos pelos seios e pela barriga. Ela abaixa a calcinha e fecha os olhos e se acaricia, gozando de novo e de novo até ficar zonza e inerte. Até que sua mente esteja vazia.

Capítulo 3

O PSICÓLOGO NOMEADO pela Vara de Família parece um homem rico e decadente. Desgrenhado e indiferente. Traços aristocráticos, sem sotaque, provavelmente de alguma universidade importante. Tem queixo duplo e vasinhos rompidos ao redor do nariz. Gosta de beber. Sem aliança. Demora uma eternidade para revisar a pasta de Frida. Mal a olhou quando ela chegou, apenas a conduziu até uma cadeira e continuou mexendo em seu celular. Frida esperava uma mulher, não sabe se é melhor ou pior ser avaliada por um homem branco de cinquenta e poucos anos. Ele não parece ser pai, não parece ter interesse no bem-estar infantil. Por outro lado, a assistente social e os homens do Serviço Social também não pareciam muito interessados.

Frida não fala com Harriet há seis dias, não a vê ou a abraça há uma semana, está remexendo em fotos, revendo todos os vídeos, cheirando o ursinho de pelúcia que ainda guarda o aroma da bebê. Ela deveria ter feito mais vídeos, mas não queria ficar sacudindo o celular na cara de Harriet. Gust costumava dizer que tirar fotos era roubar a alma de alguém, mas ele tem padrões diferentes para Susanna, cujos 1.498 seguidores viram Harriet apenas de fralda, Harriet nua de costas, Harriet no consultório médico, Harriet no banho, Harriet no trocador, Harriet logo pela manhã, grogue e vulnerável. Selfies: Harriet dormindo no ombro de Susanna, *#felicidade*.

Essas pessoas sabem o que Harriet comeu no café da manhã. Frida quer desesperadamente olhar, mas Renee a fez encerrar suas contas na mídia social.

O cheiro de naftalina está lhe dando dor de cabeça. Não usa seu tailleur preto desde sua última rodada de entrevistas de emprego. Está usando mais blush do que de costume e batom rosado, cabelo em um coque baixo, as pérolas de sua avó. Vergonhoso usá-las aqui. O maior desejo de sua falecida avó era que ela se casasse e tivesse um bebê.

Na mesa do psicólogo, uma câmera de vídeo do tamanho da palma da mão em um tripé está equilibrada desajeitadamente em uma pilha de pastas de arquivo de papel pardo.

— Senhora Liu, antes de começarmos, o inglês é sua primeira língua? Frida se encolhe.

— Eu nasci aqui.

— Me enganei. — O psicólogo se atrapalha com a câmera. — Ah, aqui está. — Uma luz vermelha se acende. Ele abre o bloco de notas em uma nova página, destampa a caneta-tinteiro. Eles começam com a história da família de Frida. Seus pais são professores de Economia aposentados. Imigrantes. Seu pai de Guangzhou, sua mãe de Nanjing. Vieram para os Estados Unidos na casa dos vinte e se conheceram na pós-graduação. Casados há quarenta e quatro anos. Frida nasceu em Ann Arbor, cresceu em Evanston, um subúrbio de Chicago. É filha única. Sua família vive confortavelmente agora, mas seus pais vieram do nada. Seu pai era muito pobre. Quando criança, todos os avós moraram com eles em diferentes momentos. Sua tia também. Depois outra tia. Primos. Seus pais ajudaram todos os parentes, patrocinaram seus vistos.

— Quando isso era possível — diz ela.

O psicólogo assente.

— Como eles se sentem sobre o incidente?

— Ainda não contei a eles.

Ela olha para as unhas, pintadas de rosa, as cutículas bem aparadas e cicatrizando. Está ignorando as ligações de seus pais. Acham que ela está ocupada no trabalho. Uma semana inteira sem falar com Harriet deve parecer uma tortura. Mas Frida não quer ouvir suas perguntas, sobre Harriet, sobre qualquer coisa. Toda ligação começa com as mesmas perguntas em mandarim: *Você já comeu? Você está satisfeita?* É a maneira deles de dizer "nós amamos você". Esta manhã, ela tomou café e comeu uma barrinha de figo. Seu estômago está se revirando. Se os pais dela soubessem o que aconteceu, voariam para cá. Para tentar consertar as coisas. Mas eles não podem ver sua casa vazia e as câmeras, não podem saber que escaparam do comunismo e uma filha como ela é tudo o que conseguem ter.

O pai da criança é branco? Houve problemas culturais?

— Acho que, como todos os pais chineses, eles queriam que eu fosse para Stanford e conhecesse um bom neurocirurgião. Outro chinês nascido nos Estados Unidos, mas eles adoravam Gust. Ele se dava bem com eles. Meus pais achavam que ele era bom para mim. Ficaram muito chateados com o nosso divórcio. Todo mundo ficou. Tínhamos uma recém-nascida.

Diga apenas o que for necessário, orientara Renee. O psicólogo não precisa saber que até Frida e Gust havia apenas um divórcio de cada lado da família. Que já era ruim o suficiente se casar com um homem branco, mais ainda perdê-lo, mais ainda perder a guarda da filha. Todos os avós, diz ela, têm dificuldade com a distância.

Os pais de Gust em Santa Cruz, Califórnia, os dela em Evanston, assistindo Harriet crescer pelo FaceTime e pelo Zoom.

— Este país é grande demais — diz ela, lembrando-se de seu último voo para Chicago, quando fez Harriet se sentar na mesinha da poltrona, de frente para os outros passageiros. O pensamento de seus pais saberem a faz querer enfiar uma faca no rosto, mas ela ainda não precisa contar a eles. As filhas podem ter segredos neste novo mundo.

Ao ver a câmera, ela se pergunta como as imagens de hoje serão usadas. Por que isso está sendo filmado se ele vai apresentar um relatório?

— O senhor vai analisar meus sentimentos?

— Não há necessidade de ser paranoica, sra. Liu.

— Não estou sendo paranoica. Estou apenas tentando entender os padrões pelos quais estou sendo julgada.

— Padrões? — O psicólogo ri. — Você é esperta.

Os ombros de Frida ficam tensos enquanto ele continua a rir.

— Vamos falar sobre por que você está aqui.

Renee a orientou a parecer arrependida. Ela é uma mãe solteira que trabalha, normal e esgotada. Inofensiva.

Ela lista a combinação de forças desestabilizadoras: sua insônia, a infecção no ouvido de Harriet, cinco noites sem dormir, seus nervos em frangalhos.

— Não estou tentando arranjar desculpas. Sei que o que eu fiz é completamente inaceitável. Acredite, eu não poderia estar mais envergonhada. Sei que coloquei minha filha em perigo. Mas o que aconteceu na semana passada, o que fiz, não representa quem sou. Que tipo de mãe sou.

O psicólogo mordisca a caneta.

—A última vez que precisei enfrentar o dia com tão pouco sono foi quando ela era recém-nascida. O senhor sabe como os novos pais são eufóricos. E eu não estava trabalhando então. Cuidar dela era meu único trabalho. E meu marido, meu ex-marido, ainda estava conosco. Eu deveria ficar em casa com ela nos primeiros dois anos. Esse era o nosso plano. Ainda estou descobrindo como conciliar tudo. Eu prometo, isso nunca, nunca vai acontecer novamente. Foi um terrível lapso de julgamento.

— O que você estava fazendo no dia do incidente, antes de sair de casa?

— Trabalhando. Escrevo e edito uma publicação da faculdade. Em Wharton.

— Então você trabalha de casa?

— Só nos dias em que fico com Harriet. Assumi uma posição de menor remuneração para poder fazer isso. Então eu poderia ter mais tempo flexível. Queria poder trabalhar mais em casa. De que outra forma eu vou vê-la? Muito do meu trabalho é uma bobagem. E-mails. Professores irritantes que devem aprovar rascunhos. A maioria deles me trata como uma secretária. Não é o ideal, mas Harriet e eu temos um sistema. Eu trabalho por um tempo, depois faço uma pausa para alimentá-la e brincar, trabalho um pouco mais, coloco a bebê para tirar uma soneca, faço algumas coisas durante a soneca. Trabalho até tarde depois que ela vai para a cama. Ela fica bem brincando sozinha. Ela não é tão carente quanto as outras crianças.

— Mas todas as crianças não são inerentemente carentes? Elas são, afinal, inteiramente dependentes de cuidadores para sua sobrevivência. Imagino que você permite que ela assista à televisão.

Frida encontra um rasgo em sua meia-calça atrás do joelho direito.

— Vemos um pouco de TV, sim. Eu a deixo assistir a *Vila Sésamo* e *Mister Rogers*. Ela também vê *Daniel Tigre*. Gostaria de passar o dia inteiro brincando com ela, mas preciso trabalhar. É melhor do que mandá-la para a creche. Não quero estranhos cuidando dela. Já a vejo tão pouco. Se ela fosse para a creche, eu só a veria por, talvez, doze horas por semana. Isso não é suficiente.

— Você costuma permitir que ela brinque sozinha?

— Não muitas vezes — diz Frida, esforçando-se para manter a amargura fora de sua voz. — Às vezes ela brinca no cantinho da sala onde ficam as coisas dela, às vezes brinca ao meu lado. Pelo menos estamos juntas. Isso não é o mais importante?

O psicólogo rabisca em silêncio. Antes do divórcio, ela discutia com a mãe sobre quando voltaria ao trabalho, se trabalharia meio período ou período integral, se seria *freelancer*. Eles não a mandaram para boas escolas para que ela virasse uma dona de casa. A ideia de viver do salário de Gust era uma fantasia, disse a mãe dela.

O psicólogo pergunta se Frida considera a criação dos filhos opressiva ou estressante. Indaga sobre seu consumo de drogas e álcool, se ela tem histórico de abuso de substâncias.

— As notas da srta. Torres mencionam depressão.

Frida puxa o buraco em sua meia-calça. Como se esquecera de que eles têm dados para atacá-la?

— Fui diagnosticada com depressão na faculdade. — Ela agarra o joelho para impedir que a perna trema. — Mas meus sintomas foram leves. Eu costumava tomar Zoloft, mas parei há muito tempo. Antes de começarmos a tentar engravidar. Nunca exporia meu bebê a substâncias químicas desse tipo.

Ela teve uma recaída? Teve depressão ou ansiedade pós-parto? Psicose pós-parto? Ela já pensou em fazer mal a si mesma ou ao bebê?

— Não. Nunca. Minha bebê me curou.

— Ela era uma bebê difícil?

— Ela era perfeita.

Esse homem não precisa saber do primeiro mês, daquelas miseráveis verificações de peso no consultório do pediatra, quando Harriet estava demorando demais para voltar ao peso que tinha ao nascer, quando Frida não estava produzindo leite suficiente. O pediatra a fazia tirar leite com a bomba após cada mamada. Com que fervor ela invejava as mães na sala de espera com seus cabelos limpos e rostos descansados. Seus seios certamente estavam transbordando. Seus bebês mamavam de maneira perfeita. Seus bebês ronronaram de felicidade. Harriet nunca ronronou com Frida, nem mesmo ao nascer. Para Frida, Harriet parecia desamparada e de fora deste planeta.

Questionada sobre o afeto físico, Frida admite que seus pais raramente a abraçavam ou diziam "eu amo você" com palavras, mas eles se tornaram mais afetuosos à medida que envelheceram. As famílias chinesas são mais reservadas. Ela não guarda rancores. Não repetiu esse padrão com Harriet, pode até abraçar e beijar Harriet *demais*.

— Seus pais parecem muito contidos.

— Não me parece. A maior parte do cuidado diário das crianças era feita pela minha avó materna. Minha *popo*. Ela morreu há doze anos. Ainda penso nela o tempo todo. Gostaria que ela pudesse ter conhecido Harriet. Dividimos um quarto durante a maior parte da minha infância. Popo era extremamente carinhosa. O senhor precisa entender, meus pais tinham carreiras exigentes. Estavam sob forte pressão. Só porque eram professores não significa que tudo foi fácil. Não estavam apenas cuidando de nós. Eram responsáveis por seus pais. Também seus irmãos. Eles ajudaram todos a se estabelecerem. Alguns parentes tinham dívidas. Meu pai tinha úlceras de tanto estresse. Eles não podiam ficar em cima de mim todo o tempo. O senhor não pode julgá-los pelos padrões americanos.

— Senhora Liu, sinto que a senhora está ficando na defensiva.

— Meus pais me deram uma boa vida. Fizeram tudo por mim. Fui eu que estraguei tudo. Não quero que ninguém os culpe.

O psicólogo muda de assunto. Eles discutem sua reação ao choro de Harriet, se ela se diverte cuidando de Harriet, se é ela quem começa as brincadeiras, se a elogia. Ela responde como imagina que as mães do playground fariam, descrevendo uma vida governada pela paciência e pela alegria, sua voz tornando-se aguda e feminina. Se alguma dessas mães estivesse no lugar dela, ela sabe que cegariam a si mesmas ou beberiam alvejante.

— A senhora mencionou que seu marido estava indo embora.

Frida fica tensa. Ela conta que ela e Gust ficaram juntos por oito anos, casados por três, apresentados por amigos em comum em um jantar em Crown Heights.

— Gust disse que soube imediatamente. Eu demorei um pouco mais.

O casamento foi gratificante. Feliz. Gust era seu melhor amigo. Ele a fez se sentir segura. Ela se abstém de dizer que eles costumavam ter mais em comum, que Gust costumava ter senso de humor, que querer ter um filho *dele* foi o que a convenceu a ter um bebê, que ele costumava ser uma pessoa razoável, que confiava na ciência e na medicina, mas que depois brigaram a respeito do método que escolheriam para o parto. A respeito da recusa dela em considerar um parto domiciliar ou doula. A respeito de sua atitude displicente em relação a epidurais.

Ela explica a linha do tempo de sua gravidez e o nascimento de Harriet, sua descoberta de Susanna, a breve tentativa de reconciliação.

— Harriet tinha dois meses quando eu soube do caso. Não tivemos a chance de ser uma família. Acho que se Gust tivesse nos dado uma chance... — Ela olha pela janela. — Eu acordava três vezes por noite para amamentar. Desculpe-me, isso é muito íntimo?

— Vá em frente, sra. Liu.

— Estávamos em modo de sobrevivência. O estresse afetou minha produção de leite. Eu estava me recuperando de uma cesariana. Nós planejamos este bebê. Ter uma família é uma das principais razões pelas quais nos mudamos para cá.

O psicólogo lhe entrega um lenço de papel.

— Eu o teria aceitado de volta. Eu queria que tentássemos aconselhamento, mas ele não parava de vê-la. Foi decisão de Gust se divorciar. Ele não lutou por nós. Gust é um bom pai, eu sabia que ele seria um bom pai, mas age como se a coisa toda estivesse além de seu controle, como se ele e Susanna estivessem destinados a ficar juntos.

— Conte-me sobre seu relacionamento com a amante.

— Esse é o termo? *Amante*? Bem, eu diria que a *amante* tem alguns problemas com limites. Ela não me respeita. Tentei estabelecer limites, mas nada muda. Minha filha não é um projeto e Susanna não é a mãe dela. Susanna está sempre aparecendo e se impondo. Como com seu trabalho de nutricionista. Age como se fosse mesmo muito saudável. Ela era uma dançarina. Você sabe como elas são.

Frida está namorando? Ela apresentou Harriet a algum namorado?

— Não estou pronta para namorar. Eu não apresentaria nenhum homem à minha filha, a menos que o relacionamento fosse muito sério. No que me diz respeito, Gust apresentou Susanna a Harriet cedo demais. — Instada a dizer mais, ela fica agitada. — Ele foi morar com ela assim que nos deixou, e, de repente, espera-se que eu leve minha recém-nascida para o apartamento daquela garota e interaja com ela constantemente. Vê-la com meu bebê... — Frida massageia o ponto entre as sobrancelhas.

— Eu não queria que Harriet estivesse nem sequer no mesmo cômodo que Susanna. Agora ela precisa morar lá metade da semana. Gust disse que contrataria uma babá. Eu me ofereci para encontrar uma babá para ele. Ele não deveria usar sua namorada como uma substituta para a creche. Eu nunca concordei com isso. Realmente não me importo se ela tem um horário flexível. Não me importo se ela quer cuidar da criança. Minha filha agora passa mais tempo com aquela garota do que qualquer um de seus pais verdadeiros, e isso não está certo.

Os sapatos de Will estão alinhados em fileiras organizadas. O carpete foi aspirado, a correspondência e as moedas, recolhidas, todo o apartamento, espanado. Seu cão foi exilado no quintal. Frida não deveria ter vindo, ansiosa por problemas em uma noite de sexta-feira, mas o que é mais uma curva errada depois de tantas?

Will tinha raspado a barba, parece mais jovem. Bonito. Frida nunca o havia visto barbeado. A covinha é uma surpresa. Com o tempo, ela poderia adorar esse rosto. Apaixonar-se pode ajudá-la. A assistente social veria a ternura em seus olhos. Harriet também veria.

Na manhã seguinte será a primeira visita supervisionada. Sentada com Will, Frida confessa que pode estar enlouquecendo. Ela continua adivinhando suas respostas. Ela deveria ter se preparado melhor, evitado as perguntas sobre Susanna e se concentrado em Harriet, seu amor por Harriet.

— Eu só tenho uma hora com ela.

— Você vai se sair muito bem — diz Will. — Você só precisa brincar com ela, certo? Então eles observam vocês? Imagine as outras mães com quem eles lidam.

— Mas e se isso não me ajudar?

Frida tinha se encontrado com a assistente social na noite anterior. O escritório da assistente social era decorado com desenhos de crianças. Crayon, canetinha e lápis pastéis. Adesivos e árvores. Alguns gatos e cães. O lugar parecia mal-assombrado, como se ela tivesse entrado no covil de um pedófilo.

Havia uma câmera embutida na parede atrás da mesa da assistente social. Alguém havia pintado pétalas amarelas ao redor da lente, instalando-a em um mural de girassóis, como se uma criança não fosse notar.

Elas passaram pelas mesmas perguntas. Os motivos de Frida. Sua saúde mental. Se ela entende as responsabilidades fundamentais dos pais. Seu conceito de segurança. Seus padrões de limpeza. A assistente social perguntou sobre a dieta de Harriet. A geladeira de Frida continha caixas de comida para viagem, algumas batatas-doces, um pacote de aipo, duas maçãs, um pouco de manteiga de amendoim, um pouco de queijo, alguns condimentos, leite para apenas um dia. Os armários estavam quase vazios. Por que ela não estava prestando atenção à nutrição de Harriet?

Quão restritiva ela é? Como ela impõe as regras? Que tipos de limites ela considera apropriados? Ela já ameaçou Harriet com castigos corporais?

Harriet estava recebendo criação bilíngue? O que Frida quis dizer quando mencionou que seu mandarim é apenas instrumental? Que ela fala uma mistura de inglês com chinês com os pais? Isso não era negar a Harriet uma parte crucial de sua herança? O que dizer sobre os seus jogos favoritos? Harriet tinha amiguinhos de brincadeiras? Com que frequência ela contrata babás e com que frequência checa seus históricos? Quão restritiva ela é sobre nudez e exposição à sexualidade adulta? Qual é a atitude dela sobre interrupção, boas maneiras, arrumação, limpeza, hora de dormir, barulho, tempo de uso de dispositivos eletrônicos, obediência, agressão?

As perguntas eram mais detalhadas do que Renee esperava. Mais uma vez, Frida tentou imitar as mães do playground, mas havia muita hesitação, muitas inconsistências. Ela não parecia atenta o suficiente, paciente o suficiente, comprometida o suficiente, chinesa o suficiente, americana o suficiente.

Ninguém a chamaria de vocacionada para a maternidade. No escritório da assistente social, seu tailleur preto parecia muito austero. Ela não deveria estar usando sua melhor bolsa ou seus brincos de rubi. Ela era a única mãe na sala de espera que não era pobre, que não estava vestida casualmente.

A assistente social precisa falar com seus pais. Frida finalmente ligou para eles na noite anterior. Ela apressou sua confissão, pediu que não falassem muito, explicou que a ligação estava sendo gravada. Eles, como todo mundo, queriam saber por quê. Se ela estava cansada, por que não tirou uma soneca? Se ela se sentiu sobrecarregada, por que não pediu ajuda a Gust? Ou Susanna? Mesmo que ela odeie Susanna. Por que ela não contratou uma babá?

— Isso não precisava acontecer — disse o pai.

Quando ela verá Harriet novamente? Quando eles podem ver Harriet? Eles não podem ligar para Harriet? Por que não? Quem está decidindo essas coisas? Isso é legal?

— Em que tipo de problema você se meteu? — gritou a mãe. — Por que você não nos contou?

Will pergunta a Frida se ela está com fome. Eles poderiam pedir comida tailandesa. Ou etíope. Assistir a um filme.

— Você não precisa me alimentar.

No dia seguinte suas habilidades maternais estarão em teste. Ela será digna de confiança. Ainda é capaz. Se ela fosse realmente imprudente, teria procurado um estranho. Se fosse realmente imprudente, Will não teria limpado o apartamento. Ele não teria se barbeado. Se ela fosse realmente imprudente, ele a foderia no chão em vez de levá-la para seu quarto agora arrumado. Ele não pediria permissão antes de despi-la.

Ele se recusa a desligar as luzes.

— Eu quero ver você — diz Will. Frida acaricia os pelos escuros no abdômen dele. Seu pênis é enorme e preocupante. Ela nunca tinha visto um pênis desse tamanho pessoalmente. Apenas a ponta cabe em sua boca.

Depois que Will encontra um preservativo, eles começam a primeira de muitas tentativas de encaixar parte a parte. Tentam com Frida em cima,

Frida de joelhos, Frida de costas, os pés nos ombros de Will. Ela está envergonhada pelas limitações de seu corpo de garotinha. É preciso mais um punhado de lubrificante e muitas exalações profundas antes que ele possa penetrá-la, seu pênis não é uma terceira perna, mas um braço, um braço inteiro escavando até o cotovelo.

— Sinto como se meu pau estivesse no seu crânio. — Will fica maravilhado com sua boa sorte. — Deus, você é apertada para caralho.

O corpo de uma adolescente, Gust costumava dizer. Mais apertada do que Susanna.

Frida envolve as pernas na cintura de Will. Ela se lembra das mãos no hospital. Cinco pares de mãos diferentes em trinta e quatro horas: três residentes, dois obstetras. Seus torturadores. Suas mãos entrando em seu corpo, verificando a posição da cabeça do bebê. Contra a vontade de Gust, ela recebeu uma epidural às três da tarde. Na trigésima segunda hora, ela foi autorizada a fazer força. Duas horas depois, a cabeça do bebê estava exatamente na mesma posição. Falha no progresso do parto, eles disseram. A frequência cardíaca do bebê começou a cair. Mais médicos e enfermeiras apareceram. Seu corpo, ainda convulsionando, foi levado às pressas para a sala de cirurgia, onde uma dúzia de rostos mascarados a saudaram. Alguém amarrou seus braços para baixo. Alguém prendeu uma cortina azul. Seu corpo tornou-se um campo estéril.

As luzes eram insuportavelmente brilhantes. O anestésico fez seus dentes baterem. *Você pode sentir isso?* Um toque na bochecha. *Ou isto?* Um toque na barriga. *Não? Bom.*

— Querida, você está bem? — pergunta Will.

— Continue.

Os médicos estavam conversando sobre filmes que tinham visto. Ela ouviu seus instrumentos estalando. Gust estava sentado ao lado de sua cabeça, mudo de exaustão, sem olhar para ela. Ela disse a ele que deveria ter tentado mais. Esperava que ele dissesse que não, que a chamasse de corajosa. Alguém colocou as mãos em seus ombros. Ela adorava a voz grave do homem, o peso calmo de suas mãos. Ela teria feito qualquer coisa por aquele homem. Ele continuou a tocá-la, alisando seu cabelo. Ele disse:

— Você vai sentir uma pressão.

* * *

Frida protege os olhos e os ergue para a janela de Gust e Susanna. Ela está vinte minutos adiantada. No ano anterior, eles compraram um apartamento espaçoso em Fairmount, a poucos quarteirões do museu, em um trecho recém-renovado do Spring Garden. Susanna vem de uma família abastada e tradicional da Virgínia. Seus pais pagaram em dinheiro pelo apartamento e lhe dão uma mesada mensal. Sempre que Frida vai lá, não pode deixar de comparar. A casa deles tem luz natural abundante e tetos altos, tapetes marroquinos em todos os cômodos. Um conjunto de sofás de veludo azul meia-noite. Plantas em cada janela, vasos de flores frescas em mesas de madeira de demolição. Pinturas dos amigos de Susanna, móveis que foram transmitidos por duas gerações. Ela costumava checar o *feed* do Instagram de Susanna tarde da noite para se atormentar. Lá estava sua linda bebê gordinha aninhada em mantas de pele de carneiro ou embrulhada em cobertores de grife, o acessório perfeito.

A assistente social está quatro minutos atrasada, depois cinco, depois nove, depois doze. Esta manhã, ela verá que a casa de Gust e Susanna está sempre impecável. Ela não vai saber que eles têm uma faxineira toda semana.

Gust mandou uma mensagem na noite anterior para dizer que Susanna sente muito por estar ausente. Ela está em um retiro silencioso nos Berkshires. Ela envia a Frida seu amor e apoio. "Você já venceu", dizia a mensagem de texto.

Frida verifica seu reflexo na janela de um carro. Nos filmes, ela aprendeu sobre mães em busca de redenção, as mães ruins escondem suas fraquezas sob modestas blusas de seda enfiadas em saias desalinhadas. Usam sapatos sensatos de salto baixo e meia-calça transparente. Frida veste sua melhor versão desse traje: uma blusa cinzenta de seda, um cardigã lavanda com gola redonda, uma saia preta na altura do joelho, sapatos de salto gatinho. Sua franja está recém-cortada, sua maquiagem, suave, seu cabelo, puxado para trás em um rabo de cavalo baixo. Frida parece recatada, inofensiva e de meia-idade, como uma professora de jardim de infância ou uma dona de casa que considera boquetes um mal necessário.

Interação presencial, disse a assistente social. Uma hora de brincadeira e conversa. Frida não pode ficar sozinha com Harriet, não pode sair com ela, não pode levar presentes. A assistente social garantirá a segurança física e emocional de Harriet.

Há um toque em seu ombro.

— Bom dia, sra. Liu.

A assistente social tira seus óculos espelhados. Ela parece maravilhosamente saudável. O vestido justo rosa pálido mostra sua pele de bronze, braços bem torneados e cintura estreita. Ela está usando sapatos de salto agulha nude de couro envernizado.

As duas mulheres trocam gentilezas sobre o tempo, ensolarado e seco, quase trinta graus. A assistente social está circulando há séculos, precisou estacionar a quatro quarteirões de distância.

— Não costumo vir a este bairro.

Frida pergunta se ela e Harriet podem ter algum tempo extra no final, já que estão começando atrasadas.

— Você disse que teríamos uma hora.

— Não posso mudar meus outros compromissos.

Frida não pergunta novamente. Na porta da frente, ela se oferece para usar sua chave, mas a assistente social diz que não. Ela toca a campainha do apartamento 3F. No andar de cima, a assistente social pede a Frida que espere no corredor enquanto ela fala com Gust.

Frida verifica seu telefone. Eles estão dezoito minutos atrasados. Felizmente, Gust preparou Harriet. Não é que a mamãe não quisesse ficar mais tempo. Não é que a mamãe não quisesse trazer presentes. Nada disso depende da mamãe. Nada disso faz sentido para a mamãe. Provavelmente também não faz sentido para Harriet. Mamãe está dando um tempo, disseram a Harriet. A assistente social pediu a Gust que explicasse a situação de maneira gentil para a criança. Segundo a assistente social, não importava que Gust e Susanna não teriam um tempo longe. Harriet acabaria entendendo.

Frida pressiona a orelha na porta. Ela ouve a assistente social se transformar em cinegrafista infantil. Harriet está choramingando. Gust tenta acalmá-la.

— Não precisa ter medo. É só a mamãe. A srta. Torres e a mamãe.

Frida não quer seu nome ligado ao daquela mulher. Ela não deveria precisar visitar a filha com uma escolta. Quando Gust abre a porta, a assistente social está atrás dele, já filmando tudo.

Gust a abraça.

— Como ela está? — pergunta Frida.

— Um pouco carente. Confusa.

— Gust, eu sinto muito.

Frida espera que ele consiga saber que ela foi fodida recentemente. Ela fez Will prometer não dizer nada. Havia sangue em sua calcinha na noite anterior. Ela ainda está dolorida.

— Senhora Liu, vamos começar.

Gust diz que estará em seu escritório. Ele dá um beijo casto na bochecha de Frida.

Harriet está escondida debaixo da mesa de centro. Frida olha de volta para a assistente social. Elas não deveriam começar assim. A assistente social a segue até a sala de estar, onde ela se ajoelha ao lado de Harriet e acaricia a barriga com cuidado.

— Eu estou aqui, amor. Mamãe está aqui.

O coração de Frida não está na garganta, mas nos olhos, nas pontas dos dedos. "Por favor", ela pensa. "Por favor, bebê." Harriet estica a cabeça e sorri, depois se enrola, cobrindo o rosto com as mãos. Mas não se move.

— Mamãe, venha. — Harriet chama Frida para se juntar a ela debaixo da mesa.

Quando Frida tenta puxar suas pernas, Harriet as afasta.

— A senhora tem trinta e cinco minutos restantes, sra. Liu. Por que vocês duas não começam a brincar? Eu preciso ver a senhora brincar com ela.

Frida faz cócegas nos pés descalços de Harriet. Gust e Susanna a vestem com cores tão monótonas. Harriet está vestindo uma blusa cinza e *legging* marrom, como uma criança pós-apocalíptica. Em breve vai comprar vestidos novos para Harriet. Listras e flores. Elas vão encontrar uma nova casa. Um novo bairro. Chega de lembranças ruins.

— Um, dois, três! — Ela puxa Harriet pelas pernas. Harriet grita alegremente.

Frida a pega.

— Deixe-me olhar para você, amor.

Harriet sorri, expondo seus poucos dentes quadradinhos e brancos. Ela toca no cardigã de Frida com as mãos pegajosas. Frida a sufoca com beijos.

Ela passa os dedos pelos cílios de Harriet, levanta a blusa de Harriet, pressiona os lábios em sua barriga e sopra fazendo barulho, o que provoca gargalhadas. Esse é o único prazer que conta. Tudo depende de ela poder ou não tocar sua filha, de poder vê-la.

— Mamãe sentiu tanto a sua falta.

— Sem sussurros, sra. Liu.

A assistente social está a dois metros de distância. Frida pode sentir o perfume de baunilha da mulher.

— Senhora Liu, por favor, não bloqueie o rosto da criança. Por que vocês não começam a brincar? Ela tem brinquedos aqui em algum lugar?

Frida abriga Harriet com seu corpo.

— Por favor, nos dê um minuto. Não nos vemos há onze dias. Ela não é uma foca.

— Ninguém a está comparando a uma foca. A senhora é quem está usando essa linguagem. Estou lhe dizendo, seria do seu interesse começar.

Gust e Susanna guardam os brinquedos de Harriet em um baú de madeira ao lado do sofá. Harriet se recusa a dar os poucos passos até seu baú de brinquedos. Ela se prende à perna de Frida e exige ser carregada. Com Harriet no quadril, Frida pega bonecas de feltro e bichos de pelúcia, blocos de madeira com canções de ninar. Ela tenta atrair Harriet empilhando argolas e com um dinossauro com rodinhas nos pés.

Harriet não vai deixar Frida colocá-la no chão. Ela olha para a assistente social com olhos temerosos, sobrancelhas erguidas.

Frida conhece esse olhar. Ela coloca Harriet de volta no chão.

— Bub, me desculpe. Precisamos brincar. Podemos brincar para a senhora simpática nos ver fazendo isso? Por favor, Bub. Por favor. Vamos brincar.

Harriet tenta voltar para o colo de Frida. Quando Frida lhe dá apenas um abraço rápido e insiste que ela escolha um brinquedo, ela começa a chorar. Sua tristeza espirala com velocidade alarmante em um colapso completo. Ela se joga de bruços no tapete, tamborilando com as mãos e os pés, emitindo o grito de um mergulhão, um grito que atravessa oceanos.

Frida a rola de costas e a beija, implorando que ela se acalme.

Harriet está tremendo, furiosa. Ela aponta para a assistente social.

— Vá embora! — grita Harriet.

— Isso não é legal. — Frida a puxa para ficar de pé e a segura pelos ombros. — Peça desculpas à srta. Torres agora. Não falamos assim.

Harriet bate em Frida e arranha seu rosto. Frida agarra os pulsos de Harriet.

— Olhe para mim. Eu não gosto disso. Não bata na mamãe. Nós não batemos. Você precisa se desculpar.

Harriet bate os pés e grita. A assistente social se aproxima.

— Senhorita Torres, poderia se sentar à mesa? A senhora está deixando Harriet nervosa. Dá para apenas aumentar o zoom, não dá?

A assistente social ignora o pedido. Harriet não vai se desculpar. Ela quer mais abraços.

— Vamos, amor, precisamos jogar. A srta. Torres precisa nos ver brincar. Mamãe não tem muito tempo.

A assistente social abaixa a câmera e adoça a voz.

— Harriet, podemos ver vocês brincando? Brinque com sua mãe, está bem?

Harriet arqueia as costas. Ela se livra do aperto de Frida. Ela ataca. Não há tempo para pegá-la. Frida assiste horrorizada enquanto Harriet crava os dentes no antebraço da assistente social.

A assistente social grita.

— Senhora Liu, controle sua filha!

Frida afasta Harriet.

— Peça desculpas à srta. Torres agora. Você nunca morde. Não mordemos ninguém.

Harriet começa a resmungar e berrar.

— Não, não, não, não, não!

Gust aparece para checar o que está acontecendo. A assistente social o informa sobre o ataque feroz de Harriet.

— Gust, ela estava nervosa — diz Frida.

Gust pede para ver o braço da assistente social. Ele pergunta se ela está com dor. Harriet deixou marcas de dentes. Ele se desculpa profusamente. Harriet nunca se comporta assim.

— Ela não costuma morder — diz ele.

Ele leva Harriet para o sofá para conversar. Frida corre até a cozinha para pegar um copo de água para a assistente social. Ela enche um saco Ziploc com gelo e o envolve em uma toalha. Ela se sente mortificada, mas orgulhosa. Essa é sua menina valente. Sua aliada. Sua protetora.

A assistente social segura a bolsa de gelo contra o seu ferimento. Nenhum pedido de desculpas vem de Harriet, apesar dos melhores esforços de seus pais.

— Senhora Liu, a senhora tem mais cinco minutos. Vamos tentar concluir.

Frida implora a Harriet para brincar com ela, mas Harriet só quer seu pai agora. Ela não vai largar Gust. A palavra *papai* não sai de sua boca.

Frida se planta ao lado deles e observa impotente enquanto brincam com os pôneis de madeira de Harriet. Elas não eram aliadas um momento atrás? Toda criança é tão inconstante quanto a dela? Ainda há mais duas visitas. Gust vai treiná-la na próxima vez. Ele explicará o quanto essas visitas importam. O juiz entenderá que Harriet ainda não tem dois anos. Ele verá que Harriet a ama. Que a garotinha quer ficar com ela. Ele reconhecerá que a filha dela tem um espírito livre.

Capítulo 4

É uma tarde de sexta-feira úmida no final de setembro, seis dias desde que ela viu Harriet pela última vez, quase três semanas desde aquele dia terrível, e Frida está escondida no banheiro feminino no trabalho, ouvindo a mensagem de voz irritantemente casual da assistente social. A visita da manhã seguinte foi adiada. A assistente social marcou dois compromissos no mesmo horário.

— Acontece — diz Torres. Ela ligará de volta com uma nova data e hora quando liberar sua agenda.

Frida reproduz a mensagem novamente, pensando que perdeu um pedido de desculpas, que simplesmente não foi feito. Ela dá um tapa seco na porta da cabine. Durante toda a semana usou a visita como parâmetro de tempo. Os dias desde Harriet, os dias até Harriet. Mais uma hora para reconquistar seu bebê.

Frida deveria saber que seria punida. Quando se despediram no sábado anterior, ela roubou um tempinho, deu abraços e beijos extras em Harriet. Ainda pode sentir a assistente social segurando-a pelo cotovelo, ainda pode ouvir a mulher dizendo:

— Já chega, sra. Liu.

Uma vez do lado de fora, a assistente social lhe deu um sermão sobre limites. A criança estava claramente pronta para dizer adeus. A criança não queria mais abraços.

—A senhora precisa reconhecer a diferença entre o que a senhora quer e o que sua filha quer — disse a assistente social.

Os punhos de Frida estavam cerrados. Seus dedos dos pés se curvaram dentro de seus sapatos. Manteve a cabeça baixa, olhou para o rosário tatuado no tornozelo da assistente social. Se tivesse olhado a assistente social nos olhos, poderia ter dado o primeiro soco de sua vida.

A porta do banheiro se abre. Duas alunas começam a fofocar junto das pias. Uma delas tem um encontro hoje à noite, conheceu alguém naquele aplicativo que combina as pessoas por seus feromônios.

Frida manda uma mensagem para Renee sobre o cancelamento. Ela quer chamar a srta. Torres de sádica, que é apenas a verdade, mas suas comunicações devem ser discretas. "A visita de amanhã foi cancelada", escreve. "Segunda visita = ???"

Não há onde falar livremente. Não, Renee disse, ela não deveria comprar um telefone descartável. Ela não deve criar novas contas de e-mail, não deve fazer pesquisas na biblioteca, deve ter cuidado com o que diz aos pais, amigos ou colegas de trabalho. Qualquer um deles pode ser entrevistado.

— Você não tem nada a esconder — disse Renee. — Repita para mim, Frida: *não tenho nada a esconder*.

Frida ouve tubos de batom e pós compactos sendo abertos e fechados. As meninas discutem os méritos do aplicativo que combina as pessoas pela voz. Aquele que combina as pessoas com base em seus padrões de deslocamento, projetando a probabilidade de encontrar um estranho no trem.

Ela poderia rir. A ideia de um fim de semana normal. Enxuga os olhos com um pedaço de papel higiênico e volta para sua mesa.

Qualquer alívio que sentiu ao vir ao trabalho desaparecera, seu cubículo é apenas um lugar diferente para sentir falta de Harriet e pensar sobre seus erros. Se ela tivesse sido mais solícita com a srta. Torres. Se elas tivessem várias horas juntas, não só uma. Se não tivesse ido à casa de Will. Se tivesse conseguido convencer Harriet a brincar. Se não houvesse a birra e a mordida. Se fossem só as duas, sem relógios ou câmeras ou aquela mulher mandando *agirem normalmente*.

As provas de páginas corrigidas deviam ser entregues ao chefe dela esta manhã. Frida espalha as páginas sobre sua mesa, verificando se há vírgulas fora de lugar e nomes e títulos de professores com erros ortográficos. Frida costumava se orgulhar de seu olho afiado, mas agora mal consegue entender as palavras, não dava a mínima ao levar os arquivos para a impressora. Precisa que Gust peça desculpas em seu nome. Harriet precisa saber que sua mãe está pensando nela a cada segundo. Esta não é a escolha da mamãe. Isso não é culpa da mamãe. A srta. Torres poderia ter cancelado com a outra família.

Depois do jantar, Frida se retira para o quarto de Harriet, como tem feito todas as noites desde a visita. Ela encara a câmera e se ajoelha no escuro, sua mente vagando pelo passado e pelo futuro, sem vontade de aceitar o presente insuportável. Renee acha que o Estado deveria vê-la expiar seu erro. Ela deve trabalhar, orar ou se exercitar. Ela deve limpar. Não deve assistir televisão ou perder tempo em seu computador ou telefone. Deve mostrar a eles que está lutando com sua culpa. Quanto mais sofrer, quanto mais chorar, mais eles vão respeitá-la.

O quarto cheira a produtos químicos. Falso limão verbena. Não cheira mais a Harriet e por isso, e tudo o mais, Frida sente muito. Alguns brinquedos desbotaram na lavagem. O enchimento de uma das colchas estava arruinado. Ela poliu o berço e a cadeira de balanço. Limpou os rodapés e o peitoril da janela, lavou as paredes. Suas mãos estão ásperas de esfregar o banheiro e a cozinha duas vezes por semana, sempre sem luvas, as palmas das mãos rachadas e as unhas quebradas como um cilício.

Renee está preocupada com a maneira como a mordida será encarada no tribunal. Preocupa-se que a assistente social não tenha observado nenhuma brincadeira entre mãe e filha. Mas planeja dizer que Harriet foi provocada, que a reação de Harriet foi natural dadas as circunstâncias. Ela e Frida ficaram separadas por muitos dias. A rotina de Harriet foi interrompida. Nunca brinca com a mãe na casa de Gust e Susanna, nunca sob as ordens de alguém, nunca com um cronômetro.

As pernas de Frida estão dormentes. Ela se pergunta que posição seu corpo deve assumir, se há uma pessoa olhando para ela, ou apenas uma máquina, se algo ou alguém procura por determinadas expressões ou posturas.

Ela podia se curvar a eles, pressionar as palmas das mãos e a testa no chão três vezes, do jeito que sua família orava a Buda pedindo proteção.

Quem vai protegê-la agora? Frida espera que o juiz da Vara de Família tenha sentimentos, que o juiz, se não tiver filhos, pelo menos tenha um gato ou um cachorro, algo com alma e rosto, com quem tenha experimentado o amor incondicional, que ele conheça o arrependimento. O Serviço Social deveria exigir isso de seus funcionários.

Frida se move para que a câmera a veja de perfil. Seus quadris doem. Sua lombar dói. Ultimamente, vem tentando se lembrar do começo. De levar Harriet até a janela do quarto do hospital e mostrar a luz do dia pela primeira vez. A pele rosada de Harriet, recém-exposta ao ar e começando a descascar. Ela não conseguia parar de tocar o rosto de Harriet, impressionada com as bochechas enormes e o nariz ocidental de sua filha. Como fizera um bebê com olhos azuis? No começo, parecia que estavam cuidando de uma criatura benevolente, ainda não humana. Fazer um novo humano parecia tão solene.

Frida começa a chorar. Ela precisa contar ao juiz sobre a casa de sua mente na casa de seu corpo. Essas casas estão mais limpas agora e com menos medo. Ela nunca deixaria Harriet daquela maneira, não de novo.

A assistente social fica mudando a data da próxima visita. Setembro vira outubro, e, no quarto adiamento, Frida diminuiu um número do manequim. Tem dormido quatro horas por noite, às vezes três, às vezes duas. Não tem apetite. O café da manhã é café e um punhado de amêndoas. O almoço é um *smoothie* verde. O jantar é uma maçã e duas torradas com manteiga e geleia.

Ela viu Will no campus duas vezes, esbarrou com ele uma vez na livraria, uma vez na praça de alimentação principal. Pediu que ele parasse de ligar, não o deixou abraçá-la em público. Seu trabalho é lento e descuidado. Às vezes volta para sua mesa depois de, obviamente, ter chorado no banheiro. Tanta emoção deixa seu chefe desconfortável. Após outra rodada de artigos atrasados, seu chefe rescinde seus dias de trabalho em casa.

Ele lamenta que isso signifique menos tempo com Harriet, mas a organização deve vir em primeiro lugar.

— Não quero ter de falar com o RH — diz seu chefe.

— Não vai acontecer de novo. Eu prometo. Houve... — Problemas *em casa*, ela quer dizer.

Frida pensou em procurar outro emprego, pensou em desistir, mas precisa do seguro de saúde. A Penn tem bons benefícios. Seu pai pediu favores para ajudá-la a conseguir esse emprego.

Está mentindo para todo mundo no trabalho. Os professores nunca fazem perguntas pessoais, mas a equipe de apoio é majoritariamente feminina, casada e com filhos. A convenção determina que falem sobre seus filhos em todas as oportunidades. Nunca "Como você vai?", mas "Como vai Tommy?"; "Como vai Sloan?"; "Como vai Beverly?".

Ela comenta com as colegas: "A nova palavra de Harriet é *bolha*".

"Harriet tem pedido para ir ao zoológico."

"Harriet está obcecada por biscoitos amanteigados."

Ela não conta que Harriet está fazendo terapia. Que, no consultório de algum psicólogo infantil nomeado pela Vara de Família, Harriet supostamente está sendo curada. Renee disse que a psicóloga infantil provavelmente usaria uma casa de bonecas, faria Harriet representar seus sentimentos com uma boneca mamãe e uma boneca bebê, pediria que ela desenhasse e veria o quanto ela pressiona com o giz de cera. O psicólogo procuraria sinais. Há uma lista de verificação de trauma, mas cada um responde ao trauma de maneira diferente. Para Frida, parecia mais mera adivinhação.

Não conta a ninguém que seus pais lhe enviaram US$ 10 mil para que pagasse os honorários advocatícios, que enviarão mais se ela precisar, que se ofereceram para tirar dinheiro de seu fundo de aposentadoria. A generosidade deles a faz se sentir ainda mais culpada, indigna de ser sua filha ou mãe de Harriet ou de acordar de manhã.

Eles enviaram o dinheiro sem ela pedir. A entrevista deles com a srta. Torres foi tensa. Ela ficava pedindo que repetissem as coisas, que falassem mais devagar, como se não entendesse o sotaque. Disseram que ela não falava como uma pessoa normal. Seu tom era falso amigável, mas soava frio como a fala de um cientista. Ela fez a parentalidade parecer com consertar um carro. A parte da comida, a parte da segurança, a parte da educação, a parte da disciplina, a parte do amor. Disseram à assistente social que Harriet é a alegria de Frida. Seu *bao bei*. Seu pequeno tesouro.

De acordo com sua mãe, Frida está escondendo sua amargura. *Chi ku*, uma frase que Frida não ouvia fazia anos. Aguentar firme as dificuldades. Usaram a frase para descrever o que sua avó paterna, sua *ahma*, sofrera durante a Revolução Cultural. Seu pai às vezes contava a história da noite em que Ahma quase foi morta. Ela era a viúva de um proprietário de terras. Os soldados vieram à sua aldeia para encontrá-la. Fizeram-na ajoelhar-se. Seus filhos se esconderam debaixo da cama de madeira no quarto em que então viviam. Naquela noite, as duas crianças gritaram até ferirem as cordas vocais. Assistiram quando os soldados colocaram uma arma na cabeça de sua mãe e ameaçaram atirar nela.

Frida costumava se sentir culpada sempre que ouvia essa história. Ela se sentia mimada e inútil. Nunca aprendeu o dialeto de Ahma, mal conseguia dizer mais do que *olá* e *bom dia* para ela. Não tinha como perguntar à sua amada *ahma* o que aconteceu. Mas Frida não tem uma arma apontada para a cabeça, nem uma bota de soldado no pescoço. Ela atraiu essa amargura sobre si mesma.

A visitação deve começar às cinco da tarde. É fim de outubro, terça-feira à noite, oito semanas desde que Harriet foi levada, quase seis semanas desde que Frida a segurou pela última vez. A assistente social lhes avisou com apenas uma hora de antecedência. Frida contorna poças. Lanternas feitas de abóboras estão encharcadas da tempestade da noite anterior. A temporada de furacões dura mais agora. Teias de aranha falsas despencam. Seus colegas de trabalho têm perguntado sobre a fantasia de Harriet. Para uma colega, ela disse leão. Para outra, disse joaninha.

Às 16h58, vê a assistente social saindo de um táxi. Ela se aproxima e agradece o encontro. Não teve tempo de voltar para casa para se trocar. Felizmente, sua perda de peso está escondida sob camadas de lã — um vestido listrado de cinza e preto, um lenço roxo enrolado no alto para ocultar sua linha do maxilar, que agora está acentuada demais.

A assistente social não pede desculpas pelos muitos cancelamentos. Não se desculpa por interferir na rotina noturna de Harriet. Conversam sobre o trânsito e o alerta de tornado da noite anterior.

O apartamento de Gust e Susanna está iluminado para o romance e aquecido pelo forno, cheirando a canela. Eles têm uma guirlanda de galhos e frutas secas na porta, uma tigela de cabaças na mesa de jantar.

Frida fica alarmada ao ver que Susanna e a assistente social estão se abraçando. Com Frida, o abraço de Susanna é feroz e inflexível como sempre. Ela beija Frida nas duas bochechas, pergunta como ela está.

— Estou sobrevivendo. — Frida olha para a assistente social para ter certeza de que ela está prestando atenção. — Obrigada por levá-la às consultas. Eu sei que a agenda tem sido difícil. Quero que saiba que eu aprecio...

— Não é nada. Fico feliz em ajudar. — Gust está com Harriet no berçário. — Ela anda muito exigente — diz Susanna. — Só cochilou por vinte minutos hoje. Tentamos lhe dar o jantar mais cedo, mas ela não comeu muito. Talvez você precise dar algo a ela.

Susanna pega seus casacos e as convida a se sentarem. Ela lhes oferece chá e sobremesa. Ela fez *crumble* de maçã sem glúten.

Frida diz que elas não têm tempo, mas a assistente social aceita alegremente. Dez minutos são perdidos para beber e comer e bater papo.

O *crumble* de maçã está delicioso. Frida come mesmo sem vontade. Ela se ressente dos olhares amigáveis trocados entre Susanna e a assistente social, a forma como estão falando em códigos, comentando sobre a jaqueta que Harriet deixou no escritório da srta. Torres, como Susanna deveria trazer um lanche para a próxima sessão de Harriet com a srta. Goldberg. A assistente social elogia o vestido camponês de seda estampada de Susanna, suas pulseiras de ouro.

Susanna diz que vão levar Harriet para um passeio de doces ou travessuras em West Philly na quinta-feira. As casas ao redor do Clark Park têm as melhores decorações. Há uma parada infantil. Uma festa em Little Osage. Harriet será Dorothy. Eles vão se encontrar com Will e alguns outros amigos.

Ao ouvir o nome de Will, Frida se arrepia. Dá outro gole no chá, queimando o céu da boca.

— Você vai deixá-la comer açúcar?

A assistente social larga o garfo e começa a fazer anotações.

— Não sei sobre o açúcar. É mais pela experiência. Gostaria que você pudesse vir conosco. — Susanna será o Homem de Lata. Gust será o Espantalho.

— É uma pena... — diz ela. — Você poderia se fantasiar como... Com licença, Janine. Vou ver como eles estão.

Frida empurra os restos de migalhas ao redor de sua tigela. Lambe o garfo. Seus pais chamam Susanna de ovo do mal, o fantasma branco. Quando isso acabar, ela perguntará como se diz *puta* em mandarim, e esse será o nome de Susanna daqui para frente.

Quando Harriet aparece, restam apenas vinte e três minutos. A garotinha esfrega os olhos. Há uma pausa antes que ela note Frida, uma fração de segundo na qual Frida projeta seus pesadelos. A assistente social começa a filmar.

— Venha aqui. — Frida abre os braços. Harriet está maior e menor do que a Harriet de seus devaneios. Parece que ela envelheceu um ano. Seu cabelo cresceu. Está mais escuro e encaracolado, emaranhado. Ela está descalça, usando um vestido de algodão bege sem mangas que é leve demais para a estação.

— Que menina grande — diz Frida, sua voz alegre e estrangulada. — Senti sua falta, senti saudades. — Ela beija Harriet, toca as manchas de eczema em suas bochechas. — Olá, belezoca.

Elas pressionam testas e narizes. Frida pede desculpas por interromper a rotina da pequena. Pergunta se Harriet entende o que vai acontecer, por que mamãe está aqui, o que vão fazer juntas, por que precisam brincar um pouco.

— Visita — diz Harriet, marcando bem as consoantes.

Frida não quer que sua filha aprenda essas palavras, não dessa maneira.

— Saudade mamãe — diz Harriet.

Frida a abraça novamente, mas o devaneio delas dura pouco. A assistente social pediu a Gust e Susanna que as deixassem a sós um pouco, para voltarem às seis da tarde em ponto. Quando Harriet os vê indo em direção à porta, sai correndo e se enrosca nas pernas deles.

Ela agarra Susanna pelos tornozelos. A assistente social sugere que Gust e Susanna saiam rapidamente. Enquanto Harriet grita, eles se libertam, prometendo voltar em breve, tomando cuidado para não fechar a porta nos dedos de Harriet.

Harriet bate na porta, exigindo que papai e Sue-Sue voltem. Frida implora que a filha coopere. Tenta carregar Harriet de volta para a sala de estar, e parece que está tentando pegar um peixe com as próprias mãos.

— Senhora Liu, ela sabe andar — diz a assistente social. — A senhora deveria deixá-la andar.

A interação desta noite consiste em negociação e recusa, perseguição e pedidos desesperados, um aumento constante na fúria de Harriet. O conteúdo de seu baú de brinquedos está espalhado pelo chão. Harriet se comporta como uma criança que é secretamente espancada, entrando em um frenesi que surge até explodir em uma hemorragia nasal.

— Bub, por favor, acalme-se. Por favor. Oh, por favor.

Harriet se debate e engasga com as lágrimas. Ela enxuga o sangue no rosto, depois enxuga as mãos ensanguentadas no tapete marfim. O sangue continua brotando. A assistente social filma Frida cuidando de Harriet, torcendo lenços e enfiando-os nas narinas da filha. Ela pressiona uma mão na testa da bebê para se certificar de que ela mantenha a cabeça para trás. Tenta se lembrar do que seus pais e Popo costumavam fazer. Esta é a primeira hemorragia nasal de Harriet.

Quando o sangramento finalmente para, Frida pede permissão para levar Harriet à cozinha para tomar um pouco de água.

— Desde que ela ande — diz a assistente social. A caminhada hesitante, procurar um copo com canudinho, enchê-lo, incentivar Harriet a beber dele e a limpeza do queixo molhado consomem mais tempo. O vestido de Harriet está encharcado. Ela está tremendo.

Frida tira o cachecol e o envolve nos ombros de Harriet.

— Não, amor, por favor, não faça isso. — Harriet está lambendo o sangue dos dedos. — Você pode ir para a cama já, já. Não. Não. Não chore. Sente-se com a mamãe.

Elas estão de pernas cruzadas no chão da cozinha, suas costas contra o forno, Frida sentada em uma poça de água derramada. A assistente social diz que elas têm só mais cinco minutos. Tempo para uma brincadeira.

— Ela está exausta — diz Frida. — Olhe para ela.

— Se é assim que a senhora quer usar sua visitação.

— Por favor, srta. Torres, seja razoável. Estamos fazendo o nosso melhor.

Frida pergunta a Harriet se ela está com fome. Harriet balança a cabeça. Ela balbucia em vez de usar suas palavras. Então, sobe no colo de Frida. Frida tem sonhado com este momento, Harriet fazendo dos braços de sua mãe um lar, seu corpo um lar, como era no início, mãe e filha voltando no tempo juntas. Ela beija a testa quente de Harriet. Molha a ponta do dedo com saliva e tenta remover o resto do sangue seco. Os olhos de Harriet se fecham.

— Senhora Liu, por favor, acorde-a. Isso não é apropriado.

Frida ignora o aviso. Ela adora sentir Harriet se remexendo para se aconchegar. Harriet confia nela. Harriet a perdoa. Ela não adormeceria nos braços de sua mãe se não se sentisse segura lá.

Com o passar dos dias, Frida pensa na assistente social tanto quanto pensaria em um novo amante. Carrega o telefone consigo para todos os lugares, mantém o volume do toque bem alto. Qualquer dia é um dia em que a assistente social pode ligar, o que de fato faz, para depois cancelar a visitação.

A assistente social afirma estar sobrecarregada. Pode não haver tempo para uma terceira visita.

— Não se preocupe — diz ela. — Eles estão cuidando bem de Harriet.

Todas as noites, Frida se ajoelha no quarto escuro, pensando na criança que saiu de seu corpo, que deveria estar ao lado dela, mas que não está, não realmente, há oito semanas. Nove semanas. Dez. É novembro, e Harriet faz vinte meses.

Na manhã da audiência, Frida acorda congelada. Seu edredom foi chutado para fora da cama, os lençóis estão emaranhados em torno de suas pernas.

Ela dormiu com a janela aberta, convidando o frio a entrar na casa de sua mente e na casa de seu corpo, no quarto onde todas as noites espera a volta da filha. São 5h14. Frida fecha a janela, veste um roupão, desce as escadas e se força a comer. Um *bagel* inteiro com cream cheese. Dez biscoitos crocantes. Uma barra de proteína de sal marinho com chocolate. Café e chá-verde. No dia anterior, ela abasteceu sua geladeira com leite integral orgânico e queijo, maçãs cultivadas localmente, peito de frango orgânico, mirtilos. Ela comprou abacates, biscoitos de dentição e cereais de arroz.

Renee disse a ela para ter esperança. O pior cenário seria o de mais visitas supervisionadas. Mas o juiz provavelmente aprovará visitas não supervisionadas, visitas noturnas. Guarda compartilhada.

Frida toma um banho demorado e se esfrega com uma bucha até ficar rosada e macia. Ela seca o cabelo com cuidado e modela a franja com uma escova redonda. Ensaia sorrisos no espelho. Renee disse para usar cores suaves ao redor do rosto, cabelos soltos, brincos pequenos. Frida comprou roupas novas. Seu tubinho sob medida é cinza, não preto. Seu cardigã não é apenas marfim, mas feito de mohair.

Depois que termina de se vestir, Frida vomita seu café da manhã. Escova os dentes, bebe uma garrafa de água com gás e reaplica o batom. Renee disse que, depois que o juiz toma sua decisão, tudo é muito rápido. Harriet ficará em casa com Susanna enquanto Gust comparece à audiência, mas Frida poderá ver Harriet à noite ou no dia seguinte.

Uma boa segunda visita deveria anular a mordida e uma mordida mais uma hemorragia nasal exigirão um salto de fé do juiz, e os juízes não são predispostos a esse tipo de aposta, mas Renee disse que ainda podem vencer. Ela não queria ser grosseira sobre isso, mas o juiz provavelmente não verá Frida como uma pessoa não branca. Ela não é preta nem tem a pele escura. Não é vietnamita ou cambojana. Não é pobre. A maioria dos juízes são brancos, e os juízes brancos tendem a dar às mães brancas o benefício da dúvida. Frida é pálida o suficiente.

Pega um táxi para Center City, onde Renee e Gust estão esperando por ela no saguão do prédio da Vara de Família, uma nova edificação de vidro e aço que ocupa meio quarteirão da cidade, logo depois da prefeitura e do Dilworth Park, do outro lado da rua do luxuoso hotel Le Méridien.

Eles colocam suas bolsas, carteiras e telefones no escâner. Passam pelo detector de metais. Frida gostaria que Gust não estivesse de terno. Não o viu de terno desde o casamento, e hoje sua beleza é uma distração.

Ele parece cansado. Ela pergunta a ele como Harriet dormiu, como se comportou esta manhã, se explicaram a ela que o dia é importante, que este tempo afastadas logo terminará.

— Eu teria feito isso — diz Gust. — Mas Janine nos disse para não prometer nada.

Renee pede a Frida para ficar quieta. Não é seguro falar aqui. No elevador, estão lado a lado com funcionários estatais cansados e pais infelizes. Gust tenta atrair o olhar de Frida. Ela tenta se lembrar de onde está e por que está ali, que não pode pedir um abraço por mais que precise. Renee ficou chocada quando Gust segurou sua mão na audiência de divórcio. Segurar as mãos claramente o fez se sentir melhor e Frida se sentir pior. Então, Renee perguntou por que fazer isso. Por que absolvê-lo?

O elevador abre no quarto andar. A srta. Torres espera por eles na recepção. Frida fornece sua impressão digital. Há quatro salas de audiência, cada uma com sua própria área de espera, bem como salas menores próximas a cada sala de audiência, onde advogados e clientes podem se reunir em particular. Há displays de plástico com panfletos para serviços de aconselhamento, serviços de emprego, escritórios de benefícios, abrigos. O chão dá a impressão de um hospital sofisticado, polido, mas sujo, com a tristeza incrustada nas paredes. A luz da manhã entra por uma fileira de janelas, filas de assentos laranja presos ao chão, televisores em todos os lugares, todos mostrando programas de reforma de casas e de jardinagem.

Até onde Frida pode ver, ela é a única asiática ali. Gust é o único homem branco de terno que não é advogado. As televisões estão mostrando um programa de reforma de banheiro. Um casal na Califórnia quer adicionar uma *jacuzzi* ao banheiro principal.

Frida e Gust escolhem assentos na última fila. A assistente social e Renee se sentam cada uma de um lado. Frida agradece a Gust por tirar o dia de folga. Ela quer pedir um tempo extra com Harriet. Eles poderiam trocar de feriado. Gust pode deixá-la ficar com Harriet no Dia de Ação de Graças em vez de no Natal, ou talvez, à luz dos últimos dois meses, ele possa permitir que ela fique com a filha nos dois feriados.

Nas telas acima deles, são exibidos episódios sobre um projeto de paisagismo no Novo México, uma casa com piscina em uma propriedade de Connecticut, comerciais de remédios para disfunção erétil, seguro residencial e *mixers*, uma variedade de analgésicos cujos efeitos colaterais incluem a morte.

Ela observa as funcionárias do hotel do outro lado da rua trocando roupa de cama. À medida que a manhã passa, as filas de assentos se enchem. Os pais são instruídos a abaixar a voz. Mais assistentes sociais aparecem, mais advogados.

Alguns pais parecem estar se encontrando com seus advogados pela primeira vez. Algumas crianças sobem nos assentos, primeiro falando com a mãe, depois com o pai. Seus pais se sentam em fileiras separadas.

A cada hora, Frida vai ao banheiro lavar as mãos e aplicar mais pó na testa. Ela não consegue parar de suar. Tem certeza de que está desenvolvendo uma úlcera. Renee às vezes a segue até o banheiro e diz para ela voltar. Eles atravessam a rua para almoçar, comem sanduíches gordurosos, que reviram ainda mais seu estômago.

A psicóloga infantil nomeada pelo tribunal chega. A srta. Goldberg é uma mulher branca, grávida, na casa dos quarenta, com cabelos loiros em um corte tigela e um rosto sereno, perfeitamente oval, como um Modigliani. Ela cumprimenta Frida calorosamente, dizendo como está feliz por finalmente conhecê-la.

— Harriet é especial — diz ela.

A srta. Goldberg se senta na fileira de Frida e Gust, assim como os procuradores do Estado. Frida se arrepende de não deixar seus pais voarem para acompanhá-la. Renee não os queria na audiência. Ela planeja trabalhar o ângulo de mãe solo. O juiz não precisa saber que Frida tem recursos, que ela poderia ter pedido aos pais para pagar a creche, que ela poderia ter pedido que eles a ajudassem com o aluguel para que só tivesse de trabalhar meio período.

Mas eles já ajudaram na pós-graduação. Eles já ajudaram com aluguel quando ela morava no Brooklyn. Durante a separação, pagaram os honorários da advogada dela, deram dinheiro para um carro, dinheiro para móveis. Ela tem quase quarenta anos. Com essa idade, seus pais tinham estabilidade. Eles eram donos de uma casa. Tinham assumido a responsabilidade por meia dúzia de parentes.

Seus pais estão aguardando notícias. Virão ver Harriet assim que for permitido. Frida observa as pessoas saindo das salas de audiência em lágrimas. Ouve gritos. Um pai é escoltado algemado. Casais discutem. Guardas são rudes com os assistentes sociais, assistentes sociais são rudes com os pais, advogados estão mandando mensagens em seus celulares.

Escurece lá fora. Frida observa seu reflexo surgir na janela. A sala esvazia. Renee diz que é possível que precisem voltar pela manhã. A srta. Torres é chamada para depor várias vezes em outros casos. Gust traz para Frida garrafas de água e lanches da máquina de venda automática, e insiste que coma. Ele manda uma mensagem para Susanna e descobre que Harriet não cochilou. Ele liga para seu chefe e pergunta se pode tirar folga no dia seguinte também.

— Sim, a situação com minha filha — explica ele.

Frida corre os olhos pelos quatro conjuntos de portas. Precisa saber para qual sala de audiência ela foi designada, qual juiz ela enfrentará, se seu juiz será rigoroso ou brando, o que a srta. Torres dirá, o que o psicólogo infantil dirá, o que o Estado acha que sabe sobre ela. Precisa abraçar a filha, precisa beijá-la e contar sobre os últimos dois meses. O quarto dela está pronto. A casa está limpa. A geladeira está abastecida. Em breve, Harriet não terá mais de conviver com estranhos. Mamãe não vai perder mais dias, mais semanas.

Frida continua esperando. Ela observa o relógio. O prédio fecha às 17h. Às 16h17, o guarda chama o nome dela.

CAPÍTULO 5

QUANDO FRIDA ERA criança, não tinha senso de direção.

Norte significava para cima, Sul significava para baixo, no chão, e Leste e Oeste mal existiam. Ela desenvolveu uma relação tensa com as estradas, só reaprendendo a dirigir aos trinta e seis anos, depois de duas décadas de desculpas sobre sua falta de coordenação espacial e o medo paralisante de mudanças de faixa. Não precisar dirigir era uma das razões pelas quais ela amava Nova York. Nunca pensou que sentiria falta, mas, nesta viagem de ônibus, inveja os motoristas na pista ao lado: a mulher com três crianças gritando, a adolescente que manda mensagens de texto, o homem no caminhão de entrega. É fim de novembro, a segunda-feira antes do Dia de Ação de Graças, quatro semanas desde que ela viu Harriet pela última vez, doze semanas desde seu dia péssimo, e Frida está prestes a mudar sua vida.

A juíza da Vara de Família disse que ela precisa.

As mães partiram antes do nascer do sol. Elas se reuniram no prédio da Vara de Família às seis horas da manhã, despediram-se de amigos e parentes, entregaram seus celulares. Com exceção de uma única bolsa, foram instruídas a aparecer de mãos vazias. Nenhuma bagagem, roupas, artigos de toalete, maquiagem, joias, livros ou fotos. Nada de armas, álcool, cigarros ou drogas. Elas tiveram suas bolsas revistadas e seus corpos apalpados. Passaram por escâneres. Uma mãe tinha um saco de maconha no estômago.

Outra tinha engolido um saquinho com comprimidos. Essas duas não conseguiram entrar no ônibus.

A mãe sentada ao lado de Frida pede para olhar pela janela.

— Quanto ainda demora, porra?

Frida não sabe. Não está usando um relógio, mas está claro agora. Ela não está prestando atenção nas placas de trânsito, preocupada demais com a fome, a sede, a pele rachada e o nariz escorrendo. Seus pensamentos sobre Harriet.

A mãe ao lado dela é uma mulher branca na casa dos vinte anos, uma morena cansada com olhos azuis nervosos. As mãos da mulher são tatuadas com rosas e teias de aranha. Ela está tirando diligentemente o esmalte das unhas, deixando uma pilha de flocos vermelhos na mesinha em frente ao seu assento.

Frida pega sua lista de tarefas da bolsa e a verifica novamente. Encontra uma caneta e começa a rabiscar espirais e corações. É a primeira vez que fica parada em dias. Na semana anterior, pediu demissão do emprego, rescindiu o contrato de aluguel e arrumou a casa, transferiu os pertences dela e de Harriet para um depósito, pagou suas contas, congelou seus cartões de crédito e contas bancárias, deu suas joias e documentos para Will por segurança, emprestou seu carro para um dos amigos de Will, despediu-se de seus pais.

Will a acompanhou ao registro de entrada esta manhã, abraçou-a até a hora de embarcar no ônibus. Frida passou sua última noite de liberdade no sofá de Will, e o teria beijado ou dormido em sua cama se tivesse conseguido parar de chorar. Não queria que ele a despisse e visse sua pele cheia de erupções. Ele quer visitá-la, quer enviar cartas e pacotes de presentes. Mas nenhuma dessas coisas é permitida.

Na noite anterior, ele preparou um ensopado de peixe para ela, fez com que comesse pão com manteiga, uma fatia de bolo de chocolate. Como se Frida pudesse recuperar o peso perdido em uma noite.

A mãe ao lado de Frida tira sua jaqueta e se cobre com ela. Frida se encosta no apoio de braço. Sua companheira de assento começa a roncar. Frida olha para os desenhos nas mãos da mulher. É muito cedo para fazer perguntas ou criar inimizades, mas ela quer saber sobre o filho daquela mulher. Se ela perdeu a guarda de um filho ou mais. Quer perguntar a idade da criança, descobrir se está em um orfanato ou com um parente. Quer saber o que a mãe fez, se ela teve um dia péssimo, uma semana péssima, um mês péssimo ou uma vida péssima, se a acusação feita contra ela é verdadeira ou se os fatos foram distorcidos e exagerados até parecerem uma patologia.

Ela quer reclamar sobre sua audiência, contar a alguém que entenda sobre a honorável Sheila Rogers, que disse:

— Vamos consertá-la, sra. Liu.

Frida se surpreende por não ter estourado um vaso em seu cérebro, por não ter desmaiado e por Gust ter chorado mais do que ela.

— Estamos dando à senhora a oportunidade de participar de um novo programa de reabilitação — disse a juíza. — A senhora passará por um ano de instrução e treinamento. Em uma instituição estatal. Com mulheres como você.

A juíza disse que era escolha dela.

Para ter Harriet de volta, Frida deve aprender a ser uma mãe melhor. Deve melhorar sua capacidade de demonstrar sentimentos e cuidados genuínos, aprimorar seus instintos maternais, mostrar que pode ser confiável. Em novembro do próximo ano, o Estado decidirá se ela fez progresso suficiente. Se for considerado que não fez, será destituída de seus direitos parentais.

— A senhora precisará passar em nossos testes — disse a juíza.

O cabelo da juíza Rogers era grisalho e crespo, puxado para trás com uma tiara de plástico. Frida achou que aquela tiara não era nada profissional, um insulto. Ela se lembra da pinta ao lado do nariz da juíza, seu lenço de seda azul. Ela se lembra de ver a boca da juíza se mexer.

A juíza mal deixou Renee falar. O procurador do Estado disse que a negligência de Frida era estarrecedora. Havia o maldito relatório policial, o fato de que ela decidira que seu trabalho era mais importante do que a segurança de sua filha. Qualquer coisa poderia ter acontecido. Alguém poderia ter levado Harriet, molestado a criança, matado a menina.

Os homens do Serviço Social produziram um relatório sobre o caráter de Frida. Eles notaram que ela não recebera visitas em sessenta dias.

Logo após o início do monitoramento, houve uma queda acentuada em seus e-mails não relacionados ao trabalho, mensagens de texto e telefonemas. Houve algumas vezes em que ela parecia deixar o telefone em casa intencionalmente.

Eles expressaram preocupação com sua dieta, perda de peso e sono. Chamaram seu comportamento de errático. A alegação original de estar sobrecarregada era inconsistente com sua conduta após o incidente, quando sua casa ficara impecável da noite para o dia. A análise de suas expressões sugeria sentimentos de ressentimento e raiva, uma impressionante falta de remorso, uma tendência à autopiedade. Sua orientação emocional era voltada para dentro, e não para a filha e a comunidade.

— Não gostei da atitude da sra. Liu — disse a assistente social. — Comigo, ela foi difícil. Rude. Com Harriet, ela era carente. — A assistente social disse que Frida tinha um comportamento beligerante. Frida não era capaz de seguir as instruções. Frida continuou pedindo tratamento especial. Não conseguia estabelecer limites. Veja a mordida, o sangramento nasal e a regressão de Harriet: engatinhando em vez de andar, voltando a balbuciar, querendo ser abraçada, subindo nos braços da mãe, agindo mais como um bebê do que uma garotinha. Veja também: a mãe colocando a criança em uma mesinha de atividades no dia do incidente. Usando equipamentos inadequados para o desenvolvimento da filha, para prender a criança e mantê-la fora do caminho.

— Acho que não podemos descartar completamente o abuso físico, emocional ou verbal — disse a assistente social. — Como podemos saber que ela nunca bateu em Harriet? Talvez não tenha deixado hematomas. Os vizinhos me disseram que ouviram gritos.

Em seu relatório, o psicólogo nomeado pelo tribunal considerou Frida insuficientemente arrependida. Ela era hostil a respeito do pai e da madrasta de Harriet. Era uma narcisista com problemas de controle da raiva e tinha pouco controle de impulsos. Eles tinham seus registros médicos: um diagnóstico de depressão clínica aos dezenove anos, mais de dezessete anos em uso de antidepressivos. Uma história de ataques de pânico, ansiedade e insônia. A mãe era instável. A mãe mentiu sobre sua saúde mental. Sobre o que mais ela poderia estar mentindo?

O ônibus manobra para entrar em uma ponte. Há tráfego. O motorista do ônibus cola ao carro da frente. Frida olha para o rio congelado. É raro esfriar assim. No ano anterior, as cerejeiras floresceram em janeiro.

Em novembro do próximo ano, Harriet estará com trinta e dois meses. Ela terá todos os dentes. Já estará formando frases. Frida vai perder seu segundo aniversário, seu primeiro dia de pré-escola. A juíza disse que haveria videochamadas semanais, dez minutos todos os domingos.

— Acredite em mim — disse a juíza —, sou mãe. Tenho dois filhos e quatro netos. Sei exatamente pelo que a senhora está passando, sra. Liu.

Frida inclina a cabeça contra a janela. Susanna precisa garantir que Harriet use um gorro hoje. Ela é muito descuidada quando veste Harriet para o frio. O sangue flui para o rosto de Frida. Quer saber a que horas Harriet acordou esta manhã, o que está fazendo agora, o que comeu no café da manhã, se Gust está entregando as mensagens todos os dias como prometido. *Mamãe ama você. Mamãe sente sua falta. Mamãe sente muito por não estar com você. Mamãe estará de volta em breve.*

As mães desembarcam. Elas apertam os olhos e estremecem. Esticam as pernas, enxugam os olhos e assoam o nariz. Mais ônibus param no estacionamento de uma casa de campo. Quantas mães serão? No prédio da Vara de Família, Frida contou oitenta e seis mulheres. Renee prometeu a ela que criminosas de verdade — assassinas, sequestradoras, estupradoras, molestadoras, traficantes de crianças e pornógrafas — eram mandadas para a prisão. A maioria das mães com quem o Serviço Social lida, disse Renee, será acusada de negligência. É assim há anos.

— A equipe de vigilância vai mantê-la segura — disse Renee. — Todo mundo vai se comportar, espero.

Frida usou essa linha de pensamento para acalmar seus pais preocupados.

Os guardas escoltam as mães do estacionamento até uma imponente passarela ladeada de carvalhos nus. Parece que estão na França. Uma propriedade no campo. A caminhada leva dez minutos. Frida ouve um guarda dizer que elas estão indo para Pierce Hall. A fachada do edifício é de pedras cinzentas, com janelas de caixilhos brancos, colunas brancas altas, um telhado abobadado cinzento.

Na entrada, uma mulher branca e elegante com um jaleco rosa está diante de um conjunto de portas, ladeadas por dois guardas.

Renee achou que seriam mandadas para algum lugar isolado, mas as mães chegaram a uma antiga faculdade de artes, uma das muitas que faliram na última década. Frida estivera nesse campus vinte e dois anos atrás, quando estava visitando faculdades com seus pais. Ela ainda se lembra dos detalhes. Seus pais os repetiam com frequência. Esta tinha sido sua primeira escolha para ela. Cento e sessenta hectares para mil e seiscentos alunos, duas florestas, um lago. Um anfiteatro ao ar livre. Um bosque. Trilhas para caminhadas. Um riacho.

A faculdade foi fundada por *quakers*. Os bicicletários ainda estão aqui. Recipientes para reciclagem. Quadros de avisos de cortiça. Cadeiras brancas de jardim. Luzes de emergência azuis e caixas de correspondência. Frida supõe que ela deveria se sentir aliviada. Imaginava quartos sem janelas e bunkers subterrâneos, confinamento solitário e espancamentos. Mas estão a minutos de uma grande rodovia. Um campus é um mundo que ela conhece. Os guardas não têm armas e as mães não estão algemadas. Ainda fazem parte da sociedade.

As mães são instruídas a formar uma fila. A mulher de jaleco rosa pergunta o nome e do que cada uma delas é acusada. Frida fica na ponta dos pés e escuta.

— Negligência.

— Negligência e abandono.

— Negligência e abuso verbal.

— Negligência e desnutrição.

— Punição corporal.

— Abuso físico.

— Abandono.

— Abandono.

— Negligência.

— Negligência.

— Negligência.

A fila se move rapidamente. A mulher de jaleco rosa tem uma postura impecável. Parece estar em seus trinta e poucos anos, usa seu cabelo castanho encaracolado em um corte reto na altura das orelhas. Tem a pele sardenta e dentes pequenos, sorri com muita gengiva à mostra, parece cruelmente alegre. Sua voz chia. Exagera na pronúncia como quem trabalha com falantes não nativos de inglês ou com crianças pequenas. Seu jaleco é do tom de rosa pálido usado por bebês do sexo feminino. Seu crachá diz: SRTA. GIBSON, DIRETORA-ADJUNTA.

— Por favor, tire isso — diz a srta. Gibson a Frida. — Eu preciso escanear seu olho.

Frida tira os óculos. A srta. Gibson a segura pelo queixo, usa um dispositivo em forma de caneta para escanear sua retina.

— Nome e acusação, por favor.

— Frida Liu. Negligência.

A srta. Gibson sorri.

— Bem-vinda, sra. Liu. — Ela consulta seu tablet. — Na verdade, nós temos registrado que a senhora está aqui por negligência e abandono.

— Deve haver algum engano.

—Ah não. Isso não é possível. Não erramos.

A srta. Gibson lhe entrega um saco de lona, diz para ela preencher a etiqueta e colocar suas roupas pessoais dentro assim que se instalar em seu dormitório. O saco será recolhido mais tarde. Todas as mães vão morar em Kemp House. Todas usarão uniforme a partir de hoje.

"Então é assim que começa", pensa Frida. Ela é uma mãe ruim entre outras mães ruins. Ela negligenciou e abandonou sua filha. Ela não tem história, nenhuma outra identidade.

Ela entra no Pierce Hall, passa por um saguão acarpetado até um salão com um lustre dourado e uma enorme mesa circular de vidro que antes deve ter ostentado arranjos florais. Há placas para os escritórios que costumava haver aqui: planejamento de carreira e ajuda financeira, estudo no exterior, tesouraria, admissões.

No salão, ela sente as câmeras antes de vê-las, sente uma leve cócega, como se alguém estivesse passando os dedos por sua nuca. Há câmeras instaladas no teto. Ela sabe que haverá câmeras em cada corredor, em cada cômodo, do lado de fora de cada prédio.

Frida encontra um lugar contra a parede, conta as cabeças e tenta não olhar para os rostos. Ela mexe no lenço, não sabe o que fazer com as mãos, não consegue se lembrar da última vez que esteve entre estranhos sem o telefone.

Cataloga as mães por idade e raça, como imagina que o Estado faz, como ela sempre faz quando suspeita que é a única. Gust costumava zombar dela por contar quantos asiáticos tinha visto em uma semana quando se mudaram para a Filadélfia.

As mães se olham com cautela. Algumas se sentam nas escadas que levam ao escritório do antigo reitor. Outras agarram suas bolsas e cruzam os braços e sacodem ou ajeitam seus cabelos e andam em pequenos círculos ferozes. Frida sente que está de volta ao colegial. Examina os novos rostos esperando encontrar outra asiática, mas não há nenhuma. Algumas mães latinas se mudaram para um lado do salão, algumas mães negras para o outro. Três mulheres brancas de meia-idade em casacos de lã finos se amontoam no canto mais distante ao lado dos guardas. O trio de mulheres brancas recebe olhares de reprovação. Frida se arrepende de seus jeans *skinny* e botas de cano curto, seu gorro de lã e parca com forro de pele e óculos hipster. Tudo nela parece burguês.

Uma vez que todas as mães foram registradas, mulheres em jalecos rosa as conduzem através de Pierce Hall e saem por uma passagem lateral. Passam por um pátio de pedra, uma capela com uma torre sineira, prédios de salas de aula de pedra cinza de dois e três andares. Há árvores por toda parte, hectares de gramado agora cercados por uma cerca alta encimada por arame farpado.

As árvores são rotuladas com nomes em inglês e latim. Frida lê os sinais. TÍLIA-AMERICANA. CARVALHO. BORDO JAPONÊS. CATALPA DO NORTE. PINHEIRO DO HIMALAIA. MAGNÓLIA. CICUTA ORIENTAL.

Se seus pais pudessem ver isso. Se Gust pudesse ver isso. Se ao menos ela pudesse contar a Will. Mas nunca será capaz de contar a ninguém. As mães foram obrigadas a assinar acordos de confidencialidade. Não estão autorizadas a falar sobre a escola depois que saírem, não podem falar sobre o programa durante as ligações semanais. Se o fizerem, independentemente do resultado de seus casos, seus nomes serão adicionados a um registro de pais negligentes. Sua negligência será revelada quando tentarem alugar ou comprar uma casa, matricular seus filhos na escola, solicitar cartões de crédito ou empréstimos, candidatar-se a empregos ou benefícios do governo — sempre que fizerem qualquer coisa que exija seu número de seguro social. O registro alertará a comunidade de que uma mãe ou um pai negligente se mudou para a vizinhança. Seus nomes e fotos serão postados on-line. Seu péssimo dia a seguiria pelo resto da vida. Se disser alguma coisa. Se for expulsa. Se desistir.

Na noite anterior, Will continuou dizendo que Harriet não vai se lembrar, que, sim, este ano será horrível, mas um dia será apenas uma história. Como se Frida fosse para a guerra. Como se ela tivesse sido sequestrada. Ele acha que Frida deveria contar os dias até seu reencontro com Harriet em vez de contar o tempo perdido.

— Ela ainda será seu bebê — disse ele. — Ela não vai esquecê-la. Gust e Susanna não vão deixar isso acontecer.

Elas chegam a uma rotunda que abriga o antigo teatro da faculdade. As mães resmungam. Estão congelando, com fome, cansadas e precisam usar o banheiro. Os guardas as escoltam até o banheiro feminino em grupos de cinco.

Frida encontra um assento na penúltima fila do auditório. Há um pódio no centro do palco. Atrás dele, uma tela enorme. Ela ouve alguém dizer que provavelmente terá de usar tornozeleiras eletrônicas. Outra acha que serão identificadas pelo número, e não pelo nome. A srta. Gibson parecia estar se divertindo demais com as admissões.

Frida sentiu vontade de fazer xixi pela última hora, mas vai esperar. Cruza as pernas e começa a bater o pé, impulsionada pelo metrônomo invisível de Harriet, lembranças e pensamentos do tom condescendente da juíza, preocupações com a pressão arterial de seus pais, visões de Susanna com Harriet.

A mãe do ônibus reconhece Frida e escolhe um lugar dois assentos afastado na mesma fila. Ela chorou até que toda sua maquiagem saísse, parece muito mais jovem agora. Frida aperta a mão da mulher.

— Desculpe, eu deveria ter dito "oi" mais cedo.

— Tudo bem. Isto não é um acampamento.

O nome da mulher é April. Tem os ombros curvados de uma adolescente e a boca grande e expressiva. Conversam sobre o frio incomum, como se sentem estúpidas por sentirem tanta, tanta falta de seus telefones.

A conversa se volta para seus filhos ausentes. April é de Manayunk.

— Eles me pegaram batendo no meu filho em um supermercado. Uma velhinha me seguiu até o estacionamento e anotou minha placa.

Frida assente. Não tem certeza do que dizer. Pode haver dispositivos ocultos gravando tudo o que dizem. Ela não conhece ninguém que bata no filho, quer acreditar que bater é pior do que deixar a criança sozinha, que ela é diferente, melhor.

Mas a juíza disse que ela traumatizou Harriet. O cérebro de Harriet, disse a juíza, pode se desenvolver de maneira diferente por causa dessas *mais de duas horas* sozinha.

A srta. Gibson entra no auditório e sobe ao palco. Ela toca o microfone.

— Testando — diz ela. — Testando.

Esta manhã elas conhecem a diretora-executiva do programa, a srta. Knight, uma loira alta em um terno de saia bege, estranhamente bronzeada para novembro. A srta. Knight remove sua jaqueta, revelando um corpo moldado em ossos e cartilagens. Ela usa o cabelo comprido e fofo, como uma esposa-troféu envelhecida.

As mães se agitam. O anel de diamante da srta. Knight reflete a luz. Ela mostra às mães gráficos que demonstram a ligação entre parentalidade negativa e delinquência juvenil, parentalidade negativa e atiradores de escola, parentalidade negativa e gravidez na adolescência, parentalidade negativa e terrorismo, sem mencionar as taxas de graduação no ensino médio e na faculdade, sem mencionar os salários que adultos criados em meio à parentalidade negativa conseguiam alcançar.

— Conserte a casa — diz ela — e conserte a sociedade.

Centros de treinamento estão sendo desenvolvidos em todo o país, relata a srta. Knight, mas estes dois são os primeiros a entrar em operação. Este para as mães e há um para os pais do outro lado do rio. O governador Warren ganhou a primeira rodada. Haverá períodos no próximo ano em que os pais e as mães farão o treinamento juntos. Eles ainda estão trabalhando nos detalhes das aulas mistas.

— Vocês são as sortudas — diz ela. — Apenas alguns meses atrás, teriam sido enviadas para simples aulas de parentalidade. Estudariam um manual desatualizado. Mas de que adianta aprender sobre parentalidade na teoria? Pais e mães negligentes devem ser transformados de dentro para fora. Os instintos certos, os sentimentos certos, a capacidade de, em uma fração de segundo, tomar decisões carinhosas, amorosas, seguras.

— Agora, repitam comigo: *Sou uma mãe ruim, mas estou aprendendo a ser boa.* — Um slide é projetado com a frase em letras maiúsculas. Letras rosa pálidas em um fundo preto. Frida afunda mais em seu assento. April finge dar um tiro na própria cabeça.

A srta. Knight leva a mão ao ouvido.

— Não consigo ouvi-las, senhoras. Quero ouvi-las dizendo as palavras. É importante que estejamos em sintonia. — Ela fala devagar, pronunciando cuidadosamente cada palavra. — *Sou uma mãe ruim, mas estou aprendendo a ser boa.*

Frida olha para ver se as outras estão entrando no jogo. Este ano inteiro pode depender de entrarem no jogo. Renee disse para adotar uma abordagem micro em vez de macro. Um dia de cada vez, uma semana de cada vez. Cada vez mais perto de Harriet.

Alguém atrás delas diz que isso deve ser uma piada. Ela chama a srta. Knight de "Barbie Ditadora".

A srta. Knight diz a elas para falarem mais alto. Frida se encolhe, mas acaba cedendo e murmura as palavras.

Finalmente satisfeita, a srta. Knight explica as regras.

— Espera-se que tratem a propriedade do Estado com cuidado. As senhoras terão de pagar por qualquer equipamento danificado. Seus quartos serão mantidos limpos. As senhoras tratarão suas colegas de quarto, colegas de classe e umas às outras com o maior respeito e consideração. Com empatia. A empatia é um dos pilares do nosso programa. — Ela continua. — A posse ou o consumo de drogas ou álcool levará à expulsão automática e, portanto, à destituição de seus direitos parentais. Haverá checagens semanais com uma conselheira, que irá monitorar seu progresso e ajudá-las a processar seus sentimentos. Estamos todos aqui para ajudá-las, senhoras. Grupos de apoio a drogas e álcool se reunirão todas as noites após o jantar. As senhoras também terão alguns privilégios de cuidados pessoais. Sabemos que ainda precisam se sentir vocês mesmas aqui.

Claro, adverte a srta. Knight, não haverá brigas, roubos ou manipulação emocional.

— Sei que nós, mulheres, podemos ser competitivas. Há mil joguinhos mentais que podemos jogar. Mas as senhoras devem querer que suas colegas mães tenham sucesso. — Elas devem pensar na escola como uma irmandade, investir uma na outra.

— Eu não quero ouvir sobre qualquer tipo de bullying ou fofocas. Se alguém encontrar uma de suas irmãs envolvida em um ato de automutilação, deve denunciá-la imediatamente. Temos profissionais de saúde mental disponíveis para as senhoras vinte e quatro horas por dia. Temos uma linha direta. Há um telefone em cada andar de Kemp House. As senhoras poderão se sentir desanimadas. Mas não se deixem afundar em um estado de desesperança. Lembrem-se, há uma luz no fim do túnel, e essa luz é seu filho.

Cada uma terá sua prática com um grupo de mães com base no sexo e na idade de seus filhos. Não adiantaria ter mães de adolescentes praticando com mães de bebês. As turmas serão pequenas, por enquanto. Cada mãe será designada a um grupo com base na idade de seu filho mais novo. Mães de meninas e mães de meninos vão praticar em prédios diferentes.

— Meninas e meninos têm necessidades muito diferentes — afirma a srta. Knight. As mães de ambos os sexos se apresentarão para treinamento extra três noites por semana e a cada dois finais de semana. As mães que têm vários filhos, bem como problemas de dependência, estarão extremamente ocupadas.

O trabalho será árduo, mas as mães devem resistir a qualquer pensamento de desistir. O Estado está investindo nelas. A cerca, observa a srta. Knight, é eletrificada.

* * *

O tamanho do campus exige que as mães sejam agrupadas entre os prédios. Pastoreadas, pensa Frida. No caminho para o refeitório, ela ouve alguém falando sobre a Nova Zelândia. Tanto espaço aberto as faz pensar na Nova Zelândia. Não é lá que todos os ricos estão comprando terras para o fim do mundo?

— Meu filho adoraria este lugar — diz uma mulher melancolicamente.

O refeitório é grande o suficiente para receber mil mães. Assim, as mães são capazes de se espalhar pela vasta sala. Algumas se sentam sozinhas. Outras se agrupam em quatro ou cinco numa mesma mesa. As mulheres de jaleco rosa passam pelos corredores, observando e tomando notas em seus tablets.

A sala tem pé-direito alto, vitrais e recuos nas paredes onde ficavam os retratos de reitores de diferentes faculdades. As mesas, com os tampos marcados a canivete com nomes, números e jogos da velha, estão pegajosas. Frida toma cuidado para não deixar seus cotovelos tocarem a madeira. Sua mente se inunda de pensamentos frívolos. Ela se sente estúpida por insistir em se preocupar com sujeira ou chuveiros comunitários, por desejar ter seu próprio creme facial.

As mães falam baixinho. A conversa prossegue desajeitada, como se estivessem tentando falar uma língua estrangeira. Há longas pausas, hesitações, retificações. Elas ficam quietas e olham para longe. Seus olhos ficam úmidos, a saudade dessas mulheres é suficiente para abastecer uma pequena cidade.

As mães na mesa de Frida se revezam para se apresentar. Algumas são de North Philly, algumas de West Philly e outras de Brewerytown, Northern Liberties e Grays Ferry. Alice é originária de Trinidad. Sua filha de cinco anos, Clarissa, começou o jardim de infância sem as vacinas exigidas. Outra mulher testou positivo para maconha. Outra deixou seu filho de dois anos brincar sozinho no quintal. Uma mãe com mechas roxas no cabelo teve três filhos tirados dela por causa de uma proteção inadequada para crianças em seu apartamento. Ela perdeu a guarda dos gêmeos de um ano e da filha de cinco anos. Uma mulher chamada Melissa diz que seu filho de seis anos, Ramon, saiu do apartamento enquanto ela dormia, saiu do prédio e andou quinze minutos, foi encontrado em um ponto de ônibus. Todas parecem tão jovens. Uma mãe chamada Carolyn, que parece mais próxima da idade de Frida, diz que sua filha de três anos foi levada depois que ela postou um vídeo de uma de suas birras no Facebook.

— Sou uma mãe que não trabalha fora — diz Carolyn. — Claro que eu posto coisas sobre minha filha. Essa é a única hora que tenho contato com outros adultos. Uma das mães da pré-escola viu meu post e me denunciou. Eles revisaram tudo o que eu já postei sobre ela. Disseram que eu reclamei muito dela no Twitter.

Frida empurra pedaços de macarrão pelo prato. Se os pais estão sendo policiados nas mídias sociais, este campus estará em plena capacidade no próximo ano. Ela espeta um pedaço de brócolis encharcado. Não está pronta para comer comida institucional ou compartilhar sentimentos em grupo.

Na sua vez, ela diz:

— Frida. Filadélfia e, antes, Brooklyn e, antes, Chicago. Negligência e abandono. Eu a deixei. Brevemente. Minha filha, Harriet. Ela está com vinte meses agora. Eu a deixei por duas horas e meia. Tive um dia ruim.

A única mulher branca na mesa toca o braço de Frida.

— Não há necessidade de se defender. Não estamos julgando você.

Frida afasta seu braço.

— Helen — diz a mulher branca. — Chestnut Hill, perto de Idaho. Abuso emocional do meu filho de dezessete anos. Alexander. Seu terapeuta me denunciou por mimá-lo. Aparentemente, mimar um filho é uma subcategoria de abuso emocional.

Carolyn pergunta como se mima um adolescente.

— Ele não é maior que você?

— Eu corto o bife para ele — admite Helen. Olhares de desaprovação ricocheteiam ao redor da mesa. — Fecho o zíper das jaquetas dele. Gostava de amarrar os sapatos para ele. Era nossa coisa especial. Repassava todos os deveres de casa com ele. Às vezes eu penteio o cabelo dele. Eu o ajudei a se barbear.

— Seu marido lidava bem com isso? — pergunta Carolyn.

— Não tenho marido. Achei que Alexander gostava de nossa rotina. Mas ele disse ao terapeuta que eu o fazia se sentir esquisito. Ele pensou que, se trouxesse amigos, eu tentaria dar comida em sua boca na frente deles.

Alexander disse ao seu terapeuta que eu estava obcecada por ele. Ele disse que queria fugir. Eu estava planejando me mudar para perto dele quando ele fosse para a faculdade. Talvez eu ainda faça isso.

Carolyn e a mãe ao lado dela riem violentamente. Frida desvia os olhos.

Após o almoço, elas são designadas para seus quartos e conhecem suas companheiras. Frida vai dividir o espaço com Helen, a mãe que mima o filho. Kemp House fica do outro lado do campus. A srta. Knight disse que estão sendo alojadas em um único prédio para facilitar as coisas para a equipe de limpeza. Os demais dormitórios estão sendo preparados para uso futuro.

Helen tenta conversar com Frida no caminho. Ela reclama das mães zombando dela.

— Cada mãe é diferente — diz Helen. — Cada filho é diferente.

— Tenho certeza de que você teve suas razões para mimá-lo. — Frida não gosta de como Helen está andando tão próxima a ela. Não gosta do contato visual agressivo de Helen. A mulher parece uma daquelas vampiras de amizade que tomam e tomam se tiverem a menor oportunidade. Ela pode imaginar Helen beijando seu filho na boca, de mãos dadas com ele, observando-o tomar banho.

Deseja ficar sozinha, arrancar as cutículas até sangrarem, ligar para seus pais e Will. Em seu relatório, os homens do Serviço Social notaram sua falta de amigos. Se tivessem perguntado, ela teria explicado que perdeu o contato com as amigas da faculdade anos atrás. A maioria teve bebês por volta dos trinta e desapareceu de sua vida. Cansou-se de tentar falar com elas ao telefone, visitas de fim de semana canceladas na última hora, conversas sempre interrompidas. O bebê vem em primeiro lugar, elas disseram. Frida jurou que não seria assim para ela.

Há uma fita de cetim rosa enrolada no poste de luz na entrada de Kemp. O *k* na placa oxidou. O prédio é mais civilizado do que Frida esperava, feito da mesma pedra cinzenta cintilante do resto do campus. Há arbustos de hortênsias sob as janelas do primeiro andar, as flores agora quebradiças e marrons, uma mancha na paisagem imaculada da escola. Há uma cesta de frutas na mesa do hall que ainda guarda uma pera solitária. O quarto de Frida e Helen fica no terceiro andar, com vista para um campo. Frida testa as janelas, aliviada por abrirem. Cada uma tem sua própria mesa de madeira e cadeira, uma luminária, um baú com dois conjuntos de toalhas e dois cobertores de lã xadrez. O armário contém quatro macacões de algodão azul-marinho, dois para cada uma. Os formulários que Frida preencheu pediam o tamanho do manequim e o tamanho do sapato, e, ainda que ela tenha recebido um par de botas pretas do seu número, os macacões são de tamanho único. Há pacotes de sutiãs e calcinhas brancos embrulhados em plástico, cinco sutiãs e dez calcinhas; três tops de algodão branco e duas blusas térmicas de manga comprida; sete pares de meias; um kit contendo uma escova de dentes, pasta de dente, gel de banho, loção e um pente.

Helen ri enquanto abre seu pacote de roupas íntimas oferecido pelo governo, feliz ao notar que as roupas parecem ser novas e não têm nenhuma mancha.

Frida enfia o casaco e os sapatos no saco de lona e preenche a etiqueta. Ela é excessivamente apegada às suas coisas, gostaria de ter trazido o Buda de madeira de sua cômoda, a pulseira de ouro de sua avó, sua aliança de casamento. Não imagina como vai dormir esta noite se não puder olhar para a foto de Harriet.

Vira-se de costas para Helen e veste um de seus macacões. Ela enrola cada perna da calça três vezes. Não há espelhos. Ela deve se parecer com um saco de batatas com uma cabeça. No armário, há um cardigã de lã cinza áspero que vai até os joelhos, uma parca azul-marinho enorme, um gorro de lã azul-marinho e um lenço cinza de lã acrílica.

"Por favor", ela pensa, "permita que eu não pegue nada. Que não haja insetos, piolhos, doenças transmitidas pelo ar." Ela espera que possam lavar suas próprias roupas íntimas. Espera que possam tomar banho diariamente. Alguém precisa lhe dar fio dental e pinças, lâminas de barbear e cortadores de unhas.

Há uma câmera acima da porta, câmeras voltadas para cada cama. Pelo menos os quartos têm portas. Pelo menos não há grades nas janelas. Pelo menos têm cobertores.

— Concentre-se nos aspectos positivos — disse Will. Ela tem uma família. É amada. Está viva. Sabe onde sua filha está morando.

* * *

As mães são livres para perambular pelo campus até a hora do jantar. A srta. Knight encorajou a reflexão silenciosa, bem como a contemplação do céu. O sinal do jantar tocará às seis da tarde. Uma mulher de jaleco rosa aparece para recolher seus itens pessoais. Frida pede para dar uma última olhada em suas coisas, enfia a mão de volta dentro do saco e toca seu lenço, provavelmente a última coisa macia que tocará até novembro do ano que vem.

— Posso caminhar com você? — pergunta Helen. — Estou me sentindo impaciente.

— Tenho certeza de que teremos muito tempo juntas mais tarde. — Frida desce as escadas antes que Helen insista, andando em um ritmo acelerado.

Algumas mães estão caminhando juntas. Algumas estão correndo. Outras, como Frida, estão aproveitando essas últimas preciosas horas de solidão.

Frida precisa desacelerar. As botas batem contra seu peito do pé no ângulo errado. São muito pesadas. Ela continua tropeçando na barra do macacão, precisa segurar as pernas da calça enquanto anda. O gorro é muito grande, a parca é muito grande. O vento está ficando mais forte e o macacão é um túnel de vento. Talvez nunca consiga se aquecer aqui. Precisa de outro suéter, outra camiseta, calças térmicas. Enfia as mãos nos bolsos, maldizendo a instituição por não lhe dar luvas.

Qual é a proporção entre mães e guardas, mães e mulheres de jaleco rosa? Tem muita gente trabalhando aqui. Espaço demais. Quantas mães são esperadas na próxima rodada? Quantas crianças mais serão tiradas de seus pais?

Ela se encaminha para um pequeno bosque de pinheiros. Gust, Harriet e Susanna partem para Santa Cruz pela manhã. Os seguidores de Susanna verão Harriet no avião, Harriet nos ombros de Gust andando pelas sequoias da Califórnia, Harriet no jantar de Ação de Graças, Harriet com os avós na praia. Frida não quer saber o que os pais de Gust estão dizendo sobre ela, o que podem dizer na frente de Harriet, o que vão dizer ao resto da família. O Estado poderia ter escolhido uma época do ano menos delicada, embora ela suponha que todos os dias sejam delicados para as mulheres que perderam seus filhos.

Frida arranca um punhado de folhas de pinheiro e as esfrega entre os dedos. Disse a Will para pedir a Gust para tirar fotos extras de Harriet, fazer vídeos extras. Ela precisa de um registro de cada dia. Os pais dela também.

Renee tentou dar aos avós alguns privilégios de telefone, mas a juíza achou que seria muito confuso. Ver os pais de Frida faria Harriet se lembrar da mãe, e esses lembretes interfeririam em sua recuperação.

Frida se joga em uma das cadeiras de jardim. Seu pai adorava visitar universidades. Mesmo durante as viagens a Paris e Bolonha, eles arranjavam tempo para visitar pelo menos uma universidade em cada cidade. Quando visitaram este campus, seus pais refletiram sobre lecionar nesse tipo de faculdade, morando em uma casa de professores. Era um mundo de sonhos, diziam.

Ela precisava que Gust lhes desse notícias. Caso contrário, ficarão preocupados. Alguém também precisava se certificar de que estão indo às consultas médicas e comendo proteína suficiente. Ele precisava lembrar a mãe dela de tomar o remédio para pressão e beber bastante água. Precisava lembrar seu pai de usar protetor solar.

— Você se sentiu amada quando criança? — perguntou o psicólogo. Ela se sente culpada por dizer àquele homem qualquer coisa sobre eles. Ela não deveria ter brigado com eles quando a visitaram em julho, não deveria ter repreendido seu pai por não apertar a fralda de Harriet o suficiente, não deveria ter gritado com sua mãe por quebrar o porta-copos do carrinho de Harriet. As mãos de Frida estão congeladas. Ela está com dor de garganta. Já está escuro.

De longe, o sino do jantar toca. As mães emergem do pátio de pedra, do campo de *lacrosse*, da capela. Algumas se aventuraram longe demais. Todas caminham em direção ao refeitório.

Quando chega a vez de Frida ser servida, não há comida suficiente. Ela recebe um pequeno medalhão de carne de porco e três cenouras.

Helen acena para ela. Ela está na companhia do trio de mulheres brancas de meia-idade.

— Esta é minha colega de quarto, Frida — Helen diz. — Ela está aqui por negligência e abandono.

— Oi, Frida — as mães dizem em uníssono.

* * *

As mães tomam banho discretamente. Enquanto esperam sua vez, passam informações sussurradas. Os números. Aproximadamente duzentas mulheres. Supostamente, se fizerem besteira, serão enviadas para a "roda de conversa". Cada ida à roda de conversa será adicionada ao seu registro.

No andar de Frida, há vinte e seis mulheres e quatro chuveiros. Frida tenta se sentir grata por seus chinelos, por seus produtos de higiene pessoal e toalhas limpas e pijamas de flanela. Não há chinelos ou pijamas na prisão.

A água quente acaba na vez dela. Ela rapidamente se enxágua, depois se seca e se veste, passa o cabelo sob os secadores de mão. A mãe que vem depois dela dá um grito. Frida sai antes que alguém possa culpá-la.

Helen volta para o quarto apenas com sua toalha. Ela começa a aplicar loção em cada centímetro de seu corpo, usando metade do pequeno frasco. Seus seios se assemelham a meias murchas. Suas coxas e barriga têm bolsões profundos de celulite.

Ela flagra Frida olhando para seus seios e sorri.

— Não se envergonhe. Somos todos o mesmo animal por baixo das roupas.

— Desculpe — diz Frida. Helen parece alguém que passou a vida inteira se sentindo satisfeita consigo mesma. Seu corpo é flácido, arruinado e reluzente. Ela ainda está de topless quando a srta. Gibson bate à porta.

— Senhoras, trinta minutos até as luzes se apagarem.

Frida entra debaixo das cobertas. Pelo menos os cobertores são grossos, pelo menos ela pode se encolher e puxar os cobertores ao redor dela de modo que apenas seu rosto fique à mostra. Ela está com fome e acha que, se conseguir se aquecer e se encolher, talvez a fome passe. O pouco que ela sabe sobre a vida dos santos volta à sua mente, e Frida pensa que, este ano, pode se tornar uma santa.

Helen bate em seus travesseiros.

— Você ainda está acordada?

— Estou tentando dormir.

— Você não está curiosa sobre o que os pais estão fazendo? Ouvi dizer que não têm de usar uniformes. Eles podem usar suas roupas normais. —

Helen acha que os pais provavelmente têm menos guardas. Seus acompanhantes provavelmente não usam jalecos. Se seus acompanhantes forem mulheres, os jalecos de laboratório seriam sexualmente sugestivos demais.

— Eles provavelmente têm comida melhor — diz ela. — Aposto que podem manter as fotos de seus filhos. Ou receber visitas. Provavelmente não têm câmeras em cima deles.

— Todo mundo é vigiado por câmeras, Helen. Nossos telefones têm câmeras. Nossos telefones nos ouvem. Alguém pode estar nos ouvindo agora.

— Talvez eles não precisem de câmeras se houver apenas cinco pais.

— São mais de cinco. Tem de haver mais.

— Duvido — diz Helen. — E sobre nós? Quem você acha que será a primeira a ir?

— Ir? Tipo, passar nos testes?

— Não, desistir.

Frida se vira e olha para a parede. Ela está se perguntando a mesma coisa. Apostaria seu dinheiro em uma das senhoras brancas de meia-idade. Alguém provavelmente está apostando nela. Ela diz que todas deveriam ter seus filhos de volta.

— Talvez algumas delas não devessem.

— Helen, não diga isso. Nunca mais diga isso. Eu nunca desejaria isso para ninguém. Acha que alguém merece acabar aqui? Merda. Sinto muito. Não estou reclamando. Não conte a ninguém que eu disse isso.

Capítulo 6

A CHEGADA DAS mães é percebida pelo barulho do tecido de seus macacões enquanto andam. Os macacões são enormes, assexuados e infantilizantes, inspirando um coro de reclamações a caminho do café da manhã. As mães querem uniformes melhores, botas mais confortáveis. Querem toalhas mais macias, loção extra, colegas de quarto diferentes, nada de colegas de quarto, banhos mais longos, cortinas nas janelas, fechaduras nas portas. Elas querem seus filhos. Elas querem ir para casa.

Os holofotes se acendem à medida que passam pelos prédios. Frida guarda seus pensamentos para si. Entra no refeitório imaginando se é assim que é pousar em um novo planeta. Quando o sinal tocou esta manhã, não fazia ideia de onde estava.

Frida enche a bandeja com uma tigela de mingau de aveia, duas torradas, uma xícara de café, uma xícara de leite, uma maçã verde. A comida parece mais limpa e fresca do que na noite anterior. Este será seu primeiro café da manhã de verdade em anos. Vai se obrigar a terminar tudo. Espera que as mulheres de jaleco rosa percebam. Talvez se tivesse comido normalmente neste outono. Cozinhado mais. Se mantivesse sua geladeira abastecida. Teria sido fácil apresentar uma imagem melhor. Ela faz uma pausa com sua bandeja. Como esperado, as mães se autossegregaram. Há mesas de mães negras, mesas de mães latinas, mães brancas em duplas e trios, algumas lobas solitárias.

Vendo Frida se aproximar de uma mesa vazia, a srta. Gibson a conduz em direção a um grupo de jovens mães negras.

— As refeições — diz ela — devem ser usadas para a construção da comunidade.

As mães parecem garotas legais. Várias são bem atraentes. Elas não parecem tão abatidas e derrotadas quanto algumas das mulheres mais velhas. Como Frida. Algumas delas lançaram olhares fulminantes em sua direção. Uma sussurra cobrindo a boca com a mão.

As bochechas de Frida queimam. Ela se senta e esvazia os pacotes de açúcar em seu mingau de aveia. A mãe do outro lado da mesa, uma jovem magra e rija com a cabeça quase raspada, olhos arregalados e modos curiosos, vem em socorro de Frida. Ela é irmã gêmea de Lauryn Hill no começo da carreira, mas Frida não menciona a semelhança. Ela provavelmente é muito jovem para entender.

— Lucretia, coloquei minha filha em perigo.

— Frida, negligência e abandono. — Elas apertam as mãos.

— Oi, Frida — murmuram as mães sem erguer os olhos.

— Frida, como Frida Kahlo? — pergunta Lucretia. — Ela é uma das minhas pintoras favoritas. Amo o estilo dela. Eu me vesti como ela para o Halloween algumas vezes.

— Minha mãe escolheu de um livro de nomes de bebês. Seria Frida ou Íris.

— Você não é uma Íris. Digo isso como um elogio. Vou chamar você de Frida Kahlo, certo? Pode me chamar de Lu.

Lucretia tem uma risada fácil que parece pertencer a uma mulher maior. Ela veste o uniforme com a gola aberta, toca a nuca enquanto fala. Ela diz a Frida que cortou suas trancinhas pouco antes de vir, achou que seria mais fácil, mas se sente nua com o cabelo tão curto. Cabelo curto sem brincos não é nada atraente.

— O que você fazia? — pergunta Frida.

— Para a minha filha?

— Como trabalho. Antes daqui.

O sorriso de Lucretia fica tenso.

— Dava aulas para o segundo ano. Em Germantown.

— Eu sinto muito. — Frida quer perguntar se Lucretia voltará a lecionar no ano seguinte, mas a mesa retomou as fofocas. Sobre os guardas e as mulheres de jaleco rosa. Suas companheiras de quarto. Como sentem falta dos pais, das irmãs e dos namorados. Os telefonemas que gostariam de poder fazer para seus filhos. As estúpidas plantas extravagantes ao redor do campus.

Se a escola tem dinheiro para paisagismo, deveria aumentar o aquecimento. Deveriam deixar as mães usarem lentes de contato. Elas deveriam ter quartos individuais.

Alguém pergunta quem é a pior das piores, a pior vadia. Lucretia aponta para uma mãe latina gordinha com cara de bebê sentada sozinha perto da saída. Linda. De Kensington. Um amigo de um amigo do primo de Lucretia costumava transar com ela. Aquela mulher enfiou os seis filhos em um buraco no chão. Encontrou alguma passagem secreta para o porão do prédio. Seus pulmões ficaram fodidos de mofo preto. Eles foram mordidos por ratos.

— Você deveria tê-los visto andando pela rua — diz Lucretia. — Seus filhos são todos de diferentes tons de pele. Pais diferentes. Show de horrores total.

— Sinto pena deles — continua Lucretia. As mães olham e sussurram. Linda é toda redonda e mais bonita do que suas transgressões sugerem. Ela tem uma testa alta e lisa, um porte orgulhoso, usa o cabelo puxado para trás em um coque apertado, as sobrancelhas desenhadas em arcos exagerados.

— Ela costumava ser muito gostosa — diz Lucretia. — É por isso que tem tantos filhos.

Elas fofocam sem piedade sobre o corpo de Linda, fazendo círculos grosseiros com as mãos. Ela deve ser como caramelo lá embaixo. Como um colchão de água. Imagine suas estrias. Suas marcas.

Frida parte sua torrada em pedaços, sentindo-se uma espiã, uma astronauta, uma antropóloga, uma intrusa. Qualquer coisa que pudesse dizer agora seria errada. Fora de tom. Ofensiva. Nunca conhecera alguém com seis filhos de seis pais diferentes, ou alguém que colocasse os filhos em um buraco. Algumas de suas brigas mais desagradáveis com Gust e Susanna eram sobre filtros de água.

* * *

As tarefas de sala de aula foram afixadas em um quadro de avisos do lado de fora do refeitório. Mães se empurram e se acotovelam. Mulheres de jaleco rosa distribuem mapas do campus. Prédios para treinar mães de meninas são marcados com pontos rosa pálido, edifícios para treinar mães de meninos são marcados com azul bebê. A maioria das mães tem filhos menores de cinco anos. Há quatro subgrupos de mães de meninas, em categorias de doze a vinte e quatro meses.

Frida corre o dedo pela lista. Liu. Morris Hall, Sala 2D. Andando sozinha, ela logo encontra Linda, a pior vadia, que a segue para fora do prédio e grita "olá" até ela se virar.

— Você é Liu, certo? Lindos óculos.

— Obrigada. — Elas estavam no mesmo subgrupo. Frida força um sorriso. Seguem na direção de Morris Hall, subindo pela Chapin Walk, marcada no mapa como alameda. Elas passam pela torre do sino e pelo pátio de pedra.

Linda quer saber o que disseram sobre ela no café da manhã.

— Eu vi todas vocês me olhando.

— Eu não sei do que você está falando.

— Aquela garota Lucretia disse que meus filhos ficaram doentes ou algo assim?

Frida anda mais rápido. Linda diz que Lucretia não sabe do que está falando. Não era todas as noites. Só quando seus filhos estavam brigando e roubando comida da despensa. Ela precisava manter a despensa trancada com cadeado porque as crianças acabariam com as compras em um dia. Foi o administrador do prédio que ligou para o Serviço Social. Ele estava tentando se livrar dela havia anos. Seus filhos estão agora em seis lares adotivos diferentes.

— Você não precisa justificar nada para mim.

— Por que eles te pegaram?

Frida não responde. Ela espera o silêncio constrangedor desvanecer. Linda diz que Lucretia é uma esnobe, que Lucretia pensa que ela é uma merda. Ela sabe porque são amigas no Facebook.

Passam pela sala de música e dança, pela galeria de arte. Ambos os prédios estão vazios.

Frida tenta andar na frente, mas Linda acompanha o passo.

O Morris Hall é um imponente edifício de pedra de cinco andares na extremidade oeste do campus, um dos únicos prédios de salas de aula com mais de três andares. Foi remodelado com um conjunto de portas de vidro modernas que são quase impossíveis de abrir. A frente do prédio está voltada para um pátio, a parte de trás está voltada para o bosque. Atrás do prédio, a cerca eletrificada é visível.

As mães se demoram nos degraus que levam do saguão ao segundo andar, mas abrem passagem para Linda, lançando olhares curiosos e divertidos na direção de Frida. Frida fica para trás. Ela gostaria de esclarecer que não é a vadia de Linda, que esta não é uma prisão feminina. Que ninguém pense que ela já virou a cadelinha de alguém.

Estão no antigo prédio da Biologia. A sala de aula 2D, um antigo laboratório, ainda cheira a formaldeído, despertando lembranças de sapos e fetos de porco. Há uma porta de vidro fosco com a inscrição EQUIPAMENTO, um quadro branco, uma mesa de professor, um relógio e armários de parede, mas não há cadeiras ou outros móveis. As mães empilham seus casacos no canto dos fundos. Elas olham para o relógio. Há uma câmera acima da porta, outra acima do quadro branco. Quatro janelas altas em arco têm vista para a floresta. A luz do sol aquece o cômodo, aquece as mães, que foram instruídas a se sentarem de pernas cruzadas no chão.

— Como na pré-escola — Linda diz, sentando-se perto de Frida.

As mães formam um círculo. Suas instrutoras são a srta. Russo e a srta. Khoury, ambas mais ou menos da idade de Frida, vestindo jalecos rosa de laboratório sobre suéteres escuros, calças de alfaiataria e tamancos hospitalares. A srta. Russo, a mais alta das duas, é uma mulher branca, roliça, de voz aveludada, com cabelos escuros bem curtos e que fala com as mãos. A srta. Khoury é pequena e ossuda e parece ser do Oriente Médio, com maçãs do rosto salientes e cabelos ondulados grisalhos na altura dos ombros, um sotaque cadenciado e o porte de uma professora de balé do bloco oriental.

Elas pedem às mães que se apresentem dizendo seus nomes e do que são acusadas e alguns detalhes pertinentes de como prejudicaram suas filhas. Há cinco mulheres, incluindo Frida e Linda. Frida fica feliz ao ver

Lucretia, a mãe amigável do café da manhã. Lucretia é a primeira, ela conta ao grupo que sua filha quebrou o braço depois de cair de um escorregador. Frida meneia a cabeça, em um gesto de compaixão. Lucretia e Linda trocam um olhar hostil.

Uma adolescente branca, Meryl, está ali por causa de hematomas nos braços da filha e posse de drogas. Uma jovem branca chamada Beth perdeu a guarda depois de se internar na ala psiquiátrica. Como ela era um perigo para si mesma, não merecia confiança para cuidar da própria filha. Lucretia e Meryl foram denunciadas ao Serviço Social por médicos do pronto-socorro. Beth foi denunciada por seu ex-namorado.

À primeira vista, Frida pensa que Meryl e Beth são parecidas, mas não há nenhuma semelhança real, apenas a mesma expressão petrificada. Ambas as meninas têm cabelos escuros. O de Meryl é ondulado e tingido de preto, um preto azulado que não ocorre na natureza e não combina com suas sobrancelhas pálidas. O cabelo de Beth é liso e brilhante, castanho avermelhado. Meryl parece alguém com quem não se deve mexer. Beth tem o ar reluzente e assombrado dos pássaros de asas quebradas de Will, sua pele pálida emoldurada pelos cabelos escuros parece combinar com rubor e lágrimas.

Frida e Linda são as anciãs da classe, ambas estão ali por negligência e abandono. Enquanto Frida conta a elas sobre seu péssimo dia, percebe Linda a observando com satisfação.

A srta. Khoury agradece por compartilharem suas histórias. A srta. Russo pede licença e entra na sala de equipamentos. Há movimento por trás do vidro fosco, o som de pés se arrastando, gargalhadas, o murmúrio agudo de crianças pequenas.

As mães prendem a respiração e escutam, esperando o impossível. Lucretia puxa os joelhos contra o peito e sussurra:

— Brynn? Você está aí?

Frida desvia o olhar. Devem ser gravações destinadas a incitá-las à submissão, para mantê-las desesperadas e ansiosas durante esses meses em que não têm filhos para acalentar. A juíza jamais permitiria. Gust jamais permitiria. Harriet está a caminho do aeroporto. Frida não quer Harriet perto daquele lugar ou daquelas pessoas, mas se, de alguma forma, uma fissura se

106 *Jessamine Chan*

abriu no tempo e no espaço e trouxe sua bebê, ela fará qualquer coisa que pedirem. Se pudesse tomar Harriet em seus braços... Segurar Harriet por dez minutos poderia sustentá-la por todo o longo inverno.

Quando a srta. Russo abre a porta da sala de equipamentos, é seguida por cinco meninas de diferentes etnias. Há uma garota negra, uma garota branca, uma latina. Duas das meninas são mestiças: uma parece ser metade negra e metade branca, as outras parecem euroasiáticas. As meninas são imagens espelhadas das mães, vestidas com macacões e tênis azul-marinho.

O círculo se fecha ainda mais. As mães se sentam perto o suficiente para tocar os ombros das outras, tornando-se, por um momento, uma só, uma hidra de rostos desolados.

Harriet parecia tão perto. Frida estava imaginando o que ela diria, como agarraria Harriet pelo pescoço e acariciaria os cabelos macios de sua nuca. Embora as meninas tenham a idade e o tamanho certos, e a menininha de descendência asiática esteja olhando diretamente para ela, ela não é Harriet. Frida poderia dar um soco na própria cara por ter esperança.

Os instrutores agrupam as meninas em uma única fila na frente da sala de aula. As crianças riem e acenam.

— Espere — diz a srta. Russo, guiando uma das crianças rebeldes de volta à fila. — Classe, queremos começar com uma pequena surpresa que preparamos para vocês.

A srta. Khoury ergue os braços.

— Na contagem de três. Preparar?

Um... dois... três!

— Olá, mamães! — gritam as crianças. — Sejam bem-vindas!

O edifício se enche de som. As vozes viajam pelas saídas de ar. Em outras salas de aula, há crianças maiores, pré-adolescentes e adolescentes. Exceto pelos guardas, todas as vozes são femininas.

Por todo o edifício, as mães estão chorando. Há uma comoção no corredor, uma mãe grita com um guarda, outra é mandada de volta para a sala de aula, mães discutem com instrutores.

As colegas de classe de Frida gritam perguntas. Beth exige falar com a srta. Knight, a diretora-executiva. Lucretia quer saber de onde vieram as crianças. Onde estão os pais delas?

— Senhoras, sejam pacientes — diz a srta. Khoury. Ela pede que baixem a voz, por favor, levantem as mãos e não falem a menos que sejam chamadas. — Vocês estão assustando as meninas.

As instrutoras separam as mães e as crianças em pares, parecendo combiná-las pelo tom de pele e pela etnia de seus filhos reais. A filha de Meryl deve ser birracial. A garota de descendência asiática é o par de Frida.

— Pode abraçá-la — diz a srta. Khoury. — Vá em frente. Dê um abraço nela. Ela está ansiosa para conhecê-la.

— Ela está? — Frida segura a garota pelos ombros. A garota poderia ser meio chinesa, japonesa ou coreana. Assim como Harriet, é impossível dizer. A garota se aproxima. Seus olhos e sobrancelhas são perfeitamente simétricos. Não há um arranhão sequer em sua pele, nem marcas de nascença. Ela não tem as narinas cheias de melecas como as crianças costumam ter. Seus olhos parecem mais asiáticos que os de Harriet. O resto de seu rosto, sua estrutura óssea, é mais caucasiana. As feições de Harriet são suaves, um aspecto aveludado. Essa garota tem um rosto sardento em forma de coração, pele dourada e olhos amendoados estreitos, cabelos castanho-claros e sedosos, mais lisos e mais claros do que os de Harriet, maçãs do rosto salientes e queixo pontudo. Ela é mais magra do que Harriet, com mãos elegantes e dedos longos.

Para Frida ela lembra um pequeno lobo, uma raposinha. É fácil imaginar como será quando adolescente, como mulher adulta.

Desde que Harriet era recém-nascida, as pessoas elogiavam suas bochechas gordinhas. Os avós chamam Harriet de *xiao long bao*, um bolinho de massa servido com sopa. Ao crescer, Frida odiava seu próprio rosto redondo, mas tem muito orgulho da fofura de sua filha. Ela precisa lembrar Gust de alimentar Harriet com gorduras suficientes, fazendo com que ela beba leite de vaca, não leite de amêndoa, de soja ou de aveia. Se ela voltar e encontrar Harriet tão magra quanto essa garota, eles vão ver uma coisa.

— Qual o seu nome?

A garota olha fixamente para Frida.

— Tudo bem se não quiser me dizer. Não precisa. Eu sou Frida. Prazer em conhecê-la.

— Oi — diz a garota, devagar.

A garota se agacha. Ela começa a inspecionar as pernas de Frida. Desenrola a bainha do macacão de Frida e passa o dedo pela costura amarela. Se ao menos Harriet tivesse se comportado com tanta calma nas visitas. Frida toca a bochecha da garota. Sua pele parece estranha. De cera. Perfeita demais. Seus lábios são secos, enquanto os de Harriet estão sempre molhados. Ela cheira o topo da cabeça da garota, pensando que vai sentir o mesmo cheirinho oleoso de Harriet, mas seu cheiro é de borracha, como o interior de um carro novo.

As instrutoras pedem atenção. A srta. Russo pede uma voluntária. Seleciona a criança de Lucretia, que ri ao ser erguida na mesa da instrutora. A srta. Russo começa a desabotoar o uniforme da garota.

— O que você está fazendo? — grita Lucretia. Ela parece alarmada quando a srta. Russo tira a camiseta da criança.

A srta. Russo vira a criança. As mães prendem a respiração. Há um botão de plástico azul nas costas. Enquanto a srta. Russo contorce os braços da criança, há um gorgolejar de líquidos espessos se movendo. Ela pressiona um dedo na bochecha da criança, fazendo com que o lado esquerdo de seu rosto afunde. A criança, então, balança a cabeça e volta ao normal.

As mães começam a se afastar de seus bebês designados. Frida está pensando novamente no espaço sideral, na parte em que os astronautas deixam a espaçonave, onde morrem por falta de oxigênio. Ela percorre uma lista de cenários improváveis, certa de que está alucinando. Este pode ser o último desdobramento em um sonho febril prolongado, alimentado por meses de vigilância, pouco sono e separação de sua filha.

Uma vez desaparafusado, o botão revela um orifício de cerca de dez centímetros de diâmetro. Enfiando uma colher dentro do buraco, a srta. Russo retira um líquido azul fosforescente que se assemelha a anticongelante.

— É um líquido refrigerante — diz ela. — Para evitar que as meninas superaqueçam.

Frida aperta as mãos. Lucretia não parece bem. A srta. Russo devolve o líquido azul para o orifício, veste a garota e a entrega novamente para Lucretia.

— Elas não são incríveis? — Essas crianças, bonecas, como a srta. Russo as chama, representam os últimos avanços em robótica e inteligência artificial. Elas podem se mover, falar, cheirar e se parecer com crianças de verdade. Elas ouvem. Pensam. São seres sencientes com desenvolvimento cerebral, memória e conhecimento adequados à idade. Em termos de tamanho e habilidades, elas se assemelham a uma criança de dezoito a vinte meses.

Frida se sente como se estivesse de volta à sala verde-menta. Ela está flutuando fora de seu corpo e cheia de perguntas estúpidas.

— Quando sua boneca chora — diz a srta. Russo —, são lágrimas de verdade. Ela está expressando dor real, necessidade real. Suas emoções não são pré-programadas, aleatórias ou projetadas para enganá-las.

As mães devem ficar de olho no líquido azul. Se o líquido coagular, o rosto e o corpo da boneca ficarão com covinhas como celulite, e as mães terão de raspar e limpar a maçaroca azul. O líquido deve ser trocado mensalmente. Além das propriedades de resfriamento, ele ajuda a manter a pele de silicone flexível e realista, dando ao corpo a textura e o peso certos.

A boneca acaricia o rosto de Frida. Ela se aproxima até que Frida possa sentir o hálito quente da boneca em sua bochecha. Seu toque é tão diferente do de Harriet, um tatear cego. Mas a boneca é quente e real, respirando, suspirando. Ela tem linhas nas mãos e impressões digitais. Unhas. Cílios. Dentição completa. Saliva. Como eles faziam saliva?

No passado, dizem as instrutoras, as crianças eram removidas e depois devolvidas aos pais cujo comportamento não havia sido corrigido. Erros foram cometidos. As crianças sofreram. Algumas morreram. Aqui, o progresso das mães será medido em um ambiente controlado. Com esse modelo de simulação, seus filhos reais estarão protegidos de mais danos.

Há uma câmera dentro de cada boneca.

— Vocês podem vê-las e elas podem ver vocês — explica a srta. Russo.

Além de seu papel como filhos substitutos, as bonecas coletarão dados. Vão medir o amor das mães. Os batimentos cardíacos das mães serão monitorados para aferir sua raiva. Seus padrões de piscadas e expressões serão monitorados para detectar estresse, medo, desconsideração, dissimulação, tédio, ambivalência e uma série de outros sentimentos, incluindo se sua felicidade espelha a da boneca. A boneca registrará onde as mães a tocam, detectará a tensão em seu corpo, sua temperatura e sua postura, com que frequência ela faz contato visual, a qualidade e a autenticidade de suas emoções.

Serão nove unidades de estudo, cada uma composta por um conjunto de lições. A primeira, Fundamentos do Cuidado e do Estímulo ao Desenvolvimento, abrangerá vínculos básicos, intermediários e avançados, bem como alimentação e saúde. Cada unidade terminará com um dia de avaliação, e as notas determinarão o sucesso das mães.

Supõe-se que, tendo mantido suas filhas vivas por tanto tempo, o treinamento básico de RCP não seja necessário, mas haverá atualizações. As unidades seguintes incluirão Fundamentos do Brincar, Perigos Dentro e Fora de Casa, O Universo Moral. As instrutoras escrevem essas unidades no quadro, dizendo às mães para não pensarem muito à frente. Não estão fornecendo o currículo completo porque as mães devem se concentrar no presente, devem ter fé no programa, confiar que cada unidade vai se basear no que veio antes e que, com a prática, vão melhorar até atender aos padrões da escola.

Elas iniciam o processo de criação de vínculo dando nome às bonecas.

— Com os nomes vem o apego — diz a srta. Russo. — E com o apego vem o amor. — Frida sorri com a boca, sorri com os olhos, torna sua voz agradável. Ela enxuga a testa, não percebeu que estava suando.

Quando o sol bate no rosto da boneca, ela pode ver um chip metálico em cada uma de suas pupilas.

A boneca brinca com as presilhas de Velcro do tênis. Elas têm apenas dez minutos para escolher um nome, não há tempo suficiente para avaliar a personalidade da boneca, se ela tiver uma, para encontrar um nome que combine com ela.

Quando estava grávida, Frida mantinha uma lista de nomes na gaveta de sua mesa. Nomes antiquados. Nomes franceses. Ela queria que Harriet tivesse um nome adulto, desejava tê-la batizado em homenagem a Marguerite Duras, sua autora favorita. Discutira esses nomes com Gust em apenas uma ocasião, afirmou que não era exigente, deixou que ele decidisse. Sempre invejara seus pais por escolherem seus próprios nomes quando vieram para o país. Davis e Lilian. Ela gostaria de ser uma Simone. Uma Juliana. Algo elegante e musical.

— Vou chamá-la de Emmanuelle — diz ela, pensando naquele filme com Emmanuelle Riva, no qual ela interpretou uma mulher que sofreu um derrame.

Enquanto praticam falar seu novo nome, a boneca gagueja e dispara consoantes. Frida escolheu o nome mais complicado da classe.

— Emannnnn — a boneca vibra. — Emmaa-nana. — Frida completa a palavra.

As instrutoras dizem:

— Que criativo.

Como Frida gostaria de ser chamada? Mãe, mãezinha ou mamãe?

— Ela pode me chamar de mamãe. Certo? Eu sou sua mamãe.

A campainha do almoço toca ao meio-dia. As instrutoras paralisam as bonecas digitando um código em seus tablets. A bochecha de Emmanuelle fica fria ao toque e completamente rígida. Meryl bate na cabeça de sua boneca, aperta seus ombros, puxa suas orelhas. Os olhos de sua boneca ainda estão se movendo.

— Que porra é essa? — ela grita. Em sua cabeça, Frida chama a garota de "Mãe Adolescente". Ela parece muito mal-humorada para ser uma Meryl.

Mãe Adolescente cutuca a testa de sua boneca. Ela recebe um aviso por linguagem inapropriada e toque não maternal.

Os olhos de Emmanuelle disparam descontroladamente. Ela tem a expressão apavorada e paralisada que Harriet assumia sempre que precisava fazer uma sucção no nariz.

Frida pede desculpas por sair, promete voltar em breve. Ela olha atentamente para Emmanuelle, esperando que sua preocupação fique registrada, que é genuína, igual à que sentiria por um cachorro amarrado a um poste enquanto o dono come em um restaurante. Emmanuelle pode ser sua filha de estimação, seu humano de estimação. Apressando-se para se juntar às outras mulheres, ela olha para as bonecas paralisadas, enervada pelos cinco pares de olhos assustados.

O medo mantém as mães quietas, as faz seguir em frente. Agora ligadas pela calamidade, elas não se autossegregam. Os subgrupos se sentam juntos no refeitório. Frida e Lucretia se abraçam.

As mães estão fartas de surpresas. Primeiro os uniformes, as mulheres de jaleco rosa, a srta. Knight, os guardas, a cerca eletrificada e agora isso. Os rumores entre os subgrupos agora envolvem de onde veio o dinheiro, de onde vieram as bonecas.

— Elas devem ter vindo dos militares — alguém especula.

Outra mãe sugere que foi o Google.

— Tudo que é assustador vem do Google.

Beth diz:

— Poderia ter sido um cientista maluco. — Frida se pergunta se Beth conheceu algum na ala psiquiátrica.

Lucretia, ainda abalada por ver sua boneca deformada, pensa que foi um inventor maligno.

— Alguém na Coreia do Sul. Ou Japão. Ou China. — Ela olha para Frida. — Desculpe, sem ofensa.

— E se formos eletrocutadas? — pergunta Beth. — Realmente não sou boa com coisas tecnológicas.

Lucretia teme que as bonecas se tornem violentas. Ela costumava ser uma nerd de ficção científica. Ela sabe como são essas histórias. Nos filmes, os robôs sempre se rebelam, as bonecas sempre acabam sendo assassinas com machadinhas.

— Isto não é um filme — retruca Linda.

— Ah, fala sério.

Frida, Beth e a Mãe Adolescente comem rapidamente enquanto Lucretia e Linda brigam. Frida quer saber se o líquido azul é tóxico, se pode queimá-las ou cegá-las, se a inalação aumentará o risco de desenvolverem certos tipos de câncer. Se Gust e Susanna soubessem do líquido azul, nunca mais a deixariam chegar perto de Harriet.

A tristeza de antes dá lugar à raiva. As queixas das mães se tornam inflamadas.

Lucretia rasga o guardanapo.

— Eu apostaria dinheiro que os pais não precisam passar por isso.
— Eles provavelmente têm cadernos e testes de múltipla escolha. Tudo o
que eles precisam fazer é aparecer. Não é sempre assim? Eles definitivamente não precisam lidar com bebês robôs ou gosma azul.

— Eles não vão obrigar um cara a enfiar uma colher em uma criança
— diz Lucretia.

— Obrigada por colocar essa imagem na minha cabeça — murmura
Beth.

As mulheres de jaleco rosa ordenam que baixem o tom de voz. Frida
sugere que elas saiam. Entregam suas bandejas e se aproximam do guarda do
refeitório. Certamente está começando a parecer uma prisão. Como ela imagina que seja uma prisão. Permissão para sair da sala. Permissão para comer.
Permissão para usar o banheiro. Atividades monitoradas e predeterminadas.
Outra pessoa decidindo como seu tempo será gasto, em que sala e com que
pessoas.

Do lado de fora, perto dos bicicletários, elas se deparam com uma mãe
negra desolada soluçando em um dos bancos. Hoje é o quarto aniversário de
sua filha. Elas se amontoam ao redor dela e a protegem das câmeras. Dão
os braços umas às outras. A mãe está inconsolável. Ela gagueja e enxuga o
rosto molhado na manga. Linda acaricia suas costas. Lucretia lhe entrega
um guardanapo meio rasgado. Então começa. Alguém sussurra o nome de
sua filha. Alguém segue. *Carmen. Josephine. Ocean. Lorrie. Brynn. Harriet.*
Quando dizem os nomes de suas filhas, soa como uma lista divulgada após
um acidente ou um tiroteio em uma escola. Uma lista de vítimas.

Capítulo 7

Naquela tarde, a aula começa com a Unidade 1: Fundamentos do Cuidado e do Estímulo ao Desenvolvimento. As instrutoras apresentam o conceito de "fala maternal": o adorável tom de voz agudo que deve ser usado entre a mãe e o bebê.

Usando a boneca de Linda, a srta. Khoury narra uma visita imaginária ao mercado. Sua voz é cadenciada e melodiosa, aparentando um estado constante de encantamento.

— Que tipo de água mineral vamos comprar para o papai? Com ou sem bolhas? Você sabe o que são as bolhas? Bolhas fazem *pop-pop-pop! Fizz-fizz--fizz!* Bolhas são círculos! E círculos são formas!

As mães devem prestar atenção tanto ao tom de voz como ao vocabulário. Um componente dentro das bonecas vai registrar o número de palavras ditas a cada dia, quantas vezes a boneca respondeu a perguntas, a quantidade de conversas trocadas. As gravações serão analisadas quanto ao número de frases de encorajamento versus a quantidade de advertências ou repreensões. Muitos "nãos" farão com que o contador de palavras comece a tocar como um alarme de carro, e apenas as instrutoras podem desligar o som.

As mães devem narrar tudo, transmitir conhecimento, oferecer sua total atenção, manter contato visual o tempo todo. Quando as bonecas perguntarem "Por quê? Por quê? Por quê?", como bebês sempre fazem, as mães devem oferecer respostas. A curiosidade deve ser recompensada.

— As bonecas têm um botão de desligar — diz a srta. Khoury. — Vocês, não.

As mães ensaiam como cantoras solfejando. Se as bonecas balbuciam, as mães devem tentar transformar aqueles sons em palavras. Interprete, dizem as instrutoras. Confirmem. Ajudem-nas a fazer sentido.

— Céu — diz Lucretia, apontando para a janela. — Nuvens. Árvores.

— Botas — diz Frida. — Cadarços. — Ela nomeia as características do rosto. Partes do corpo. Ela conta os dedos dos pés e das mãos de Emmanuelle. O que a boneca quer ouvir? Em casa, suas conversas com Harriet giram em torno de sentimentos e tarefas. A próxima soneca, a próxima refeição, o quanto ela ama Harriet, quanta saudade ela sente quando Harriet está com o pai. Ela imita os balbucios de Harriet. Eles formam palavras. "Gola-gola" para *granola*. "Au-au" para *cachorro*. "Nana" para *banana*. "Cate" para *abacate*. Frida insere nas conversas seu mandarim rudimentar. Harriet sabe falar *xie xie*, obrigada. Ela sabe as palavras para *pai* e *mãe*, *avó* e *avô*, *tia* e *tio*. Ela levanta os braços e grita: "*Xie xie*, não! *Xie xie*, não!" quando quer que Frida pare de falar mandarim.

Frida segura, gentil e amorosamente, a mão de Emmanuelle. Ela relaxa o rosto e fala no tom suave e agradável de um atendente de telemarketing. Há tantas perguntas que não pode fazer: *Quem construiu você? Você quebra fácil? Você está usando fraldas? Você come e bebe? Você fica doente? Você sangra? O que aconteceu durante a hora do almoço?* Quando Emmanuelle foi ligada, ela desmoronou nos braços de Frida, como se estivesse segurando a respiração por todo o tempo. Isso não pode ser bom para ela.

As instrutoras observam e dão conselhos.

— Relaxe o maxilar — diz a srta. Khoury a Lucretia.

— Use sua imaginação — diz a srta. Russo a Beth, o pássaro ferido.

— Sua voz deve ser tão leve e amorosa como uma nuvem — acrescenta a srta. Russo.

— Qual é o som de uma nuvem? — pergunta Beth, olhando para a srta. Russo através de uma cortina de cabelo gorduroso.

— É o som de uma mãe.

— Mas isso não faz sentido.

— Maternidade não é sobre fazer sentido, Beth. É sobre sentir — declara a srta. Russo, batendo de leve no peito.

Frida pergunta a Emmanuelle se ela é amiga das outras meninas. Emmanuelle balança a cabeça. Frida faz sua voz mais aguda e exalta as virtudes da amizade feminina. Ela nunca falou com Harriet de forma tão estimulante. Ninguém nunca falou desse jeito em sua família. Na mesa de jantar, seus pais falavam sobre trabalho. Ninguém perguntava a ela sobre seu dia ou seus sentimentos. Com Harriet, essa fala maternal parecia tão artificial quanto um aparelho dental. Quanto mais aguda a voz de Frida, mais desconfiada Harriet ficava.

Frida olha para o relógio. São 14h43. Eles já devem ter aterrissado em São Francisco a essa hora. Ela espera que Harriet tenha se comportado bem durante o voo.

A lição continua, de fala maternal a afeição física. As duas habilidades serão parte da prática maternal diária delas e servirão de base para tarefas maternais mais complexas.

Abraços e beijos devem comunicar segurança e confiança. Abraços e beijos devem ser abundantes, mas não sufocantes. As instrutoras demonstram, com a srta. Russo fazendo o papel de mãe e a srta. Khoury, o da criança. As mães precisam primeiro avaliar as necessidades do bebê: abraço, beijo ou ambos? Que tipo de abraço? Que tipo de beijo? Rápido e suave? Uma bochecha, as duas bochechas, nariz ou testa?

As mães não devem beijar suas bonecas na boca. Beijar na boca é coisa de europeu, cria um precedente errado, torna a criança vulnerável a molestadores.

A srta. Khoury choraminga. A srta. Russo aperta mecanicamente a srta. Khoury contra seu peito.

— Um, dois, três e solta. Um, dois, três. Solta.

Elas não devem abraçar por mais de três batidas. Algumas vezes cinco ou seis batidas são permitidas se a criança está ferida ou tiver passado por algum trauma verbal, emocional ou físico. Em situações extremas, até dez batidas são permitidas. Mais que isso prejudicará o desenvolvimento da independência da criança.

Lembrem, dizem as instrutoras, vocês não estão mais lidando com um bebezinho. As mães podem acrescentar algumas palavras de encorajamento se acharem adequado. *Eu amo você. Vai ficar tudo bem. Calma, calma.*

Frida percebe Emmanuelle observando-a, classificando o que vê. Tenta manter sua expressão neutra. Nunca foi muito boa em esconder seus sentimentos. Sua expressão franca sempre foi um indício certeiro quando viajava para a Ásia. Obviamente uma americana. Sua vida toda a mãe a repreendera por franzir a testa.

As instrutoras agem como se um abraço de três segundos fosse a coisa mais natural do mundo. Algumas risadinhas, alguns sorrisos bobos e olhos se revirando, mas em geral elas cinco obedecem. Lucretia e Linda começam a praticar o abraço rápido, um, dois, três. Beth balança para lá e para cá, dando a seus abraços um toque pessoal. Frida e a Mãe Adolescente estão ajoelhadas, os braços abertos, tentando capturar suas esquivas bonecas.

A Mãe Adolescente é muito agressiva. As instrutoras a censuram por agarrar sua boneca pelo pulso e por fazer falsas promessas.

— Você não pode oferecer doces — diz a srta. Khoury. — Aqui nós não usamos a estratégia de educação baseada em recompensas.

Frida tenta assumir o controle. Emmanuelle perambula para o espaço de aprendizado de outras mães.

— Controle sua boneca, Frida — diz a srta. Russo.

Frida implora que Emmanuelle aceite um abraço. Ela pensa na noite anterior a seu péssimo dia, lembra-se de como se sentiu frustrada quando Harriet não ficou quieta para trocar as fraldas.

Ela pega Emmanuelle e conta até três e daí para de contar. Deveria ter deixado Harriet dormir com ela naquela noite. Todas as noites. Por que ela quis que Harriet dormisse em um quarto separado? Se estivesse abraçando Harriet naquele momento, acariciaria as costas da filha, cheiraria seu pescoço, apertaria os lóbulos de suas orelhas, beijaria suas dobrinhas.

A srta. Russo chama novamente o nome de Frida. Ela estava abraçando Emmanuelle havia três minutos.

— É um, dois, três e solta, Frida. Qual parte você não entendeu?

A hora de se despedir chega exatamente às cinco e meia. Após o apito das instrutoras, as bonecas fazem uma fila na frente da porta para a sala de equipamentos. Frida abraça Emmanuelle. A boneca mantém os braços rígidos junto ao corpo e cumprimenta Frida com um breve movimento de cabeça.

Sem as sonecas de que suas correspondentes humanas desfrutam, as bonecas estão cansadas, mas não ficam inquietas ou hiperativas. Em vez disso, elas se retraem de uma forma que nunca aconteceria com uma criança real.

As mães sorriem e acenam. Quando as bonecas somem de vista, os rostos das mães relaxam. A cara de Frida dói de tanto sorrir. Ela segue as colegas escada abaixo. Lucretia está confortando Beth, que chora. Lucretia diz que talvez tenha se enganado sobre as histórias de robôs. Talvez esses robôs não sejam maus, afinal.

— Não acho que você deveria pedir uma boneca diferente.

— Mas ela não gosta de mim — diz Beth. — Posso ver. E se for a personalidade dela? E se me deram uma boneca ruim? E se ela for uma semente ruim?

Ela começa a contar a Lucretia como sua mãe a tinha chamado uma vez de semente ruim, como aquilo destruiu toda a sua infância.

— Beth, sério, trate de se acalmar — aconselha Lucretia. — Você vai acabar causando problema para todas nós.

Frida sente seu peito menos apertado quando chega do lado de fora. Sente falta de sua rua estreita e de sua pequena casa escura.

A colega de quarto de Frida, Helen, quer desistir. Os comentários começam na manhã seguinte, nas pias do banheiro. Algumas dizem que a boneca cuspiu na cara dela. Outras, que as instrutoras foram excessivamente duras. Outras dizem que ela entrou em choque quando as bonecas apareceram e nunca se recuperou. Qual é a idade dela? Cinquenta? Cinquenta e dois? As mães mais velhas estão tendo dificuldade para se adaptar.

Todos os olhos se voltam para Frida quando ela entra na sala de jantar. As mães se esgueiram até sua mesa, cobrindo-a de sorrisos e cumprimentos, oferecendo-se para buscar uma xícara de café para ela. Frida se recusa a falar. Ela está desesperada para fofocar e adoraria usar esse prestígio transitório para fazer algumas amizades, mas há regras a serem seguidas e mulheres de jaleco rosa circulando por ali.

— Devemos respeitar sua privacidade — diz Frida a elas.

Essa resposta não satisfaz. As outras mães a chamam de *babaca*, *vaca* e *covarde*. Uma mãe branca sussurra *xing-ling* em seu ouvido. Outra derruba seus talheres no chão. April, a mãe tatuada do ônibus, agora aponta em sua direção enquanto cochicha com o trio de mulheres brancas de meia-idade. Alguém numa mesa próxima se refere a ela como a vaca chinesa arrogante. Ela ouve seu nome sendo sussurrado. A que abandonou sua bebê em casa. A que disse que teve um dia ruim.

— Ignore — diz Lucretia. — No almoço, elas já terão esquecido você.

Frida está nervosa demais para comer. Passa a outra metade de seu pãozinho para Lucretia.

Lucretia diz que só uma mulher branca desistiria no segundo dia. Se uma mãe negra tentasse algo parecido, eles a jogariam na cadeia, talvez até a matassem no caminho e fizessem parecer suicídio. Várias mães negras em outra mesa ouvem Lucretia e riem, concordando.

Lucretia diz a Frida:

— Sua colega de quarto é uma vadia fracote.

Não acho que ela ame o filho de verdade — diz Beth. — Imagine quando ele descobrir que sua mãe é mimada *e* fujona. O Estado *deveria* pagar pela terapia daquele garoto.

Frida mexe o café. Ela queria contar a elas sobre o tom de voz de Helen quando falou com a srta. Gibson, como Helen chamou as bonecas de monstros. A escola deu a ela um filho robô de um metro e oitenta, largo como um jogador de futebol americano, muito mais alto e forte que seu filho real. Como esperavam que ela o controlasse? Ele se recusava a abraçar. Não respondia por seu novo nome, "Norman". Ele chamava Helen de velha, gorda e feia e exigia outra mãe. Helen disse que o programa era uma farsa. Tortura psicológica.

A srta. Gibson disse a Helen para controlar a agressividade. Ser mais aberta. Parar de projetar seus sentimentos. "Helen, você é uma mãe ruim, mas está aprendendo…"

Helen havia enfiado o dedo na cara da srta. Gibson. O que trocar o líquido azul tem a ver com ser mãe? E as câmeras dentro das bonecas, os sensores, essa bobagem biométrica, o currículo impossível? O que estavam ensinando a elas? Era mesmo possível ser aprovada?

A srta. Gibson lembrou Helen das consequências de ir embora. Ela queria mesmo acabar tendo o nome incluído no registro de pais negligentes?

— Não acho que o registro seja real — disse Helen. — Meu filho tem dezessete anos. Vamos ficar separados por no máximo um ano. Daí ele virá me procurar. Eu deveria ter pensado melhor antes de vir para cá. O juiz fez parecer que eu tinha alguma escolha, mas *escolha* e este lugar não cabem na mesma frase.

Depois que as luzes se apagaram, Helen tentou convencer Frida a ir embora com ela. Sua sobrinha viria buscá-la. Frida poderia ficar com ela, juntar-se a ela em uma ação legal, tomar uma posição.

— Podemos impedir que façam isso — disse Helen.

Frida respondeu com os clichês esperados, sobre como o filho de Helen era um farol de esperança, tentou convencer Helen a dar mais uma chance para o programa, odiou-se por se sentir tentada a desistir. Ela se imaginou aparecendo na porta de Gust e Susanna pedindo que prometessem não contar para a srta. Torres. Mas aquilo não era uma solução. Além disso, Helen nunca abriria um processo. Nunca apareceria na mídia. Helen disse que não tinha medo do registro, mesmo se existisse. Que seu advogado iria lutar contra aquilo. Mas Frida sabia que era só conversa.

Depois do café da manhã, as mães se juntam na escadaria na frente do Pierce Hall. Assistem à sobrinha de Helen chegar à rotatória do jardim de rosas. Helen é escoltada pela srta. Gibson e por um dos guardas. Hoje ela assume a coroa de Linda como a pior mãe, a vadia mais terrível.

As mães sussurram.

— Foda-se ela.

— Foda-se isso tudo.

Helen olha para trás, para elas, e ergue um punho fechado. Algumas mães acenam. Outras mostram o dedo em riste. A mãe ao lado de Frida dá uma fungadela. Helen e a sobrinha se abraçam e riem, Frida se sente mal, surpresa que, após apenas dois dias aqui, o som de um carro indo embora possa partir seu coração.

* * *

Seguindo o modelo de "um, dois, três e solta", as mães treinam várias formas de afeto. O abraço de se desculpar. O abraço de encorajar. O abraço para consolar em caso de ferimento físico. O para consolar o espírito. Choros diferentes pedem abraços diferentes. As mães precisam aprender a discernir. A srta. Khoury e a srta. Russo demonstram.

Lucretia levanta a mão.

— Juro que prestei atenção, mas esses abraços parecem ser exatamente iguais.

As outras concordam. Como se supõe que elas identifiquem qual choro acompanha qual problema e requer qual abraço? Que diferença faz? Por que não podem perguntar à boneca o que está errado?

Questionamento direto coloca excesso de pressão em crianças pequenas, dizem as instrutoras. Uma mãe não deve precisar fazer perguntas. Ela deve intuir. Ela deve saber. Sobre a diferenciação entre os tipos de abraço, as mães precisam considerar sua intenção. O trabalho emocional invisível que pais devem realizar o tempo todo.

— Vocês estão falando com seus filhos por meio do toque — diz a srta. Russo. — Se comunicando de um coração para o outro. O que você gostaria de dizer a ela? O que ela precisa ouvir de você?

Da sala de aula ao lado ouve-se um estalo, seguido de gritos e lamentos. A sra. Russo diz que elas não querem ter de lembrar às mães dos abusos anteriores ou encorajar comportamentos violentos, mas os exercícios de afeto precisam ser autênticos. Para praticar o abraço de consolar ferimentos físicos, elas vão precisar infligir alguma dor.

As instrutoras batem na mão das bonecas. Quando a boneca não chora alto o suficiente, elas batem no rosto. A Mãe Adolescente protege sua boneca com o corpo. Lucretia implora que elas parem.

As instrutoras continuam de forma metódica, ignorando os protestos das mães, a srta. Russo segurando a boneca enquanto a srta. Khoury bate. As pancadas são reais. A dor é real. Frida cobre os olhos de Emmanuelle. As instrutoras devem ser todas solteironas malvadas. Assassinas secretas de gatos. Se alguém fizesse isso com Harriet... Frida nunca viu uma criancinha ser esbofeteada. Seu pai só bateu nela sobre a roupa. Sua mãe apenas batia em sua mão.

122 *Jessamine Chan*

— Solte-a, Frida — avisa a srta. Russo.

— Por que vocês estão fazendo isso?

— Porque precisamos treinar vocês.

Emmanuelle se esconde atrás de Frida.

— Só vai doer por um segundo — diz Frida. — É de mentirinha. Mamãe vai cuidar de você. Desculpe. Desculpe.

Ela estremece quando a srta. Khoury dá um tapa na cara da boneca.

Os gritos de Emmanuelle são mais agudos que os de Harriet, mais insistentes e assustadores. Frida aumenta o tempo dos abraços para cinco, depois dez segundos. Por Harriet, ela vai deixar a boneca gritar em seu ouvido. Por Harriet, ela vai deixar a boneca danificar sua audição. Ela fica surpresa com a quantidade de líquido que sai dos olhos, do nariz e da boca da boneca, um mecanismo de retroalimentação sem qualquer origem visível, como se aquele corpo contivesse uma fonte secreta.

A gola e a pala do uniforme de Emmanuelle logo ficam ensopadas de lágrimas. As bonecas choram por mais tempo e mais alto que crianças reais. Elas choram sem parar. Não se cansam. Suas vozes não ficam roucas. Elas se desvencilham do abraço das mães, descobrindo o prazer animal básico da expressão pura. Gritos de desconforto físico se tornam gritos de paixão, conforme elas forçam suas vozes até a capacidade máxima, criando um domo de som que faz Frida querer chorar lágrimas de sangue.

As horas passam. As instrutoras usam fones de ouvido. Na hora do almoço, desligam as bonecas no meio dos gritos, as bocas abertas, as gargantas vermelhas, molhadas e pulsantes. Quando as mães voltam, as bonecas retornam ao mesmo padrão agudo de aflição.

As mães não estão fazendo suas bonecas se sentirem seguras. Se as bonecas se sentissem seguras, parariam de chorar. As instrutoras dizem às mães que controlem sua frustração. Ficando calmas, elas mostram às crianças que uma mãe pode resolver qualquer coisa. Uma mãe é sempre paciente. Uma mãe é sempre gentil. Uma mãe está sempre provendo. Uma mãe nunca desaba. Uma mãe é a barreira entre sua criança e o mundo cruel.

Absorvam isso, dizem as instrutoras. Entendam. Entendam.

* * *

Cada grupo acha que sua experiência foi a pior: as bonecas mais malcomportadas, as instrutoras mais severas. As táticas são desumanas. As explicações não fazem sentido. Nada do que elas estão aprendendo se relaciona com a vida real.

Beth acha que a escola contratou assistentes sociais com alma de nazistas. Se as bonecas podem realmente sentir, vão se sentir abusadas para valer.

—Assistentes sociais *são* nazistas — diz Lucretia. — Elas são colaboradoras dos nazistas. Pelo menos as minhas eram.

Ela acha que a srta. Khoury deve ser uma fascista no corpo de uma senhora de pele escura. Há muitas dessas hoje em dia.

As bonecas mais novas choravam só de serem colocadas no chão; as bonecas maiores eram espancadas repetidamente pelas instrutoras. As bonecas adolescentes gritavam frases de ódio: "Apodreça no inferno!" "Morra, bruxa!" "Você não me entende!" "Você não é minha mãe de verdade! Por que eu sou obrigada a te obedecer?" A boneca de Helen havia sido mandada para o depósito.

No jantar, Frida e suas colegas de classe conversaram sobre estratégias. Chupetas. Brinquedos. Livros. Vídeos. Músicas. Suas filhas reais precisavam de distrações quando ficavam irritadas. Por que elas não podem usar chupetas? Elas desafiaram Lucretia a perguntar isso no dia seguinte.

Frida está exausta de rastejar, agachar, correr atrás, ouvir, se doar e tentar canalizar amor em meio à frustração. Ela se deita na cama antes de as luzes se apagarem, feliz por ter o quarto só para si. Então se lembra de que Helen está em casa. Helen vai dormir na própria cama esta noite.

A srta. Gibson faz uma inspeção final. O sinal noturno toca. As luzes se apagam.

Além do ocorrido com Helen, das agressões, do choro e de seus próprios pensamentos desesperados, o dia havia começado bem. A instrutora disse "Encontre sua mãe", e Emmanuelle veio imediatamente para ela. A maioria das bonecas não conseguia fazer isso. A boneca da Mãe Adolescente foi para Beth. A de Beth, para Lucretia. Mas Emmanuelle reconheceu Frida. Ela apontou para o peito de Frida e disse "Mamãe", e Frida sentiu algo vago. Carinho, talvez. Orgulho. A boneca não é Harriet. É apenas uma pedra no caminho até a filha. Frida vai pisar na cabeça da boneca, em seu corpo, no que for necessário.

Para o jantar de Ação de Graças, o refeitório é iluminado com velas. A diretora-executiva, srta. Knight, percorre as mesas, apertando mãos e ombros, perguntando às mães seus nomes e o que tinham feito.

— Você está gostando do programa? Já se adaptou? As bonecas não são divertidas?

Após todas se sentarem, a srta. Knight pega o microfone e conduz as mães em um momento de silêncio por suas crianças distantes.

As mães não apreciam a homenagem. Elas sabem onde estão e onde deveriam estar. Os momentos festivos fazem com que elas se sintam pior do que se a escola não tivesse feito nada. Os suportes de vela são pouco firmes, feitos de plástico barato. Cada mesa tem uma tigela com abóboras em miniatura, que elas foram avisadas para não usar como armas. Há enfeites de papel com imagens de peregrinos e perus pregados nas paredes. A refeição é peru seco quase sem tempero, com um recheio também seco, e batatas-doces empapadas.

Linda se preocupa que seus filhos possam estar passando fome.

— Vocês não conhecem as pessoas que se inscrevem para ser pais adotivos temporários — diz ela ao grupo. — As pessoas fazem isso por dinheiro.

Ela não sabe onde os pais adotivos moram, não sabe de quantas crianças eles estão cuidando, se seus filhos estão se metendo em brigas com as outras crianças ou na escola. Para o telefonema de domingo, ela precisa escolher para qual criança vai ligar a cada semana. Como isso vai parecer para os outros? Queria que sua assistente social colocasse as crianças com famílias falantes de espanhol, queria que alguém ficasse com todas as seis. Os mais velhos tomam conta dos mais novos.

Beth conta a Linda sobre um casal de lésbicas que vive perto dela em Mount Airy que cuida de crianças com necessidades especiais.

— Também existem bons pais adotivos — diz Beth.

— Isso não ajuda — responde Linda. — Não ajuda.

A escola de boas mães 125

Frida está pensando em dinheiro. Escola particular e colônia de férias. Aulas de música e professores particulares. Viagens para o exterior. Tudo o que seus pais deram a ela. Quanto mais ela ouve sobre privações, mais quer dar luxos a Harriet.

A srta. Knight pede a todas que se levantem e deem graças. As primeiras mães a falar ficam tímidas. Uma agradece a Deus. Outra, aos Estados Unidos.

Os pais de Frida devem estar na casa de seus tios, em Burr Ridge. Pelo menos uns vinte parentes devem estar reunidos. Frida é a prima mais velha por parte de sua mãe, a favorita de sua falecida avó. Ela havia implorado aos pais para que não contassem ao resto da família, mas a mãe provavelmente não tinha conseguido aguentar e contado a uma irmã, que então contou aos outros três irmãos. As tias e os tios vão culpar seus pais. Ou a faculdade de humanas ou o fato de ela não ter terminado o doutorado ou esperado até os trinta e sete para ter uma bebê. Ou por ter se casado com um homem branco, e que espécie de nome era aquele, Gust? Ela não deveria ter se casado com alguém bonito. Homens bonitos não são confiáveis. Ela morava muito longe de casa. O problema eram as escolhas de Frida. Suas tias e seus tios dirão a seus filhos: *Se alguma vez você fizer algo assim, eu me atiro de uma ponte*.

Perdida em sua espiral de culpa de filha de imigrantes, Frida não percebe quando a srta. Knight se aproxima de sua mesa. A srta. Knight passa o microfone primeiro para Linda, que agradece pela escola.

— Por todas vocês. Minhas novas irmãs. Vocês são lindas. Todas vocês, cara.

A Mãe Adolescente, que não disse nada a noite inteira e tinha comido apenas o molho, não ergue os olhos do prato. Ela pede para não falar. Sem se deixar intimidar, a srta. Knight empurra o microfone na mão dela.

— Dona, tire esse microfone da minha cara. Já não temos regras o suficiente, porra?

— Meryl, olha o palavreado! Outro incidente como esse, e eu garanto que você será mandada para a roda de conversa.

A Mãe Adolescente pega o microfone e diz:

— Eu agradeço pela verdade.

Ela passa o microfone para Frida, que hesita, olhando para Lucretia em busca de alguma orientação. Lucretia faz um coração com as mãos.

— Eu agradeço por Emmanuelle — diz Frida, entendendo a mensagem. — Minha boneca. Quer dizer, minha filha. Minha linda e preciosa filha.

Na mesa ao lado, o trio de mulheres brancas de meia-idade se levantam juntas. Elas passam o microfone entre si, completando as frases umas das outras. Dão graças pela srta. Knight. Pela ciência, pelo progresso. Pelas instrutoras. Lucretia diz a Frida para observar como a srta. Knight sorri para elas. Talvez elas não sejam nem sequer mães, retruca Lucretia. Talvez trabalhem para o Estado. Talvez sejam espiãs infiltradas. Alguém sugere jogar os pãezinhos do jantar nelas, mas, antes que alguém possa tentar seguir a sugestão, a puxação de saco das mulheres brancas de meia-idade é interrompida pela erupção de uma chama. O salão se enche do cheiro de plástico queimado.

Mães são interrogadas. Gravações de câmeras de vigilância são revisadas. Apesar de ninguém conseguir provar que o fogo foi intencional ou identificar quem derrubou a vela, na manhã seguinte há dezenas de novos guardas.

O novo guarda do refeitório é um jovem loiro corado, com o corpo flácido e rechonchudo de um bêbado. É o quinto dia delas no mundo de mulheres e mesmo Linda, que declara que o guarda é o homem branco mais branco que ela já viu, lança uns olhares furtivos na direção dele.

As mães se aprumam um pouco. Elas dão risadinhas, coram e apontam, o guarda do refeitório indiferente aos olhares maliciosos. É razoável, pensa Frida, que um homem não se empolgue por um salão com duzentas mulheres que maltrataram seus filhos.

É Black Friday, o dia depois do feriado de Ação de Graças, e as mães estão rabugentas e inquietas. Elas deveriam estar dormindo até mais tarde, comendo sobras e gastando dinheiro que não têm.

Lucretia diz que elas deveriam criar mais problemas. Arranjar mais guardas.

— Um ano é um longo tempo — diz ela.

Quem sabe quando o treinamento misto vai acontecer e se será como a srta. Knight disse que seria durante a orientação? De qualquer forma, elas não vão se envolver com aqueles pais.

— Como se *pai ruim* não fosse a frase mais brochante — diz Lucretia, gesticulando com as mãos para imitar uma flor abrindo e fechando.

Alguém poderia inundar um banheiro no Kemp. Alguém poderia pregar uma peça nas instrutoras. Talvez algumas das plantas sejam venenosas.

Frida diz que Lucretia é louca. Pense o quanto elas vão sofrer, o quanto as crianças vão sofrer, se fracassarem. Beth e Meryl zombam dela. Lucretia chama Frida de menina boazinha. Linda a chama de uma porra de um modelo de minoria seguidora de regras.

Elas discutem se devem chupar o guarda ou deixar que ele as chupe. A mesa fica dividida com essa questão. A intensidade delas tão cedo no dia, e por um homem pouco atraente, assusta Frida, que não é imune a pensamentos lascivos. Ela sente falta de Will, lembrando-se de seu corpo, pensando em Gust e em amantes do passado, o garoto de cabelo sujo da faculdade que mastigava o bico de seus seios, o diretor de arte gordinho em Nova York, que não parava de falar do falecido pai. Mas fantasia e desejo pertencem a outra vida. Ela disse a Will que não esperasse por ela. Frida deixa a mesa enquanto suas colegas continuam sua discussão acalorada sobre se, em nome do controle de natalidade, sexo anal não seria a melhor opção.

Há um novo guarda atrás das portas de vidro do Morris Hall, um jovem negro, magro e tímido, com olhos verdes de gato, uma barba curta e um rosto bonito como o de uma garota. Ele não é muito alto, mas o corpo sob o uniforme parece ser forte. Algumas mães o cumprimentam a caminho da aula. Algumas balançam o cabelo. Outras o olham de cima a baixo. O guarda está ficando vermelho. As mães fazem apostas sobre com quantas mulheres ele vai foder hoje. Não é possível que haja câmeras em todas as árvores. E há vários prédios vazios.

Frida se pergunta de que tipo de garota ele gosta. Inteligentes e engraçadas, como Lucretia. Assombradas, como Beth. Ela gosta de seus olhos verdes e de sua boca grande.

128 *Jessamine Chan*

As sessões de aconselhamento são distribuídas ao longo do dia. Às 10h45, Frida espera no saguão do Pierce, onde alguém havia colocado um arranjo de bico-de-papagaio na mesa sob o lustre.

Lembra a si mesma de não fazer perguntas, de só chorar se parecer vantajoso, de se referir a Emmanuelle como "ela" em vez de "isso". As mães que aguardam conversam sobre ter ido para a cama com fome, sobre como o peru não estava tão ruim. No fundo do salão, atrás de uma porta fechada, uma mãe está soluçando sem parar. Frida se preocupa com ela, quem quer que seja, se lembra de como os homens do Serviço Social registravam seus episódios de choro. Eles diziam que o arrependimento de Frida parecia superficial. Eles contaram à juíza da Vara de Família que suas posturas ao chorar — o hábito de esconder o rosto com as mãos e assumir posição fetal — sugeriam que ela estava se fazendo de vítima.

Ela ainda não chorou ali, apesar de o desejo ser constante. À noite, luta para manter as mãos longe da boca. Quer arrancar os olhos, morder a parte interna das bochechas até sangrar. Mas está aprendendo a gostar do escuro. Da solidão. A exaustão melhorou seu sono. Nas últimas noites, tinha dormido profundamente o bastante para se lembrar de seus pesadelos.

Às onze, a srta. Gibson a escolta até o antigo escritório de intercâmbio da universidade. O escritório da conselheira é cinzento, da cor de uma gaivota, e tem cheiro de antisséptico. Há uma balança da Justiça no topo de um arquivo, um calendário permanente com códigos escritos em vermelho, pilhas de pastas pardas, vários dispositivos portáteis. Há uma câmera montada na parede do fundo, de frente para Frida, que se senta, cruza as pernas e sorri.

A conselheira, uma elegante mulher negra de meia-idade, cujo jaleco rosa está amassado nos ombros, chama-se Jacinda, mas Frida pode chamá-la de srta. Thompson. Usa um cabelo na altura dos ombros que está ficando ralo nas têmporas e tem covinhas nas bochechas. A srta. Thompson fala com o diafragma e sorri como se ela se importasse, murmurando e acenando com a cabeça nos momentos certos, enquanto Frida responde a perguntas sobre sono, apetite e humor, se fez alguma amiga, se ela se sente segura ali, sobre como está suportando a separação de Harriet. Passam a sessão revisando as deficiências de Frida, começando por seu péssimo dia e seguindo até aquela manhã. A conselheira a encoraja a dizer "Eu sou uma mãe ruim porque..." e preencher os espaços vazios.

Ela pergunta por que Frida não conseguiu confortar sua boneca. Quando Frida responde que ninguém conseguiu, a conselheira diz que isso não importa.

— Frida, por que você tem expectativas tão baixas em relação a você mesma? — pergunta a mulher. — O problema é um vínculo inseguro? Alguma resistência subjacente? Ao programa? Às bonecas? Suas instrutoras me disseram que falta calor nos seus abraços. Elas disseram, e eu cito: "Falta nos beijos de Frida aquela centelha incandescente de amor maternal".

— Estou fazendo o melhor que posso. Ninguém nos disse que iríamos trabalhar com robôs. É muita coisa para absorver.

— Tenho certeza de que a srta. Knight explicou durante a orientação por que o sistema mudou. Aqui você treina com as bonecas e leva as habilidades para sua vida regular. Melhor você não pensar demais sobre isso.

A conselheira estabelece objetivos. Na semana seguinte, pelo menos cinco sequências bem-sucedidas de abraços. Uma articulação mais eficiente das deficiências. Menos deficiências. Uma fala maternal mais solta. Um tom de voz mais agudo. Uma contagem de palavras diária maior. Frida precisa relaxar. Sua temperatura e seus batimentos cardíacos sugerem um nível insustentável de estresse. Ela precisa estabelecer um contato visual mais frequente e mais significativo com Emmanuelle. Seu toque deveria ser mais suave, mais amoroso. Os dados coletados na boneca sugeriram quantidades substanciais de raiva e desconsideração. Qualquer sentimento negativo travará seu progresso.

Durante o jantar elas falam de seus desejos. Qual guarda, que dia. Onde. Uma sala de aula vazia, o armário de vassouras, um carro, o bosque. O que fariam se não houvesse câmeras nem cerca. Elas gostam mais do guarda de olhos verdes. Lucretia acha que a Mãe Adolescente tem a melhor chance. O guarda deve ter só uns vinte anos.

— Ele me lembra do pai do meu bebê — admite a Mãe Adolescente. — Mas meu cara é mais alto. Bem mais alto. Mais gostoso. Tem dentes melhores.

— Como você sabe do estado dos dentes dele? — pergunta Lucretia.

— Ele sorriu para mim.

Beth e Lucretia assobiam e batem as mãos no alto. A Mãe Adolescente diz para elas calarem a boca.

Lucretia pergunta a Frida qual guarda ela quer. Foder, casar ou matar?

Frida não está pensando nos guardas. Ainda está processando sua sessão de aconselhamento. A escola deve estar colocando as mães para baixo para induzir a cooperação, da mesma maneira que faziam os homens com quem ela saía. Eles costumavam insultá-la até que ela se odiasse o suficiente para se irritar. Talvez elas precisassem se sentir as piores pessoas do mundo antes de conseguir acreditar. Ver que a única criatura da qual merecem ser mães é uma boneca. Que não podem se responsabilizar por qualquer ser humano de qualquer idade, não podem se responsabilizar por um animal.

— Foder qualquer um — responde ela, afinal. — Casar com nenhum. Matar nenhum.

— As quietinhas são sempre as piores. — Lucretia dá um tapinha na mão de Frida. Ela diz foder o guarda do refeitório, casar com o guarda de olhos verdes, matar nenhum. — Mas me pergunte de novo em alguns meses — acrescenta, rindo. Ela conta que estava começando a sair novamente quando sua filha foi levada.

As mães se perguntam se houve algum incêndio na escola de pais. Frida conta a elas sobre a ideia de Helen, de os jalecos cor-de-rosa serem parte de alguma fantasia de cuidador ou enfermeira.

Beth acha possível. Quando ela estava no hospital, flertou com um dos médicos.

— Ele me beijou uma vez — confessa ela.

A normalmente sarcástica Lucretia fica solene.

— Você contou isso a alguém, certo?

— Não. Não quis causar problemas para ele.

O médico era mais velho. Casado.

— Mas ele vai fazer isso com outra pessoa. Você precisa denunciá-lo. Quando sairmos. Prometa.

Beth diz para Lucretia não a pressionar. Ela parece a ponto de chorar. Linda pede a Lucretia que pare com aquele papo.

Para tirar a atenção de Beth, Frida conta a elas sobre como é em Nova York, os vários sociopatas com quem saiu antes de Gust. Uma fila de homens baixinhos, carecas e zangados durante seu primeiro ano de pós-graduação. O comediante de *stand-up* que contava piadas sobre funcionários de restaurantes chineses quando ela estava na plateia.

Elas acabam comparando histórias, a idade com que deram pela primeira vez. Lucretia diz dezesseis. Linda, quinze. Frida, vinte.

— Olha você, Frida Kahlo — zomba Lucretia.

Linda pergunta se Frida se casou com o primeiro. Frida não conta que se casou com o vigésimo sétimo. Ela se declara uma flor tardia.

Beth e a Mãe Adolescente não tinham respondido.

— Seis — diz, por fim, a Mãe Adolescente. — Não diria que dei alguma coisa.

O sorriso de Linda desaparece.

— Sinto muito, menina.

Beth confessa que aconteceu o mesmo com ela. Aos doze, o maestro de seu coral. Sua mãe não acreditou nela. A Mãe Adolescente diz que sua mãe também não acreditou nela.

Ela dá a Beth um pãozinho do jantar, olha para as outras colegas.

— Bem, agora vocês sabem. Já temos uma porra de uma conexão boa o bastante para vocês?

Para exercer seu direito a um telefonema semanal, as mães comparecem ao laboratório de informática na biblioteca Palmer, o prédio a leste do jardim de rosas. O laboratório de informática fica no térreo, uma sala com paredes brancas, teto verde-floresta e mesas manchadas de café. As mães entram e saem a intervalos de dez minutos. Elas formam uma fila no saguão, em ordem alfabética.

Frida espera na escada. Alonga os braços, ainda dolorida do trabalho na equipe de limpeza. A srta. Gibson foi a seu quarto antes da primeira luz da manhã e pediu que se agasalhasse. Essa será sua nova rotina de sábado. Ela, a Mãe Adolescente e doze outras mães se juntaram à srta. Gibson após o café da manhã. Receberam luvas, esponjas, esfregões, baldes e escovas.

132 *Jessamine Chan*

Antes de começarem, a srta. Gibson pediu que dissessem seus nomes e o motivo de estarem ali e o que estava errado em suas casas.

Havia histórias sobre comida apodrecendo e lixeiras de fraldas sujas transbordando, famílias de ratos vivendo nas paredes, infestação de mofo. As transgressões mais inocentes eram pias cheias de louça suja, cadeirões grudentos, brinquedos com manchas de comida, cheiros que o Serviço Social considerou problemáticos ou nocivos. Frida confessou poeira, bagunça, cereais vencidos e uma única barata.

Ela faz dupla com Deirdre, uma mãe branca de Pennsport cujo filho de cinco anos, Jeffrey, está morando com sua irmã. Quando Frida perguntou se foi apenas o estado da casa que causou problemas, Deirdre admitiu que o filho tinha uns hematomas. Talvez ela tenha batido nele.

— Na cara? — perguntou Frida, rápida em julgar.

— Sou uma mãe ruim — disse Deirdre —, mas estou aprendendo a ser boa.

A equipe de limpeza, elas logo perceberam, funciona apenas como punição. É impossível para quatorze mulheres limpar todos os prédios em uso e cuidar dos oitenta hectares de terreno que não são bosque. Frida e Deirdre se alternam para passar o esfregão em três dos prédios de salas de aula. Demorou vinte minutos para andarem até lá. Um guarda as supervisionou para garantir que não tocassem nas bonecas. Elas descobriram que nem todas as bonecas são guardadas nos depósitos de equipamento. Algumas salas de aula são usadas como depósito, com divisórias de acrílico separando bonecas de idades diferentes. As bonecas observam enquanto elas trabalham.

Agora, a srta. Gibson indica um computador vago para Frida. Ela gostaria de ter feito anotações. Precisa lembrar Gust da vacina de gripe. Ele precisa comparecer a algumas reuniões na pré-escola, apresentar alguns documentos. Ele precisa falar com os pais dela.

A conexão é estabelecida. Após alguns segundos, o rosto de Susanna entra em foco. Ela está vestindo um dos suéteres cor de marfim de Gust, segurando uma xícara de chá, a vasta cabeleira vermelha enrolada acima de sua cabeça, presa por um lápis. Após uma semana vendo mulheres em uniformes, a beleza de Susanna é irresistível.

Frida fica envergonhada de Susanna vê-la naquele estado.

— Onde está Harriet?

— Desculpe, Frida, eles estão dormindo. Ela está com alguma virose que afetou o estômago. Passou a noite vomitando. Gust também pegou.

— Eles estão bem agora? Você pode acordá-los? Por favor. Só tenho dez minutos.

Susanna se desculpa novamente. Ela entende como essa chamada é importante para todos, mas Harriet acabou de dormir.

— Ela está doente de verdade. Eu estou cuidando dos dois. Estou acabada. Será que vocês não podem falar semana que vem?

— Por favor — repete Frida. Elas vão e vêm sobre a importância do sono de Harriet versus a importância daquela chamada, quantos meses levará até Frida poder ver Harriet pessoalmente. Susanna finalmente concorda em chamá-los.

Frida teme desabar no choro antes mesmo de Harriet chegar ao computador. Aos sete minutos, ela começa a roer as cutículas. Aos seis minutos, ela segura a cabeça com as mãos. Aos cinco minutos, ela arranca pelos da sobrancelha. Aos quatro minutos, ela ouve a voz de Harriet. Gust se senta na frente do computador segurando Harriet no colo. As bochechas da garotinha estão rosadas. Ela sempre pareceu mais bonita ao acordar.

Frida se desculpa por incomodá-los. Pergunta como estão se sentindo.

Gust diz que o apartamento inteiro precisa ser desinfetado. Harriet vomitou por todo o berço.

— Você chamou um médico?

— Frida, nós sabemos o que estamos fazendo. Eu sei cuidar da minha filha.

— Não estou dizendo que você não saiba. Mas você deveria chamar um médico.

Ela nota que Harriet está com o nariz escorrendo e tem círculos escuros em torno dos olhos. Ela parece mais magra.

— Desculpe eu não estar aí, Bub. Você já vai voltar para a cama. Só precisava ver você.

Ela deseja dizer frases perfeitas usando a fala maternal, mas, conforme vê Harriet assimilar a nova realidade, a mãe no computador, a mãe de uniforme, a mãe que ela não pode tocar, conforme ela vê a expressão de Harriet começar a se enrugar, é a vez de Frida chorar.

Harriet tenta escapar. Ela grita e agita os braços. A srta. Gibson aparece e abaixa o volume.

— Você precisa fazer isso?

— Frida, por favor, tenha consideração pelas outras. Você tem mais um minuto.

Gust sussurra no ouvido de Harriet.

Frida diz:

— Amo você. Estou com saudade. — Ela continua — Galáxias. Lembra? A mamãe ama você até as galáxias.

A srta. Gibson dá às mães o aviso de cinco segundos.

— Agora se despeçam, senhoras.

Todas se inclinam para as telas. As vozes se elevam.

— Sinto muito mesmo, Bub. Mamãe precisa ir. Fique boa. E beba mais água, por favor. Sare logo. Quero que você sare. Quero muito. — Frida se inclina para o monitor e manda um beijinho.

Harriet para de chorar. Ela abre a mão. Ela diz:

— Ma...

A tela fica preta.

CAPÍTULO 8

DESDE A CONVERSA com Harriet, tem sido mais difícil gostar de Emmanuelle. Frida nota todas as partes falsas: o aroma de carro novo, o leve estalo quando Emmanuelle gira a cabeça, os chips em seus olhos, a uniformidade das sardas, a ausência de penugem nas bochechas, os cílios grossos, as unhas que nunca crescem. Frida é uma mãe ruim porque seus abraços transmitem raiva. Ela é uma mãe ruim porque sua afeição é superficial. Já é dezembro e ela ainda não completou uma sequência bem-sucedida de abraços.

As mães estão de uniforme há onze dias. O desejo e a vontade de transgredir estão sendo extirpados de dentro delas. As colegas de classe de Frida pararam de cobiçar os guardas. Há brigas na fila do chuveiro, cotoveladas e choques de ombro nos corredores, tropeções e xingamentos, olhares feios sem fim.

Muitos pais adotivos, avós e guardiões perderam a hora da chamada. Alguns não tinham computadores ou smartphones. Alguns não tinham wi-fi. Houve conexões ruins e mal-entendidos, crianças que não queriam falar.

O novo hábito de Emmanuelle é correr enquanto chora. Ela é mais rápida que Harriet era em setembro, mas talvez não seja mais rápida que Harriet hoje. Frida se sente traindo Harriet a cada abraço. Mais para Emmanuelle, menos para Harriet, e o quanto dela há para dividir? Tinha ficado tão zangada com Gust por causa da conversa dele sobre lealdade dividida — sua família versus seu novo e glorioso amor. Seu coração dividido. A dificuldade da triangulação. Quebrou duas taças de vinho na noite em que ele usou aquela palavra.

Nesta manhã o céu está nublado, com o tipo de luz suave que faz a pele das bonecas parecer mais real. As bonecas correm para as portas e janelas. Elas batem nas portas dos armários fechados. Abrem gavetas. As mães correm atrás delas. Bonecas se chocam. O choro fica mais intenso.

A srta. Russo ajusta a postura de Frida. Frida deve se ajoelhar. Não deve se inclinar sobre Emmanuelle ou puxá-la para si. Crianças devem ser tratadas com respeito.

— Você precisa ir até elas — diz a srta. Russo. Ela pede a Frida que tente se desculpar novamente. Desta vez, com mais sentimento.

Elas estão praticando o abraço de arrependimento. Nesta semana, as professoras finalmente deram brinquedos para elas — argolas e blocos de empilhar, jogos de formas e animais de pelúcia —, mas, após uma hora brincando, as bonecas rindo, o vínculo entre elas quase ao alcance da mão, os brinquedos são retirados, deixando as mães com a tarefa de obter o perdão das bonecas. As professoras fizeram isso a manhã toda, gerando birras que duraram o dia inteiro.

Frida não diria que está acostumada ao lugar, aos uniformes, às aulas, às outras mães ou às bonecas, mas está se acostumando às dores de cabeça. O latejamento atrás dos olhos agora é parte de sua vida, assim como a pele ressecada, o sangramento das gengivas, a dor nos joelhos, as costas doloridas, a sensação de nunca estar limpa, a tensão nos pulsos, nos ombros e na mandíbula. Ela tem uma nova colega de quarto, Roxanne, uma mãe negra de vinte e poucos anos cujo filho de sete meses, Isaac, está em um lar temporário. Roxanne deixou a sobrinha de doze anos cuidando de Isaac quando foi chamada para ir trabalhar em um domingo. Um transeunte viu a menina passeando com Isaac em frente ao prédio de Roxanne no carrinho de bebê e chamou a polícia. Ele tinha apenas cinco meses quando o levaram.

Roxanne é do norte da Filadélfia, estudava em Temple, estava começando o último ano. Estudava ciência política e mídia. Ela não fala muito sobre Isaac, mas perguntou para Frida sobre os estágios do desenvolvimento que estava perdendo. Antes de tudo isso acontecer, Isaac estava quase aprendendo a se sentar. Logo ele vai estar engatinhando. Roxanne disse que Frida tem sorte. Ela teve um ano e meio com a filha. Harriet reconhecerá Frida. A sua voz. Do que Isaac vai se lembrar sobre sua mãe? Nada.

Roxanne tem uns olhos em formato de amêndoas, escuros e céticos, um nariz pequeno e tranças até a cintura, que balançam incessantemente. É compacta e peituda, com quadris tão estreitos, que é difícil imaginar como deu à luz um bebê. Ela troca de roupa em silêncio, arruma a cama calada, nunca quer fofocar, nunca deixa Frida vê-la nua, mas, para a infelicidade de Frida, fala e ri enquanto dorme. Sua risada no mundo imaginário é encantadora e abundante. Seus sonhos, se Frida está entendendo direito, envolvem campinas perfumadas, riachos nas montanhas e a companhia de um cavalheiro.

Frida gostaria de poder rir sobre isso com Will. Ela quer contar a ele sobre Roxanne se enrolando nos lençóis e sorrindo no escuro. Ela quer contar a ele que estes prédios são feitos de feromônios e arrependimentos. Hostilidade. Saudade. Que é possível parar de notar a tristeza. Que o som de mulheres chorando agora parece ruído branco.

Algumas falam que as bonecas precisavam de tempo para se acostumar a elas. Algumas falam que todo o progresso se deve às mães. Outras dizem que a cooperação das bonecas foi programada para aumentar a competição. Independentemente da razão, o impossível aconteceu. Progressos aconteceram. A confiança foi estabelecida. As mães estão atendendo às necessidades de suas bonecas.

No grupo de Frida, a líder é Linda, que, na manhã de sexta, acalma sua boneca com um abraço de oito segundos e dois segundos de balanço.

As professoras pedem à classe que observe. Elas silenciam as outras bonecas, daí provocam a boneca de Linda com um ursinho de pelúcia, que então é tirado dela. Linda, que deu à luz e alegadamente negligenciou várias crianças, aproxima-se rápida e graciosamente. Ela aperta a boneca com firmeza contra seu ombro, com frases em espanhol e inglês. Balança a boneca com movimentos bruscos, como se estivesse preparando um coquetel. Dá tapinhas e giros. Logo a boneca está calma.

Linda lança um longo olhar de satisfação sobre as colegas, os olhos se detendo em Lucretia.

As mães cruzam os braços, inclinam as cabeças e mordem suas línguas. Tinha que ser por acaso. Nenhuma criança, nem mesmo uma de mentirinha, está a salvo com Linda.

A srta. Russo pede a Linda que explique sua estratégia de abraço.

— Preciso pensar como uma atleta — diz Linda. — É como se estivéssemos nas Olimpíadas. Cada dia, estamos buscando o ouro. Minha família é o ouro. Não quero meus filhos crescendo longe de mim. Não ser só a vaca, perdão, uma mulher sobre quem eles ouvem falar.

Quando o resto das bonecas é religado, todas elas correm para Linda. Ela é o Flautista de Hamelin. A pastora, a Mamãe Ganso. As instrutoras pedem a ela que ajude as colegas, uma mudança na estrutura de poder que resulta em um almoço tenso. Lucretia chega até a colocar sal no café de Linda sem que ela veja.

Ninguém quer a ajuda de Linda, mas com seu sucesso em mente, e a vergonha em potencial de serem superadas pela mulher que supostamente colocou seus seis filhos em um buraco, as mães abraçam cada vez mais rápido. Alguns abraços parecem movimentos de apagar um incêndio. Outros lembram golpes de luta livre. Por fim, Lucretia acalma sua boneca, depois Beth.

Após cada progresso, elas refletem em grupo. As instrutoras dizem que elas devem se questionar todas as noites. Devem perguntar: "O que eu aprendi hoje? Onde posso melhorar?".

— Uma mãe é como um tubarão — diz a srta. Russo. — Sempre em movimento. Sempre aprendendo. Sempre tentando melhorar.

É quase hora de dizer adeus. Frida conta até seis, conta até oito, pensa em Harriet correndo pelo parquinho. Harriet fraca após vomitar, o nariz de Harriet sangrando, a última vez que as duas se tocaram. Ela diz "Amo você. Por favor, me perdoe".

Emmanuelle para de chorar. Frida mal acredita. Ergue a mão, tentando chamar a atenção da srta. Russo. Verifica se o rosto da boneca está molhado, limpa as lágrimas remanescentes. Beija a testa de Emmanuelle. Seus olhos se encontram, amorosos. A satisfação foi alcançada. Frida se sente melhor do que imaginava.

Durante a noite caem quinze centímetros de neve. O campus se torna brilhante, parece encantado. Frida, a Mãe Adolescente e duas outras mães de um grupo diferente são encarregadas de limpar a neve das calçadas do Pierce até o prédio de ciências. As mães tinham visto a equipe de manutenção usar sopradores de neve, mas perguntas sobre os sopradores de neve são rejeitadas. Sopradores de neve são atalhos, diz a srta. Gibson, e atalhos não são parte do espírito da equipe de limpeza.

Apenas mães brancas e Frida foram encarregadas de remover neve. As mães negras e latinas, encarregadas dos banheiros, resmungam. Com o aumento do mau comportamento, as equipes de limpeza também aumentaram. Agora há mães na lavanderia, mães limpando as cozinhas e o refeitório. Mães que haviam conseguido evitar a punição do sábado, e que não têm o treinamento adicional exigido, devem usar o dia para se exercitar, realizar atividades comunitárias e escrever seus diários de expiação. Algumas instrutoras estavam querendo começar clubes de tricô e de produção de colchas, mas os administradores decidiram que, após o incêndio do Dia de Ação de Graças, as mães não são confiáveis para manusear agulhas.

A Mãe Adolescente insiste que Frida limpe a neve ao seu lado. A Mãe Adolescente é da parte sul da Filadélfia, quase no estádio de baseball. Ela acha que Passyunk Square, onde Frida morava, é um lugar de gente arrogante com cortes de cabelo idiotas, bicicletas caras, bolsas tipo sacola e cachorros pequenos. Frida toma cuidado para não falar mal da parte sul da cidade, ou da cidade como um todo. Ela tem curiosidade em saber se um bebê mestiço na parte branca do lado sul causou algum atrito, mas não pergunta. Elas fofocam sobre suas colegas de quarto, suas instrutoras e Linda, sobre todas as mães que a Mãe Adolescente considera umas vacas completas, sobre se alguém aprendeu alguma coisa na aula do dia anterior, sobre se alguém aqui está aprendendo alguma coisa. A Mãe Adolescente acha que as instrutoras a perseguem por ser a mais jovem. Sua conselheira disse que ela tem problemas de controle da raiva, problemas de depressão, problemas de sobrevivente de abuso sexual, problemas com maconha, problemas de mãe solteira, problemas de abandono da escola, problemas de mãe branca com filho negro. Os dados sugerem que a Mãe Adolescente odeia sua boneca. Ela não contesta os dados, mas esclarece que odeia todo mundo.

Ela pergunta a Frida como ela se sentiu no dia anterior ao fazer algo certo. A Mãe Adolescente foi a única que não conseguiu fazer sua boneca parar de chorar.

— Ainda não entendi direito.

Frida não quer admitir que ela gostou dos elogios das instrutoras, como ela ficou orgulhosa de Emmanuelle ficar superapegada. Quando se despediram, Emmanuelle suspirou e descansou a cabeça no ombro de Frida, um gesto surpreendente e carinhoso que derrubou parte de sua resistência.

Ela diz que as bonecas são imprevisíveis. Que não sabe como Emmanuelle vai se comportar na segunda-feira. O progresso veio muito tarde para contar nos objetivos da semana. A conselheira acha que ela está ficando para trás. A mulher questionou a conduta de Frida durante o telefonema de domingo. Ela a acusou de se distanciar de Emmanuelle. Os números de contatos visuais estavam baixos. Os índices de afeto eram inconsistentes. Os beijos eram mornos. A fala maternal não evoluía.

Frida fica preocupada em ser sincera demais com a Mãe Adolescente. Se preocupa em não ter sido solidária o suficiente após a confissão da jovem. Linda tem dito que ela e Frida, as adultas do grupo, precisam ficar de olho na Mãe Adolescente e em Beth.

— Aquilo que você nos contou na outra noite — começa Frida. — Obrigada por confiar em nós.

— Ah, meu Deus, que saco. Beth não para de falar disso também. Eu não contei a vocês para ficarem fazendo perguntas.

— Só estou dizendo que você é corajosa. Você é uma sobrevivente.

— Essa é uma palavra bem idiota. Minha mãe usa essa palavra. Bem, agora ela também usa.

— Eu sinto muito por ela não ter acreditado em você.

— Tudo bem. Eu já superei.

— Se você precisar de alguém para conversar...

— Frida, sério. Para com isso. Chega de processar coisas por hoje. Tudo bem? Promete?

Frida pede desculpas. A neve está dura e pesada, é como cavar no cimento. Elas terminam os quatro conjuntos de degraus do Pierce, acenando com a cabeça para as mães que passam a caminho de limpar as salas de aula. Seus rostos estão ressecados. Suas costas e seus joelhos doem. Seus olhos ardem de tanto forçá-los contra o brilho da neve. O dia inteiro a Mãe Adolescente insinua que tem um segredo. Ela fica cada vez mais impaciente com as tentativas de Frida de adivinhar.

— Chegue mais perto. Não, não olhe para mim. Não seja tão óbvia. Olha, então, eu transei com o guarda. O bonitinho. Não conte para ninguém, senão vou dizer para cada uma das vacas daqui que você tentou me beijar.

— Eu prometo.

Frida tenta não parecer preocupada. A Mãe Adolescente e o guarda de olhos verdes treparam no estacionamento. No carro dele. Frida pergunta como ela conseguiu sair. Não tem alarmes? Holofotes? Câmeras? Outros guardas?

— Garota, você definitivamente não tem malícia.

— Usaram camisinha, espero.

— Sério? Você acha que sou tão idiota?

Ela só o deixou foder por trás. O sexo não foi nada de especial. Ele gozou em dois minutos. Seu pau é longo e fino. Ele beija com preguiça, mas seu cabelo cheira bem.

Frida se sente idiota, com inveja e velha. A Mãe Adolescente tem um corpo como o de Susanna, magro e esguio, mas com seios grandes. Ela é bonita daquele jeito que todas as adolescentes são bonitas, aquelas bochechas de bebê; olhos castanhos límpidos e brilhantes; pele sem poros aparentes. O cabelo é a única parte feia dela: um dégradé de cinza escuro, loiro nas raízes. Claro que o guarda escolheu uma adolescente, uma garota selvagem e radiante, cheia de recursos.

Ela quer perguntar se eles beijaram de língua, se o guarda enfiou os dedos nela enquanto a comia por trás, se o guarda era barulhento, se eles embaçaram as janelas do carro. Gostaria de saber essas coisas, gostaria que a Mãe Adolescente soubesse que ela um dia também foi ousada, mas perguntar sugeriria que ela não tinha mudado, e mudança é essencial, então pergunta sobre a família da Mãe Adolescente, se ela tem saudade deles. Não apenas de sua filha, mas de seus pais.

A Mãe Adolescente chuta a neve.

— Eu conto uma coisa para você e isso dá permissão para você bisbilhotar?

Ela não quer falar sobre eles, diz que não é da conta de Frida, mas então admite que sente saudades da mãe. Elas nunca moraram separadas. Qual é a idade de Frida? A mãe dela tem apenas trinta e cinco.

— Talvez vocês possam ser amigas — diz a Mãe Adolescente, rindo. Seu pai foi embora quando ela tinha três anos.

— Pena que eles não podem pegá-lo e mandá-lo para a prisão de pais.

Sua filha se chama Ocean. A avó de Ocean está cuidando dela, mas o dinheiro para a creche está acabando. Ocean pode ser bem travessa, o tipo que sai comendo terra dos vasos de planta. Mãe Adolescente tinha encontrado marcas dos dentes dela no sabão. Ocean começou a engatinhar com cinco meses, andou com nove.

— Ela parecia uma baratinha. Bati nela umas vezes. Mas não é o que você está pensando. Só fiz isso quando ela foi muito má. — Ela aponta para Frida. — Melhor você não repetir isso para ninguém. Essa merda não está no meu registro.

Frida promete, apesar de ficar alarmada. Ela e Roxanne haviam ficado chocadas de as mães que batem nos filhos ficarem nos mesmos grupos com mães que não batem. Roxanne acha que o que ela fez, deixar Isaac com a sobrinha, e até o que Frida fez, não está no mesmo nível.

— É como se pessoas com câncer fossem tratadas igual a pessoas com diabetes — disse Roxanne.

— Eu não queria ficar com ela — conta a Mãe Adolescente a Frida. — Minha mãe me obrigou. Tinha esse casal que queria adotá-la, mas o pai me olhou de modo estranho. Algumas pessoas simplesmente passam aquela vibração maligna, sabe? E aí, quando eu mudei de ideia, eles ficaram completamente loucos. Gente que quer bebês e não pode tê-los perde a cabeça.

Ela pergunta como é ficar grávida depois de velha. O corpo de Frida já secou?

— Você não pode ter mais, certo? Tipo, você logo vai fazer quarenta anos, e daí...

Ela faz um som de zíper fechando.

— Você quer dizer, se...? Acho que não. Harriet vai fazer vinte e um meses em alguns dias. — Os olhos de Frida ficam marejados. Em seu telefone, há vídeos marcando a passagem de cada mês. Os vídeos eram um pouco para ela, um pouco para seus pais. Ela sentava Harriet no cadeirão, anunciava o dia do mês e a idade da filha, e então pedia a ela que se pronunciasse. O último foi: "Você faz dezoito meses hoje! Como você se sente sobre isso?".

A Mãe Adolescente nota Frida esfregando os olhos. Ela larga a pá. Agarra Frida e dá o abraço de acalmar o espírito, sussurrando:

— Passou, passou.

A srta. Khoury e a srta. Russo começam a cronometrar a tarefa. As mães acalmam suas bonecas em duas horas, então em uma hora, então em quarenta e cinco minutos, então em trinta minutos. O objetivo é conseguir chegar ao silêncio em dez minutos.

Chega o dia da avaliação. A primeira unidade, que cobre muito material, terá uma avaliação adicional em janeiro. As mães se sentam em círculo, de pernas cruzadas, as bonecas se contorcendo em seus colos. Cada par assume o centro da roda uma vez. As instrutoras vão avaliar a combinação de abraços, beijos e afirmações. A qualidade dos abraços: muito longo, muito curto, no ponto. Quantos são necessários. A confiança e a postura da mãe. Quanto tempo foi necessário para acalmar a boneca. As notas finais, os trabalhos, as avaliações por escrito e os clipes de vídeo serão anexados a seu registro. Quem passar de dez minutos receberá um zero.

A srta. Knight vem observar e tem muitas outras classes para visitar antes do jantar.

— Se pelo menos eu pudesse me clonar — diz ela. As instrutoras riem alegremente.

As mães as olham de lado. Outro dia, Lucretia perguntou a elas se tinham filho, e a resposta foi negativa. A srta. Russo disse às mães que tem três cachorros. A srta. Khoury contou a elas que cuida dos sobrinhos.

— Nem todo mundo tem a sorte de ter filhos — acrescentou a srta. Khoury.

O questionamento da autoridade foi registrado no arquivo de Lucretia. Fora da aula, Lucretia as chamou de impostoras. Ela disse a Frida que isso era igual a ter aulas de natação com alguém que nunca entrou na água. Como alguém pode comparar mascotes com crianças? Ser uma mãe não é nada parecido com ser uma tia. Só alguém que nunca teve filhos poderia dizer algo assim.

As mães acenam para a srta. Knight, que parece ainda mais perturbadora à luz do dia. Partes do seu rosto parecem ter dezoito anos, outras aparentam cinquenta. Ela tem as bochechas redondas e rosadas de um bebê. Frida olha para aquelas mãos cheias de sardas e veias, para o anel de diamante. Na orientação, ela contou às mães que tinha quatro filhas. Uma pratica hipismo. Outra está na faculdade de Medicina. Uma outra está fazendo trabalho humanitário em Níger. Outra estuda Direito. Ela tem muita experiência em criar boas mulheres.

A srta. Russo leva a boneca de Lucretia para a sala de equipamentos para ser ferida. Frida, Beth e a Mãe Adolescente desejam boa sorte a Lucretia, que se posiciona no centro do círculo.

Frida diz a Emmanuelle que hoje é um dia especial.

— Não se assuste — avisa. Desde o avanço da semana anterior, ela tem pensado em Emmanuelle como sua pequena amiga. Uma órfã. Uma enjeitada. Talvez ela não seja uma filha de mentira, mas sim uma filha temporária. Emmanuelle chegou a ela por causa de uma guerra.

Ela quer contar a Emmanuelle que tem pensado sobre saúde. Harriet estava muito doente para falar no domingo anterior. A casa inteira tinha ficado doente. As vacinas contra a gripe prometidas não aconteceram. Gust disse que a vacina contra a gripe deste ano é só 20% efetiva. Susanna acha que a exposição a germes vai fortalecer o sistema imunológico de Harriet. Ela não gosta de lavar as mãos de Harriet com muita frequência, não quer que Harriet perca todos os microbiomas bons. A escola tem o registro de Frida erguendo a voz, chamado Gust de irresponsável e Susanna de louca, se referindo às restrições de Susanna quanto à vacina da gripe como "lixo natureba".

As instrutoras pedem que a srta. Knight controle o tempo. Diagnosticar a fonte do incômodo gasta minutos preciosos. As mães na plateia à espera de sua vez torcem: "Você consegue!"; "Pega ela!"; "Continua assim!".

Lucretia termina em nove minutos e trinta e sete segundos. Beth e a Mãe Adolescente ultrapassam os dez minutos.

A srta. Russo pega Emmanuelle. Frida vai para o centro. Ela tenta invocar o amor que tem para dar, o amor que ela dará a Harriet. Ela relaxa as sobrancelhas. Ela ouve Emmanuelle chorar. Agacha-se. Quando elas revisarem o vídeo, seu rosto deverá estar em êxtase, como as Madonas na Itália, com seus braços envolvendo seus bebês, suas testas banhadas de luz.

Os grupos se dividem em subgrupos: as que passaram e as que não passaram. Frida passou raspando, com um tempo de nove minutos e cinquenta e três segundos. Linda terminou em primeiro. Seis minutos e vinte e nove segundos, conta ela a quem pergunta. Em troca de comida extra e cosméticos, ela dá conselhos durante as refeições e fala sobre estratégia antes da hora de dormir. Algumas vezes há uma fila de mães do lado de fora de seu quarto.

Uma árvore de Natal sem decoração é trazida para a entrada do refeitório. O chão em volta da árvore fica coberto de folhas de pinheiro. Mães raivosas andaram arrancando galhos.

A aproximação das férias de inverno alimenta as aulas sobre falas maternais intermediária e avançada. Frida conta a Emmanuelle sobre os invernos de Chicago. Nevascas de efeito lacustre. Não é como na Filadélfia, onde a cidade inteira fecha depois de apenas cinco centímetros de neve.

— Quando eu era pequena, a neve chegava ao meu ombro. Temos fotos do meu pai me puxando em uma banheira de bebê. Era para ele ter usado um trenó.

— Trenó?

— É aquela coisa que as pessoas usam para deslizar encosta abaixo. E as pessoas sobem no trenó com seus filhos ou sozinhas, e vão *whoosh* — diz ela, imitando o movimento com as mãos.

Ela ensina Emmanuelle sobre o Natal, explicando o ritual de montar as árvores e trocar presentes. Ela não está segura quanto à política da escola sobre o Papai Noel, então pula essa parte.

— Minha família celebra na véspera do Natal. Ninguém disse a meus pais que você deveria abrir os presentes na manhã de Natal, então no dia seguinte nós não tínhamos nada para fazer. Normalmente a gente ia ao teatro ou ver um filme.

— Fil-me?

— Um filme é uma história. Algo que você assiste em uma tela. Faz de conta. Diversão. As pessoas assistem a filmes para espairecer. Não se preocupe, acho que você nunca vai precisar fazer isso. Você tem a mamãe para divertir você.

Na semana seguinte, uma sensação de normalidade se instala. As mães treinam ler em voz alta com livros de figuras sobre o Natal, o Kwanzaa e o Hanukkah. Frida lê para Emmanuelle um livro sobre a Rena Rita.

— Preste atenção à sua variação vocal — diz a srta. Khoury. A Rena Rita, suas amigas renas, Papai Noel e Mamãe Noel estão soando todos iguais. — Você precisa tratar cada frase como uma explosão de luz, Frida.

Ela diz a Frida para nomear as coisas e as pessoas em cada página, apontando as formas e as cores. Frida deve pedir a Emmanuelle para repetir as palavras para ela. Ela deve estimular a curiosidade de Emmanuelle com perguntas inteligentes, amorosas e apropriadas a cada estágio de desenvolvimento.

— Lembre-se, você está construindo a mente dela — diz a srta. Khoury.

Fazer com que as bonecas fiquem sentadas quietas durante a leitura é um grande problema. Como prometido, "nãos" demais fazem as bonecas apitarem como um alarme de carro. Alarmes estão disparando por todo o prédio, especialmente para mães com bonecas mais novas.

Frida faz Emmanuelle apontar os itens vermelhos na figura. Os narizes das renas. A roupa do Papai Noel. As listras nos pirulitos. Ela gostaria de contar para Emmanuelle que Harriet está em McLean, na Virgínia, que Harriet vai usar um vestido vermelho na casa dos pais de Susanna.

Susanna atendeu à última chamada do carro. Ela estava sentada no banco de trás com Harriet enquanto Gust dirigia. A conexão estava ruim. O rosto de Harriet ficava desaparecendo. Susanna pediu à menina para dizer que estava com saudade da mamãe, que amava a mamãe. Harriet não disse nada, mas houve um breve sorriso.

Ninguém informou Frida sobre a viagem. Ninguém pediu sua permissão. Eles nunca discutiram sobre Harriet conhecer a família de Susanna.

Ela não teria concordado. Se eles tivessem perguntado, ela teria dito a Gust que uma família branca já era suficiente.

Conforme o Natal se aproxima, as bonecas ficam ranzinzas. O mau humor de uma boneca pode se espalhar pelo grupo como uma febre. Emmanuelle rasga uma página inteira de um livro de levantar abas. Quando Frida a lembra de ser cuidadosa com brinquedos e livros, Emmanuelle a encara e diz, em um tom completamente natural:

— Odeio você. — Ela dá uma ênfase extra nas consoantes. É sua primeira sentença com duas palavras.

Apesar de Frida saber que não é pessoal e que Emmanuelle não é humana, o insulto ainda dói. "Aconteceu com você?", perguntam elas no jantar.

Lucretia acha que as bonecas foram programadas para serem mais difíceis de lidar perto dos feriados.

— Como crianças de verdade — diz ela, mas, exceto Linda, ninguém sabe como crianças pequenas ficam perto dos feriados. No ano anterior, suas filhas eram bebês fáceis de contentar.

As mães estão usando uniformes há quatro semanas. Elas estão mexendo com os ciclos umas das outras. As mulheres de jaleco rosa distribuem absorventes hospitalares tamanho grande, dois de cada vez, de modo que as mães precisam ficar pedindo mais. Não está claro que mal poderia fazer às mães ou à escola se elas recebessem mais absorventes por vez. Elas têm respeito demais pelas equipes de limpeza e pelos faxineiros para jogar qualquer coisa nas privadas.

No meio da última fase de hostilidade das bonecas, a menstruação de Frida chega mais cedo e Emmanuelle começa a se contrair. Sulcos aparecem nas bochechas e na parte de cima das mãos da boneca. Emmanuelle coça a pele avermelhada.

— Dói — diz ela.

Frida a carrega até as professoras.

— Vamos ensinar mamãe Frida a limpar você — diz a srta. Russo. A boneca fica aterrorizada, seu choro antecipando dor física, perturbação emocional e dano psicológico, todos ao mesmo tempo.

Frida não acompanha as mulheres para o almoço. As outras bonecas assistem assustadas enquanto a srta. Russo traz uma mesa de exame clínico da sala de equipamentos e a cobre com uma lona. A srta. Russo desabotoa o uniforme de Emmanuelle, a coloca com o rosto para baixo sobre a mesa e a segura ali. Frida beija a cabeça da boneca, lembrando-se de como Harriet fica assustada antes de tomar injeções.

— Vai ficar tudo bem — diz ela. A srta. Russo instrui Frida a desatarraxar o botão nas costas de Emmanuelle.

Frida olha para as quatro bonecas paralisadas. Pergunta se elas poderiam fazer isso em outro lugar.

— Não é nada que elas não tenham visto. — A srta. Khoury dá a ela um par de luvas de borracha que cobrem seus braços até o cotovelo. Frida deve tomar cuidado. Se o líquido azul entrar em contato com sua pele, causará uma irritação.

Se existe um abraço de pedir desculpas, será que há também um toque para isso? Frida agradece não terem de colocar a mão dentro da vagina ou do ânus da boneca, mas, quando ela desaparafusa o botão, quando a srta. Russo coloca Emmanuelle deitada e diz a ela para não se mover, Frida se sente como uma estupradora.

O líquido azul cheira a leite podre, mas com um brilho químico, como se leite coalhado tivesse sido coberto com uma camada de aerossol de purificador de ar. O estômago de Frida revira. A srta. Khoury dá um espéculo a Frida e diz a ela para aumentar a abertura. A boneca esperneia e berra.

— Você pode desligá-la?

— Apreciamos sua preocupação, Frida, mas precisamos que o líquido esteja na temperatura certa.

A srta. Khoury dá a ela uma lanterna, Frida espera ver engrenagens, fios, botões, filamentos, mas o que quer que faça Emmanuelle funcionar não será revelado. O líquido azul é brilhante e denso. Flutuando sobre ele, há várias pepitas do tamanho de bolas de golfe.

A srta. Russo traz quatro latas vazias sem rótulo. Ela abre as tampas e pega uma longa colher de metal com bordas serrilhadas. O líquido será enviado de volta para a fábrica de bonecas e reciclado para uso futuro. A srta. Khoury traz um tambor de metal no qual Frida pode depositar o líquido estragado.

Frida se desculpa com Emmanuelle enquanto coleta as pepitas e as deposita no tambor, então tira o líquido, uma colherada por vez, tentando conter a ânsia. Emmanuelle entrou em um transe. É possível que Frida esteja infligindo a ela a pior dor que ela jamais sentiu, a forçando a se dissociar de seu corpo.

Quando criança, Frida adorava deitar a cabeça no colo de sua mãe, que então coçava suas costas enquanto elas assistiam à televisão. Às vezes sua mãe limpava seus ouvidos com um grampo. Ela se lembra de se deliciar com a voz da mãe exclamando "Ah!" quando ela retirava um pedaço especialmente grande de cera. O som cavernoso e abafado quando ela empurrava um pedaço mais para dentro do canal auricular de Frida. A sensação do grampo raspando em seu tímpano. Ela não se importava de ficar surda se esse fosse o preço de elas passarem mais tempo juntas.

Emmanuelle não vai ter essas memórias afetivas. Frida inspeciona a cavidade limpa, que é de metal, mas flexível, movendo-se com a respiração da boneca. O novo líquido chia com o contato. Emmanuelle se contorce. Ela abre a boca em um grito silencioso. Frida retira o espéculo. A cavidade retorna ao tamanho normal.

—Acho que terminamos. Você está bem, querida?

Emmanuelle não olha para ela. O corpo da boneca está mole enquanto Frida arruma seu uniforme. Seu rosto e suas mãos estão lisos novamente. As instrutoras notam Frida pressionando seu ouvido contra o peito da boneca, segurando seu pulso e sentindo seus batimentos. Elas sorriem e fazem anotações em seus aparelhos.

No dia seguinte, Emmanuelle continua apática e distante. Ela se recusa a falar. Olha para o nada. Não chora mais. Parece outra criança. A srta. Russo diz que é natural. Após uma limpeza, as bonecas ficam retraídas.

O mesmo está acontecendo com as outras bonecas. Nas refeições, as colegas de classe de Frida conversam por eufemismos, como se estivessem falando de sexo. Elas se referem à colher serrilhada como "a coisa", chamam o líquido azul de "a gosma", se referem aos corpos cheios de sulcos das bonecas como "o problema".

Todas acham que é maldade fazer as outras bonecas assistirem. Beth as ouviu ofegar.

— Elas deveriam ter nos contado dos efeitos colaterais — diz Lucretia. O efeito zumbi.

As sessões de aconselhamento daquela semana foram canceladas. As mães não têm ninguém com autoridade com quem conversar sobre a estranheza do procedimento e sobre seu sentimento de culpa. Elas não têm para quem perguntar se, ao trocarem os componentes das bonecas, suas chances de sucesso seriam prejudicadas.

Linda riu delas, dizendo que não poderia ser muito pior que limpar cocô ou vômito. Quando sua boneca finalmente desenvolve o problema, as outras adoram.

— Tomara que tenha mofo — diz Lucretia.

— Talvez ela tenha de usar as mãos sem luvas — acrescenta Beth. Ela e Lucretia brindam com os garfos.

Linda aparece para jantar depois de a comida ser recolhida. O pessoal da cozinha dá a ela uma maçã e três pacotes de biscoito.

— Ninguém guardou comida para mim? — pergunta ela.

Suas colegas inventam desculpas.

Outro final de semana passa. As ligações de domingo são prejudicadas por problemas com a internet. Na segunda, as bonecas emergem da sala de equipamentos com o olhar vidrado e distante de sobreviventes de um acidente. A boneca da Mãe Adolescente ficou muda. Emmanuelle foge do toque de Frida. A "fala maternal" do grupo atinge tons insuportáveis de agudo conforme elas tentam se aproximar das bonecas-crianças que agora as veem como estranhas.

Frida lê um livro de figuras sobre dois porquinhos que são melhores amigos, mas Emmanuelle a empurra para longe e engatinha até onde estão Lucretia e sua boneca. Frida e Lucretia assistem confusas às bonecas tocarem nas mãos e nas faces uma da outra procurando sulcos.

— Dodói — diz Emmanuelle.

— Machucou eu — responde a boneca de Lucretia, alisando a barriga.

— Ajuda. — Emmanuelle olha para Frida. — Mamãe. Ajuda.

Para animar as bonecas, as instrutoras surpreendem a classe com uma hora de atividade ao ar livre. Elas distribuem casacos de neve azuis, gorros, luvas e botas. Agasalhar as bonecas toma um bom tempo.

A srta. Khoury as leva até uma área cercada por uma corda. Os primeiros minutos do lado de fora são silenciosos, as bonecas apenas respiram, maravilhadas com seu hálito enevoado flutuando para longe. Elas olham para o sol. Lentamente, rodopiam e caem. Elas veem e tocam a neve pela primeira vez, seus rostos extasiados. Frida se lembra de Harriet pegando flocos de neve, Harriet chorando quando eles desapareciam.

Emmanuelle aponta para a neve e pergunta:

— Come?

— Não, não. — Frida impede que ela leve a neve aos lábios. — É feita de água. Água congelada. Mas a gente não come água. Eu sim, mas você não. Tenho quase certeza de que faria dodói dentro de você.

— Eu como!

— Por favor. Só brinque. Não coma. Não é bom para você.

Linda, Beth e suas bonecas estão montando um boneco de neve. Lucretia está ensinando sua boneca a fazer um anjo na neve. A boneca está sendo teimosa, não quer usar o gorro nem as luvas. Toda vez que Lucretia os coloca nela, a boneca tira. Lucretia tenta convencê-la.

— Abelhinha, você precisa usar isso para se aquecer.

— Não! Não quer!

— Querida, estou dizendo para você, você vai ficar com frio, ouça a mamãe. Preciso que você coopere. Vou ficar muito orgulhosa se você cooperar. Sei que você consegue.

A boneca bate os pés. Ela começa a chorar, grita e berra até Lucretia desistir e deixá-la tirar o gorro e as luvas. A boneca se joga no chão, então se vira de costas e agita os braços, tentando fazer outro anjo. Lucretia mostra a ela como mexer os braços e as pernas ao mesmo tempo, em um arco regular. A boneca tem neve nos cabelos, neve no pescoço.

— Queria fazer isso todo dia — diz a Mãe Adolescente a Frida.

Os raios de sol refletem nas janelas de outros prédios de salas de aula. Os cabelos da Mãe Adolescente caem sobre seu rosto. Frida os arruma atrás da orelha. A Mãe Adolescente também não fica de gorro, não importa quantas vezes Frida a lembre. Outro dia, elas estavam falando sobre sua rotina em casa. A Mãe Adolescente confessou que raramente levava Ocean ao parquinho. Nem quando o tempo estava bom. Ela não conseguia suportar a forma como as outras mães olhavam para ela.

— Aqueles olhares — disse ela, agradecida que Frida instantaneamente soube do que ela estava falando.

Com as mãos nuas, elas mostram às bonecas como apertar a neve para criar uma base segura para o boneco de neve. Emmanuelle passa neve na bochecha de Frida. A neve queima e cai um pouco por dentro da gola do casaco, mas Frida aceita, grata. Elas estão reacendendo o calor e a intimidade. Ela está feliz de estar ali, feliz de ver Emmanuelle voltando ao normal. Elas estão ocupadas rolando a cabeça do boneco de neve quando ouvem um grito.

A hora de brincar acaba. As outras esperam no saguão enquanto as instrutoras tentar ressuscitar a boneca de Lucretia. Quando têm permissão para entrar, encontram a boneca de Lucretia deitada na mesa das professoras, seu rosto coberto pelo jaleco rosa da srta. Russo. Elas tapam os olhos de suas bonecas. Nenhuma delas está preparada para explicar o conceito de morte.

Lucretia está sentada no chão, suas costas apoiadas na mesa. Ela não olha quando as colegas de turma entram. A srta. Khoury leva embora a boneca morta, a cabeça da boneca pendendo em um ângulo realista.

As outras bonecas apontam para Lucretia e perguntam o que está acontecendo.

— Triste, por que triste? — pergunta Emmanuelle.

— Ela está em choque. — Frida nunca tinha ouvido um adulto gritar daquele jeito. Talvez tivesse gritado ainda mais alto. Se tivesse sido com ela. Se tivesse sido Emmanuelle.

A srta. Russo sai para ajudar a srta. Khoury. Deixadas a sós, as mães cercam Lucretia, estendendo a mão para confortá-la. As bonecas entram naquele nó de membros. Até Linda pergunta a Lucretia se ela está bem.

— Lu, o que aconteceu? — pergunta Frida.

— Nós não estávamos brincando há tanto tempo. Ela disse que estava com calor. Precisamos ouvi-las, não é? Eu não iria deixar que elas me censurassem por causa de choro. Juro que não sou idiota. Não deixaria meu bebê brincar daquele jeito, mas elas não são… — Ela para antes de dizer: *elas não são de verdade*.

Lucretia olha para os rostos das quatro bonecas. Elas estavam ouvindo. As bonecas olham para a mesa. Olham para Lucretia, sem uma criança. Elas começam a chorar.

A boneca de Lucretia não vai voltar. Sua boneca foi mandada para o departamento técnico, que funciona no antigo centro de responsabilidade cívica e social da universidade. Os técnicos descobriram que componentes essenciais tinham quebrado, o líquido azul congelou. Lucretia vai ter de reembolsar a escola pelos danos. Ela também vai ter de começar de novo com uma nova boneca. As instrutoras vão trabalhar com ela em sessões noturnas especiais e aos finais de semana. Mas não há garantia de que ela vá conseguir alcançar a turma. Pode levar semanas para estabelecer uma relação.

As instrutoras incitam Lucretia a começar sua expiação.

— Eu deveria saber — diz Lucretia. — Eu nunca deixaria Brynn… — Quando menciona sua filha real, ela começa a chorar.

As instrutoras pedem que ela se controle. Elas ditam frases para que Lucretia repita:

— Sou uma mãe ruim, porque deixei a neve tocar a pele desprotegida de Gabby. Sou uma mãe ruim, porque priorizei meu medo de minha filha ter um ataque de choro em detrimento de sua segurança e seu bem-estar. Sou uma mãe ruim, porque desviei os olhos.

A srta. Russo interrompe.

— Se Lucretia não tivesse olhado para o outro lado, teria notado que Gabby não estava se movendo. Se Lucretia não tivesse olhado para o outro lado, Gabby poderia ter sido salva.

— Uma mãe nunca deve olhar para o outro lado — continua ela. Ela para e repete a fala, pede que as mães repitam depois dela. Elas inclinam as cabeças em um momento de silêncio pela boneca perdida.

Elas ouvem sobre as condições financeiras de Lucretia durante o jantar. Empréstimos estudantis, dívida de cartão de crédito, honorários de advogado. Se ela agora deve dinheiro para a escola também, vai precisar declarar falência. Quem vai dar a custódia da filha para ela depois disso? Talvez ela deva desistir. Talvez deva permitir que os pais temporários adotem Brynn. Parece que é isso que vai acontecer mesmo.

— Pare de falar assim. Pense na sua filha — interpela Linda.

— Não me diga o que fazer.

— O quê? E você vai fugir? Como Helen? Vai deixar sua bebê ser adotada por uns brancos?

— Estou só falando. Não quis dizer isso.

— Você disse que iria desistir dela. Ouvi você dizer isso. Todas ouvimos.

— Estava processando meus sentimentos. Me deixa em paz, Linda.

As mães ao redor estão ouvindo. A Mãe Adolescente diz a Lucretia para se acalmar, porra. Frida diz a Linda para deixar Lucretia em paz. Ela alcança os talheres de Lucretia e os tira de perto. Se fosse com ela, se sentiria tentada.

Linda não para de intimidar Lucretia.

— Se você falar mais uma palavra para mim, eu juro que… — Lucretia para de falar logo em seguida. — Preciso lembrar todo mundo que foi você quem colocou os filhos numa porra de um buraco? *Você* deveria estar numa cadeia de verdade.

Frida toca o braço de Lucretia.

— Pare.

Linda empurra sua cadeira, vai para o lado da mesa onde está Lucretia. Incita Lucretia a se levantar. As mães nas mesas em volta se calam. Alguém assobia.

Lucretia olha sem acreditar.

— O quê? Não vou lutar com você. Isso não é a escola. Quantos anos nós temos? Quatorze?

Linda puxa Lucretia e a faz se levantar. Um empurra-empurra começa, com as colegas pedindo que ambas parem. Linda tem quase o dobro da largura de Lucretia e é vários centímetros mais alta, poderia vencer facilmente.

— Vai, Lu! — algumas mães gritam.

Resistindo, Lucretia empurra Linda para longe. As mulheres de jaleco rosa veem o empurrão. Elas veem Linda cair.

Todos os guardas e mulheres de jaleco rosa correm para lá. Frida, Beth e a Mãe Adolescente gritam. Lucretia estava se defendendo. Elas estão dispostas a testemunhar por ela. Lucretia diz a eles para assistirem ao vídeo. Se assistirem ao vídeo, verão que Linda começou tudo.

A srta. Gibson leva Lucretia enquanto todas ainda estão discutindo. O jantar termina mais cedo. As mães se perguntam em voz alta o que vai acontecer, apesar de saberem. Violência causa expulsão, expulsão causa a perda da guarda da filha.

Frida, Beth e a Mãe Adolescente voltam ao Kemp e procuram Lucretia em seu quarto. Elas procuram nos outros andares. A Mãe Adolescente acha que elas deveriam ter feito Linda parar de falar. Beth acha que elas deveriam ir juntas até a sala da srta. Gibson. As instrutoras deveriam ter avisado e corrigido Lucretia quando ela tirou o gorro da boneca. Elas notam todos os erros. Por que não a corrigiram?

Elas andam até o Pierce e gastam a hora seguinte vagando pelo prédio, batendo em portas, tentando achar a srta. Gibson. Ao saírem do prédio, Beth vê Lucretia parada perto de um suv da segurança, vestindo um casaco de esqui verde e branco sobre uma saia plissada e botas de salto até os joelhos, um chapéu. Ela tem um ar resoluto e imponente.

Elas correm até ela, a neve entrando pelas bainhas de seus uniformes. O guarda diz a elas para irem embora.

— Não vamos causar problemas. Só queremos nos despedir — argumenta Beth.

Linda está sumida. Mais mães aparecem. Uma vez na vida não há olhares de censura, sussurros ou fofocas. Frida, Beth e a Mãe Adolescente se desculpam com Lucretia e oferecem condolências como se sua filha tivesse morrido. Elas se culpam. Elas viram Gabby tirar o gorro. Deveriam ter dito alguma coisa.

— Sinto tanto — diz Frida. — Eu deveria ter ajudado você.

— Bem, sei lá — diz Lucretia, dando de ombros.

Frida está surpresa por Lucretia estar tão calma, mas ela pode estar além das lágrimas. As lágrimas virão mais tarde, quando ela pensar neste dia terrível, após este mês humilhante, quando, durante toda a sua vida, ela lamentar a filha perdida.

Frida abraça Lucretia por mais de um minuto. Poderia ter sido qualquer uma delas. Ela quer perguntar para onde Lucretia irá nesta noite.

— Não foi culpa sua — sussurra.

— Não importa. Ouçam, vocês todas. Menos Linda. Não ligo para o que vai acontecer com ela. Mas o resto de vocês. Não ousem estragar isto aqui. Se eu souber que alguma de vocês está criando problemas...

— Chega — diz a srta. Gibson. Ela manda Frida e as outras voltarem para o Kemp. As luzes vão se apagar mais cedo nesta noite. O dia seguinte é véspera de Natal.

Capítulo 9

Sua classe agora é conhecida como aquela da boneca morta. Outras mães mantêm distância delas na caminhada até Morris. Frida gostaria de poder contar a Lucretia sobre os sussurros, os olhares. Sobre como deixaram seu assento vazio esta manhã como um tributo. Como baniram Linda da mesa. Como algumas mães negras levaram sua expulsão para o lado pessoal. A ordem uniu a Mãe Adolescente e Beth. Elas prometeram uma à outra que, se uma for expulsa, a outra desistirá.

As instrutoras não mencionam Lucretia ou sua boneca, Gabby, mas começam a aula com uma sequência de abraços sem que se precisasse contar o tempo. Emmanuelle aponta para o lugar ao lado da janela onde Lucretia e Gabby costumavam se sentar. Frida diz que Gabby foi para a sala de equipamentos no céu, talvez para a sala de equipamentos em uma fábrica de bonecas na China.

— Eu não vou deixar isso acontecer com você — diz ela, tentando soar convincente. Ela se vira e boceja. Roxanne a manteve acordada até tarde com perguntas impossíveis. *Por que Linda não está sendo punida também? E se os pais adotivos não quiserem ficar com Brynn? Como Lucretia vai encontrar um emprego? Os pais e mães que são expulsos são automaticamente adicionados ao registro. Ela nunca mais poderá lecionar. Quando ela tem de começar a reembolsar a escola? Ela ainda tem de reembolsá-los se eles tiraram sua filha?*

— Lu deveria ir buscar Brynn — disse Roxanne. — Ficar com ela. Existem maneiras. Não precisa terminar assim. Eu faria isso.

— Certo — disse Frida. — E depois? Seu filho visita você na cadeia? Plano brilhante.

— E você se pergunta por que eu não lhe conto as coisas.

As instrutoras estão usando gorros de Papai Noel com sinos tilintantes. Arrumaram a sala de aula com quatro estações maternais, cada uma com um trocador, um recipiente de fraldas, um tapete macio e uma cesta de brinquedos e livros. Tendo aprimorado suas habilidades de ternura, as mães agora incorporarão essa ternura nas tarefas básicas de cuidados infantis. Primeiro trocar as fraldas, depois dormir.

A srta. Khoury mostra a elas como desdobrar uma fralda limpa com um movimento do pulso, como enrolar a fralda suja em um cone apertado para que ocupe menos espaço em um aterro sanitário.

As bonecas odeiam ficar de costas. Não conseguem deitar direito por causa dos botões azuis. As instrutoras dizem às mães para não olharem. A genitália das bonecas é notavelmente realista. Líquido azul de diferentes consistências sai de cada buraco. A urina e as fezes de mentira têm um cheiro mais pungente do que as reais. Beth e a Mãe Adolescente são pegas dizendo "Eca". Linda não parece incomodada.

O corpo de Emmanuelle é macio e sem vida. Parece errado olhar para sua genitália. Parece errado separar suas dobras vaginais para verificar se há manchas azuis. Frida odeia que Susanna conheça o corpo de Harriet tão intimamente. As assaduras de Harriet às vezes duravam dias. Susanna achava que o creme para assaduras preferido de Frida estava cheio de substâncias químicas que aumentariam o risco de Harriet desenvolver Parkinson e outras doenças degenerativas. Ela repetidamente sugeriu que ambas as famílias usassem cremes à base de plantas. Discussões sobre creme para assaduras muitas vezes se transformavam em brigas sobre amor, fé e que tipo de pessoa Harriet se tornaria. Frida se choca ao pensar que ela já discutiu tão acaloradamente por causa de produtos de higiene.

Embora agora existam apenas quatro bonecas, elas fazem tanto barulho quanto uma dúzia de crianças pequenas. Elas mexem nas fraldas, no líquido azul, no creme para assaduras, nos lenços umedecidos, em suas vaginas. Cada troca de fralda é uma batalha. As bonecas surpreendem as mães com sua força e engenhosidade. Naquela tarde, a boneca da Mãe Adolescente pega seu pote de creme para assaduras e o joga na srta. Russo enquanto ela passa. O pote atinge a srta. Russo no peito. A boneca ri. A Mãe Adolescente ri.

A boneca de Linda a imita e atinge a srta. Russo nas costas.

Frida cobre a boca. Seus olhos estão lacrimejando de tanto que ela ri. Ergue os olhos e vê Beth abafando risadinhas. A srta. Khoury as encara. A srta. Russo manda que a Mãe Adolescente e Linda façam com que suas bonecas se desculpem.

As bonecas não estão arrependidas. Eles riem e aplaudem, suas risadas brotam do fundo de suas gargantas ou de algum lugar nos confins de seu circuito, como se estivessem fazendo cócegas nelas.

Frida tira o pote das mãos de Emmanuelle.

— Nós não jogamos coisas.

As instrutoras bem poderiam ser apedrejadas até a morte com potes de creme para assaduras. Se fossem as mães que os jogassem, com tal força seria possível. Elas deveriam fazer isso por Lucretia.

As fraldas são trocadas a cada meia hora. Após cada troca, as instrutoras paralisam as bonecas e as levam de volta à sala de equipamentos para serem reabastecidas, carregando duas de cada vez na horizontal, como se fossem enfeites de gramado ou pães. O esforço exigido das bonecas é enorme. Seus fundilhos ficam ásperos e vermelhos. Se retraem enquanto caminham. O tatibitate das mães mal pode ser ouvido acima do choro.

Outras turmas estão praticando o treinamento do penico, a higiene no uso do banheiro e resolvendo as questões do xixi na cama. As mães que trabalham no treinamento do penico soluçam durante as refeições. Mães com bonecas novinhas e bebês precisam usar protetores faciais. A pulverização não é apenas irritante, mas perigosa. Uma das mães recebeu um jato de líquido azul na boca e precisou ser levada para a enfermaria.

O feriado tem alguma graça. Na noite seguinte, depois de um austero jantar de Natal, as mães se reúnem na escadaria principal de Kemp e ouvem o trio de mulheres brancas de meia-idade cantando canções natalinas. A harmonização do trio sugere uma experiência prévia à capela. "Silent night", "Little drummer boy" e "All I want for Christmas is you". A interpretação de "Edelweiss" é especialmente comovente.

Frida está sentada entre Roxanne e a Mãe Adolescente. Elas murmuram e balançam. Juntas, cantam o refrão "Abençoe minha pátria para sempre". Esse é o único trecho que Frida conhece. Um musicoterapeuta tocou essa música ao lado da cama de Ahma quando ela estava morrendo.

Frida olha para os muitos rostos, imaginando-os como meninas, tímidas e tristes, vestindo roupas que não escolheram, seus cabelos trançados, enrolados, amarrados em lenços. Elas estão esperando, transbordando, pensando em liberdade. Frida sente falta da risada de sua mãe, da comida de seu pai. Harriet. Gust também passou o último Natal com Harriet.

Para dar tempo para os traseiros das bonecas se curarem, a prática da hora da soneca começa cedo. Berços e cadeiras de balanço são movidos para a sala de aula. As bonecas precisam de cochilos a cada hora. Na aula de soneca do nível iniciante, a preparação deve ser concluída em dez minutos. No intermediário, as mães devem fazer as bonecas dormirem em cinco. No avançado, em dois minutos ou menos.

— E num piscar de olhos elas dormem — diz a srta. Russo, estalando os dedos.

A prática da soneca lembra Frida de um jogo de "Acerte a marmota".

— É hora da soneca. O que acontece durante a soneca? Você descansa. Você está com tanto sono.

Emmanuelle discorda.

Frida está esquecendo como é a pele de Harriet. Sua risada gorgolejante e molhada. A curva perfeita de sua testa. O desenho de seus cachos.

É véspera de Ano-Novo. No ano anterior, Gust e Susanna apareceram sem avisar a caminho de um jantar. Gust queria colocar a pequena na cama. Frida nunca negou esses pedidos, que muitas vezes vinham sem aviso prévio. Ela se lembra de Susanna se abaixando para abraçá-la enquanto Gust estava no andar de cima com Harriet, Susanna estudando suas estantes. Susanna usava um vestido de cetim verde decotado naquela noite, tinha uma fita de veludo preta amarrada no pescoço. Ela sugeriu que tomassem café algum dia, só as duas.

— Gostaria que fôssemos amigas. Gust fala tão bem de você. Só quero que você saiba, Frida, que acho você muito corajosa. Nós conversamos sobre isso. Admiro sua força.

Frida se lembra de olhar para a fita, para o pescoço fino e pálido de Susanna. Como ela queria que aquela história sinistra fosse verdade. Para puxar a fita e arrancar a cabeça de Susanna.

Na semana seguinte, Frida descobre que Harriet perdeu peso. Suas bochechas estão mais murchas. Susanna tem reduzido a ingestão de carboidratos, substituindo-os por vegetais, proteínas e gorduras magras. A família não consome mais glúten. A primeira coisa que Susanna faz com todos os seus clientes é eliminar o trigo. Todo mundo é um pouco intolerante ao trigo. O trigo causa inchaço. Eles estavam todos muito inchados depois das férias.

As visões de Susanna sem cabeça retornam. Frida retruca:

— Como você se atreve? Harriet não precisa de desintoxicação! Ela é apenas uma criança! — Eles tinham consultado o pediatra? Como Gust pôde permitir isso? Mas Gust não ajudou. Ele disse que Harriet estava com dores de barriga. Sua digestão havia melhorado. Todos eles se sentem melhor agora que estão comendo bem.

A conselheira achou que Frida exagerou. Seu tom era desrespeitoso. Sua raiva era injustificada.

— Sua filha está mudando — disse a conselheira. — É uma experiência agridoce para todos os pais. Você precisa aceitar.

Todas as crianças perdem suas bochechas gordinhas em algum momento. Harriet pode estar tendo um estirão de crescimento. Ela pode estar mais ativa. Como Frida pode usar termos como fome? Gust e Susanna nunca fariam mal a Harriet. Frida só fala com Harriet por alguns minutos toda semana.

— Quanto você realmente sabe sobre a vida dela agora? — perguntou a conselheira.

Frida sabe que não está imaginando coisas. Harriet pode digerir trigo muito bem e o período adorável de barriguinha e dobrinhas ainda não deveria acabar. Ela queria dizer à conselheira que Harriet tinha aquelas bochechas desde o nascimento, que seu rosto redondo a definia e a fazia parecer mais chinesa. Como Frida. Como a mãe de Frida.

Durante a soneca da turma intermediária, sua imaginação vai à loucura. Ela imagina Harriet pedindo pão e isso sendo negado. Harriet reduzida a ossos. Susanna impedirá o crescimento de Harriet, impedirá o desenvolvimento cerebral, causará um distúrbio alimentar, ensinará Harriet a se odiar antes mesmo de poder falar uma frase completa. Autodepreciação pode levar Harriet à ideação suicida na pré-adolescência. Ideação suicida pode levar Harriet a se cortar. Por que não havia como ela denunciar Susanna? Ela é quem está causando danos duradouros.

As guerras da hora da soneca deixam todas as mães no limite. Frida está mastigando suas cutículas novamente e dormindo três horas por noite. Está irritada com tudo o que Emmanuelle faz. Ela se atreveu a reclamar de Emmanuelle para Roxanne. Arriscou-se a ter suas queixas ouvidas na fila do chuveiro ou no caminho para o refeitório.

Depois de um dia especialmente difícil, ela diz:

— Mamãe não quer brincar, não agora. Agora é hora da soneca. Feche os olhos, por favor.

Então Emmanuelle insiste:

— Não, não, não, não!

Frida perde a cabeça. Ela se abaixa no berço e aperta o braço de Emmanuelle, amassando sua carne de silicone.

— Oh, meu Deus. — Frida dá um passo para trás.

As instrutoras ainda não perceberam. Suas colegas de classe estão ocupadas. Emmanuelle não chora imediatamente. Ela olha do braço para as mãos de Frida, das mãos de Frida para o rosto. Sua boca se abre em um perplexo e desolado "O".

A roda de conversa é para mães cujo comportamento em sala de aula recai em um fluxo contínuo de agressão, desde pequenas explosões — como a de Frida — até mães que ameaçam as bonecas com a disciplina que uma vez infligiram aos filhos. O grupo se reúne no ginásio depois do jantar. Os números mudam todas as noites de acordo com as infrações do dia, geralmente subindo em torno dos feriados e aniversários de seus filhos de verdade, antes das avaliações e quando as mães estão com TPM. Há dezessete mulheres esta noite, incluindo Frida. Em um canto iluminado, estão sentadas em cadeiras dobráveis de metal frio, dispostas em círculo. O efeito da luz do teto em meio a toda a escuridão é atordoante. Elas poderiam ser estrelas de um filme de terror ou do vídeo de hip-hop mais triste do mundo.

A srta. Gibson modera o grupo. As mães devem declarar seus nomes e delitos, discutir seus passados conturbados e refletir sobre o mal que causaram a seus filhos e suas bonecas. O comportamento pregresso é o melhor indicador do comportamento futuro. Presumivelmente, suas transgressões estão enraizadas em uma história conturbada. Elas podem estar sucumbindo a velhos padrões, que a escola as ajudará a quebrar. Após suas confissões, as mães devem repetir o mantra da roda de conversa:

— Sou narcisista. Eu sou um perigo para meu filho. — Algumas mães confessam a prostituição. Pobreza. Dependência de drogas. Maconha principalmente, alguns opioides. Tráfico de drogas. Períodos como sem-teto. Várias são alcoólatras, inclusive uma das brancas de meia-idade, Maura, uma morena bem conservada de voz rouca, que começou a beber aos onze anos. Roubou dinheiro e bebida. Saía com adolescentes, acordava coberta de sujeira e sangue. Ela tem cinco filhos. Ela ri, diz que faz tudo alcoolizada. Está aqui por problemas com sua caçula de treze anos, Kylie.

— Ela me chamou de velha cadela nojenta. Então eu dei um tapa nela. Ela sempre ameaçou me denunciar e um dia, enquanto eu estava no trabalho, ligou para o disque-denúncia. O Serviço Social encontrou cortes em suas coxas. Eu não sabia que ela estava se cortando. Ela disse a eles que eu a levei a fazer isso. Não era para eu ter essa menina. Eu engravidei depois que o pai dela e eu já tínhamos decidido nos separar. — Maura hesita. — Eu a queimei uma vez quando ela estava com cinco anos. Toquei meu cigarro no braço dela. — Ela olha para o grupo, que a encara horrorizado, e sorri calorosamente.

A srta. Gibson pergunta como Maura está se sentindo sobre o abuso agora. O tapa, a queimadura.

— Eu a queimei de leve — esclarece Maura. — Não vamos fazer parecer pior do que foi.

Hoje, Maura e sua boneca estavam praticando a negociação na hora de dormir. As bonecas pré-adolescentes receberam smartphones. A boneca de Maura estava debaixo das cobertas, brincando com seu dispositivo, então finalmente Maura puxou as cobertas e ameaçou bater nela.

— Isso é tudo. Eu sou uma narcisista. Eu sou um perigo para a minha filha.

As mães a agradecem por compartilhar. Em seguida, ouvem a história de Evie, uma filha de imigrantes etíopes, que tem um rosto estreito, uma expressão sombria e mãos delicadas do tamanho das de uma criança. Evie descreve sua infância como feliz. Seu erro foi deixar sua filha, Harper, de oito anos, voltar da biblioteca sozinha para casa.

— Não, espere. Ela acabou de fazer nove anos. — Ela dá às mães um sorriso triste. — São cerca de quatro quarteirões entre nossa casa e a biblioteca. Talvez dez minutos no ritmo dela. Ela queria andar sozinha. As crianças do nosso bairro fazem isso o tempo todo. As pessoas cuidam umas das outras. Se alguém tivesse um problema, poderia ter falado comigo. Não precisava chamar a polícia. — Evie olha para o chão. — Ela foi apanhada quando estava a um quarteirão de casa.

A srta. Gibson acha que Evie não está demonstrando remorso suficiente. Em que mundo uma criança de oito anos pode ir a qualquer lugar sem supervisão?

— Senhora... — diz Evie. Ela morde o lábio. Sua voz se torna monocórdica. — Tomei uma má decisão. Eu a coloquei em perigo.

— Excelente, Evie. Agora, o que traz você aqui hoje?

— Minha boneca disse que eu a empurrei. Mas eu não a empurrei. Ela caiu. Foi um acidente.

— Evie, suas instrutoras viram você empurrá-la.

— A senhora pode ver as imagens. Vocês não têm imagens de tudo? Estou lhe dizendo, ela está inventando.

Elas discutem se as bonecas são capazes de mentir, se as bonecas são manipuladoras como crianças reais, se, ao fazer essa acusação contra sua boneca, Evie está demonstrando a insegurança de seu apego e sua falta de compromisso com o programa. Evie diz que confortou sua boneca. Seu abraço para aliviar a lesão física funcionou em segundos. Seus números de afeto têm sido bons. No dia da avaliação, ela teve a melhor nota.

Por que a srta. Gibson está sendo tão dura com ela quando tudo o que sua filha fez foi andar e tudo o que sua boneca fez foi cair?

— Não é como se eu tivesse queimado alguém — diz ela.

As mães bafejam. Maura olha para Evie. Evie olha para a srta. Gibson. Há uma enxurrada de cruzadas de pernas tensas.

A srta. Gibson diz:

— Lembrem-se, senhoras, este é um espaço seguro.

O namorado de uma mulher quebrou o braço da filha dela. Disseram ao hospital que foi um acidente. O namorado violou sua liberdade condicional, agora está na cadeia. A mãe está aqui por mentir por ele e não proteger sua filha. Outras mães admitem incêndios. Cintos. Chapinhas de cabelo bem quentes, ferros de passar roupa. Uma mãe bateu no filho de dez anos com uma balança, deixando-o com um olho roxo.

Frida deixa as histórias escoarem por ela. A primeira vez que Harriet passou a noite no apartamento de Gust e Susanna, Frida queria bater em Susanna com um martelo, martelar a parede. O que ela deveria fazer com esse sentimento? Hoje sua raiva a consumia.

Ela olha para as botas das mães observando as várias maneiras de amarrar os cadarços, quem está com as bainhas dos uniformes puídas, quem está suja de lama. É 11 de janeiro. Harriet completou vinte e dois meses.

Quando é a vez dela, conta sobre seu péssimo dia, sua depressão, Susanna, o divórcio.

— Eu belisquei minha boneca. Durante os exercícios de soneca. Estava distraída. A namorada do meu ex colocou minha bebê em uma dieta. Eles estão cortando carboidratos. Eu sei o quão incrivelmente estúpido isso soa, mas é perigoso. Suas bochechas... — A voz de Frida estremece. Ela enxuga as lágrimas. — Ela deveria estar *ganhando* peso, não perdendo. Perdi a linha hoje. Eu não queria descontar na minha boneca.

As mães na roda de conversa a fazem sentir-se como uma delas, murmurando:

— Hmmm, sim, garota.

A mulher que bateu no filho com uma balança diz:

— Foi assim que começou para mim também.

A mãe ao seu lado, que queimou seu filho com uma chapinha, dá um tapinha no joelho de Frida. Maura, a mãe alcoólatra de cinco filhos, sorri gentilmente.

— E como beliscar Emmanuelle fez você se sentir? — pergunta srta. Gibson.

— Horrível. Como um monstro. Eu nunca beliscaria Harriet. Não sou esse tipo de pessoa.

A mãe ao lado de Frida revira os olhos.

— Mas?

Frida franze os lábios.

— Mas eu sou um narcisista. Eu sou um perigo para a minha filha.

De pé ao lado da mesa das instrutoras, com a srta. Khoury guiando-a, Frida articula suas deficiências. Ela é uma mãe ruim por brigar com seus copais. É uma péssima mãe por desperdiçar seus privilégios de telefone aos domingos. É uma péssima mãe por não entender os limites de seu papel atual na vida da filha.

—A raiva é a emoção mais perigosa — diz a srta. Khoury. — Não há desculpa para a violência contra as crianças.

A conselheira de Frida acha que ela é a arquiteta de sua própria desgraça. Ela está consternada com a espiral descendente de Frida: a roda de conversas e os beliscões. A srta. Gibson disse que Frida não estava ouvindo as outras mulheres, que Frida parecia relutante em participar da corrente de abraços.

Frida queria dizer que a corrente de abraços foi a parte mais estúpida de toda a noite. No final da sessão, a srta. Gibson abraçou a mãe à sua direita, que passou o abraço para a próxima mulher. Deram as mãos e fecharam com o mantra da escola: *Sou uma mãe ruim, mas estou aprendendo a ser boa.* Elas repetiram a frase três vezes, como se fossem Dorothy tentando chegar em casa.

Na noite anterior, ela quase revelou mais. A srta. Gibson queria ouvir sobre sua infância. Frida foi abandonada quando criança? Abandonar Harriet foi o resultado de um trauma intergeracional?

Ainda que ela e sua mãe estejam mais próximas agora, ainda que sua mãe tenha começado a amolecer na casa dos cinquenta, quando criança, Frida às vezes a achava indiferente. Ela inventou suas próprias explicações, culpou a si mesma, pensou que a mãe não a queria. Sua mãe não gostava de passar tempo com ela, não gostava de tocá-la. Ela tinha de implorar por abraços. Ela se sentia um incômodo. Seu pai e sua avó sempre lhe diziam para deixar sua mãe em paz.

Frida não descobriu sobre o aborto de sua mãe até que ela mesma estivesse grávida. O menino que morreu aos seis meses de gestação. Frida tinha dois anos na época, jovem demais para se lembrar da barriga crescente de sua mãe. Não havia fotos dessa gravidez nos álbuns de família. Ela não sabe se seus pais ansiavam por um menino, se deram um nome a ele, o que fizeram com seus restos mortais, se fazem alguma coisa para marcar a data de sua morte, se um dia falaram dele um com o outro. Sabia que não deveria perguntar.

Sua mãe avisou Frida para não se exercitar demais, não levantar peso, controlar seu estresse. Os médicos atribuíram o aborto de sua mãe ao estresse, por mais injusto que fosse.

Aquele telefonema foi apenas a terceira vez que Frida ouviu sua mãe chorar. Quando Frida finalmente descobriu sobre o aborto, ela se desculpou por todas as vezes que se queixou de ser filha única. Tinha sido um assunto delicado quando ela estava na escola primária. Ela gritava:

— O que há de errado com você?

Seus colegas de classe tinham mães que lhes deram irmãos. Frida pensou que, por ser uma filha má e ingrata, sua mãe não quis ter outro filho como ela. A srta. Gibson teria adorado essa história. Mas sua mãe não causara isso. Ela, sim. O filho fantasma de sua mãe, seu irmão fantasma, não deveria constar em seu registro.

Se Emmanuelle já amou Frida, não ama mais. O braço da boneca ainda está amassado. As instrutoras optaram por não mandá-la para reparos. O amassado é apenas uma ferida superficial, e o departamento técnico está sobrecarregado. Deixar o amassado ajudará Frida a pensar nas consequências de suas ações.

Emmanuelle murmura:

— Odeio você, odeio você — enquanto Frida canta canções de ninar.

A temperatura de Frida permanece elevada. Seus níveis de raiva estão subindo. Ela continua terrivelmente distraída. Harriet tem chamado Susanna de "mamãe". Isso escapou durante a última chamada. Mamãe Sue-Sue.

Gust e Susanna ficaram constrangidos.

— Isso acontece às vezes — disse Gust. — Eu não acho que devamos fazer um grande drama sobre isso. — Harriet não vê Frida pessoalmente desde novembro. Ela vê Susanna todos os dias. — Ninguém está querendo magoar você — argumentou ele.

Susanna tirou Harriet do quarto enquanto seus pais brigavam. Frida disse que não era aceitável. Eles tinham um acordo. Susanna é Sue-Sue. Só ela é mamãe.

— Eu não quero colocar mais restrições sobre ela — disse Gust.

Ele pediu a Frida para se acalmar. Era necessário brigar por isso? Quando Frida encontrar um novo parceiro, ele não vai se importar se Harriet chamá-lo de "papai".

Enquanto as bonecas dormem, as mães devem meditar sobre suas falhas. Para a preparação da hora de dormir e o gerenciamento do pesadelo, o mesmo protocolo da hora da soneca se aplica, mas agora as bonecas acordam duas vezes a cada ciclo de quatro horas.

As sequências simuladas da hora de dormir dão a Frida muito tempo para pensar sobre a perda de peso de Harriet, sua filha chamando outra mulher de "mamãe", quantos meses restam.

As instrutoras detectam uma falsa ternura quando Frida espia o berço. Os dados registrados pela boneca corroboram essa percepção. Se o desempenho de Frida não melhorar, se ela não passar na próxima avaliação, a conselheira suspenderá os privilégios de telefone.

A srta. Russo acha que as histórias de ninar de Frida carecem de profundidade.

— Você não pode simplesmente fazer a vaca pular na lua, Frida. Você precisa que a vaca considere seu lugar na sociedade. Se você está contando a história da Chapeuzinho Vermelho, você precisa falar sobre o tipo de floresta, o tipo de comida na cesta dela.

Ela imita a jornada de Chapeuzinho Vermelho com as mãos.

— Como Chapeuzinho Vermelho estava se sentindo ao fazer essa jornada? Faça perguntas a Emmanuelle sobre isso. Envolva-se com o pensamento dela. Você está ensinando a ela sobre ser uma garota. Lembre-se, tudo o que ela aprenderá sobre a juventude virá de você.

No fim de janeiro, a preparação para dormir inclui uma troca de fraldas, pijama, uma garrafa de líquido azul e escovação dos dentes. Quando a boneca acorda, sua mãe deve acalmá-la depois de seu pesadelo e colocá-la de volta para dormir em dez minutos, depois oito, depois cinco.

Harriet mal falou durante a última ligação. Não falou mamãe Sue-Sue, mas também não falou mamãe. Ela não olhava para a tela. Suas bochechas ainda mais magras.

Na próxima ligação, Frida dirá a Harriet que ela está se lembrando. Ela se testa todas as noites. Que mudanças aconteceram durante quais meses. Quando os olhos de Harriet mudaram de azul-ardósia para azul-acinzentado, de avelã para castanho. Quando seu cabelo escureceu e começou a encaracolar. Aos quatorze meses, ela começou a andar. Aos quinze meses, aprendeu a andar para trás. Ela começou a falar. Sua primeira palavra foi *oi*. Aos dezesseis meses, ela começou a dançar. Aos dezessete meses, ela segurava uma colher. Na memória de Frida, Harriet ganha som e sentido. Ela se torna humana.

No dia da avaliação, Frida, Beth e a Mãe Adolescente esperam no corredor enquanto Linda é testada. Beth pede que elas se aconcheguem.

— Hoje é para Lucretia — diz ela. — Para Lu. — Cada uma delas coloca a mão sobre a da outra.

A vez de Frida chega depois do almoço. Ela entrega Emmanuelle para a srta. Russo e se senta na cadeira de balanço. A srta. Russo retorna com a boneca chorando. A srta. Khoury inicia o cronômetro. Emmanuelle arqueia as costas e grita desamparada. É um grito de amor perdido, famílias dilaceradas pela guerra, um grito pelo planeta e seus desastres naturais. A falsidade de seu corpo e como ela deve sofrer sem crescer.

As mães têm uma hora. O rosto de Frida fica vermelho junto com o de Emmanuelle. Ela também sente o desespero crescendo. Susanna agora se refere a Harriet como *nossa* filha.

— Você precisa parar de me tratar como o inimigo — disse Susanna.

Frida acalma Emmanuelle com um gorgolejo baixo e rouco. Ela completa a troca da fralda e do pijama. Durante a história de ninar, Emmanuelle joga sua garrafa no chão. Frida se esquece de limpar as gotas azuis do queixo. Quando ela tem de escovar os dentes de Emmanuelle, a boneca morde a escova de dentes e se recusa a soltar por cinco minutos agonizantes.

Frida não consegue fazer Emmanuelle abrir a boca. Ela pensa na véspera de Natal. Lucretia correndo pela neve com sua boneca congelada. As instrutoras sempre lhes dizem que a maternidade é uma maratona, não uma corrida. Por que, então, elas precisam correr?

A escovação dos dentes finalmente terminou, ela lhe conta a história de João e Maria. Canta "Three blind mice", "London bridge is falling down" e "Row row row your boat". Emmanuelle não para de choramingar.

Frida desiste das canções infantis e começa a cantar "Killing me softly". Os tons baixos da melodia de Roberta Flack finalmente acalmam a boneca. Ela coloca Emmanuelle no berço. Toma seu lugar na cadeira de balanço. Fecha os olhos e espera Emmanuelle acordar.

Capítulo 10

GUST E SUSANNA foram os anfitriões no ano anterior. As festas de aniversário das idades de números pares deveriam ser responsabilidade de Frida. Ela faria uma coroa de flores para Harriet com papel de seda rosa e fita. Ela daria uma festa e faria coroas de flores para todas as crianças. Ela se pergunta o que sua filha está aprendendo sobre comida, banhos e pesadelos. Quando pensa no braço amassado de sua boneca e sua recente nota zero, Frida se imagina dando um salto ousado do telhado da escola, imagina como sorriria quando a calçada se avolumasse à sua frente, mas sabe que, com sua sorte, ela simplesmente pousaria nos arbustos e seria considerada mais egocêntrica, um perigo para si mesma e para os outros.

É fevereiro e ela não vê Harriet há mais de três meses. Seus privilégios de telefone foram revogados, punição por falhar no segundo teste de cuidado e nutrição. Após o dia desastroso da avaliação, Frida começa a passar mais tempo com Meryl e Beth. Todas as três perderam privilégios de telefone. Ela parou de pensar em Meryl como a Mãe Adolescente. Tenta ser mais tolerante com o comportamento possessivo de Beth em relação a Meryl, sua constante interrupção. Elas têm sido inseparáveis desde a noite da expulsão de Lucretia, carinhosas como gatinhas.

Ela acha imprópria a propensão de Beth em falar sobre seus problemas.

Sua mãe também acharia. Só uma mulher branca, uma americana, seria tão indiscreta. O assunto favorito de Beth é sua tentativa mais recente.

— Eu estava sendo responsável — disse ela. Beth estava acumulando sua medicação, planejava combinar suas pílulas com duas garrafas de vodca. Sua primeira tentativa aconteceu quando ela estava com treze anos. Ela tentou novamente no ensino médio e na faculdade. Desta vez, na noite em que planejava fazê-lo, deixou a filha com o ex e dirigiu até o hospital psiquiátrico.

Meryl muitas vezes pede detalhes. Ela pergunta sobre os outros pacientes, se eles eram realmente loucos ou só meio malucos e automutiladores como Beth, que tem pedaços de carne arrancados de seus antebraços e cicatrizes entrecruzadas em suas pernas que lembram bétulas no inverno.

Meryl perguntou a Beth como ela começou, se usava facas ou navalhas, como prevenia infecções. Sempre que ela faz isso, Frida leva a conversa de volta para Ocean, às vezes também dando uma cotovelada nas costelas de Meryl.

As três andam do lado de fora do laboratório de informática no domingo, passando pelas mães que ainda têm privilégios de telefone, tentando não fazer contato visual, não fazer gestos que possam ser mal interpretados, não atrair a atenção dos guardas, das câmeras ou da srta. Gibson. Escutar as chamadas é mórbido. Elas podem ouvir crianças chorando.

Meryl diz:

— É como aquela coisa que as pessoas fazem na estrada.

— Dirigir bem devagar para espiar um acidente — responde Frida.

— Sim, isso.

A campainha toca. Vinte mães saem. Outras vinte entram. As mães que acabaram de se despedir choram silenciosamente. É uma técnica que Frida precisa aprender. Nenhuma umidade, nenhuma feiura, o rosto levemente enrugado, os ombros levemente caídos, uma dor digna e íntima. As mães se abraçam e dão as mãos. Elas falam sobre a aparência de seus filhos, se seus filhos pareciam saudáveis, se seus filhos estavam felizes em vê-las, o que elas teriam dito se tivessem mais tempo.

Frida precisa que Gust verifique como estão seus pais. Ela precisa saber o que está acontecendo com a dieta de Harriet, se sua festa de segundo aniversário terá um tema ou decorações em uma determinada cor, se Harriet tem uma cor favorita agora, como Gust e Susanna explicarão sua ausência.

A vida lá fora continuou sem elas. Parentes tiveram derrames. As crianças reagiram à ausência da mãe com agressividade — empurrando, fazendo birras, até mordendo. O filho mais velho de Linda, Gabriel, de dezesseis anos, fugiu de seu lar adotivo. Ele está desaparecido há cinco dias. Não é a primeira vez que ele foge nem a primeira vez que ela está preocupada com a possibilidade de ele estar morto, mas é a primeira vez que ela não pode procurá-lo.

Ainda que elas não tenham esquecido o que Linda fez com Lucretia, estão tentando ser mais legais, dadas as circunstâncias. Elas dizem "eu entendo". Elas dizem "eu nem posso imaginar". Gabriel estava tendo problemas na escola? Com seus pais adotivos? Ele fugiu para ficar com uma garota? Está se envolvendo com drogas?

Linda tapa os ouvidos.

Ela diz:

— Droga, calem a boca! — Elas não podem deixá-la em paz?

— Pare de fazer isso ser sobre você — retruca ela quando Beth tenta abraçá-la. A tristeza de Linda torna suas refeições, já tensas, insuportáveis. Outras dizem que sua turma é amaldiçoada. Beth sugere uma moratória das notícias de casa. Elas tentam não falar a respeito de seus filhos. Nenhuma conversa sobre bebês ou nascimentos, seus corpos, quanto tempo faz que seus filhos foram levados, nenhuma reclamação sobre telefonemas, o que lhes é ou não permitido, se esqueceram o toque ou o cheiro de seus filhos. Em vez disso, falam sobre os preços da gasolina e o último desastre natural, histórias entreouvidas das mulheres de jaleco rosa, que checam seus telefones quando acham que as mães não estão olhando. Tentam manter a conversa substancial e focada nas preocupações do mundo real. Pensar em si mesmas ao ponto da patologia é uma das razões pelas quais estão aqui.

Como em todas as instituições, os germes são um problema. Houve casos de bronquite. Viroses estomacais. Resfriados. Para um lugar que alega simular as boas práticas maternas, há uma notável escassez de desinfetante para as mãos.

Esta semana, as mães compartilham a gripe. É, Frida imagina, como se a praga se espalhasse em uma hospedaria. Uma tosse, um espirro, outra mãe cai de cama. Colega de quarto infecta colega de quarto. Turmas inteiras ficam doentes. A risada impressionante de Roxanne foi substituída por tosses cortantes. Frida descobre que todo o seu cérebro foi reduzido a catarro. Linda prova ter um sistema imunológico notavelmente forte.

Com a doença vêm pequenas rebeliões. Algumas mães tentam tossir nas mulheres de jaleco rosa, mas, depois de alguns episódios de tosse direcionada e aperto de mão malicioso, punição generalizada com convites irrecusáveis para a roda de conversa, a equipe começa a usar máscaras e a manter distância. Não são fornecidas máscaras para as mães que, mesmo doentes, não podem faltar às aulas. Beth imprudentemente pergunta sobre dias de descanso para quem está doente e tem o pedido adicionado ao seu registro.

— Não é como se você pudesse pedir licença médica e ficar em casa — diz a srta. Gibson.

A Unidade 2 abrange os fundamentos de alimentação e medicamentos. Cozinhar, as mães aprendem, é uma das formas mais elevadas de amor. A cozinha é o centro, e a mãe, o coração da casa. Como qualquer outro aspecto da maternidade, o modo de preparo e a atenção aos detalhes são primordiais.

Os chefs do refeitório têm a semana de folga enquanto as turmas circulam pela cozinha preparando as refeições infantis para toda a escola. Algumas noites, as mães recebem purê. Outras noites, sanduíches de geleia cujos pães tiveram a casca removida, mingau de aveia com passas dispostas em arco-íris. Elas comem omeletes cozidos demais, carne cortada em pedaços minúsculos, refogados insossos, uma variedade de legumes e caçarolas sem tempero. Elas só podem cozinhar com uma pitada de sal.

Várias mães sofrem queimaduras. Uma derruba uma panela de ferro fundido no pé. Outra corta propositalmente a mão em um ralador de queijo. Permitir que as mães manuseiem objetos pontiagudos é arriscado, já foi decidido. Antes de deixar a cozinha, são obrigadas abrir os bolsos e desenrolar as mangas e as pernas das calças. Os guardas passam detectores de metal sobre seus uniformes. Eles passam as mãos nos cabelos das mães e acendem lanternas em suas bocas.

As mães que reconhecidamente se cortam são levadas para outra sala e submetidas a buscas nas cavidades pelas mulheres de jaleco rosa, uma mudança no procedimento disciplinar que diminui o moral. Beth é revistada duas vezes por dia.

As mães vão dormir com fome. Perdem peso e ficam zonzas e irritadas. Quando não estão se alternando nas tarefas da cozinha, apresentam-se no auditório para palestras sobre segurança na cozinha, nutrição e alimentação consciente. Competem para ver quem consegue preparar o omelete mais rápido e saudável, quem consegue quebrar um ovo com apenas uma das mãos, quem faz bolo mais úmido e saboroso, quem consegue espremer uma laranja e servir torradas com manteiga ao mesmo tempo. Beth impressiona as instrutoras com suas panquecas de banana com gotas de chocolate, decoradas com carinhas sorridentes e corações. Linda tenta superá-la assobiando enquanto prepara a massa.

O pai de Frida era quem cozinhava. A juíza da Vara de Família deveria saber disso. A especialidade de seu pai é frutos do mar. Peixe no vapor. Cioba. Linguado. Ele esculpia tomates e cenouras em guarnições, empratava cada refeição. A avó cozinhava também, mas a mãe não tinha tempo nem disposição. Algumas mulheres não cozinham. Algumas famílias não comem comida americana. Nem uma vez seus pais prepararam panquecas.

Seus pensamentos vão e vêm. Se adiantam até março, quando falará com Harriet de novo. Retrocedem até agosto passado, quando Harriet ainda era gordinha e era dela. Ela é uma mãe ruim porque odeia cozinhar. É uma mãe ruim porque suas habilidades com facas precisam ser trabalhadas. O modo como as segura é hostil.

— Um aperto hostil pode causar acidentes — diz a srta. Khoury, desviando os olhos das bandagens na mão esquerda de Frida.

Observando Frida cortar uvas, Khoury mostra a ela como alinhar várias uvas em uma fileira e usar uma faca maior para cortá-las ao mesmo tempo em vez de individualmente. Frida alinha cinco uvas na tábua de corte e as fatia na horizontal e depois na vertical. Ela recolhe as uvas em uma tigela e a entrega para a srta. Khoury para inspeção, imaginando quanta força é necessária para esfaquear uma pessoa até a morte, como a srta. Khoury ficaria com uma faca espetada em seu corpo, pescoço ou estômago, se ela o faria, se todas elas o fariam, se não houvesse câmeras, nem guardas, nem filhas.

Alimentar Harriet nunca foi uma das principais fontes de prazer de Frida. Gust e Susanna começaram o desmame da bebê aos seis meses. Frida continuou a alimentar Harriet com colher até dez meses, baseando a alimentação da filha em sopa pronta orgânica para bebês. Depois que eles insistiram que Frida estava atrapalhando o desenvolvimento de Harriet, ela começou a cozinhar legumes no vapor, fazer macarrão e ovos e servir frutas sólidas em vez de purês. A quantidade de roupa para lavar dobrou. A alimentação se estendia por uma hora inteira. Depois de cada refeição, tinha de limpar Harriet, depois passar mais vinte minutos limpando o cadeirão e o chão.

Frida tentou servir comida que fosse fácil de segurar, servindo a mesma comida que ela estava comendo, ao mesmo tempo repreendendo Harriet quando ela derrubava comida, elogiando-a quando ela não o fazia, sem reações exacerbadas. Comprou pratinhos com ventosas que aderissem à bandeja do cadeirão. Colocou comida diretamente na bandeja. Tirou fotos do chão bagunçado e mandou uma mensagem para Gust com uma série de pontos de interrogação. Ocasionalmente recorria à alimentação de colher, enfiando uma colher de iogurte na boca de Harriet quando a filha estava distraída. Mas, quando as refeições eram tranquilas, quando parava para prestar atenção, adorava ver Harriet comer. Harriet olhava para a nova comida — um pedaço de pepino, uma framboesa, um pedaço de *donut* — como se fosse uma moeda de ouro. Suas bochechas balançavam enquanto ela mastigava.

De volta à sala de aula, elas alimentam suas bonecas com um líquido azul moldado em pequenas bolas com sabor de ervilha. A comida, explicam as instrutoras, é feita de uma substância diferente da que está dentro das cavidades das bonecas, mas é azul para manter a consistência.

Cada uma delas tem seu próprio espaço, equipado com um cadeirão de plástico branco em cima de um tapete circular. As bonecas estão usando babadores. As mães estão usando luvas e óculos. As bonecas não têm sistemas digestivos funcionais, mas têm papilas gustativas. Elas foram ajustadas para um alto nível de fome e curiosidade alimentar.

Uma semana foi destinada às questões da alimentação. Demonstrando com a boneca de Meryl, a srta. Khoury coloca uma única ervilha na bandeja do cadeirão e pede que a boneca preste atenção.

— Você pode tentar? Você pode provar para mim? — Ela faz cócegas no queixo da boneca. — A titia está tão orgulhosa de você! As crianças que experimentam novos alimentos são curiosas e corajosas. Elas levam uma vida mais rica e dinâmica. Você não quer levar uma vida rica e dinâmica?

A srta. Khoury descreve os nutrientes contidos nas ervilhas, o efeito desses nutrientes no crescimento e no desenvolvimento da boneca, o trabalho que foi feito para cultivar as ervilhas e colhê-las e transportá-las até a sala de aula.

— Você está pegando! Você está abrindo a boca. Você está degustando! Bom! Bom! O paladar é um dos cinco sentidos! Engula para a tia agora, sim, engula, sim, sim, sim! Estou tão orgulhosa de você! Que boa menina você é! Que vida gratificante você terá!

Ela aplaude quando a boneca engole uma única ervilha azul e repete o processo. Até onde Frida pode dizer, a proporção é de dez minutos de fala maternal para uma ervilha. As mães demoram ainda mais, com uma taxa de sucesso menor.

O inverno está pegando todo mundo. Houve um segundo acidente vitimando uma boneca. Durante a atividade ao ar livre, uma das bonecas, um menino de onze anos, correu para os limites do bosque e se jogou contra a cerca eletrificada. Sua pele de silicone derreteu, as manchas de queimadura davam a impressão de que ele fora mergulhado em ácido. Sua mãe foi considerada culpada pelo suicídio. Ela foi cobrada pelo equipamento danificado e recebeu uma nova boneca, que, segundo suas colegas, nem fala com ela. A reunificação com seu filho real parece duvidosa.

Frida gostaria de dizer à juíza da Vara de Família que, no verão anterior, a comida favorita de Harriet era morango. Ela se lembra de cortar morangos e entregá-los a Harriet um pedaço de cada vez, Harriet casualmente soltando as frutas no chão, Harriet examinando, cutucando e esmagando cada pedaço do alimento até o suco escorrer por seus braços.

Às vezes ela deixava Harriet se sentar em seu colo enquanto comia, embora isso causasse ainda mais bagunça. Harriet certa vez espalhou fios de macarrão em sua cabeça como uma faixa. Ela adorava esfregar comida no cabelo. Em uma ocasião, ela comeu tanto chalá, que Frida a chamou de "o monstro do pão".

Elas não se falam há quatro semanas. Nem na véspera do Ano-Novo Chinês, nem no dia de Ano-Novo. Não há laranjas nem incensos, nem Harriet vestindo um colete de seda acolchoado. Frida marca a ocasião em particular, rezando por seus pais e avós, por Harriet. Pela saúde deles. O bem-estar deles. Ela acrescenta uma oração por Emmanuelle. A oração se resume em "Cuide deles".

A conselheira conversa com Frida em busca de sinais de desesperança e desespero. Quanto tempo se passou desde a última chamada? Cinco semanas? A srta. Gibson viu Frida, Beth e Meryl perambulando pelo laboratório de informática aos domingos.

— Nós estávamos apenas tentando apoiar umas às outras. Não incomodamos ninguém.

— Eu sei que você sente muita falta de Harriet. Mas por que se torturar?

As mães estão de uniforme há quase três meses. Frida diz à conselheira que fevereiro tem sido diferente. No dia em que Harriet completou vinte e três meses, não houve beliscões. Ela persuadiu Emmanuelle a mastigar e engolir seis falsos feijões-verdes. Frida não menciona que está ansiosamente observando a torre do sino, que está pensando em usar um lençol. Se tentasse se enforcar, correria o risco de transformar a si mesma em um vegetal, mantida viva a um custo alto para a família dela.

O que ela precisa fazer para recuperar a permissão para usar o telefone? Quão alto ela precisa pontuar na próxima avaliação? O conjunto de habilidades para lidar com alimentos e remédios está sendo testado item por item. Em habilidades culinárias, ela marcou três pontos em um total possível de quatro. Sua conselheira diz a ela para ser mais ambiciosa. Não ser a última não é bom o suficiente. Tente estar entre as duas primeiras.

— E se eu não conseguir?

— Acho sua negatividade muito preocupante, Frida. Não existe *não posso*. Você já nos ouviu falando a respeito do *não posso*? Você tem de dizer a si mesma: *Eu posso! Eu posso!* Tire o *não posso* do seu vocabulário. Uma boa mãe pode fazer qualquer coisa.

Apesar do péssimo desempenho de todas durante a temporada de aulas sobre alimentação, as aulas seguem o cronograma. Cadeirões e tapetes foram enviados para o depósito. Cadeiras de balanço e berços foram trazidos de volta para a sala de aula. As mães estão aprendendo a cuidar de uma criança doente e a recuperar sua saúde.

— O amor de uma mãe pode curar as doenças mais comuns — diz a srta. Khoury.

Elas devem curar suas bonecas com pensamentos amorosos. As instrutoras medirão a temperatura da boneca pela manhã e no fim do dia. Ver quem consegue baixar a temperatura de sua boneca para menos de trinta e sete graus. Cessar a febre.

Dada a natureza pessoal deste exercício, os pensamentos amorosos de cada mãe serão diferentes, dizem as instrutoras. Elas devem se sentir livres para antropomorfizar a doença. Imaginar elas mesmas lutando contra a infecção.

Frida segue as lições da doença com vigor. Ela era uma criança doente. Asma e alergias. Bronquite todo inverno. Médicos, ela conhece bem. Remédios, ela conhece bem. As lições a fazem pensar em Popo. O quadrado de pano que sua avó mantinha enfiado em seu decote porque ela sempre sentia frio ali. O batom e o spray de cabelo de sua avó.

Frida ajudava a avó a pintar o cabelo, retocava as raízes com uma escova de dentes velha. Ela às vezes a ajudava a tomar banho. As únicas meias que sua avó usava eram meias de náilon bege da farmácia. Até o fim, a avó usava cintas de corpo inteiro, mesmo sob pijamas de veludo. A textura da pele de sua avó é tão vívida em sua memória quanto a de Harriet, firme e brilhante nos ombros, nas mãos, frouxa e sedosa como um tecido. Depois que o câncer de pulmão de sua avó foi diagnosticado, Frida às vezes dormia com ela. Elas compartilharam uma cama de novo, como faziam quando era criança. A avó pediu que alguém dormisse ao lado dela, e toda a família se revezava. Ela sempre repreendeu Frida por não cuidar melhor de suas mãos. Ela assustava Frida acordando-a com uma loção úmida e fria.

Frida perdeu a despedida por vinte minutos. O táxi dela ficou preso no trânsito. Ela se deitou na cama com sua avó, abraçou-a enquanto o *rigor mortis* se instalava, sentiu o calor deixando seu corpo, viu o nódulo canceroso abaixo de sua clavícula. Era duro como pedra. Do tamanho do punho de uma criança.

Emmanuelle está com temperatura de 39,4 graus. Seu cabelo está emaranhado de suor. Ela estremece. Frida pega um cobertor do berço e a embrulha nele.

— Mamãe vai fazê-la se sentir melhor. Nós podemos fazer isso. Eu posso fazer isso.

A conselheira lhe diria para parar de pensar, parar de duvidar. Não importa que o amor não acabe com a febre, que o amor não possa ser medido. Qualquer coisa pode ser medida. Eles têm as ferramentas agora.

Linda se despe. Ela segura a boneca contra os seios nus. Meryl e Beth a imitam. Frida não quer que ninguém veja seu corpo. Ela está comendo três refeições por dia, mas não consegue manter o peso. Está menor agora do que era no ensino médio. Ela tem o maxilar ossudo que sempre quis, as maçãs do rosto, o espaço entre as coxas.

As instrutoras acenam com aprovação para suas colegas de classe.

— Experimente — diz a srta. Khoury.

Frida coloca Emmanuelle no berço e desabotoa o uniforme. De maneira relutante, tira a camiseta e o sutiã.

—Aqui, estou pronta para você. Venha abraçar a mamãe.

O calor de Emmanuelle contra sua pele nua é surpreendente, desconfortável. Harriet nunca foi tão quente. Quando tomou Harriet em seus braços pela primeira vez, Frida temeu matá-la apenas espirrando perto da filha. Lavou as mãos sem parar. Todos os dias, procurava no rosto de Harriet sinais de que a morte era iminente.

Deve haver pessoas que prosperam sob pressão, mas não Frida. Talvez ela não pudesse cuidar de nenhum tipo de vida. Talvez as pessoas tivessem mesmo de aprender gradualmente até lidar com crianças, começando com plantas, depois animais e só então bebês.

Talvez todos devessem receber uma criança de cinco anos, depois quatro, depois três, depois dois, depois um ano, e, se a criança ainda estivesse viva no fim desse período, então o tutor poderia ter um bebê. Por que começar direto com um bebê?

A sala de aula está mais silenciosa do que deveria. De febres, as aulas passaram para viroses estomacais. Dias de jatos de vômitos aplacaram seu entusiasmo e estagnaram sua capacidade de fala maternal. As instrutoras querem saber por que ninguém está progredindo. As mães devem saber a sequência correta de abraços, beijos e palavras gentis para recuperar a saúde de sua boneca. O amor que desperta o espírito e cura um corpo dolorido.

Linda acha inaceitável o atual estado de fracasso de todas elas. No café da manhã do dia seguinte, ela conduz as quatro em uma oração. Elas dão as mãos enquanto Linda ora a Nosso Senhor Jesus Cristo por forças para perseverar. Ela clama por sabedoria e pelo retorno seguro de seu filho Gabriel. Beth reza por álcool. Bourbon teria feito esta semana mais fácil.

Meryl reza por sua boneca. Veja o que aconteceu com a Lucretia.

Frida vai por último. Ela pede por amor, por um coração repleto.

— Eu rezo por um milagre — diz ela.

Todas concordam. *Sim*, elas dizem. Um *milagre*.

A retirada cerimoniosa de neve continua. Frida e Meryl são convidadas a cavar na pista de corrida, uma tarefa especialmente insultante, já que está muito frio para se exercitar ao ar livre.

Frida diz a Meryl que sua mãe fez sessenta e oito anos esta semana, que seu primo vai se casar em Seattle hoje. Antes de seu péssimo dia, falava-se que Harriet seria a dama de honra. Frida a teria carregado pela nave da igreja.

Meryl está mais nervosa do que o normal. Sua conselheira está ameaçando suspender a permissão para usar o telefone por mais um mês. Meryl quer fugir. A escola mudou recentemente as regras sobre sair voluntariamente. Desistir não é mais uma opção.

Meryl faz dezenove anos em abril, não pode passar seu aniversário neste lugar. E Ocean faz dois anos em maio.

Frida lembra a ela que Lucretia trocaria de lugar com qualquer uma delas. Se Lucretia estivesse aqui, ainda teria a chance de recuperar Brynn. Não teria seu registro arruinado para sempre. Se Lucretia estivesse aqui, Linda teria concorrência de verdade.

— Nós vamos passar. Eles vão nos deixar ligar para casa no próximo fim de semana.

— Você não acredita nisso de verdade — diz Meryl. — O que você acha? Que eles vão nos classificar em uma curva de progresso? Não acredito nisso. Estamos totalmente fodidas.

— Não, não estamos. Você não pode pensar assim.

Meryl diz que ela e o pai de Ocean iriam encontrar empregos em Jersey Shore neste verão. Ela iria ser garçonete, ganhar dinheiro para a faculdade. Depois que sair deste lugar, vai para a faculdade estudar alguma merda sobre computadores. Talvez eles se mudem para o Vale do Silício com Ocean e desenvolvam aplicativos.

Quando ela olha para Frida em busca de reafirmação, Frida diz que é uma ótima ideia. Prática. Ela resiste a mencionar o custo de vida em São Francisco. Ou em qualquer lugar na área da baía. O custo da creche. As muitas barreiras à admissão numa creche boa. Os jovens devem ter permissão para sonhar.

Durante um intervalo, Meryl mostra a Frida um medalhão. Um presente de Dia dos Namorados atrasado do guarda de olhos verdes.

Frida diz a ela para se livrar dele. O medalhão parece custar dez dólares e ter vindo de uma loja barata.

— De jeito nenhum, é meu. Ele fez algo bom para mim. Não faça essa cara. Por que você não pode me deixar aproveitar isso?

— E se você for pega?

— Isso não é nada. Ele está tirando fotos minhas também. E fazendo vídeos.

— Você só pode estar brincando.

— Ah, meu rosto não está neles. Eu pensei nisso. Não sou idiota.

— Diga a ele para deletar tudo. Da nuvem também.

— Você é paranoica. E invejosa. Além disso, está na meia-idade. Beth acha legal ele ter me dado algo.

— E você vai dar ouvidos a ela? Beth acha legal programar sua própria overdose. Como você sabe que ele não mostrou a ninguém?

Ela quer contar à Meryl que, anos atrás, estabeleceu um limite para não permitir fotos. Como ela é grata por não haver registros. Algum dia, de alguma forma, ela criará Harriet para que ela não permita que seu corpo nu seja fotografado, nem sua vagina, nem seu ânus. Harriet nunca vai tirar selfies nuas e enviá-las para meninos.

— Ele não faria isso — diz Meryl.

— Todo mundo faz isso.

Meryl parece magoada.

— Tudo bem, mãe. Eu vou falar com ele.

As mães recebem tópicos de discussão para suas ligações de domingo, uma mudança no procedimento que vem sendo aventada há semanas. Devem fazer perguntas abertas sobre a educação de seus filhos, vida familiar e amizades. Não estão autorizadas a mencionar a passagem de tempo, há quanto tempo estão aqui ou quando irão para casa. Chamar a atenção para a ausência dos pais pode ser um gatilho. Nem todas vão ser aprovadas no fim do programa. Nem todas as famílias serão reunidas. É importante não fazer falsas promessas. Promessas falsas prejudicarão a capacidade de confiança da criança. Elas não estão autorizadas a perguntar sobre as reuniões de seus filhos com a assistente social ou sobre a experiência em terapia exigida pelo tribunal. Devem elogiar a resiliência de seus filhos. Devem agradecer ao responsável pela criança. Elas podem dizer "Amo você" e "Sinto sua falta" apenas uma vez.

— Façam valer a pena, senhoras — diz a srta. Gibson.

No fim de fevereiro, o filho de Linda, Gabriel, continua desaparecido. Ele está desaparecido por um mês inteiro. As mulheres de jaleco rosa dizem a Linda para usar os recursos disponíveis: sua conselheira, a linha direta vinte e quatro horas, as outras mães. Elas a incentivam a se inscrever para aconselhamento extra. Oferecem livros de colorir meditativos.

Na noite anterior à avaliação das habilidades em medicamentos, Linda é enviada para uma roda de conversa por sacudir sua boneca. A turma estava trabalhando no protocolo de convulsão. Linda alegou que estava tentando trazer sua boneca de volta à vida. As instrutoras disseram que ela estava sendo muito agressiva. Pensaram que ela estava à beira de algo pior, que ela poderia bater em sua boneca se não interviessem.

Linda desaba durante o jantar.

— Não sou uma espancadora — soluça.

Beth e Meryl lhe entregam seus guardanapos. Os gritos de Linda são altos e constrangedores. Todo mundo está olhando a mesa delas. Frida serve um copo de água para Linda. Ela faz uma oração secreta. Para Gabriel. Para seus irmãos. Para seus atuais e futuros pais. Para suas casas atuais e futuras.

Capítulo 11

Linda não está comendo. Ela quer sua ida à roda de conversa removida de seu registro. O mesmo com seu zero na avaliação da Unidade 2: Fundamentos de Alimentação e Medicamentos. Quer ligar para seu advogado, sua assistente social, os pais adotivos de Gabriel, os detetives. Não é culpa dela que eles perderam seu filho.

É jantar de domingo, início de março, e a lista de demandas de Linda está crescendo. O trio de mulheres brancas de meia-idade se juntou à greve de fome em solidariedade. A visão delas bajulando Linda ofende quase todo mundo. Elas se sentam com suas bandejas vazias no centro do refeitório, bebendo água e discutindo objetivos. No dia anterior, Maura, a alcoólatra mãe de cinco filhos que queimou a filha levemente, passou todo o café da manhã acariciando o braço de Linda e dizendo coisas como:

— Você não é invisível.

O martírio de Linda angariou também antipatias. As mães sentem muito por Linda, sentem mesmo, mas não esqueceram como ela fodeu com Lucretia e estão cansadas de ouvi-la chorar. Algumas dizem que a única razão pela qual não foi punida é por causa daquelas senhoras brancas. Algumas dizem que Linda só quer atenção. Algumas dizem que todas as quatro mártires estão comendo secretamente na hora de dormir. Algumas dizem que Gabriel está melhor na rua do que jamais esteve com ela.

Frida deveria se preocupar mais com Gabriel, mas ela está muito ocupada sentindo saudade de Harriet e imaginando uma morte dolorosa para sua conselheira. Faz seis meses desde que Harriet foi levada, mais de quatro meses desde a última vez que Frida a teve nos braços, uma estação inteira ali, usando uniforme.

Frida evitou Beth durante todo o fim de semana e encorajou Meryl a fazer o mesmo. Meryl a acusou de ser mesquinha. Sua frágil aliança se desfez depois que Beth terminou em primeiro no dia da avaliação, Meryl ficou em um surpreendente segundo lugar e Frida terminou em terceiro.

Beth não age com generosidade quando está por cima. Adota um pouco da linguagem da escola mesmo quando estão sozinhas. O arco do aprendizado. O egoísmo como forma de corrupção da alma. Ela disse:

— Eu posso te ajudar, Frida. Não acho que isso precisa ser uma competição.

Ainda que as mães fossem de fato classificadas em uma curva e embora os instintos maternos de Frida tenham melhorado, medidas quantitativas e qualitativas mantiveram Frida fora das duas mais bem qualificadas. A ansiedade continua sendo um problema.

— Falta de confiança — disse a conselheira. Momentos de hesitação que, em conjunto, vão impedir que a criança se sinta realmente segura. A fala maternal de Frida durante o teste de alimentação, mesmo alegrinha, não foi suficientemente empoderadora. Outros erros se mostraram mais significativos. Ela pressionou demais o esterno de Emmanuelle enquanto fazia a ressuscitação cardiopulmonar, a princípio errando o local onde estaria um coração de verdade.

— Harriet está indo bem — disse a conselheira. — Falei com a srta. Torres alguns dias atrás. Ela acha que parar de ligar para você foi bom para Harriet, e eu concordo. Você já pensou que falar com você e vê-la assim pode estar traumatizando novamente sua filha? Você não parece bem, Frida. Precisa começar a se cuidar melhor.

As mães estão mudando com o clima. Dezenas mais perderam a permissão para usar o telefone e, neste fim de semana, em meio aos primeiros sinais da primavera, houve muitos olhares pelas janelas e conversas sobre fuga.

Frida ouve a conversa de fuga de Meryl durante o dia e a de Roxanne à noite. Desde que Roxanne perdeu a permissão para usar o telefone, considerou se aproximar de um guarda. Também pensou sobre a cerca. Não pode dar toda a volta. Suas ideias mais recentes envolvem a água. O rio que as separa dos maus pais, que supostamente estão sendo treinados em um antigo hospital a dezesseis quilômetros de distância, não levará a qualquer lugar útil. Ela é uma nadadora resistente, mas, depois da floresta, e daí? Quilômetros da droga de um estado republicano. Quem vai ajudar uma mulher negra parada na beira da estrada?

Frida teme que Roxanne possa levar um tiro. Elas conversaram sobre isso. Também discutem se os pais negros estão morrendo na outra escola.

— A paternidade negra — disse Roxanne. É como andar na rua quando se é negro. Esperar quando se é negro. Dirigir quando se é negro.

Esta noite, Frida não deixa Roxanne entrar nessa.

— Você não pode dizer isso e você não pode pensar nisso. Isaac é seu farol, lembra? Vá dormir.

— Pensei que você fosse minha amiga.

— Eu sou. Estou dizendo, você perdeu um telefonema. Não falo com Harriet desde janeiro.

— Às vezes eu realmente te odeio. — Roxanne vira de bruços, enterra o rosto no travesseiro e chora até dormir.

Frida dobra o travesseiro em volta da cabeça para bloquear os soluços de Roxanne. Tiveram de trocar o líquido azul mais uma vez na sexta-feira anterior. Em vez de dissociar, Emmanuelle gritou o tempo todo: "Não, não, não, não, não!". A srta. Russo segurou seus braços. A srta. Khoury segurou suas pernas. Elas agora realizam o procedimento na frente de toda a classe. As mães que observavam precisaram narrar e confortar. Olhar, disseram as instrutoras, ajudará as bonecas a entender seu papel aqui.

As instrutoras deixaram hematomas. A juíza da Vara de Família precisa saber sobre esses hematomas e sobre os gritos de Emmanuelle. A juíza deve saber que Frida está aprendendo a ser uma mãe melhor. Ela vai continuar acreditando que o interior azul da boneca e a boneca, ela mesma, são reais, porque, se não demonstrar sua capacidade de expressar sentimentos e apego maternal genuínos, se não mostrar que pode ser digna de confiança, não haverá reencontro com sua filha verdadeira, que tem quase dois anos de idade, cujo sangue não é azul e não fica pastoso e espesso, cujas cavidades ela jamais rasparia com uma faca.

— Temos uma surpresa para vocês — diz a srta. Russo na manhã seguinte. Com um floreio, ela e a srta. Khoury distribuem smartphones e carrinhos de bebê. Cada mãe recebe seu telefone com as palmas das mãos em concha, como se os aparelhos fossem hóstias de comunhão. As quatro estão realmente agradecidas. Os rostos de Beth e Meryl estão quase em um estado de êxtase.

Hoje, podem levar suas bonecas para fora, telefonar para seus filhos de verdade, suas famílias. As novas regras relativas aos tópicos de discussão foram temporariamente suspensas. Elas podem até usar a internet. No entanto, não podem esquecer suas responsabilidades. Devem manter sua contagem diária de palavras e continuar responsáveis por suas bonecas. A cada hora, devem se apresentar à sala de aula para uma checagem. É o início da Unidade 3: Recondicionando a Narcisista, oito semanas de aulas para fortalecer sua orientação para a criança em primeiro lugar e a capacidade de ser mãe diante da distração.

— Pense nisso como um teste de seu controle de impulsos — diz a srta. Russo. Não importa o que aconteça, as mães devem doar a quantidade normal de atenção e carinho. Ela as leva a repetir palavras de ordem, perguntando:

— Quem é minha principal prioridade?

— Minha filha!

— O que eu faço quando minha filha precisa de mim?

— Eu largo tudo!

Frida enfia o telefone no bolso, cheia de alegria e expectativa. Ainda que as mães estejam ansiosas para sair, as bonecas, depois de seu último trauma com o líquido azul, estão muito inseguras e instáveis. Emmanuelle precisa ser carregada. No saguão, ela se recusa a entrar em seu carrinho. Ela e Frida só conseguem chegar ao banco do lado de fora do prédio ao lado. Frida assiste com inveja enquanto suas colegas deixam o pátio. Não consegue se lembrar do número de Susanna. Liga para Gust e ouve a mensagem da secretária eletrônica, pede que Susanna ligue para ela ou vá para casa e ligue de volta com Harriet.

— Não poderei falar com ela de novo até o fim de abril. Por favor. Preciso desejar feliz aniversário para ela. Esta é minha única chance.

Ele vai ouvir Emmanuelle gritando ao fundo do recado. Frida não tem certeza do que vai dizer se ele perguntar sobre isso. Frida passa pela primeira checagem sem incidentes, depois a segunda, depois a terceira.

— Excelente priorização, Frida — diz a srta. Khoury. — Suas colegas estão atrasadas.

A cena lá fora é caótica. As mães estão procurando um sinal decente de wi-fi. Bonecas de todas as idades correm por ali. Exploram latas de lixo e bicicletários, arbustos, tijolos, cascalho. Umas sobem em árvores. Outras tentam escalar postes de luz. Outras arrancam punhados de grama e esfregam no rosto.

Frida se aventura mais longe a cada caminhada. Leva Emmanuelle ao anfiteatro, onde sobem e descem os degraus. Mostra a Emmanuelle os açafrões e as árvores brotando. Lê para Emmanuelle os nomes das plantas.

— Rododendro — diz ela. — Hamamelis. — Ela pede a Emmanuelle para repetir depois dela, mas Emmanuelle tem problemas com a pronúncia.

— É primavera agora. E depois da primavera vem o verão. Então outono. Então inverno. Temos quatro estações. Você pode contar meus dedos? Um, dois, três, quatro. A maioria das pessoas gosta da primavera. Eu gosto. Você gosta da primavera?

— Não.

— Por que não?

— Primavera dá medo. Tenho medo, mamãe. Odeio.

— O ódio é um sentimento muito forte. Acho que você precisa experimentar um pouco mais. Você sabe, quando eu for velha, a primavera será diferente. — Ela conta a Emmanuelle sobre o aquecimento da Terra, como Manhattan pode estar submersa em outra geração, como os humanos precisam parar de comer carne, usar menos carro, ter menos bebês. — Há pessoas demais — diz Frida.

— Demais?

— Pessoas demais que são como eu. Não como você. Você não usa tantos recursos naturais.

Elas encontram um feixe de luz do sol e descansam na grama entre a torre do sino e Pierce. Alguma vez ela descansou ao sol com Harriet? Frida sente o calor em suas pálpebras fechadas. Ela se vira e vê Emmanuelle olhando diretamente para o sol. Os chips nos olhos de Emmanuelle brilham. Elas jogam um jogo de piscar, rindo cada vez que abrem os olhos juntas.

— Abracinho — diz Frida. — Vamos dar um abracinho de mamãe e filhinha. Venha aqui. — Ela curva o corpo ao redor do corpo de Emmanuelle, beija a cabeça da boneca, esfrega a nuca como costumava fazer com Harriet. Com o tempo, o cheiro de carro novo da boneca se tornou reconfortante.

— Querida, você às vezes fica cansada de viver na sala de equipamentos? Emmanuelle suspira.

— Sim.

— Onde você preferiria morar?

— Com a mamãe!

— Ah, isso é muito fofo. Você é minha menina doce. Eu quero que você venha morar comigo também. Onde moraríamos?

Emmanuelle se senta e aponta para a biblioteca. Ela aponta para o céu. Frida conta a ela sobre berços, camas de meninas crescidas, luzes noturnas, sacos de dormir e mantinhas de estimação. Ela lamenta não poder dar essas coisas a Emmanuelle, que ela só tivesse contato com mantinhas e brinquedos durante as aulas de dormir. Confortos fugazes. É uma pena que ela tenha de dormir em pé.

Emmanuelle fica animada com a perspectiva de seu próprio quarto.

— Nós podemos fazer de conta — diz Frida.

Elas permanecem ao sol de mãos dadas. Frida quer ficar aqui o dia todo. Se ela contar a Harriet sobre este local, dirá que precisou despejar sua devoção em algum lugar. Emmanuelle, um recipiente para sua esperança e saudade, como as pessoas costumavam devotar sua fé e seu amor a escrituras e árvores sagradas.

Em resposta à agitação emocional do dia, o trio de mulheres brancas de meia-idade abandona a causa de Linda e volta a comer. A srta. Gibson ameaça alimentar Linda à força com *shakes* de proteína. Ela ameaça Linda com um lugar no centro da roda de conversa. Aconselhamento extra. Um zero automático na Unidade 3. Expulsão. Ficar ali até que Linda dê o primeiro gole.

— Gabriel gostaria que você comesse — diz Beth. — Estou aqui se você quiser conversar. — Ela dá à Linda uma maçã, que a mulher devora.

Linda parece encabulada, digna de pena. Frida se sente envergonhada por ela.

Elas nunca viram Linda corar.

Frida é a única entre suas colegas que ainda não conseguiu falar com a filha. As ligações foram breves e insatisfatórias. Despedidas provocaram colapsos. As bonecas continuavam interrompendo. Foi mais fácil para as mães de bebês. As bonecas ficavam em seus slings e choravam, mas não conseguiam se mexer, dizer "mamãe" ou agarrar o telefone. As mães de bonecas mais velhas tiveram de evitar mortes, acidentes, fugas e tentativas de confraternização, tudo isso enquanto se conectavam com seus filhos de verdade.

Há rumores de que alguns romances adolescentes começaram na fábrica de bonecas. Frida viu uma boneca adolescente rolando debaixo de uma árvore com um dos adolescentes. Eles estavam com as mãos nas virilhas um do outro, sobre os uniformes. Não pareciam saber beijar, estavam lambendo o rosto um do outro. O menino mordeu o ombro da menina. A menina enfiou o dedo na orelha do menino. O menino virou a menina e começou a acariciar seu botão azul por cima do uniforme.

Suas mães não estavam por perto. Frida temia que o menino despisse a menina e desapertasse seu botão e tentasse entrar em sua cavidade. A abertura é larga o suficiente para um pênis. Ela não sabia se o menino podia ficar ereto, se a atividade era consensual. Emmanuelle achou que a

A ESCOLA DE BOAS MÃES 193

garota estivesse machucada, que o garoto a estivesse machucando. A garota estava gemendo. Frida fez Emmanuelle fechar os olhos enquanto passavam.

Depois do almoço, Frida fica tentada a ligar para Will, mas resiste. Ela gostaria de lhe contar a verdade. Ela disca o número de seus pais, começa a chorar antes que eles atendam. Seu pai pede para usar o FaceTime. Frida concorda, embora deseje que eles não precisem vê-la. O cabelo de seu pai diminuiu drasticamente e ficou completamente branco. Sua mãe parece frágil. Seu pai chora por vários minutos, embora sua mãe, a princípio, permaneça estoica. Mas sua expressão logo muda. Frida sabe que sua mãe quer comentar sobre sua aparência diferente. Ela esperava que eles nunca a vissem de uniforme, preocupada com as memórias que isso desencadearia.

Em raras ocasiões, o pai lhe contava histórias de sua infância — homens com gorros com orelhas de burro que desfilavam por sua aldeia, crianças derramando urina na cabeça de seus avós, idosos ajoelhados em vidro durante as chamadas "sessões de luta".

Falam freneticamente uns sobre os outros. Seu pai tem escrito cartas para ela todos os dias. Sua mãe está comprando roupas para quando Harriet fizer três anos. Todos os dias, assistem a vídeos de Harriet e olham suas fotos. Mantêm a foto dela sobre a mesa de jantar para fazer companhia durante as refeições.

Frida segura o telefone perto, então eles só podem ver seu rosto. Ela pergunta sobre o aniversário da mãe, o casamento da prima, as consultas médicas.

— Você está muito magra — diz a mãe. — Com o que eles estão alimentando você? Eles estão fazendo você passar fome? Alguém machucou você?

— Devemos ligar para Renee? — pergunta seu pai. — Ela deveria fazer alguma coisa.

— Não faça isso. Por favor!

Seus pais perguntam se ela conseguiu falar com Harriet. Gust havia mandado notícias. Gostariam de poder enviar um presente de aniversário para Harriet. Um cartão. Entre soluços, Frida diz a eles que está bem. Precisa se despedir.

— Sinto muito — diz ela —, por tudo.

— Quem é o bebê chorando ao fundo?

— É uma gravação — diz ela, dando a Emmanuelle sua mão livre.

Frida está muito agitada para dormir. Tudo será diferente depois que falar com Harriet. Se contar a Harriet sobre este ano, não vai dizer quantas vezes pensou na morte. Harriet não precisa saber que sua mãe está sozinha e com medo. Harriet não precisa saber que sua mãe pensa em telhados e campanários. Ela não precisa saber que sua mãe muitas vezes se pergunta se este pode ser o melhor uso de sua vida, a única maneira real de protestar contra o sistema.

Quando era criança, Frida achava que viveria apenas até os trinta. Planejava esperar até que suas avós morressem, mas não se importava em magoar seus pais, queria puni-los. Pensava constantemente sobre a morte quando tinha onze anos, falava sobre isso com tanta frequência, que seus pais não a levavam a sério.

— Vá em frente e se mate — disse sua mãe, exasperada.

Gust chorou quando ela contou a ele sobre o ano em que queria morrer, mas Frida não admitiu que esses pensamentos retornaram quando estava grávida. Ela se preocupava incansavelmente com as perspectivas dos testes genéticos. A possibilidade de que algo pudesse dar errado durante o trabalho de parto, que qualquer coisa que desse errado fosse culpa dela.

Mas o resultado dos testes parecia bom. Seu bebê estava saudável. Seu bebê saudável crescerá para ter uma mente saudável. Melhor e mais pura que a da mãe. Ela tem o futuro de Harriet a considerar agora. A garota que ela pode se tornar se sua mãe estiver viva, a garota que ela nunca será se sua mãe tirar a própria vida.

O ar ainda está úmido da chuva da noite anterior. Há névoa ao longo de Chapin Walk. Frida encontra um banco vazio sob uma das magnólias no pátio de pedra. Ela e Emmanuelle conversam sobre as flores, identificam as cores — rosa e branco. Ela pede a Emmanuelle que observe como as cores se misturam.

Frida quebra uma folha e entrega para ela.

— Não coma. Ouça, querida, você vai me ouvir conversando com outra garotinha esta manhã. Vou falar com ela algumas vezes e preciso que você deixe. É confuso, eu sei. Mas não se preocupe. Eu ainda sou sua mamãe.

Emmanuelle joga a folha para longe. Ela puxa as alças do carrinho, então estende os braços para Frida, pedindo:

— Colinho, colinho! Me pega, me pega!

Gust atende no terceiro toque. Ele pede desculpas por não ter ligado de volta antes. Não podia sair do trabalho. Susanna perdeu o telefone. Quando tentaram ligar para o número de Frida, já era noite e não havia como deixar uma mensagem. Ele ficou em casa hoje para ter certeza de que ela conseguiria encontrá-los. Frida diz a ele que está tudo bem. Agradece e pergunta por Harriet.

Eles mudam para o FaceTime. Quando Harriet aparece, Frida estremece, desviando os olhos da tela para Emmanuelle. Durante todos esses meses, ela achou que as meninas não eram nada parecidas, que havia algo de cruel na boca de Emmanuelle, que é claro que Harriet é mais bonita e Emmanuelle não é real, mas, agora que Harriet emagreceu, a semelhança entre as meninas é perturbadora.

— Diga olá, ursinha — pede Gust. — Você se lembra da mamãe?

— Não. — A voz de Harriet é calma e definitiva. Frida enterra o punho em seu colo. Ela é uma mãe ruim porque está deixando Harriet vê-la chorar. Ela é uma mãe ruim porque o rosto de Emmanuelle é o que lhe parece mais familiar. Ela é uma mãe ruim porque a garota na tela, com sua franja cortada muito curta, com seu queixo pontudo e cabelos mais escuros e encaracolados, parece-se cada vez menos com ela.

Harriet e Gust ouvem Emmanuelle chamando:

— Mamãe, mamãe!

— Quem é? — pergunta Harriet.

— É uma gravação. — Frida se afasta de Emmanuelle, tentando se concentrar apenas em Harriet.

— Bub, sou eu. É a mamãe. Estou tão feliz por poder falar com você antes do seu aniversário. Feliz, feliz aniversário! Faltam oito dias. Você é minha menina grande! Tão grande! Sinto muito por não ter ligado. Eu queria. Você sabe disso, certo? Eu ligaria para você todos os dias se pudesse. Amo muito você. Sinto sua falta. Sinto sua falta até a lua. Até Júpiter. — Ela ergue um dedo mindinho. — Lembra?

Harriet a encara de volta, indiferente. Frida deixa suas lágrimas correrem.

— Lembre-se, nós dizemos: *Prometo a você a lua e as estrelas. Amo você até as galáxias.* Então nós enroscamos os dedinhos.

— Galáá-quicias. — Harriet pronuncia a palavra.

— Isso mesmo, Bub. E quem sou eu?

Elas testam as possibilidades por vários minutos. Frida não é uma bolha. Ela não é uma maçã. Ela não é uma colher. Ela não é papai ou Sue-Sue.

— Eu sou mamãe. Eu sou sua mamãezinha.

Elas conversam por quinze minutos de cada vez entre as checagens, o máximo que Harriet consegue ficar quieta, falando sobre os dois meses de novidades. Eles vão fazer a festa de aniversário dela em casa. Vai haver uma *piñata*.

Susanna vai assar o bolo. Eles compraram para Harriet uma bicicleta com rodinhas. Estão na lista de espera para a Escola Waldorf, em Germantown, e na da Montessori, em Center City.

Susanna diz "olá". Ela e Gust comentam sobre a perda de peso de Frida, embora gentilmente resistam a dizer qualquer coisa sobre seus cabelos grisalhos. Uma hora é perdida por causa do horário do almoço. Depois, três horas para o cochilo de Harriet. Gust deixa Frida observar Harriet brincar na sala de estar com Susanna.

Frida precisa dizer adeus sempre que Emmanuelle fica indisciplinada. É uma escolha impossível — se falar com Harriet, será penalizada por ignorar Emmanuelle. Se ignorar Harriet, talvez não sobreviva à primavera ou ao verão. Frida se sente culpada em ambos os casos. Culpada diante da filha, negligenciada no péssimo dia da mãe, culpada diante da boneca, que a olha com reprovação. Culpada ante as instrutoras quando chega tarde para o último check-in.

Na quarta-feira de manhã, Frida vai para a aula preparada para se alternar entre as filhas, mas não precisará fazer isso, porque o teste se mostrou eficaz demais. As quatro negligenciaram suas bonecas. Esqueceram sua prioridade.

Cederam à distração. Claramente, quando dada uma liberdade básica, o grupo sai dos trilhos, regride ao egoísmo e ao narcisismo.

— Não podemos deixar que o progresso de vocês seja desperdiçado — diz a srta. Russo. Tão rapidamente quanto as mães receberam uma conexão de esperança com o mundo exterior, essa conexão é cortada.

Frida e suas colegas são levadas de ônibus para um local fora do campus. Elas se encontram com suas bonecas no estacionamento de um armazém ao lado da estrada. No interior, há quatro casas-modelo, bangalôs amarelos e toldos verdes combinando. O armazém está congelando. As bonecas nunca viram um prédio desse tamanho. Nunca viram casas. Agarram-se às pernas de suas mães e gritam, suas vozes ecoando pelo espaço cavernoso.

As instrutoras chamam a lição de "Prevenindo o abandono doméstico". Para aprimorar seus instintos de supervisão, as mães serão testadas com distrações. Ao som do apito, as instrutoras cronometrarão o tempo que demoram para encontrar sua boneca e levá-la até a porta da frente. Assim como nas aulas a respeito de ligações telefônicas, elas aprenderão a se concentrar: manter contato visual e proximidade física com a filha. Que a segurança de suas filhas seja seu primeiro desejo e única prioridade.

As instrutoras fazem as mães repetirem depois delas:

— Uma criança sem supervisão é uma criança em perigo. Nunca devo deixar minha filha sozinha.

O prédio poderia abrigar aulas para cinquenta mães, talvez mais.

Emmanuelle acaricia a pele arrepiada do rosto de Frida. Frida está à beira das lágrimas. Ela reviverá seu péssimo dia várias vezes, mas agora cronometrada, filmada e avaliada, com a permissão para usar o telefone em jogo. Quantas vezes pensou em Harriet sozinha em casa, quantas vezes considerou cada coisa que deveria ter feito de forma diferente?

As casas estão equipadas com telefones, televisores e campainhas, que são acionados durante os treinos, ligando todos ao mesmo tempo em volumes assustadores. Os ruídos começam sem aviso, assustando as mães e as bonecas.

Entre os exercícios, Frida ensina a Emmanuelle as palavras *toldo, porta da frente, campainha, cortinas, sofá, poltrona, pufe, cozinha, lareira, televisão, controle remoto, mesa de centro, pia.* O interior da casa-modelo é pintado de amarelo-manteiga e decorado com bugigangas de madeira falsa. Sua casa tem um tema náutico, com âncoras e detalhes em corda. Cada item cheira como se tivesse acabado de ser removido da embalagem.

Seu péssimo dia havia sido sufocante. Fizera um calor insuportável durante todo o final de semana. Frida se lembra de estar desesperada para tomar banho, lembra-se de ligar o ar-condicionado, olhar para os ventiladores de teto empoeirados, pensando que deveria limpá-los. Ela se lembra do desejo por cafeína, algo doce e frio, mais forte do que ela poderia fazer em casa. Lembra-se de querer sair com os braços livres.

Se tivesse chegado em casa uma hora antes. Quarenta e cinco minutos antes. Se tivesse conversado com os vizinhos. Teria oferecido dinheiro a eles. Teria implorado a eles. Mas Susanna nunca deixaria Harriet sozinha. Gust nunca deixaria Harriet sozinha. Nenhum dos avós deixaria Harriet sozinha. Nenhuma babá deixaria Harriet sozinha. Só ela faria isso. Só ela o fez. Se Harriet não estivesse na cadeirinha de atividades, ela poderia ter caminhado até a porta do porão, poderia ter aberto a porta e despencado escada abaixo. Ela poderia ter aberto a porta da frente e perambulado pela rua.

— Harriet não está segura com você — dissera a juíza.

Nos dias seguintes, as instrutoras acrescentam distrações: sirenes, eletrodomésticos, *dance music* europeia. O barulho dá dores de cabeça a Frida, dores de cabeça a deixam zonza, a tontura a deixa esquecida.

Ela não consegue dormir por causa do zumbido em seus ouvidos. O progresso que fez desaparece. Emmanuelle gosta de se esconder atrás dos móveis. Ela se arrastou para baixo dos armários da cozinha. Durante alguns exercícios, Frida abre a porta e se lembra de voltar. Outras vezes, ela chega à varanda da frente antes de perceber o que está esquecendo.

Durante os treinos, as bonecas respondem à comoção tentando destruir coisas. Rasgam as almofadas do sofá, pulam sobre as mesas de centro e batem os controles remotos em todas as superfícies disponíveis. Depois que a boneca de Beth começa a vazar líquido azul pelas orelhas, as bonecas recebem fones de ouvido. Ainda assim, elas choram.

A srta. Knight avisou que os aniversários seriam dolorosos. Em 11 de março, na manhã do segundo aniversário de Harriet, Frida acorda ao amanhecer. Roxanne se levanta com ela. Foi ideia de Roxanne fazer uma celebração do nascer do sol. A mãe de Roxanne costumava acordá-la bem cedo no aniversário dela, decorava a casa inteira enquanto ela dormia. Roxanne fará o mesmo por Isaac no próximo ano.

Frida abre seu negligenciado diário de expiação em sua mais recente anotação: um desenho trêmulo de Harriet. Ela desenhou Harriet como costumava parecer, com bochechas de querubim e cachos escuros. Ela apoia o diário em sua mesa. Elas cantam um "Parabéns pra você" sussurrado para o desenho.

Roxanne a abraça.

— Só mais oito meses.

— Deus. — Frida descansa a testa no ombro de Roxanne.

Roxanne fala com o desenho.

— Harriet, sua mãe sente sua falta. Ela é uma boa mulher. Um pouco mandona às vezes, mas ela está bem. Estamos cuidando umas das outras. — Roxanne estende as mãos na direção de Frida, fingindo que está protegendo um pedaço de bolo com uma vela. — Faça um desejo.

Frida finge soprar a vela.

— Obrigada por ser tão gentil comigo. — Ela conta a Roxanne sobre o nascimento de Harriet, como os médicos disseram "Que bebê lindo" quando a tiraram. Como ela começou a chorar quando ouviu o primeiro choro de Harriet.

Frida tenta se lembrar da aparência de Harriet no telefone. Ela não disse feliz aniversário o suficiente quando teve a chance. Não transmitiu nenhuma sabedoria. Deveria ter dito a Harriet que elas se falariam novamente em abril. Precisa saber se Harriet a perdoa por não ligar de volta, se Gust explicou por que ela não pode.

Seu corpo dói o dia todo. Ela começa a sentir dores agudas no quadril esquerdo. Tem problemas para erguer Emmanuelle para correrem porta afora. A mãe mais rápida é a melhor mãe, dizem as instrutoras.

Na hora de dormir, Frida se esconde debaixo das cobertas e rói suas cutículas. Ela tem uma boneca parecida com Harriet, mas Harriet também deveria ter uma boneca parecida com ela. Harriet deveria ter uma boneca--mãe, para dormir com ela e contar segredos, levá-la para todos os lugares.

Capítulo 12

As mães estão apaixonadas. Inevitável como a temporada. Abril, o céu de um azul inacreditável. Risadas podem ser ouvidas no refeitório. Novos casais sentam-se próximos, tocando ombros, cotovelos, cabelos, pontas dos dedos, corando de prazer.

Mães apaixonadas anseiam os fins de semana. Elas caminham ao lado da cerca ou trazem seus diários de expiação para o pátio de pedra e escrevem lado a lado deitadas de bruços na grama. Falam de aborrecimentos e hobbies. Pais. Relacionamentos passados. Dinheiro. Opiniões sobre a monogamia. Se querem mais filhos. Se conseguirão encontrar um emprego ou um lugar para morar depois de saírem dali.

Deveriam estar cultivando pureza de mente e espírito, e, se forem pegas confraternizando, isso constará de seus arquivos. Poderiam ser expulsas. Mas é fácil esconder romances florescentes. As mães podem sobreviver com tão pouco. Um carinho na bochecha. Um olhar demorado. Para a maioria, a proximidade é suficiente. Há romances entre colegas de classe e de quarto, mães que se conheceram em alguma roda de conversa ou equipe de limpeza, na fila de espera do telefonema de domingo ou chorando no banheiro depois. Talvez haja apenas uma dúzia de casais de verdade, mas rumores e insinuações sugerem mais. Algumas paixões não são correspondidas. Algumas são destruídas por fofocas. Houve ciúmes e triângulos amorosos. Roxanne diz que as mães estão usando as mãos nos chuveiros. Frida pergunta como isso é possível.

— As garotas são rápidas. Existem alguns pontos cegos, você sabe. Alguém me beliscou na noite anterior. Bem aqui no meu quadril. Enquanto eu escovava os dentes. Foi meio engraçado.

— E...?

— E eu pensei sobre isso. Mas eu não faria. Não com ela. — Ela gesticula para Frida se juntar a ela na janela. Elas falam olhando fixamente para os holofotes, de costas para as câmeras, mal movendo os lábios. Roxanne pergunta o que Frida pensa de Meryl. Meryl é fofa, diz Roxanne.

— Ela é uma criança.

— Ela tem dezenove anos. Quero dizer, terá em breve, certo? Três anos mais nova que eu.

— Dezenove é uma criança. Você é muito mais madura do que ela. Você foi para a faculdade. Deixou a Pensilvânia. Ela esteve em um avião talvez duas vezes. Ela gosta de rapazes, você sabe.

— Você tem uma visão unidimensional desta merda. Todo mundo da minha idade é fluido. Falc bem de mim para ela, certo?

Frida é evasiva. Ela quer dizer a Roxanne que Meryl já está com o guarda de olhos verdes, que, se Meryl fosse escolher uma mulher, ela escolheria Beth. Elas podem até já estar se beijando em segredo. Meryl chama Beth de "baby". Beth a chama de "querida". Elas conversaram sobre fazer tatuagens combinando. As garotas estão sempre se tocando casualmente de uma forma que Frida nunca fez com ninguém. Ela inveja as mulheres que se tocam assim.

Ultimamente, Frida e Roxanne têm conversado mais. Uniram-se por serem filhas únicas, compartilharam relatos sobre suas gestações e partos e as provações da amamentação, conectando-se por meio de histórias de dor.

Depois que Isaac foi levado, Roxanne teve de ir ao pronto-socorro por causa de mastite. Estava amamentando e precisou remover um abscesso cirurgicamente.

Isaac teria sido entregue à mãe ou tia de Roxanne, mas sua mãe está fazendo quimioterapia para câncer de mama em estágio três e sua tia mora com um namorado em quem ninguém confia. Sua mãe a mantinha na faculdade com pouca ajuda do pai de Roxanne, que mora em Jersey com sua nova família. Sua mãe estava seriamente chateada com sua gravidez, pensou que Roxanne fosse mais inteligente, mas acontece que ela adora ser avó.

— Ela gosta de dizer que toda mulher tem um filho para que possa ter um neto um dia — disse Roxanne. — Essa é a recompensa. *Ela* precisa de Isaac também.

Frida só perguntou sobre o pai de Isaac uma vez. Roxanne disse que se conheceram em uma festa. O nome dele nunca é mencionado. Quando Isaac for mais velho, ela vai dizer a ele que usou um doador de esperma.

— É claro que meu bebê é a cara dele — admitiu.

Roxanne perguntou a Frida sobre Nova York, como Nova York se compara à Filadélfia. Ela ficou chocada com o quão pouco Frida sabia sobre os bairros negros na Filadélfia, que nunca tinha ouvido falar da casa MOVE, nunca estivera no Norte da Filadélfia, nunca estivera a oeste da Fiftieth Street, não tinha ideia de que Sun Ra morava em Germantown, nunca tinha ouvido Sun Ra, que parou de ouvir música quando se mudou para Nova York porque a cidade era muito barulhenta.

Um guarda vem fazer a última checagem do dia. Elas se abraçam e desejam boa noite.

Frida imagina Roxanne e Meryl em um armário, nos chuveiros, do lado de fora, no escuro. Ela deveria estar pensando em sua filha. No próximo telefonema. Pré-escola. Na filha aprendendo a usar o banheiro. No que Harriet está comendo. Se Harriet está adquirindo os maneirismos de Susanna. Quando voltar para casa, ensinará a Harriet que o modo como Susanna toca as pessoas é rude, fará com que as pessoas presumam coisas erradas sobre ela quando for mais velha. Mas Harriet pode crescer e ser uma paqueradora. Vai pensar que sua mãe é que é fria e estranha. Saberá que, trancada ali com duzentas mulheres, sua mãe não poderia começar um caso lésbico mesmo que ela tentasse.

Este é o maior tempo que Frida passou sem o beijo ou o toque de um homem. Costumava acreditar que morreria sem isso. Nenhuma mãe a olhara de tal maneira, e seu interesse por outras mulheres sempre foi puramente teórico, mas ela teme o dia, ou a noite, ou a tarde furtiva em que a solidão a dominará e fará com que ela queira correr riscos. Frida gostaria de ser beijada novamente antes de morrer e, se vai morrer aqui, uma ideia que parece cada vez mais plausível, pode ter de escolher ficar com outra mãe. Ela vai insistir que permaneçam vestidas. Vai explicar que este não é o seu eu normal. Ela está morrendo, talvez devesse encontrar outra mulher moribunda.

Quase cinco meses depois do começo do programa, falhas ainda ocorrem regularmente. As instrutoras recebem alterações de programação no último minuto. Lições são ignoradas aleatoriamente. As aulas da hora do banho são agendadas às pressas, depois canceladas. Todos os subgrupos recebem tempo extra ao ar livre enquanto as instrutoras pensam sobre o que devem fazer.

As bonecas deveriam ser à prova d'água, mas os subgrupos infantis tiveram problemas com botões azuis soltos. Quando as bonecas foram submersas, a água penetrou em suas cavidades. O mofo se instalou. O mofo tinha cheiro de brócolis podre. Bonecas mofadas da classe de Roxanne precisaram ser enviadas para o departamento técnico. Uma mãe pediu que a cavidade de sua boneca fosse limpa com alvejante, mas a instrutora disse que o alvejante foi testado na fábrica de bonecas na China. Corroeu a maquinaria interna e desgastou a pele de silicone. Narizes e olhos desapareceram. Se isso acontecesse aqui, seria uma nota bem desagradável em seus registros.

Os feriados que melhoram a qualidade de vida das bonecas continuam a ser celebrados. No domingo de Páscoa, mães com bonecas de até oito anos participam de uma caça aos ovos.

Emmanuelle insiste em ser carregada no colo até a área da caçada ao lado do Pierce. Frida segue a procissão até o gramado, seus braços logo se cansam. Embora preferisse ligar para casa hoje, Emmanuelle é uma companhia melhor do que costumava ser. Suas frases estão se tornando mais complexas, suas preocupações, mais filosóficas. No outro dia, ela deu um tapinha nas costas de Frida procurando por um botão e ficou ansiosa quando não conseguiu encontrar um. Frida explicou que existem diferentes tipos de famílias. Algumas crianças nascem do seu corpo, algumas são adotadas, algumas vêm por casamento, algumas são geradas em laboratórios. Algumas, como Emmanuelle, foram inventadas por cientistas. As crianças inventadas pelos cientistas são as mais preciosas.

— É um privilégio ser sua mãe — disse Frida.

No topo da colina, elas fazem fila atrás de Beth e Meryl e suas bonecas. Frida diz "olá". As mulheres mais jovens mal olham para trás. Elas estão falando sobre um restaurante no qual Frida nunca esteve no sul da Filadélfia. Missas de Páscoa. Como elas vestiram seus bebês no ano anterior. Meryl confessa que colocou uma daquelas fitas de cetim bregas em Ocean e a deixou comer um pintinho de marshmallow.

Frida carrega Emmanuelle para o fim da fila, recusando-se a sentir ciúmes. Não são amizades para sempre. Não há sentido para essas amizades além da sobrevivência. Meryl não vai parar de falar sobre Beth durante a limpeza. Beth vem insistindo com ela para obrigar o guarda de olhos verdes a terminar com a namorada. Ela vem dizendo a Meryl que engravidar pode ser uma maneira de sair dali mais cedo.

O início da caçada é frustrante. Os ovos são fáceis de encontrar na grama curta. As bonecas investigam os limites de corda e correm ao redor das pernas de suas mães. Algumas saem correndo com os braços estendidos, sentindo o vento nos cabelos. Por alguns belos minutos, ninguém está chorando. Frida leva Emmanuelle colina abaixo. Direciona Emmanuelle para um ovo verde, um branco.

Há gritos ao longe. Bonecas brigando. Mães discutindo. Mulheres de jaleco rosa soprando apitos. Emmanuelle se joga na grama. A manhã está clara e sem nuvens. Frida brinca com o cabelo de Emmanuelle. Ela se pergunta como está o clima na cidade, se Harriet está usando tons pastéis hoje, se Gust e Susanna levarão Harriet ao zoológico como fizeram no ano anterior, se Harriet já tem idade suficiente para pintar o rosto.

Frida teria vestido Harriet de amarelo. Ela é uma péssima mãe por nunca ter feito para Harriet uma cesta como a que as bonecas receberam. É uma péssima mãe por nunca ter levado Harriet para uma caça aos ovos. A Páscoa era um dos feriados em que seus pais se esforçavam para ser americanos. Houve uma viagem a St. Louis quando ela estava na escola primária, um vestido rosa com babados. Sua mãe a fez usar um chapéu de palha branco, embora o branco seja a cor chinesa do luto.

Uma das bonecas de quatro anos passa zunindo por elas. É um menino que não deveria estar na zona das crianças menores. Ele derruba várias bonecas mais novas. As mães das bonecas atingidas pegam as filhas no colo. A mãe do menino segue logo atrás dele.

Frida fica em pé e grita:

— Pare!

O menino quer a cesta de Emmanuelle. Ainda que não tenha manifestado interesse até agora, uma vez que Emmanuelle entende o que o menino quer, ela agarra a cesta e não a solta. Ambos puxam o mais forte que podem. O menino ganha. Emmanuelle fica de pé e corre atrás dele.

O menino se vira. Ele ergue o braço. Com Frida a dois passos de distância, ele bate em Emmanuelle com a palma da mão, atingindo o topo de sua maçã do rosto.

Frida agarra Emmanuelle. Ela verifica o rosto da boneca, beija sua testa. Em poucos segundos, uma contusão começa a se formar. Mais uma vez, há um atraso antes que Emmanuelle perceba que está machucada. Frida sente o hematoma de Emmanuelle em seu estômago. Ela o sente entre os olhos. Ela lhe dá um abraço para aliviar o mal-estar físico, um abraço de encorajamento, mais cinco beijos.

— Sinto muito, querida. Eu amo você. Amo você demais. Vai ficar tudo bem. Pronto, pronto. Pronto, passou.

A outra mãe pede que o filho se desculpe.

—Acho que precisamos conversar com nossa amiga — diz ela.

Seu tom é tímido. Respeitoso. Frida não entende por que a mulher não está gritando. Crianças como ele precisam ser repreendidas. Ela carrega Emmanuelle até o menino e agarra o pulso dele.

— Olha o que você fez! Olhe para o rosto dela. Você está vendo este hematoma? Peça desculpas à minha filha agora!

Na roda de conversa naquela noite, Frida conta cinquenta e três outras mulheres. Dezoito estão ali por causa da caça aos ovos, incluindo Tamara, a mãe branca e azeda do menino que bateu em Emmanuelle.

Os guardas distribuem xícaras de café amargo e morno. As confissões continuam até tarde da noite. A escola está sendo mais rigorosa ultimamente. O dano não precisa ser intencional ou malicioso. Todos os acidentes podem ser evitados com supervisão rigorosa, diz a srta. Gibson.

Algumas mães são veteranas de rodas de conversa, mandadas para lá pelo menos uma vez por semana. A srta. Gibson permite que as veteranas descrevam suas transgressões passadas resumidamente. Há agora três guardas todas as noites, dois para manter a ordem e um para proteger a srta. Gibson. Uma das mães a atacou na semana anterior, chegou a colocar as mãos em torno do pescoço de Gibson. Essa mãe foi expulsa, e o incidente foi adicionado ao seu registro.

Uma mãe deixou a boneca usar seu primeiro nome em vez de "mamãe". Algumas foram rudes com os responsáveis de seus filhos durante os telefonemas de domingo. Algumas choraram durante as refeições. Duas mães foram flagradas se beijando atrás das quadras de tênis. Um guarda as ouviu planejando fugir juntas.

Todas se sentam. É o primeiro casal a ser pego. Uma das fujonas é Margaret, uma jovem latina magra com olhos tristes que parece ter arrancado a maior parte de sua sobrancelha esquerda. Seu delito original foi deixar o filho esperando em seu carro estacionado durante uma entrevista de emprego. Sua amada é Alicia, uma das jovens mães negras esbeltas, lindas e sorridentes que Frida conheceu no primeiro dia. Parece que ela e Lucretia se tornaram boas amigas no mês anterior à expulsão de Lucretia. Alicia cortou suas tranças. Perdeu tanto peso, que Frida mal a reconheceu. Foi chamada pelo Serviço Social quando sua filha de cinco anos estava tumultuando as aulas na escola. A professora mandou a menina ao escritório do diretor. O diretor pediu a Alicia para ir buscá-la.

— Estava dez minutos atrasada — diz Alicia. — Disseram que eu cheirava a álcool. Eu estava trabalhando como garçonete na época. Fui até a escola de uniforme. Alguém derramou cerveja em mim naquele dia. Eles não acreditaram em mim quando eu disse que não bebo.

A srta. Gibson lembra Alicia para assumir a responsabilidade.

— Mas...

— Sem desculpas.

— Foi minha culpa — diz Alicia com os dentes cerrados. — Sou uma narcisista. Sou um perigo para meu filho.

Alicia e Margaret estão tão coradas, que poderiam estar brilhando. Margaret permanece imóvel. Alicia mexe na manga da roupa.

Frida se lembra de voltar da casa do namorado à uma da manhã quando tinha dezessete anos e encontrar os pais à sua espera. Ela e o namorado haviam adormecido assistindo a um filme. Seus pais não acreditaram nela. Ela se lembra do jeito como a mãe olhava para ela, como o pai não falou com ela por dias.

A srta. Gibson pede a Alicia e Margaret que confessem seu grau de contato sexual. Elas respondem a perguntas sobre carícias, carícias pesadas, penetração com dedos, sexo oral, se fizeram uma à outra chegar ao clímax.

As mães desviam os olhos. Está sempre subentendido que a escola considera as lésbicas não maternais.

Alicia começa a chorar.

— Nós nos beijamos um pouco. Só isso. Não machucamos ninguém. Nem vou falar mais com ela. Por favor! Por favor, não coloque isso no meu registro.

— Aprecio a sinceridade — diz a srta. Gibson —, mas o que não estou entendendo é por que você colocou seus desejos egoístas antes de sua maternidade. A solidão é uma forma de narcisismo. Uma mãe que está em harmonia com seu filho, que entende seu lugar na vida de seu filho e seu papel na sociedade, nunca é solitária. Ao cuidar de seu filho, todas as suas necessidades são satisfeitas. Que problemas podem ser resolvidos fugindo?

— Vocês vão levar minha filha de qualquer maneira — diz Margaret. — Por que vocês não admitem isso em vez de fingir que temos uma chance? Os pais adotivos da minha filha querem adotá-la. Eles não admitem, mas eu sei que querem. Já estão procurando jardins de infância. Vocês adorariam isso, não é? Querem que a gente fracasse para que possam pegá-los.

Frida derrama lágrimas na borda de sua xícara de café. Ela não se importa mais em beijar ou não. Está pensando na torre do sino, imaginando o quão rápido poderia subir os degraus, se o telhado é escorregadio, como seria a textura do pavimento contra seu rosto.

Quando é a vez dela, ela fala com a srta. Gibson como um penitente que se confessa a um padre.

— Eu deveria ter feito mais para protegê-la hoje. Essa é a parte que mais me incomoda. Ela estava com dor. Eu poderia ter evitado isso. Também me arrependo do meu tom. Mas, quando pedi ao filho de Tamara para se desculpar, ele riu de mim. Foi uma risada maligna. Uma gargalhada. Achei isso muito preocupante. Não sei onde ele aprendeu a se comportar assim. Sinto muito. Sou uma narcisista. Sou um perigo para minha filha. — Frida faz uma pausa. — Mas ela também é.

As mães olham para Tamara.

— Frida, não há necessidade de ser passivo-agressiva — diz a srta. Gibson. Tamara está sentada em frente a Frida no segundo anel do círculo. Seu delito original foi espancar o filho. Seu ex-marido a denunciou. Ela admite que sua boneca tem um problema de agressividade, mas Frida deveria estar prestando atenção.

Tamara aponta para Frida.

— Eu a vi olhando para longe.

— Desviei o olhar por um segundo.

— Um segundo é o suficiente. Você não aprendeu nada? Você estava deixando sua boneca brincar sozinha. Se estivesse prestando atenção...

— Senhoras! — diz a srta. Gibson. — Controlem-se.

— Cara, você está horrível. — No ônibus, Meryl abaixa a voz para um sussurro, diz a Frida que Tamara está falando merda. — Aquela mulher está chamando você de puta.

Frida sorri.

— Eu não sou uma puta, sou uma mãe ruim.

— Boa — diz Meryl.

— Eu tento — responde Frida. Elas se cumprimentam dando um soquinho com as mãos. — Estou preocupada com ela.

— Harriet?

— Emmanuelle. — O hematoma da boneca parece um problema de pele. Um círculo perfeito, roxo no centro cercado por um anel amarelo, depois por um anel verde. A contusão pulsa quando ela chora. Esta manhã, as instrutoras a encontraram chorando na sala de equipamentos. Elas não sabiam que chorar no modo de suspensão era possível. Frida perguntou se ela precisava de reparos. A srta. Russo disse que a contusão se curaria sozinha.

— O ferimento mais grave está aqui — disse ela apontando para o coração de Emmanuelle. — E aqui. — Ela apontou para a testa de Emmanuelle.

A srta. Gibson disse que a maneira como Frida falou com o filho de Tamara era indefensável. Tamara cometeu erros, mas Frida gritou. Nada justifica gritar com uma criança. Nada justifica assustá-la. Frida agiu impulsivamente. Extrapolou. Não deu espaço à Tamara para ser a mãe.

A juíza da Vara de Família deveria saber que gritar com o filho de Tamara é uma das coisas mais maternais que Frida já fez. Ela sempre quis que seus pais gritassem em seu nome, lembra-se de ter sido empurrada de cara em uma cerca de arame quando tinha oito anos, contar a seus pais sobre isso e eles não tomarem qualquer providência.

As viagens de ônibus perderam a novidade. Pelo resto da viagem, Frida e Meryl jogam seu jogo habitual, tentando adivinhar quais motoristas são trapaceiros, quais são alcoólatras, quais são cruéis com os animais, quais são pais ruins. Meryl desfaz seu rabo de cavalo e mostra a Frida a careca na parte de trás de sua cabeça. É do tamanho de uma moeda de vinte e cinco centavos, perfeitamente lisa. Quando ela não consegue dormir, cutuca a ferida. Arranha. Enche a si mesma de casquinhas. Está nervosa com o exame cerebral do próximo mês.

— Não quero que eles examinem minha cabeça. É assustador para cacete.

— Vai ficar tudo bem — diz Frida, embora ela também esteja nervosa. Não foram informadas a respeito do que o procedimento envolverá, apenas que o exame fará parte de suas avaliações de meio de ano, que suas bonecas também serão entrevistadas. Supostamente, as conselheiras emitirão um prognóstico para sua volta para casa.

Tendo completado as aulas de "Prevenindo o abandono doméstico", as lições antiabandono desta semana abordam a epidemia de crianças sendo deixadas em carros sem ventilação. Quatro minivans pretas percorrem de maneira errática o estacionamento de um armazém. As mães recebem fones de ouvido com uma tela que se encaixa no olho direito. Não importa qual imagem chamativa apareça na tela, elas devem superar a distração e manter o foco em sua boneca. As mães vão prender as bonecas em cadeirinhas e instalá-las no assento de um dos carros. Quando fizerem isso, terão dez minutos para remover a cadeirinha e correr para o posto de checagem num ponto no fim do estacionamento.

O fone de ouvido reproduz imagens de guerra, casais fazendo sexo, animais sendo torturados. As mães se chocam e cambaleiam. Linda tropeça e arranha as mãos. Beth colide com um retrovisor. Meryl é flagrada descansando a cabeça no volante.

Dias depois, a prática continua na chuva. As mães tentam não cair no asfalto molhado. Frida está no banco de trás cuidando de Emmanuelle quando o vídeo começa. A festa de aniversário de Harriet. Cinco crianças que não reconhece. Seus pais.

Frida para de respirar. Ela para de ouvir os gritos de Emmanuelle.

O vídeo foi gravado no telefone de alguém. Gust. Ele está narrando.

— Frida, sentimos sua falta — diz ele. — Aqui está Will. Will, diga olá.

Will acena. Ele está lá com o braço em volta de uma jovem. Susanna está segurando o bolo. Harriet aparece em close usando um chapéu de festa de papel, branco com listras de arco-íris. Os convidados cantam para ela. Gust e Susanna a ajudam a apagar sua vela número dois.

O vídeo muda para Gust e Harriet sentados em seu escritório. Na estante atrás deles, há um modelo 3D de um telhado verde em que ele trabalhou no Brooklyn. Harriet está esfregando os olhos. Parece que acabou de acordar de uma soneca. Gust pede a Harriet que conte a Frida sobre o bolo. Um bolo de amêndoa com mirtilos. Quem veio à festa? *Amigos. Tio Will.* Harriet ganhou uma bicicleta com rodinhas de papai e Sue-Sue.

Frida volta ao banco do motorista. Harriet parece magra e mal-humorada. Eles furaram as orelhas dela. Ela está usando brincos dourados. Novas roupas. Preto e cinza.

Gust mostra a Harriet uma foto emoldurada.

— Quem é? Esta é a mamãe. Lembra que falamos com ela alguns dias atrás? Ela parece um pouco diferente agora.

— Não — diz Harriet. — Não mamãe. Não em casa. Mamãe não volte! Eu quero Sue-Sue! Eu quero brincar! — Ela escorrega do colo de Gust.

Quando o apito soa, Frida permanece sentada. Ainda que o carro estivesse pegando fogo, não seria capaz de se mover. Gust e Harriet desaparecem da tela. Gust oferece a Harriet outro pedaço de bolo se ela falar com a mamãe. Ele pede que ela pare de bater nele.

— Eu sei que você está chateada — diz Gust. — Tudo bem ficar chateada. Eu sei que isso é difícil para você. Eu também não gosto.

Frida ignora a agitação cada vez mais desesperada de Emmanuelle no banco de trás. O vídeo é reproduzido em um loop contínuo. Ela percebe novos detalhes a cada vez. Os olhos de Harriet se estreitam enquanto ela se concentra nas velas, ela os fecha com força quando Gust e Susanna lhe mostram como fazer um pedido. Os adultos rindo, as crianças pegando pedaços de bolo. Seus rostos sujos de glacê. As serpentinas. Os balões, dourados desta vez. A nova garota de Will. Asiática. Japonesa, talvez. O vestido preto chique que ela usa. Susanna com tranças no cabelo. Harriet sorrindo para Susanna. A imagem fica borrada quando Gust entrega seu telefone para outra pessoa. Gust e Susanna se beijando atrás de Harriet.

Várias vezes, quando Frida olha para cima esperando ver suas colegas correndo pela chuva, percebe que também estão imóveis nos assentos do motorista.

O vídeo de Frida era o único com uma festa de aniversário, mas suas colegas assistiram a suas filhas escovando os dentes, tomando café da manhã, no parquinho, brincando com amigos e pais adotivos. A filha de Linda chorou assim que a mamãe foi mencionada. A filha de Beth correu da câmera. Ocean não falava.

Elas querem saber como a escola obteve os vídeos, o que foi dito aos responsáveis por suas crianças, se sabiam como os vídeos seriam usados. Frida diz que Gust nunca teria consentido se soubesse.

— Ele não faria isso comigo. Devem ter dito a ele que seria um presente.

O vídeo de Roxanne mostrava Isaac sozinho. Isaac comendo cenouras e vagens cozidas no vapor. Seus primeiros dentes nasceram. Sua mãe adotiva o filmou tateando pelos móveis da sala de estar dela. Ele dará seus primeiros passos a qualquer momento. Em breve, ele não será mais um bebê.

A mãe adotiva de Isaac é uma mulher branca, uma professora de Drexel, na casa dos cinquenta.

— Ela o mantém na creche em tempo integral — diz Roxanne. — Qual é o sentido de ficar com ele se Isaac está com outras pessoas por quarenta malditas horas por semana? Eu não o manteria na creche. Eu mesma cuidaria dele. Como posso saber que tipo de lugar ela escolheu? Ele é provavelmente o único garoto negro.

Roxanne diz que vai morrer se aquela senhora ficar com ele.

— Você não quer dizer isso. Ela não vai ficar com ele, certo? — Frida pede que pare com isso. As mães que expressam pensamentos negativos são colocadas em uma lista de vigilância e obrigadas a participar de aconselhamento extra. Quaisquer indícios de ideação suicida são adicionados aos seus registros.

Mas, logo após o dia dos vídeos caseiros, a lista de observação cresce. As mães apaixonadas se tornam descuidadas. Um casal é pego abraçado em um armário de suprimentos. Outro é pego de mãos dadas. Semanas antes, a tentativa frustrada de fuga de Margaret e Alicia repercutiu nos outros romances. Os casais se aproximaram ou se separaram. Há rumores de que a escola está desenvolvendo um seminário noturno sobre solidão. Como gerenciá-la. Como evitá-la. Por que a solidão não tem lugar aqui, nem em lugar algum, na vida de uma mãe.

Dentro do armazém, os exercícios são combinados em pistas de obstáculos. Frida e suas colegas agora carregam suas bonecas da casa para o carro e do carro para a casa. Devem correr e falar, correr e dar carinho.

A conselheira de Frida acha que ela não se importa mais. Em seu melhor tempo, fica em terceiro lugar. A única razão pela qual ela não está em quarto lugar é porque Meryl começou a ter ataques de pânico.

— Não vou deixar minha filha morrer em um carro superaquecido — diz Frida. — Eu nunca faria isso.

Por que a escola pode torturá-las? Com vídeos de seus próprios filhos?

— *Tortura* não é uma palavra para se usar levianamente — diz a conselheira. — Estamos colocando vocês em cenários de alta pressão para que possamos ver que tipo de mãe cada uma de vocês é. A maioria das pessoas pode ser um bom pai, uma boa mãe se não estiver sob nenhum estresse. Precisamos saber que você pode lidar com conflitos. Cada dia é uma pista de obstáculos para alguém que cuida de uma criança.

O dia de avaliação da Unidade 3 cai na primeira segunda-feira de maio. No estacionamento do armazém, Frida, Meryl, Beth e Linda desabotoam seus uniformes até onde a decência permite e arregaçam as pernas de seus macacões. Elas se sentam no chão e erguem o rosto na direção do sol.

— Não fico tão pálida desde que era bebê — diz Linda.

Ela começa a contar como costumava tomar sol na varanda dos fundos da casa de seus pais, mas faz uma pausa quando vê as pernas de Beth. Suas cicatrizes. Linda assobia. Ela pergunta quando começou. Ela tem medo de facas.

Beth diz que não usava facas, usava lâminas de barbear. Ela agora descreve seu corte como um ato de egoísmo.

— Se eu soubesse a dor que estava causando aos meus pais — começa Beth.

Meryl dá um soco no braço dela.

— Você não precisa ser falsa com a gente.

— Estou me arrependendo — sussurra Beth.

Beth vê as pernas quase sem pelos de Frida e exclama. Desde que Frida parou de se depilar, seus pelos das pernas ficaram escassos, embora ela ainda solicite o privilégio de uma lâmina de depilação e uma pinça para controlar os pelos nas axilas e no lábio superior. Ela não corta o cabelo desde novembro. Seu rabo de cavalo alcança a metade das costas.

Elas se revezam passando as mãos pelas panturrilhas de Frida, amaldiçoando as vantagens injustas dos asiáticos. Beth e Linda têm pelos grossos nas pernas.

Apenas as pernas de Meryl são raspadas. Linda quer saber para quem ela faz isso — um homem ou uma mulher, um guarda ou outra mãe.

— Não é da sua conta — diz Meryl.

Além do estacionamento há mais do bosque. Uma área residencial. Um shopping. Grandes lojas. A rodovia é uma importante rota de caminhões. Vários caminhões da FedEx passam por ali. Alguns da Fresh Direct, UPS. A vida em que Frida ganhava dinheiro e comprava mercadorias na internet parece tão distante quanto sua infância.

Ela não fala com Harriet há nove semanas, não sabe como Harriet está se comportando com a assistente social e a psicóloga infantil. Assusta-a pensar na conselheira entrevistando Emmanuelle. Há dias em que a boneca responde não a todas as perguntas. Harriet também era assim. "Não" veio antes de "tá" e depois veio o "sim". Quinze outras palavras foram ditas antes de Harriet dizer "mamãe".

Linda é chamada ao armazém. Ela abraça cada uma delas antes de entrar, parece genuinamente nervosa.

Desejam-lhe sorte.

— Corra como se alguém estivesse tentando matar você — diz Meryl.

Ela e Beth optam por passar o tempo trançando o cabelo uma da outra.

— Frida, venha se sentar conosco — diz Beth.

Frida toma seu lugar na frente de Beth. Meryl vive lhe dizendo para ser mais legal, para não chamar mais Beth de má influência.

— Tenho direito a ter duas amigas aqui — disse Meryl a ela.

Quando Beth começa a trançar, Frida se sente aliviada. Faz tanto tempo desde que outro adulto, um humano, tocou sua cabeça. Naquela noite na casa de Will, ele brincou com as pontas do cabelo dela, comparou a textura com cerdas de pincel. Gust costumava acariciar sua cabeça quando ela estava com problemas para dormir. Ela imagina as mãos dele na vasta cabeleira ruiva de Susanna e se pergunta se ele sempre gostou de ruivas, se ela, a mãe de sua filha, era a anomalia, o desvio, quando o tempo todo ele estava procurando por Susanna. Eles pareciam tão felizes na festa de aniversário.

Elas trocam. Frida penteia o cabelo liso de Beth com os dedos. Beth pede a Frida para massagear seu pescoço. Quando acordou esta manhã, não conseguia virar a cabeça. Logo, as três estão trançando e massageando o pescoço e os ombros umas das outras, sentadas uma na frente da outra.

Se fossem colegiais, fariam correntes de trevo. Frida se lembra de passar os recreios sozinha e amarrar a ponta de uma erva daninha florida na ponta da próxima. Ela nunca se sentiu tão próxima delas. Uma irmandade baseada na incompetência compartilhada. Se isso fosse outra vida, tiraria uma foto agora. Meryl descansando a cabeça no ombro de Beth. Beth franzindo o nariz. Sob esta luz, ninguém seria capaz de dizer que estão perdendo a esperança. Que são mulheres perigosas. Mulheres que não conseguem se controlar. Que não sabem o jeito certo de amar.

Capítulo 13

As bonecas relaxam os corpos, deixando-os inertes e pesados, como manifestantes que resistem à prisão. As instrutoras trabalham juntas para tirar cada boneca da sala de equipamentos. A srta. Russo logo machuca um músculo na parte inferior das costas.

Emmanuelle tem um rastro de lágrimas secas abaixo de cada olho. Frida limpa o rosto dela com saliva. Ela escolhe uma estação perto da janela e convida Emmanuelle para se sentar em seu colo.

— Entendemos que ontem foi um dia intenso — diz a srta. Russo. — Meninas, vocês podem sentir medo. Vocês podem se sentir confusas. É muito difícil ajudar cada mamãe a aprender como mantê-las seguras. Muito obrigada pelo seu trabalho árduo. — Ela lidera a classe em uma salva de palmas.

As bonecas permanecem magoadas. No dia anterior, Meryl quebrou seu fone de ouvido com raiva. Beth vomitou. Apenas Linda completou a avaliação.

A nova palavra de Emmanuelle é *azul*. Além disso, *bochecha*, como para dizer "eu quero um beijo".

Depois que Frida beija uma bochecha, Emmanuelle aponta para a outra.

Elas têm um momento para abraços sem contagem de tempo, uma transição antes de começar a próxima unidade. Frida cobre os olhos e brinca com

Emmanuelle de "cadê a mamãe". Elas cantam a música "ABC". Frida canta "Brilha, brilha, estrelinha", explica que as músicas têm a mesma melodia.

Emmanuelle pronuncia *brilha* como *trilha*. Ela ergue as mãos para se aproximar das estrelas, seguindo o exemplo de Frida.

Enquanto cantam, Frida percebe que Emmanuelle nunca viu estrelas. Harriet provavelmente também não. Ainda não. Frida tinha notado isso durante suas primeiras noites aqui. Que estavam longe o suficiente da cidade para ver estrelas. Constelações.

— Desculpe-me, eu caí ontem. Você sentiu medo, não foi?

Emmanuelle assente.

Frida escorregou alguns metros antes da linha de chegada. É uma mãe ruim por cair. É uma mãe ruim por xingar. É uma mãe ruim por terminar em terceiro lugar, por perder mais um mês de permissão para usar o telefone.

— Você sabe por que mamãe precisou correr tanto?

— Teste.

— E por que as mamães fazem testes?

—Aprender. — Emmanuelle pronuncia o *r* com uma sílaba extra, acrescentando um *e* no fim da palavra. — *Aprendere* — repete ela. A boneca se levanta e beija Frida na testa, envolvendo o rosto dela com as mãos.

Ela fala devagar.

— Eu sei que é difícil — diz Emmanuelle. — Vou ajudar você.

Sua sala de aula foi reconfigurada com quatro estações maternais, cada uma com um tapete circular multicolorido trançado. Elas recebem uma sacola de lona contendo meia dúzia de brinquedos. É o primeiro dia da Unidade 4: Fundamentos do Brincar.

As bonecas podem pegar um brinquedo, não todos os brinquedos, instrui a srta. Khoury. As mães vão ajudar as bonecas a fazerem escolhas. A srta. Khoury demonstra com a boneca de Linda. Depois que ela pega todos os seis brinquedos em suas mãos, a srta. Khoury diz:

— Querida, isso é demais. — Ela se abaixa e fala com a boneca na altura dos olhos. — Percebo que você está me dizendo que quer muitas coisas neste momento, mas agora estamos brincando com apenas um brinquedo.

A srta. Khoury ergue um dedo para dar ênfase. A boneca continua a acumular todos os seis. A srta. Khoury começa a ensiná-la a classificar, a determinar suas preferências. Qual brinquedo está chamando a atenção dela? Do que ela precisa agora? Qual brinquedo atenderá a essas necessidades?

Em comparação, as regras das unidades anteriores quase faziam sentido. A boneca estava chorando, e sua mãe a confortava. A boneca estava doente, e sua mãe a ajudava a ficar boa. Mas não há uma boa razão, Frida sabe, para que as bonecas só possam brincar com um brinquedo de cada vez.

A parte mais difícil é manter o tom alegre e maravilhado. Falando apenas em exclamações. Criando histórias em tempo real. Resistindo ao tédio. Brincar é mais difícil do que correr. Não há uma sequência numerada de passos, nenhum protocolo específico a seguir. Brincar requer criatividade. Cada mãe deve se conectar com sua criança interior.

Modele o comportamento que você espera alcançar, dizem as instrutoras.

Frida e Roxanne agora conversam todas as noites depois que as luzes se apagam. Frida conta a Roxanne que cresceu assistindo a novelas com a avó. Não existia essa história de se sentar com a criança e cronometrar o tempo passado em uma brincadeira. Ela admite que costumava dar uns amassos com suas bonecas, o que Roxanne acha profundamente estranho. Elas listam os brinquedos que comprarão para Harriet e Isaac em novembro, relembram os brinquedos favoritos da infância. Roxanne fazia roupas para suas Barbies usando lenços de papel. Vestidos de baile feitos de tecido e fita. Ela vai deixar Isaac brincar com Barbies quando ele for mais velho, quer que ele desenvolva seu lado feminino. Vai colocá-lo em aulas de dança. Ele vai aprender a tocar violoncelo.

De volta à sala de aula, Frida e Emmanuelle levam muitos dias para conseguir quinze minutos de brincadeira concentrada com um único brinquedo. Frida barganha. Promete beijos a Emmanuelle se a boneca cooperar.

— Viu como suas amigas estão brincando bem? Você não quer ser legal como elas?

A srta. Khoury critica essa abordagem. Frida não pode constranger a boneca para que ela brinque. Constranger a criança não é amar.

— Talvez isso tenha funcionado nas culturas em que você e eu crescemos, mas estamos nos Estados Unidos — diz a srta. Khoury. Uma mãe americana deve inspirar sentimentos de esperança, não arrependimento.

No ginásio, há vinte estações delimitadas por divisórias de tecido preto, cada uma com uma cadeira e uma mesa, um monitor e uma máquina cinza sobre rodas de onde pendem fios. Frida olha para a câmera acima da tela. Ela esperava uma máquina de ressonância magnética ou agulhas, um capacete, algo potente e futurista. Ela fecha os olhos enquanto uma das mulheres de jaleco rosa limpa seu rosto com um algodão embebido em adstringente e coloca sensores em sua testa, têmporas, bochechas e pescoço. Ela desabotoa o uniforme e permite que a mulher cole um sensor em seu coração.

— Deixe seus pensamentos virem naturalmente — diz a mulher, entregando a Frida um conjunto de fones de ouvido.

Na tela, é o primeiro dia de aula. O emparelhamento de mães e bonecas. Pela próxima meia hora, Frida assiste a clipes dos últimos seis meses. Uma sequência destacando seus fracassos. O treino do afeto. O primeiro dia de avaliação. A primeira vez trocando o líquido azul. O incidente do beliscão. A roda de conversa. As aulas de culinária em que Frida se cortava o tempo todo, os remédios que ela administrava incorretamente. O armazém. A Páscoa. Roda de conversa novamente. Emmanuelle chorando na sala de equipamentos.

Sua garganta está seca. Seu pulso, disparado. Ela sente dores no estômago. Ninguém lhes disse o que seriam esses exames. Quando ela perguntou à conselheira como se preparar, a conselheira disse que a preparação não era possível.

— Tudo de que você precisa já deve estar dentro de você.

Quando Emmanuelle é beliscada ou atingida, sente-se particularmente assustada ou está distraída, a câmera dá um zoom em seu rosto e mostra sua resposta em câmera lenta, dando a Frida tempo para considerar seu sofrimento. Sua angústia atinge Frida quase tanto quanto a de Harriet.

Ela se sente responsável. Alguns clipes são tirados da câmera interna de Emmanuelle, mostrando Frida exatamente como a boneca a vê. Frida se vê envelhecendo. Ela se vê tendo dificuldades.

O filme termina com uma montagem de carinho, mas, mesmo em cenas em que as duas se beijam, se abraçam ou brincam juntas, Frida parece aflita e triste. Ela volta para a aula com marcas de sensores em seu rosto. Emmanuelle adora os "pontinhos-pontinhos" na pele de Frida. Ela pressiona o polegar em cada círculo, rindo.

Na hora do jantar, todas as mães exibem as mesmas marcas.

No Dia das Mães, as permissões para usar o telefone são canceladas para todas, uma decisão que só é anunciada no café da manhã. Entre as refeições, as mães devem permanecer em seus quartos e escrever em seus diários de expiação. Elas são incentivadas a refletir sobre suas deficiências remanescentes e seus filhos ausentes, a se lembrarem do último Dia das Mães e pensar no do próximo ano, além de agradecer às mulheres que as criaram.

— Sou uma mãe ruim porque... — escreve Frida. Ela rapidamente preenche cinco páginas.

Frida tenta visualizar o sucesso. É junho e ela está ligando para Harriet. É dezembro e ela e Harriet se reúnem. Harriet está puxando as abas do chapéu de Frida. Harriet não gosta mais de corujas, ela mudou para pinguins. Ela leva Harriet para tomar uma vacina contra a gripe. Gust deixa Harriet passar duas semanas com ela. Elas voam para Chicago nas festas de fim de ano para ver Gonggong e Popo. No avião, a postura e as boas maneiras de Harriet impressionam os comissários de bordo.

Ela tenta imaginar como Harriet estará em dezembro, mas a Harriet que ela imagina é a do verão anterior, antes de seu péssimo dia, quando ela tinha tempo de estudar o rosto da filha. Ela não sabe qual é a aparência de Harriet neste momento, e isso em si parece ser seu crime. Ela não está lá para ver a filha crescer.

As janelas estão abertas esta manhã. Há uma brisa. O dia claro e seco acena. Alguns domingos, ela e Roxanne tentam caminhar pelo campus para ver até onde conseguem chegar. O que a juíza da Vara de Família fará com sua participação nas rodas de conversa e os machucados de Emmanuelle? O braço da boneca ainda está amassado. Seu hematoma ainda é visível. A mulher nos vídeos não tem nada a ver com a forma como ela cuida de Harriet. Como a escola pode esperar que ela ame Emmanuelle como à própria filha? Comportar-se naturalmente, quando não há nada de natural nessas circunstâncias?

Roxanne rasga páginas de seu diário e as joga no chão. Ela está chorando. Frida vai ao banheiro e pega um punhado de papel higiênico, que deixa na mesa de Roxanne. Isaac fez um ano esta semana. Roxanne queria cantar para ele hoje.

— Não chore — sussurra Frida, abraçando Roxanne pelos ombros.

Roxanne agradece. Frida pega os papéis descartados e empilha as páginas rasgadas. Quando Roxanne tenta voltar para a cama, Frida não a deixa.

Em seu diário de expiação, Frida escreve que Susanna merece ser celebrada hoje, que ela também é mãe de Harriet.

Harriet provavelmente sabe dizer o próprio nome agora. Ela deve estar falando sentenças completas. *Mamãe, eu amo você galáxias. Mamãe, eu te amo mais. Mamãe, volte para casa. Você é minha única mãe. Você é minha mãe de verdade. Mamãe, sinto sua falta.*

A escola revisou o exame do cérebro de Frida para ver quais vias neurais se acenderam, procurando por oscilações nas vias de empatia e cuidado. Embora tenham detectado alguns sinais atenuados, os resultados sugeriram que sua capacidade de sentimento materno e apego é limitada. Sua contagem de palavras continua sendo uma das melhores da classe, mas a análise de suas expressões, pulsação, temperatura, contato visual, padrões de piscar e toque indicava medo e raiva residuais. Culpa. Confusão. Ansiedade. Ambivalência.

— A ambivalência nesta fase é muito preocupante — disse a conselheira. A entrevista da conselheira com Emmanuelle foi igualmente inconclusiva. Quando perguntada se ela amava a mamãe, Emmanuelle disse sim, depois não, depois sim de novo, depois não de novo. Ela parou de responder. A conselheira perguntou se ela se sentia segura com a mamãe, se a mamãe atendia às suas necessidades, se ela sentia falta da mamãe quando estava na sala de equipamentos. Quando pressionada por uma resposta, a boneca começou a chorar.

A conselheira disse que Frida possui a inteligência para ser mãe, mas talvez não o temperamento.

— Mas eu sou mãe. Eu sou a mãe de Harriet.

— Mas é do interesse de Harriet ser cuidada por você? — perguntou a conselheira.

O prognóstico de retorno é de razoável a ruim ou apenas ruim para quase todas. Frida está na primeira categoria. Há algumas exceções, cerca de dezesseis no total, incluindo Linda e Charisse, uma das mulheres brancas de meia-idade — a loira natural com voz de fumante que é conhecida por cantar músicas de Wilson Phillips no chuveiro, sendo "Hold On" sua favorita. Uma vez que seus nomes se tornaram conhecidos, as mais bem-sucedidas no programa são castigadas pelas outras mães. Alguém rasga os uniformes de Linda. Alguém espalha formigas na cama de Charisse. Charisse liga para a linha direta para denunciar as formigas. Ela fica desconfiada de sua colega de quarto, suas colegas de turma. Reclama com a srta. Gibson e a srta. Knight. Suas colegas de classe começam a se referir a ela como "a queixosa", ainda que supostamente nenhuma de suas queixas tenha sido adicionada ao seu registro.

As mães imaginam o que fariam se tivessem acesso a facas, tesouras ou produtos químicos. Nem todas chegaram à escola como mulheres violentas, mas agora, alcançando o sétimo mês, todas parecem ser capazes de esfaquear alguém.

Mas a sorte pode mudar, mesmo aqui. Depois de um surpreendente segundo lugar na Unidade 4, Frida começa a Unidade 5: Brincadeiras – Níveis Intermediário e Avançado, em um estado de alegre competência. Emmanuelle de alguma forma decidiu cooperar no dia da avaliação. Ela brincou com um brinquedo de cada vez. Guardou-o quando solicitado.

No início de junho, Frida a elogia. Emmanuelle começa a aparecer nos sonhos de Frida como uma garota real. Em seus sonhos, Emmanuelle e

Harriet vagam pelo campus de mãos dadas. Elas descem as colinas. Perseguem uma à outra pelo pátio de pedra. Usam vestidos azuis, sapatos e presilhas combinando. Correm juntas pela floresta.

Frida ensina Emmanuelle a dizer "Amo você" em mandarim. Ensina Emmanuelle a dizer *wawa*, bonequinha — um termo carinhoso que ela nunca usou com Harriet.

Ela começa a dormir normalmente, come mais, volta a ganhar peso. A comida volta a ter sabor. Quando toma banho, sente-se viva com a água batendo em seu rosto. Na aula, seu corpo está vivo ao lado do corpo de Emmanuelle. Ela se doa de bom grado, e o que é trocado entre elas é amor.

À noite, prepara seus tópicos de discussão. Ela não vai mencionar o vídeo de aniversário, não vai perguntar sobre carboidratos, protetor solar ou chapéus de sol, se Gust e Susanna levaram Harriet para a praia, se começaram as aulas de natação, aonde vão nas férias. Ela vai usar seu "amo você" de maneira prudente.

Elas começam a praticar em grupos de quatro. Duas bonecas recebem um brinquedo. Quando a briga começa, as mães devem separar as bonecas e ajudá-las a entender seus sentimentos. Elas praticam o compartilhamento e a alternância para brincar. Aprendem a lidar com a agressão relacionada aos brinquedos. Praticam a reconciliação.

Enquanto as bonecas brigam por brinquedos, Frida se preocupa com a passividade de Emmanuelle e que isso conte pontos contra ela. Fica desapontada ao perceber que sua boneca se encaixa em estereótipos raciais, uma falta de imaginação por parte de seus criadores. Quando Emmanuelle brinca com outras bonecas, ela é dócil a ponto de ser subserviente. É sempre o cabelo dela sendo puxado, seu brinquedo sendo roubado. Quando as outras bonecas a tapeiam, ela simplesmente não reage.

Frida odeia ver Emmanuelle ser atingida. As brigas trazem lembranças de sua própria infância, quando não sabia como se defender, quando ser uma chinesa inteligente com cara de lua parecia a pior coisa do mundo. Ela muitas vezes se olhava no espelho e desejava ter nascido uma menininha branca. Seus pais a mandavam para o quarto por chorar, embora ela sofresse bullying diariamente. Seus colegas de classe não só a empurraram contra a cerca de arame, como uma vez a perseguiram da escola até em casa atirando tomates nela. O suco secou em seu cabelo. Naquela noite, quando sua mãe deu banho nela, havia uma camada de sementes de tomate flutuando na água. Ela não se lembra de nenhum abraço ou beijo especial. Não se lembra de sua mãe denunciando os valentões. A vida teria sido diferente se seus pais a tivessem abraçado, mas ela não os culpará. Não era uma linha reta de lá até aqui.

Frida costumava pensar que era essa uma razão para não ter um filho. Parecia muito doloroso ver um filho ou filha suportar a crueldade de outras crianças. Mas ela disse a Gust que seria diferente. Ela seria uma mãe que sempre diria: "Amo você". Nunca seria fria. Nunca faria Harriet ficar contra uma parede para ser punida. Se Harriet fosse intimidada, se fosse empurrada ou ridicularizada, Frida estaria lá para dizer que as coisas iriam melhorar. Ligaria para os outros pais, confrontaria as outras crianças. Mas onde ela está agora e onde está Harriet? Já se passaram mais de nove meses desde que ela foi levada.

As regras haviam mudado de novo. As permissões de Frida para usar o telefone permanecem suspensas. Antes que possa entrar em contato com Harriet, deve terminar entre as duas primeiras colocadas da Unidade 5. A escola precisa ver outro conjunto de resultados para ter certeza de que seu desempenho foi devido a habilidade, não a sorte.

Na noite anterior ao dia da avaliação, a escola tem o primeiro suicídio. As mães só descobrem de manhã. A suicida foi Margaret, uma das mães flagradas beijando atrás das quadras de tênis. Disseram que ela tentou voltar com Alicia, que a rejeitou. Disseram que ela estava em apuros porque sua boneca de quatro anos não tinha aprendido a ler ainda. Disseram que os pais adotivos de seu filho o devolveram porque eles tiveram seu próprio bebê biológico, e a escola não disse a Margaret para onde ele foi transferido.

Alicia e vários colegas de Margaret sofreram retaliações por chorar no café da manhã. Beth diz que aquilo é um imenso gatilho para ela. Linda diz que é um mau presságio. Ela pede que fiquem de mãos dadas. Juntas, elas rezam. Por Margaret e sua alma, que descanse em paz. Pelo filho de Margaret, Robbie. Pelos pais de Margaret, especialmente sua mãe. Por seus avós. Por seus irmãos.

— Por Alicia — diz Meryl.

— Pela boneca de Margaret — acrescenta Beth. — Esse menino vai ficar tão confuso.

Meryl diz que a boneca será apagada.

— Mas ela foi sua primeira mãe — diz Frida. — Ele não vai esquecê-la.

— Claro, diga isso a si mesma.

Frida observa Alicia chorar. Margaret tinha apenas vinte e cinco anos. Tanto ela como Alicia foram colocadas na lista de vigilância semanas atrás. Será a srta. Gibson quem ligará para a família de Margaret, ou será a diretora-executiva, a srta. Knight? O pensamento de qualquer uma delas dando condolências aos enlutados faz Frida se sentir impotente e irada. Imagina seus pais recebendo aquela ligação, imagina se tal ligação os mandaria para o hospital. Ela os imaginou contando a Gust, Gust contando a Harriet. O perigo nunca pareceu tão real. O menino que se matou durante o primeiro ano na universidade era um estranho. A garota que se enforcou durante a pós-graduação era alguém que ela conhecia apenas de nome. Frida não havia percebido que ela e Margaret tinham algo em comum além de seus filhos tomados.

As avaliações devem ser feitas em duplas. Há três estações, um brinquedo por tapete. A estação um tem um fantoche de sapo. A estação dois tem um saco de blocos de encaixar. A estação três tem um laptop de brinquedo. As duas bonecas devem passar dez minutos consecutivos brincando de maneira pacífica em cada estação.

Suas mães devem lidar com o transtorno emocional, separar brigas, estabelecer limites apropriados e transmitir sabedoria sobre compartilhamento, alternância, paciência, generosidade e valores comunitários.

Beth fará dupla com Meryl, Frida com Linda. Frida não pode deixar Linda vencer. A empatia arruinará suas chances. Gabriel foi encontrado há alguns dias. Ele foi preso enquanto furtava em um posto de gasolina. Linda está preocupada que ele seja julgado como um adulto, que brigue no reformatório e vá parar na solitária, que seja transferido para a prisão de adultos. Que ele continue fodendo com a própria vida e fique no sistema prisional para sempre.

Emmanuelle se agarra à perna de Frida. Ela é sensível. Um cata-vento. Um anel com pedra de humor. Ela pode sentir o nervosismo de Frida.

Frida e Linda e suas respectivas bonecas vão para o centro.

A srta. Khoury segura o fantoche de sapo no alto para que nenhuma boneca possa alcançá-lo.

Frida diz a Emmanuelle para não ter medo. Ela diz:

— Mamãe acredita em você. Mamãe ama você. — Então, ela sussurra: — Eu amo você até as galáxias.

Ela desvia o olhar, horrorizada. Deveria preservar essa parte de sua vida. Quão difícil teria sido honrar seu segredo, sua palavra mágica? Nem mesmo Gust e Susanna dizem isso. Se pudesse trocar de lugar com Margaret, ela o faria. Deveria ser o corpo dela batendo na calçada, o corpo dela sendo carregado para longe deste lugar.

— Galáá-quicias? — Emmanuelle experimenta a nova palavra.

A srta. Russo pergunta se Frida está pronta. Linda acaricia a cabeça de sua boneca como se estivesse se preparando para soltar um pit-bull. Meryl e Beth dizem palavras de encorajamento.

Frida abaixa a cabeça e abraça Emmanuelle.

— Sou uma mãe ruim — diz ela. — Mas estou aprendendo a ser boa.

CAPÍTULO 14

SOB AS TENDAS brancas no gramado, há mesas compridas com toalhas xadrezes vermelhas e brancas e cadeiras dobráveis. Uma barraca para comida de boneca. Uma para comida humana. A escola montou estações de atividades: jogar a ferradura, pufes, *frisbees*, bambolês.

Estão chamando isso de piquenique dos pais ruins. Oficialmente é um churrasco de 4 de Julho. Elas finalmente conhecerão os pais, seus camaradas. Embora a escola não pudesse ter previsto essa sequência de eventos, o piquenique é um incentivo moral oportuno após o suicídio de Margaret. Supostamente, poderão relaxar. Terão uma rara tarde sem aulas. Ainda serão filmados, mas as palavras não serão contadas, e as câmeras internas das bonecas serão desligadas.

— Nosso presente para vocês — diz a srta. Khoury esta manhã, observando que algumas mães responderam à pressão de maneiras incrivelmente egoístas. Hoje é apenas um quebra-gelo. No dia seguinte, elas serão levadas de ônibus para a escola dos pais para começar a Unidade 6: Socialização.

Todo mundo assiste ansiosamente enquanto os ônibus param no estacionamento da College Avenue. Frida se lembra daqueles musicais da MGM dos anos 1950. *Sete noivas para sete irmãos*. Mas há apenas dois ônibus. Elas superam os pais em uma proporção de três para um. Como elas, os pais vestem uniformes azul-marinho e botas de trabalho. A maioria dos pais não é branca. A maioria parece estar em seus vinte e trinta anos. Um deles é um adolescente segurando uma criança. Eles são mais jovens do que Frida esperava. Se visse a maioria deles na rua, ela nunca adivinharia que tinham filhos. Em Nova York, certa vez ela foi a um encontro às cegas com um estudante de pós-graduação de vinte e cinco anos cujo convite ela aceitou por impulso. Ela era apenas seis anos mais velha na época, mas os homens gostavam de lhe contar coisas, e, quando o jovem lhe contou sobre seu gêmeo morto e que fugiu de casa aos quatorze anos, ela quis colocar um cobertor em volta dele e lhe dar biscoitos. Ela sente o mesmo impulso protetor agora.

— Quem eles? — pergunta Emmanuelle. Frida a lembra dos pais que viram nos livros. Papais guaxinins, papais ursos e papais coelhos. Estes são papais humanos. Ela conta a Emmanuelle sobre famílias com dois adultos cuidando das crianças.

A srta. Knight percorre a multidão em um vestido de estrelas e listras. Sua contraparte, a srta. Holmes, também está presente. As duas diretoras-executivas se abraçam e não tocam seus rostos ao se beijarem. De longe, a srta. Holmes, igualmente branca, igualmente escultural, parece ter se permitido envelhecer naturalmente. Ela tem uma mecha branca parecida com a de Susan Sontag em seu cabelo escuro, não usa maquiagem, não usa joias, traz seu jaleco rosa solto sobre os ombros. As cuidadoras dos pais são todas do sexo feminino, todas com jalecos rosa. Alguns pais e instrutoras parecem suspeitosamente íntimos.

As mães e os pais mais jovens se aproximam. Os pais fazem fila na barraca de comida de boneca e começam a se misturar cautelosamente, todos olhando por cima dos ombros e sussurrando. Alguns pais se apresentam pelo nome e pelo delito antes de perceberem que não precisam.

Ninguém menciona Margaret. Frida tem pensado no filho de Margaret, imaginando se já lhe contaram, quem vai acompanhá-lo ao funeral — se ele puder comparecer — e se a cerimônia será com o caixão fechado. Ela não fala com Harriet há quatro meses. Alguém precisa dizer a Harriet que mamãe vai ligar em breve — neste fim de semana, se a conselheira permitir. Ela terminou em segundo lugar na avaliação da Unidade 5: Brincadeiras — níveis intermediário e avançado no dia anterior, mas sabe que é muito cedo para se empolgar.

Ela carrega Emmanuelle para a barraca de comida de boneca.

— Mamãe, estou nervosa. — Emmanuelle esconde o rosto.

Frida diz a ela para não se preocupar. Para distraí-la, Frida acena para a boneca na frente delas na fila, um menino que está sentado nos ombros do pai.

Eles torcem o pescoço.

— No alto — diz Emmanuelle.

O pai deve ter entre 1,90 m e 1,95 m. Emmanuelle pergunta se ele é uma girafa. O pai a escuta e ri. Ele se vira e se apresenta. *Tucker*. Frida aperta a mão dele. Sua voz falha quando ela diz *olá*. A palma da mão do homem é macia, muito mais macia que a dela. Ela não conhece um homem que não seja guarda desde novembro passado.

O filho-boneca de Tucker, Jeremy, é um menino moreno-pálido e gordinho, de três anos, com um corte de cabelo estilo tigela e o olhar de um *serial killer*. Tucker o coloca no chão. Emmanuelle acena. Jeremy cutuca o braço dela. Emmanuelle toca sua mão. Jeremy a abraça rudemente, então tenta enfiar o punho inteiro na boca de Emmanuelle.

— Opa, muito rude — diz Frida.

Tucker pede a Jeremy que seja gentil.

Eles fazem contato visual um com o outro em vez de com suas bonecas.

Frida o encara e o encara. Tucker tem a idade dela, talvez mais, um homem branco de quarenta e poucos anos com o corpo curvado de um leitor. Seu cabelo liso é principalmente grisalho e cai sobre a testa. Foi cortado ao acaso. Quando ele sorri, seus olhos quase desaparecem. Seu sorriso é fácil. É mais magro e menos atraente do que Will, mais enrugado do que Gust, tem enormes dentes retos que dão ao seu rosto um ar equino.

Ela procura uma aliança de casamento, lembra-se da proibição de usarem joias, precisa encontrar uma maneira de perguntar. Emmanuelle percebe que ela está corando.

— Por que você tão quente, mamãe? Você bem?

— Estou bem.

Tucker também está corando. Uma reação adequada, ela pensa, para um encontro de uniforme junto a uma barraca com comida azul.

Há cachorros-quentes, biscoitos, fatias de melancia, sanduíches de sorvete, picolés, tudo azul. As bonecas devem ser alimentadas primeiro.

Frida e Tucker levam suas bonecas para um canto vazio da barraca. A autossegregação dos pais é desanimadora. Pais latinos fazem a corte às mães latinas. O solitário pai branco de cinquenta e poucos anos encontrou o trio de mulheres brancas de meia-idade. Sua filha boneca adolescente parece mortificada. As lésbicas conhecidas na comunidade permanecem afastadas. Frida e as outras mães envolvidas em socialização inter-racial, especialmente as mães brancas flertando com pais negros, recebem olhares raivosos. Frida se sente culpada, mas, se Roxanne ou qualquer outra pessoa a questionar, ela dirá que Tucker estava simplesmente na fila e que não se trata de uma manifestação de fascínio pela cultura branca. A maioria dos pais negros e latinos é muito jovem, a maioria dos pais brancos, muito esquisita. Não há pais asiáticos.

As bocas de Emmanuelle e Jeremy estão melecadas de azul. Tucker e Frida falam sobre suas bonecas, se suas bonecas são comumente tímidas com estranhos, como se comportaram esta manhã, como costumam se comportar na aula. Mesmo conversando sobre comida azul, ela se surpreende ao descobrir que se sente segura com ele, gosta de sua voz profunda e do jeito que ele a ouve. Ela pergunta se os pais têm boa comida ou mais privacidade, se eles têm aconselhamento na sexta-feira e equipe de limpeza no sábado, como comemoraram o Dia dos Pais, se houve romances, lesões, suicídios ou expulsões.

— Já tivemos um. Um suicídio, quero dizer. — Ela não acrescenta que poderia ser a próxima.

— Nós ainda não — diz Tucker. — Eu sinto muito. Receba minhas condolências.

— Eu não a conhecia muito bem. Eu queria me sentir mais triste. É difícil sentir qualquer coisa aqui. — Ela admite que seu desapego a faz se sentir egoísta.

— Você não parece egoísta.

Frida sorri.

— Você não me conhece.

Tucker responde alegremente às perguntas dela sobre a escola de pais: sem equipe de limpeza, sim, exames cerebrais, aconselhamento uma vez por mês, sem roda de conversa, o que é roda de conversa, algumas punhetas, mas nada de romances de verdade, não que ele saiba. Um monte de brigas, mas nenhuma expulsão. Algumas avarias, mas nenhuma boneca morta. Eles ligam para casa por uma hora todos os domingos. Ninguém nunca perdeu a permissão para usar o telefone. As conselheiras acreditam que é importante que eles permaneçam na vida de seus filhos. Na maioria das vezes, tem sido um grupo de apoio.

Tucker fez amigos.

— De todos os estilos de vida — diz ele.

Frida se arrepende de perguntar. Ela enrola e desenrola as mangas de seu uniforme, suspira profundamente. Se pudesse falar com Harriet todos os domingos, como prometido, quão diferente este ano seria.

Ela espera que ele pergunte sobre o programa das mães. Quando ele não o faz, ela diz:

— Você não quer saber sobre nós?

— Desculpe. Nós não falamos muito sobre vocês, senhoras. Precisamos falar sobre isso? Não quero falar sobre este lugar. Temos o dia de folga. Me conte sobre você.

— Mesmo? Por quê?

Tucker parece divertido.

— Estou interessado em aprender sobre a sobrevivência do espírito humano. Me fale sobre seu espírito, Frida.

— Não sei se meu espírito tem permissão para falar com você.

— Seu espírito já está tomado?

—Ah, definitivamente. Eu sou superpopular.

— Uma garota como você — diz ele.

Ele quer saber sobre a vida de antes. Onde ela cresceu, onde fez faculdade, onde morou na Filadélfia, onde trabalhou. Sua seriedade a faz se perguntar se Tucker é cristão. Ela quer saber o que há de errado com ele. Ele parece ser natural com crianças. Ela já teve o mesmo sentimento sobre Gust.

— Sinto falta dos meus livros — diz ele.

— Sinto falta de ler as notícias. Lembra quanto tempo costumávamos gastar fazendo isso? Não parece ridículo agora? Não vejo a hora de cortar meu cabelo. Eu sinto falta de ter franja. Ela cobre minhas linhas de expressão. Eu tenho esta ruga horrível na sobrancelha. Está vendo? Não posso cortá-la sozinha, ficaria terrível. Não quero pedir a ninguém aqui para cortar. Eu não deveria mostrar tanto do meu rosto.

— Por quê? Você tem um rosto bonito.

Frida cora novamente. Ela agradece, insiste que não estava procurando elogios. Tucker não achava que ela estivesse. Esta é a conversa mais longa que Frida teve com alguém além de Meryl ou Roxanne. Uma hora se passa. Ela gosta de conversar com alguém da idade dela. Lembra-se de contar aos amigos sobre Gust após o primeiro encontro.

— Ele me fez perguntas — disse ela. — Ele me ouviu. — Uma experiência rara em Nova York.

Emmanuelle e Jeremy brincam debaixo da mesa enquanto seus pais comem comida de humanos e comparam transgressões.

— Deixei minha filha sozinha por mais de duas horas. Quando ela estava com dezoito meses. Você?

— Meu filho caiu de uma árvore. Sob minha supervisão.

— Que idade? De que altura?

— Três. Muito alto. Ele quebrou a perna. Ele estava brincando em sua casa na árvore. Eu estava bem ali, mas estava de costas. Eu estava mandando mensagens. Aconteceu em um minuto. Silas decidiu que queria voar. Minha esposa. Minha ex-mulher contou ao hospital o que aconteceu.

— E agora você está aqui.

— E agora estou aqui. — Tucker ergue seu copo de plástico.

Ela sabe que deveria ter padrões mais altos, que talvez esteja dando importância demais à altura dele, a sensação de que, se estivesse em perigo, poderia se refugiar em seu corpo, que tudo o que ele precisaria fazer era envolvê-la em seus braços e ela poderia se esconder. Frida costumava adorar quão pequena ela se sentia ao lado de Gust.

Ela não é a única que encontrou um favorito. Ao seu redor, as conversas são sedentas e apressadas. As mães estão passeando no gramado. Os pais estão avaliando suas opções. Várias bonecas mais velhas são ouvidas chamando seus pais de "embaraçosos".

Em sua antiga vida, Tucker era cientista. Ele projetava testes de medicamentos para uma empresa farmacêutica. É dono de uma casa em Germantown, estava reformando um cômodo de cada vez. Um amigo está hospedado lá este ano. Ele está pagando ao amigo para reformar a cozinha. Frida pergunta sobre seu prognóstico para o retorno.

Tucker fica vermelho.

— Precisamos falar sobre isso? Sou um pai aprendendo a ser um homem melhor.

— Sério? Isso é o que vocês têm de dizer? Temos de dizer "*Eu* sou uma narcisista. *Eu* sou um perigo para meu filho". Isso significa que você vai conseguir recuperá-lo?

— Se eu não explodir. Minha conselheira disse que minhas chances são boas. E você?

— Regulares para fracas.

Tucker lhe dá um olhar solidário. As palavras não doem tanto quanto costumam doer. A solidão obscurece o julgamento de Frida. Se não houvesse cerca, bonecas e consequências, ela o levaria para a floresta.

— Por que você fez isso?

Assustada com sua franqueza, ela começa a contar a ele sobre seu péssimo dia, mas suas explicações parecem especialmente patéticas depois de oito meses de uniforme. Ela conta a ele sobre sair de casa para comprar um café, dirigir para o trabalho para pegar o arquivo esquecido, como pensou que voltaria imediatamente. Admite que desejava uma pausa. Ele admite que deixou de fora alguns detalhes. Ele estava mandando mensagem para outra mulher quando Silas caiu.

— Eu sei, eu sei. Um tremendo clichê.

— É, sim.

Ela pergunta a idade da mulher, preparando-se, e se sente aliviada quando ele diz que a mulher é mais velha, uma colega. Que era um flerte, não um caso. Eles comparam divórcios. O de Tucker não foi finalizado. Sua ex-mulher tem a guarda do filho. Ela está com o pai de um dos amigos de seu filho. Um escritor. Um maldito pai que fica em casa. A expressão de Tucker fica feia enquanto ele reclama do novo homem. A raiva dele a deixa nervosa. Pode ser assim que ela fique quando fala sobre Susanna. Em um minuto sensata; no seguinte, cega pela fúria.

— Eu deveria ir — diz ela. Ele toca o cotovelo dela, fazendo com que seu corpo todo se arrepie. Ela se lembra de Will a levando ao seu quarto.

A ESCOLA DE BOAS MÃES 237

— Você está julgando — diz Tucker.

— É o que fazemos aqui. — Ela se levanta e vai procurar Emmanuelle, pede a Emmanuelle que se despeça de Jeremy.

Tucker ainda a observa.

— Fique — diz ele. — Estou gostando disso. Você não?

Frida volta para sua cadeira. Tucker coloca o braço em volta do assento dela. Ela deveria estar pensando em sua filha. Ela não pode arriscar perder Harriet por causa de um homem que deixou seu filho cair de uma árvore.

As mães comparam notas no jantar: quais pais são assustadores, quais são trepáveis, quais já foram escolhidos, quais parecem gays. Beth diz que Frida está praticamente casada. Meryl diz que Tucker é velho e sem nenhum atrativo, mas ele tem uma cabeleira cheia e parece que pode ter dinheiro.

Frida compartilha o que descobriu sobre o programa dos pais. Suas colegas balançam a cabeça. Elas estão surpresas, mas não muito. Elas estão furiosas com as permissões para usar o telefone. Os rumores de que as avaliações dos pais são mais fáceis. Os rumores de que o departamento técnico lida com todas as trocas de líquido azul.

Frida conta a elas sobre Tucker quase traindo sua ex. A perna quebrada de seu filho. Linda diz que é tudo relativo. O trio de mulheres brancas de meia-idade está sedento por um vendedor de seguros que bateu em sua filha de quatorze anos e a fez comprar drogas para ele. Há alguns homens verdadeiramente inofensivos, pais cujo único crime foi a pobreza, mas conheceram maus pais que espancaram, maus pais que quebraram braços e deslocaram ombros, maus pais alcoólatras, maus pais viciados em metanfetamina, alguns ex-presidiários. Um homem, que pode estar mentalmente doente, disse que não quer sair. Ele faria o curso uma segunda vez. Ele disse a Beth que a vida na escola é melhor. Três refeições por dia, ar-condicionado, uma cama. Estava impressionado com o tamanho do campus das mães.

Elas dizem a Frida para ficar com o pai distraído e negligente da casa na árvore. Pelo menos ele não é violento. Pelo menos ele não é um beberrão. Pelo menos ele pode conseguir um emprego depois que sair.

— Pelo menos ele tem mãos grandes — diz Linda. A mesa inteira ri.

* * *

A escola dos pais fica em um hospital abandonado de tijolos vermelhos. Construído há duzentos anos, segundo a placa na entrada. Parece haver mais guardas, mas menos câmeras. Há um longo caminho sinuoso ladeado de roseiras bem cuidadas, um jardim próximo à entrada, repleto de girassóis.

Meryl diz que parece um lugar onde eles gravariam um filme de zumbis. Frida a lembra da fantasia de enfermeira maluca de Helen, a ideia de que os homens podem achar os jalecos rosa eróticos. Era impressão dela ou as instrutoras dos pais parecem ser mais jovens e atraentes? Elas parecem estar usando mais maquiagem. Várias usam vestidos por baixo de seus jalecos cor-de-rosa. Uma está usando saltos.

Elas são levadas para a ala pediátrica, para uma sala que deve ter sido uma sala de jogos para crianças doentes. Todos os móveis são de tamanho infantil. As paredes são creme. A janela está repleta de decalques de sol, arco-íris, nuvens e ursinhos de pelúcia.

Vários grupos com bonecas da mesma idade praticam juntos. Eles são divididos em grupos de seis: duas mães com bonecas de menina, um pai com uma boneca de menino. Frida e Linda praticam com um pai latino chamado George, que tem um corte de cabelo assimétrico e uma tatuagem de uma criatura alada no antebraço.

Emmanuelle esfrega o braço de George, tentando fazer a criatura desaparecer. Ela pergunta por Jeremy. Ela pede comida. Por que há brinquedos, mas não há comida? Por que não estão lá fora?

— Tem sol. — Emmanuelle aponta para a janela. — Passeio da mamãe!

— Lembre-se de dizer *por favor*. Sinto muito, querida. Não estamos brincando com Jeremy hoje. Estamos fazendo novos amigos. Você vai fazer muitos novos amigos este mês. Vamos brincar e vamos aprender. Lembre-se, você disse que me ajudaria.

Emmanuelle envolve os braços sobre a barriga e se balança.

— Jer-my — diz ela suavemente. Emmanuelle nunca gostou tanto de outra boneca.

Frida também sente falta deles. Pelo menos as bonecas podem abraçar. No dia anterior, Tucker perguntou se eles poderiam sentar juntos no refeitório algum dia. Ele tentou segurar a mão dela, mas ela o empurrou para longe, então se odiou por isso. Se ele tentar de novo, ela vai deixar. Frida não quer que Tucker escolha outra pessoa. Ela ouviu que Charisse, a loira fã de Wilson Phillips, pode estar interessada.

Ela pensa na mão de Tucker em seu cotovelo, imagina as mãos dele em seus pulsos. Ela é uma mãe ruim por pensar nele. É uma mãe ruim por querer vê-lo. Está mais segura sem ele aqui. A tensão sexual está interferindo nas habilidades parentais de todos. As mães se sentam com as costas arqueadas. Os pais estufam o peito e olham, seus olhos percorrendo os uniformes das mães, como se o corpo ali dentro ainda valesse alguma coisa.

São distribuídos notebooks de brinquedo, um para cada três bonecas. Uma vez que o notebook está em jogo, a boneca de George pula sobre ele, derrubando as duas garotas. Ele não vai se desculpar. George abraça sua boneca por trás, prendendo seus membros. Parece que está fazendo a manobra de Heimlich. É o abraço para acalmar a agressividade, um movimento que só foi ensinado a pais de meninos.

Muito bem — diz a srta. Khoury a George. Ela sugere que Frida e Linda observem e aprendam.

Frida dá o abraço para aliviar a lesão física, o abraço para aliviar a perturbação emocional. Emmanuelle pergunta por que o menino é mau.

— Ele não é mau. Ele só gosta muito de você. É assim que os meninos mostram seus sentimentos. — Ela conta a Emmanuelle sobre Billy, o garotinho loiro que a beijou no jardim de infância. Todos os dias, Billy a provocava impiedosamente, a chamava de feia, fechava os olhos e simulava falar chinês de maneira ofensiva, incitava outras crianças a zombar dela. Então, uma tarde, na hora em que as crianças brincavam sem supervisão, quando o parquinho estava quase vazio, ela ouviu alguém correndo atrás dela. Ela sentiu um beijo, um beijo tão forte na bochecha, que quase a derrubou. Ela não percebeu quem era até que ele estivesse no meio do campo.

— Eu não contei a ninguém até os oito anos.

— Por quê?

— Ele não queria que ninguém soubesse que ele gostava de mim. — Frida aperta o braço de Emmanuelle. — Os meninos são complicados.

Depois do almoço, uma hora delicada, cheia de guardanapos sedutores caindo e talheres girando, as instrutoras os colocam em novos grupos. Frida e Meryl praticam com um jovem pai negro chamado Colin, que dormiu com o filho pequeno, rolou sobre ele e quebrou o pulso do menino. Elas descobrem mais sobre ele e seu passado enquanto suas bonecas lutam por um carro de brinquedo. Colin é um rapaz de vinte e um anos com cara de bebê, cerca de cinco tons mais escuro do que o guarda de olhos verdes e mais alto que ele, com uma barba curta e um leve sotaque sulista. Falando apenas com Meryl, como se Frida nem estivesse lá, ele se descreve como uma pessoa do povo. Estava na faculdade antes disso, um estudante de negócios. Nenhuma esposa ou namorada é mencionada. Meryl passa a tarde com os lábios suavemente separados e a cabeça inclinada para o lado.

Frida insiste com Meryl para prestar atenção. Ela está sendo óbvia demais, arriscando demais. Mas sua distração permite que Frida brilhe. Frida é rápida em acalmar Emmanuelle, rápida em fazer discursos sobre valores comunitários. Emmanuelle pacificamente deixa os outros terem sua vez quando Frida pede. Ela chora muito menos do que as outras duas bonecas.

A srta. Russo percebe o bom comportamento de Emmanuelle. Meryl e Colin ignoram os pedidos de Frida para se concentrar. Frida se sente uma vela em um encontro. Sente como se estivesse vislumbrando o passado de Meryl e o possível futuro de Harriet. Há poucas coisas mais assustadoras do que uma adolescente cheia de desejo. Ela só tem oito ou nove anos até que o corpo de Harriet comece a mudar. As mulheres da família de Gust são curvilíneas. Os meninos olharão para Harriet. Os homens, também.

O treinamento misto continuará durante todo o mês de julho. Metade das mães é mandada para a roda de conversa naquela primeira semana. As violações incluem: linguagem corporal de flerte, conversas com intimidade, contato visual excessivo, toques sexualmente sugestivos e negligência de suas bonecas. Meryl e Roxanne se sentam juntas uma noite, Roxanne foi pega tocando a mão de um pai, Meryl foi pega abraçando Colin com muita avidez.

Roxanne diz a Frida que, quando Meryl deveria confessar, ela alegou que não estava flertando, disse que não estava distraindo Colin de seus deveres paternos e ele não a estava distraindo das obrigações dela. Eles eram multitarefas. Seu sarcasmo lhe rendeu algum aconselhamento extra e foi adicionado ao seu registro.

— Essa garota consegue sempre se safar — diz Roxanne. Ela acha que Meryl é gananciosa. Meryl tem um homem em casa e dois homens aqui. Algumas mães não têm um homem sequer.

— Não ficaremos aqui para sempre.

— Por favor, não me dê sermão, Frida.

— Só estou dizendo que você é inteligente. É jovem. É linda. Conhecerá alguém normal depois disso. Um homem maduro. Você deveria estar com um adulto.

Elas têm essa conversa o tempo todo. Sempre que Roxanne encontra novos fios de cabelo grisalhos ou quando falam sobre o que farão depois que forem embora.

— Você não tem trinta e nove anos — diz Frida.

— E daí? Quem vai me querer depois que descobrir que perdi meu filho?

—Alguém vai entender.

— Oh meu Deus. — Roxanne revira os olhos.

Roxanne chama Tucker de "Pé de Feijão". Ela acusa Frida de pensar em Pé de Feijão sempre que a atenção de Frida se desvia ou ela não se lembra dos detalhes exatos de sua última conversa. Roxanne ouviu que muitos pais acham Pé de Feijão irritante. Ele é um sabe-tudo que sempre conta histórias sobre seu amigo negro e sobre ser criado por uma mãe solteira, crescer pobre e pagar sua própria faculdade.

Roxanne disse:

— Ele finge ser um cara politicamente consciente, mas tudo o que fez foi ler um monte de artigos estúpidos.

Frida não tentou defendê-lo. Seria melhor se não falassem a respeito dele, nem mesmo em código. Ela nunca foi boa em resistir. Ela conta o tempo de acordo com seus próximos encontros. À noite, quando deveria estar pensando em Harriet, ela pensa em Tucker. Ser desejada novamente parece uma ilusão, mas suas colegas notaram como ele sempre procura por ela no refeitório. No outro dia, ela permitiu que Tucker se sentasse à mesa delas. Ele sussurrou que ela estava bonita. Ela se pergunta se é assim que os romances começam no AA. Uma atração baseada em deficiências compartilhadas. Se juntos poderiam ser pais confiáveis ou se suas fraquezas se anulariam. Sempre que ela considera seu prognóstico de retorno, em que direção isso pode estar se inclinando, ela pensa em Tucker e imagina sua casa. As casas em Germantown são enormes. Ele poderia deixá-la ficar lá por algumas noites. Ela poderia viver lá enquanto procura um emprego. Haveria muito espaço para ela e Harriet.

Na sexta-feira, Frida entra no escritório da conselheira com a cabeça erguida. Depois de terminar em segundo lugar, ela deve merecer uma ligação. Mas as regras mudaram novamente. Negar permissões para usar o telefone tem sido bom para incentivar a todas. As permissões de Frida estão suspensas por mais um mês. Ela deve obter outro excelente resultado e ficar entre as duas melhores na Unidade 6.

Frida quase grita.

— Eu fiz tudo o que você pediu. Preciso falar com ela. Ela está prestes a começar a pré-escola. Nem sei para que escola ela vai. Estou perdendo o primeiro dia. Você entende isso? Não falo com ela desde março. Estamos em julho.

— Não chore — diz a conselheira. Ela entende a decepção de Frida, mas Frida precisa ser realista. A formação dela é o que importa. Sem a distração dos telefonemas, sua maternidade pode melhorar ainda mais.

Neste ponto do programa, a escola precisa ver a síntese, diz a conselheira. Eles precisam saber que, se Frida conseguir Harriet de volta, saberá exatamente o que fazer em cada situação.

Furiosa, Frida pergunta sobre seu prognóstico de retorno. Ela melhorou. Não voltou para a roda de conversa. A contusão de Emmanuelle se curou. Emmanuelle tem brincado bem com outras crianças. Certamente, suas chances agora são razoáveis. Ou até de razoáveis para boas.

— A avaliação está em andamento. — A conselheira se recusa a responder às perguntas de Frida sobre exatamente quão bem ela precisa se sair para mudar seu prognóstico. Em vez disso, a conselheira quer discutir a tentação.

— Muitas de vocês tiveram problemas com homens no passado.

Frida teme que a conselheira mencione Tucker pelo nome, mas a ela apenas fala em termos gerais sobre se relacionar com os pais de uma maneira não sexual. Quando Tucker não é mencionado, Frida decide blefar.

— Não me senti tentada. E não tive problemas de relacionamento. Eu era casada. Minha filha teria crescido em uma casa estável com dois pais se meu ex-marido não tivesse... — Ela se interrompe e se recompõe. — Eu sinto muito. Por favor, desculpe-me. Gust é um excelente pai. Eu sei que ele é. Estou tentando dizer que nunca colocaria em risco meu processo por algum homem. Eles não são exatamente solteiros cobiçados.

Balanços e trepa-trepas foram erguidos no gramado Pierce. Pais e mães praticam o protocolo de brincadeira no escorregador. Protocolo no balanço. Conversa de recreio. Como supervisionar crianças enquanto conversa com adultos.

Os uniformes de todos têm manchas de sal devido à transpiração. Não são fornecidos chapéus ou óculos de sol. Apesar das árvores, não há sombra suficiente. O protetor solar que recebem é insuficiente para a quantidade de tempo que passam ao ar livre. Alguns sucumbem à insolação, outros, a desidratação e tonturas. Durante as refeições, bebem água. Não podem mais beber durante a aula. Uma das bonecas de quatro anos de idade teve contato com água engarrafada e apresentou defeitos.

A possibilidade de ver Tucker distrai Frida de sua sede, bem como de seus deveres maternais. As instrutoras anotam cada erro. Ela não se move rápido o suficiente quando Emmanuelle corre na frente dos balanços. Empurra Emmanuelle muito alto. Não está prestando atenção suficiente quando Emmanuelle sobe no trepa-trepa. Está conversando demais com Tucker, impedindo que outras mães se relacionem com ele.

Tucker conta piadas terríveis e prolixas, ousa zombar das instrutoras e do programa. Emmanuelle gosta de passear nos ombros dele. Frida mergulha nas possibilidades da vida pós-novembro. Ela imagina apresentá-lo a Harriet, apresentá-lo a seus pais, mas sem dizer onde se conheceram.

— Você precisa encontrar um homem que ame você mais do que você o ama — disse sua mãe uma vez.

Gust queria que ela começasse a namorar novamente. Will seguiu em frente. Ele gostaria que ela fosse feliz. Ele gostaria de Tucker. Há uma suavidade em ambos. Uma generosidade. Ela sempre notava isso quando via Will com seus pássaros de asas quebradas.

A conselheira quer saber o que aconteceu. Na semana anterior, Frida estava indo bem. Agora, sua contagem de palavras diminuiu, assim como seus níveis de apego. O que aconteceu com nenhum solteiro cobiçado?

— Ele é apenas um amigo — diz Frida.

Alguém encontrou uma parte caída da cerca. Um casal foi para a floresta. Outro invadiu uma casa vazia no lado norte do campus. Outro encontrou um ponto cego atrás da galeria de arte. Outro deitou-se ao lado do lago dos patos. A lama em seus uniformes os denunciava.

Os exploradores retornam com informações para os demais: quais câmeras parecem estar quebradas, quais partes do campus parecem não ter câmeras, quais mulheres em jalecos rosa e quais guardas estão sempre checando seus telefones, as classes mais propensas a serem visitadas pela srta. Gibson ou pela srta. Knight. As constantes mudanças de localização dificultam que eles monitorem todo mundo. Uma mãe e um pai são pegos na casa de campo. Outro casal é pego nos arbustos. Outro, debaixo de um ônibus no estacionamento. As mães perdem a permissão para usar o telefone e são enviadas para a roda de conversa. Os pais recebem exercícios adicionais nos fins de semana.

As próximas lições são sobre consentimento. A srta. Khoury demonstra com a boneca de Colin.

— Posso beijá-la aqui? — pergunta ela, apontando para a bochecha da boneca. A outra boneca deve esperar que a boneca de Colin diga sim. Se a boneca disser não, então nada de beijos, abraços ou mãos dadas.

Eles voltaram para a ala pediátrica. Há tapetes de área maior, mas não há brinquedos. As bonecas foram programadas para a curiosidade corporal. Os meninos desabotoam seus uniformes e agarram seus pênis. As bonecas se esfregam nas cadeiras. Acariciam os botões azuis umas das outras com ternura. Em casos de toques inadequados, os pais devem separar as bonecas e ensiná-las a dizer:

— Não! Você não tem permissão para me tocar! Meu corpo é sagrado.

As bonecas têm pouca paciência para este exercício. A maioria consegue falar "não" e "você não", mas não o resto da frase. Elas repetem "corpo, corpo, corpo" sem parar, então tudo aquilo soa como uma música pop.

Frida quer saber se alguém está beijando Harriet, o que Gust e Susanna fazem a respeito desses beijos, se Harriet tem um namorado de recreio como Emmanuelle tem Jeremy.

Está se tornando mais difícil ignorar Tucker. Ela gostaria de lhe contar sobre a casa de sua mente, a casa de seu coração, a casa de seu corpo. A escola não está ensinando a elas que o que realmente precisam é de um parceiro que ganhe o dinheiro? Elas não estão sendo treinadas para serem mães que ficam em casa? De onde mais deveria vir o dinheiro? As instrutoras nunca mencionaram empregos fora de casa, creches ou babás. Certa vez, ela ouviu a srta. Khoury dizer "babá" no mesmo tom que algumas pessoas dizem "socialista".

Que trabalho ela poderia encontrar que valeria a pena o tempo perdido? Na escola primária, invejava os colegas cujas mães cozinhavam e se ofereciam como voluntárias para excursões e davam festas de aniversário elaboradas para elas. Ter uma avó era adorável, mas não a mesma coisa. Se ela e Tucker estivessem juntos, talvez ela só precisasse trabalhar meio período. Ele lhes proporcionaria seguro de saúde. Harriet iria para a pré--escola apenas nos dias em que ficasse na casa de Gust. Durante a metade da semana, ela passaria cada minuto com Harriet. Elas compensariam o ano perdido.

Emmanuelle acredita que ela é azul.

— Eu sou azul. — É sua resposta às explicações de Frida sobre ser birracial, como mamãe é chinesa e Emmanuelle é meio chinesa. — Não, azul — diz ela. — Meio azul eu sou.

Eles estão há três dias ensinando a diferença racial, parte de um subconjunto de lições sobre prevenção de racismo e sexismo. Eles têm usado livros ilustrados para facilitar conversas sobre a cor da pele, contando a suas bonecas sobre a diferença entre dentro e fora, como por dentro todo mundo é igual, como as diferenças de fora devem ser celebradas. No entanto, a harmonia não é o foco. Dentro de alguns dias, as bonecas são programadas para odiar.

— A adversidade — dizem as instrutoras — é a ferramenta de ensino mais eficaz.

As bonecas se revezam no papel de opressores. Foram programadas para entender e falar uma linguagem depreciativa. Bonecas brancas foram programadas para odiar bonecas não brancas. Bonecas menino foram programadas para odiar meninas. Pais e mães brancos de bonecas brancas passam a semana se desculpando, envergonhados. Alguns são advertidos por reprimendas excessivas. Nas aulas com bonecas mais velhas, houve brigas. O departamento técnico viu um influxo de bonecas com hematomas faciais e tufos de cabelo perdidos. Pais e mães praticam como confortar suas bonecas depois de terem vivenciado o preconceito. Alguns pais não brancos sofrem com gatilhos. Alguns se emocionam e repreendem as bonecas racistas. Alguns gritam. Até Linda parece abalada. Histórias de bullying, violência, microagressões e abordagens policiais racistas são compartilhadas durante as refeições.

Pais e mães negros não gostam de ter todo o problema enquadrado em termos de negros versus brancos. Pais e mães latinos não gostam de ter suas bonecas intimidadas em um espanhol macarrônico ou chamadas de "ilegais". Pais e mães brancos não gostam que suas bonecas sejam racistas. Frida não gosta de ter bonecas negras, brancas e latinas assediando Emmanuelle.

No almoço, Tucker diz a Frida que está cansado de bancar o diabo branco. Ele está cansado de ouvir sua boneca usar palavras ofensivas. Seu verdadeiro filho nunca usaria palavras assim. A mãe de Silas compra livros ilustrados com crianças de diferentes origens. Eles os alternam a cada poucas semanas, então Silas nunca tem contato apenas com rostos brancos.

— Estudos mostraram que mesmo crianças de dezoito meses podem expressar preconceito racial — diz Tucker.

— Não deixe que elas o peguem reclamando. — Frida resiste a perguntar se Silas tem amigos negros. Ela já superou isso com Gust e Susanna. O que importava brincar com bonecas negras se Harriet não tem amigos negros? Quando Harriet vai conhecer outra criança chinesa?

As bonecas chamam Emmanuelle de "China". Elas puxam os olhos para imitar os dela. Frida se lembra das pessoas rindo quando seus pais falavam mandarim, imitando seus sotaques. Uma memória há muito enterrada. Duas adolescentes negras rindo enquanto seus pais fofocavam com a chinesa dona da sorveteria local. Ela tinha seis ou sete anos. Ela encarou aquelas meninas com tanta raiva, queria gritar, mas elas não a notaram e não pararam de rir. As meninas trabalhavam lá, mas estavam tirando sarro da chefe. Aquela mulher permitiu que elas rissem.

Talvez aquela ferida fosse menos perigosa, talvez não resultasse na morte de uma criança, mas, quando isso acontecia em sua infância, ela queria sumir. Às vezes, Frida queria morrer. Ela odiava a visão de seu próprio rosto no espelho.

Susanna não saberá como consolar Harriet se algo assim acontecer. Ela vai recitar chavões sobre igualdade racial, mas não será capaz de dizer: *Aconteceu comigo também. Eu sobrevivi. Você sobreviverá.* Ela não será capaz de dizer: *Esta é a nossa família.* Tudo que Susanna sabe sobre a cultura chinesa vem de livros e filmes. Sem sua mãe verdadeira, Harriet pode crescer odiando a parte chinesa de si mesma.

A prática do racismo estremeceu as amizades. Roxanne tem dito a Frida que ela não entende.

— Você não consegue entender — diz Roxanne. — Não me importa o quanto você leu sobre interseccionalidade. Você não terá de se preocupar com Harriet levando um tiro. Você pode levar sua filha para qualquer lugar. Ela nunca será incomodada.

Quando Isaac for mais velho, Roxanne terá de ensiná-lo a lidar com a polícia. Ela nunca pode deixá-lo brincar com armas de brinquedo nem simular um revólver com as mãos.

Frida não tem como argumentar. Ela é, para Roxanne, o que Susanna é para ela. O tipo mais privilegiado de asiático. Tem ensino superior, não é empresária nem dona de restaurante, tinturaria ou mercadinho, nem trabalha em um salão de cabeleireiro ou é.

As lições a fizeram sentir vergonha por desejar outro homem branco, mas apenas homens brancos a cortejavam. Ela se moveu em mundos brancos, só teve dois amantes asiáticos, ambos os quais ela tentou transformar em namorados sérios para agradar seus pais. Um deles a achava muito perturbada, o outro achava que ela era muito negativa, ambos achavam que ela não se daria bem com suas mães e não geraria filhos saudáveis devido à sua depressão. Ela não deveria ter contado a eles sobre tomar remédios. Não deveria ter mencionado que fazia terapia. Quando era mais jovem, costumava pensar que, se tivesse um filho, gostaria que ele fosse inteiramente chinês, mas não imaginava o quanto seria difícil encontrar um chinês que a desejasse.

Frida começou a fantasiar sobre outro bebê. Um recomeço. Embora ela se preocupe que uma mãe ruim e um pai ruim produzam um sociopata, que o novo filho carregue toda a sua negligência, egoísmo e maus instintos, o novo filho também pode ser bom.

A solidão tem seu próprio calor estranho e insistente. Ela não pensou na torre do sino nem uma vez desde que conheceu Tucker. Não sonha mais em assassinar sua conselheira. Recuperou o apetite. Observando-a confortar Emmanuelle no parquinho, Tucker disse:

— Você sabe. Acho que você é uma boa mãe, Frida. Eu realmente acho.

Julho termina com avaliações conjuntas na escola das mães. Na sala de aula, Frida faz dupla com Colin. Os pais têm de alternar para que todas as mães possam ter parceiros, embora apenas a primeira dupla conte como resultado para eles.

Depois que a dupla aperta as mãos, a srta. Russo inicia a marcação de tempo. Na primeira estação, suas bonecas brigam por um caminhão de brinquedo. Impulsionada por sua nova felicidade, Frida fala e acalma Colin. Emmanuelle compartilha com Colin.

Na segunda estação, a boneca de Colin beija Emmanuelle na bochecha sem antes obter consentimento. Frida e Colin fazem discursos sobre toques apropriados e inapropriados. Após este mês de brigas no playground, toques indesejados e preconceito racial, Emmanuelle está com o pavio curto. Ela dá um tapa na cara da boneca de Colin. Ela pede desculpas por bater, mas só depois de oito advertências de Frida. Frida se prepara para mais um mês sem permissão para usar o telefone.

As coisas ficam mais feias na estação de sensibilidade racial e de gênero. Emmanuelle chama o menino de "neguinho", ele a chama de "China". Ele a chama de puta, pronunciando a palavra com um jato de saliva. As crianças são separadas. Ambas ouvem discursos sobre respeito e igualdade.

Durante seu discurso, Colin se esquece de mencionar a necessidade de respeitar as mulheres. Frida fala sobre as ramificações da escravidão, os efeitos do racismo institucional, como o encarceramento em massa é uma extensão da escravidão, como não há legisladores e juízes negros suficientes, como o poder gera poder, que vida difícil o menino terá apenas tentando crescer, tentando não ser baleado pela polícia ou preso por contravenções. Ela fala bem, muito melhor do que Colin, que, embora fale sobre as lutas dos asiáticos em geral, não consegue narrar uma história correspondente dos chineses nos Estados Unidos. Ele não sabe que Frida é chinesa. Ele nunca perguntou.

Quando terminam, Colin começa a chorar.

— Muito obrigado, sra. Ivy League. — Ele acusa Frida de foder as coisas para ele. Ele acha que as instrutoras programaram sua boneca para ser mais agressiva hoje. As instrutoras dizem para ele se recompor, mas não o advertem por seus palavrões. Frida tenta se desculpar, mas Colin a interrompe.

— Esquece — diz ele.

Ele precisa se preparar para sua próxima parceira, Linda.

Os pais que concluíram suas avaliações podem levar suas bonecas para fora, para o parquinho no pátio. Tucker já está lá com Jeremy. Emmanuelle corre quando o vê. Jeremy corre em direção a ela. Eles erram o abraço pretendido por vários metros e continuam correndo em direções opostas. Frida e Tucker riem. Tucker espera até que suas bonecas estejam fora do alcance da voz, então chama o nome de Frida.

Frida corre até Emmanuelle e a leva para o escorregador. Eles só saberão de seus resultados no dia seguinte. O que ela daria para terminar em segundo? Abandonaria todas as outras partes de sua vida para ter sua filha de volta. Nada de homens. Nada de namoros. Nada de romances. Nenhum outro amor. Jeremy e Tucker estão brincando na caixa de areia. Tucker manda Jeremy ir correndo até elas com uma mensagem.

— Papai quer que você venha brincar. Venha brincar com a gente.

As bonecas caminham até a caixa de areia de mãos dadas. Frida hesita, então as segue. Ela se senta com Tucker na beirada da caixa de areia. Nenhum outro pai ou mãe está por perto. As mulheres de jaleco rosa observam de longe. Frida mantém sua linguagem corporal contida e casta. Ela quer pegar a mão de Tucker. Ela quer se sentar no colo dele.

— Eu sei que você gosta de mim — diz Tucker.

Frida enfia as botas mais fundo na areia. Ela observa Emmanuelle e Jeremy cavando com pás de plástico. Ela secretamente se emociona quando Tucker fala sobre o encantamento deles, mas responde:

— Não podemos.

— Eu posso. — Tucker aponta para Jeremy. — Ele não está ouvindo. Ela não está ouvindo.

Tucker quer falar sobre os lugares para onde vai levá-la quando saírem. Ela já comeu no Zahav? E no Barbuzzo? Ele ama o Barbuzzo. Tucker conta que adora cozinhar e fazer caminhadas.

— A única coisa boa sobre este lugar é te conhecer. — Parece que ele quer beijá-la. Se estivessem em outro lugar. Se eles já estivessem com seus filhos.

— Frida, nós vamos recuperá-los — diz ele, sua voz cheia de certeza.

Capítulo 15

As mães não devem celebrar seus aniversários. Elas só podem falar de si mesmas em relação aos filhos. Quando as mães chegaram, houve problemas porque algumas delas fizeram cartões de parabéns para suas colegas de classe, cantaram no refeitório ou discutiram seus aniversários com suas bonecas. No início de agosto, no dia em que Frida completa quarenta anos, ela não conta a ninguém. Nem para Roxanne ou Meryl. Nem para Emmanuelle.

Emmanuelle está brincando debaixo da mesa. Se Frida pudesse, falaria com Emmanuelle a respeito do tempo, do envelhecimento, a respeito do que significa envelhecer, como seu corpo mudaria se ela fosse real, o que a sociedade espera de mães e filhas, como elas devem se enfrentar, como ela brigou com sua própria mãe e agora lamenta cada palavra cruel. No ano anterior, quando completou trinta e nove anos, ligou para a mãe e finalmente disse:

— Obrigada.

É difícil ouvir com todos os gritos no refeitório dos pais, um quarto sem janelas no porão do hospital com piso de linóleo e luzes fluorescentes. A Unidade 7: Habilidades de Comunicação está em andamento. As primeiras lições são sobre regulação do humor e controle da raiva.

Frida abre seu fichário com o roteiro mais recente. Ela e Linda estão se revezando no papel de uma mãe que exige pensão alimentícia. Estão praticando com um pai branco chamado Eric, que tem um tímido bigode de adolescente e cujas pontas dos dedos exibem feridas de aparência dolorosa no lugar de suas unhas roídas.

— C-A-D-E-L-A. Não vou te dar mais dinheiro — diz Eric.

— V-A-G-A-B-U-N-D-O, você é um lixo inútil — responde Frida.

Seguindo o exemplo dado pelas instrutoras, eles continuam com isso até ficarem sem fôlego e com o rosto vermelho. Então, após um minuto de exercícios de respiração profunda, começam de novo, praticando as mesmas falas em um tom mais calmo, diminuindo a agressividade até que estejam falando no tom cadenciado dos iogues. Então os três fazem a transição para roteiros que modelam interações ideais, sem xingamentos ou palavrões. Falam um com o outro como fazem com suas bonecas: "Noto que você está chateado". "Percebo que você está frustrado." "Diga o que você precisa que eu faça." "Como posso apoiá-lo de maneira mais eficaz?" Os grupos se alternam ao longo do dia. Uma briga vira uma discussão. A culpa se dissipa. As farpas perdem a pungência. Discussões tornam-se oportunidades de demonstrar empatia.

A gritaria perturba e confunde as bonecas. Após cada sessão, os pais devem refletir com seu grupo e discutir como foi responder à hostilidade com paciência e amor. Eric diz que é tranquilo. Ele está imaginando sua raiva como um pedaço de papel que dobra em um pequeno quadrado e esconde no bolso. Linda diz que está pensando em seu pai. Ela se parece com ele. Não quer que seus filhos cresçam ouvindo tamanha gritaria. Frida diz que ela e Gust não falam assim, que tendem a não brigar por dinheiro, que o problema de Gust é evitar o confronto, enquanto o dela é pedir desculpas demais, mas que gosta de aprender o que fazer se essa dinâmica mudar.

Ela quer tirar sarro dos roteiros com Tucker. Desde o fim de semana, ele parou de se barbear. Ele é ainda mais atraente com a barba por fazer. Frida gosta da barba grisalha dele, quer acreditar que ele tem pelos macios no peito, que a pele dele acariciará a sua, que ele não se importará com o corpo ossudo dela, que vão gostar de dormir lado a lado. Depois que Gust partiu, levou meses para que aprendesse a dormir sozinha. Ela observa Tucker do outro lado da sala. Faz par com ele uma vez naquela tarde, mas tem de compartilhá-lo com Beth. No dia seguinte, ficam sozinhos. Tucker cutuca sua bota debaixo da mesa. Ele diz:

— Prefiro não gritar com você, podemos apenas conversar?

— Precisamos praticar. — Frida puxa os pés para cima e se senta sobre suas pernas cruzadas. Eles se conhecem há um mês. A essa altura de seu namoro com Gust, eles já haviam dito "Amo você". Já passavam fins de semana inteiros na cama.

Durante toda a semana, ela foi cuidadosa, recusando-se a se sentar com Tucker no almoço, andando na outra direção se o via no corredor.

Roxanne acha que desenvolver sentimentos neste lugar é uma questão de proximidade.

— É como dar um pedaço de pizza a uma pessoa faminta — disse Roxanne. — O Pé de Feijão é o seu pedaço de pizza.

Ela é o pedaço de pizza dele? Ele também está faminto por afeto? Emmanuelle e Jeremy erguem os olhos de seus livros de colorir. Eles olham para lá e para cá, de um adulto para o outro, alertas com a excitação que captam em suas vozes. Os quatro parecem uma pequena família louca. Maus pais, falsos filhos. No futuro, pensa Frida, pode não haver outro caminho.

Seus roteiros hostis de coparentalidade, como Tucker os chama, soam parecidos demais com preliminares.

— v-a-c-a — diz ele bem devagar, seus dedos perigosamente perto dos de Frida. — Não tenho mais dinheiro. Tínhamos um acordo.

Frida sorri apesar de saber que não deve. Está feliz por não tocar agora em Emmanuelle. Sua mão estaria muito quente, seu pulso muito rápido.

Riem um para o outro por entre a fúria. Enquanto fazem seus exercícios de respiração, o pé dele roça a panturrilha dela. Protegido pela algazarra dos outros casais, Tucker adiciona falas extras ao roteiro. "Você deveria buscá-lo às 15h30, por que nunca se lembra de nada?" torna-se "Você deveria buscá-lo às 15h30, por que nunca se lembra de nada? Eu penso em você. Eu definitivamente convidaria você para sair se nos encontrássemos em circunstâncias normais. Dê a si mesma mais crédito. Você é linda. Uma gata."

— Não seja ridículo — diz Frida a ele para seguir o roteiro. Ele está enlouquecendo se pensa que pode falar assim. Não é seguro.

— Ninguém pode nos ouvir.

Emmanuelle pergunta:

— Mamãe, o que é gata?

— Um animal peludo. Mamãe não é uma gata. Papai Tucker só está dizendo isso porque é verão, o verão é romântico e ele está sozinho. Mamãe não pode ajudá-lo com isso. Pais e mães não devem se sentir solitários. Não me sinto solitária. Tenho você.

Para Tucker, Frida sussurra:

— Seja sensato. Você deveria estar pensando em seu filho.

— Você vai conhecê-lo um dia.

— Tenho certeza de que a mãe dele ficaria encantada. Imagine contar a ela onde você me conheceu.

A srta. Khoury se aproxima. Eles praticam duas páginas de diálogo hostil até ela passar. Tucker pega o braço de Frida.

— Contato físico indesejado — diz Frida, afastando-se. — Não. As crianças podem nos ver.

No fim do dia, quando fazem fila para devolver suas bonecas, Tucker toma mais liberdades. Sua mão roça a de Frida. As pontas dos dedos se tocam. Eletricidade corre entre eles. Avassaladora. Sente mais urgência agora do que sentia com Will.

Frida enfia as mãos nos bolsos. É o mais feliz que se sente desde que perdeu Harriet. Percorreram toda uma história hoje, da raiva absoluta a uma fervura lenta, até o respeito relutante e, por fim, uma serenidade que os faz parecer terem passado por uma lobotomia. Frida não sabe o que Tucker vê nela. Com certeza são velhos demais para joguinhos, machucados demais para o romance. Ao entrar no ônibus, seus pensamentos estão distantes. Distantes de Harriet. Distantes da maternidade. É uma fantasia que pode ser estraçalhada de mil maneiras. Ela é uma tola por pensar nele. Mas ele podia elevá-la com tanta facilidade. Elevar seu coração, mas também pressioná-la contra uma parede e fodê-la em pé.

As permissões para usar o telefone são finalmente concedidas. O prognóstico de Frida foi atualizado para razoável. Quando volta para Kemp naquela noite, ela e Roxanne fazem uma dança da vitória. Pulam pelo quarto e aplaudem a si mesmas. Roxanne salta em sua cama e leva Frida a fazer o mesmo, só por um minuto. Riem como garotinhas. Roxanne até tenta ensinar "Cupid

Shuffle" a Frida, que ela e sua mãe costumavam dançar em casa. Elas caem na gargalhada quando Frida continua errando a coreografia.

— Estou orgulhosa de você — disse a conselheira. Suas palavras conduzem Frida por mais um dia de exercícios de controle de raiva, outra participação na equipe de limpeza de sábado. Ela pede o privilégio de usar a pinça e a tesoura, passa o uniforme, decide usar o cabelo em uma longa trança, fica acordada até tarde planejando o que vai dizer a Harriet.

O domingo demora a chegar, mas, quando Gust, Susanna e Harriet aparecem na tela, Frida não está pronta para as notícias. Susanna está grávida. Vinte e uma semanas. Eles acabaram de fazer o ultrassom. Gust e Susanna estão noivos. Vão se casar no cartório antes da chegada do bebê em dezembro, farão outra cerimônia e recepção na próxima primavera.

— Esperamos que esteja presente — diz Susanna. — Gostaríamos que você fizesse parte da cerimônia. Você poderia fazer uma leitura. — Ela mostra a Frida seu anel, um solitário de dois quilates que pertencia à avó de Gust, aquele que Gust achava que Frida não deveria ter porque ele não aprovava diamantes.

Susanna diz a Frida que a data do nascimento é 20 de dezembro. Eles decidiram não descobrir o sexo.

— Há tão poucas surpresas de verdade na vida — diz Susanna.

Ao fundo, Gust está persuadindo Harriet a dizer "olá", lembrando-lhe de que a mulher na tela é a mamãe. Ele coloca Harriet no colo para que Frida possa ver o quanto ela cresceu. Sete centímetros desde março. Mais de dois quilos mais pesada. O pediatra os fez parar com a dieta baixa em carboidratos.

O rosto de Harriet amadureceu. Frida observa os segundos passando na parte inferior da tela. O laboratório de informática está mais silencioso do que se lembra. Ninguém está fungando. Ninguém está gritando. Ela tenta invocar sua voz de lobotomia. Os exercícios de respiração não a ajudam. Ela quer chorar. O rosto de Harriet continua fino. Seu cabelo foi cortado tão curto quanto o de um menino. Ela parece um elfo agora, como Susanna.

Susanna treinou Harriet para usar o penico um mês atrás, usou o método de três dias. Enrolaram os tapetes, passaram um fim de semana inteiro pelados.

— Ela aprendeu rapidinho — diz Susanna.

Na primeira hora depois de tirar a fralda, Harriet começou a falar mais.

—A primeira coisa que ela disse no primeiro dia foi: "Coloque uma fralda em mim. Coloque uma fralda no meu bumbum". Ela nos fez rir tanto. É como se tivéssemos liberado a mente dela. Ela me disse: "Não sou mais um bebê! Sou uma criança grande!". Eu gostaria que você pudesse ter visto. Harriet é tão boa em ouvir seu corpo.

— Eu sou uma criança *muito* grande — diz Harriet.

Frida força um sorriso. Gust e Susanna riem. Restam dois minutos. Frida olha para seus tópicos de discussão.

— Parabéns — ela consegue dizer. Agradece a Susanna por seus esforços e chama o corte de cabelo de duende de Harriet de "impressionante". Ela se abstém de perguntar por que Susanna imaginou ter permissão para cortá-lo.

— Feliz aniversário atrasado — diz Gust. — Mamãe fez quarenta anos esta semana. Vamos cantar para ela. — Atentos ao ritmo, eles cantam a música em duas vozes.

— Obrigada. — Lendo suas anotações, Frida elogia a resiliência de Harriet, agradece Gust e Susanna por seu tempo e cuidado. O olhar desesperado nos olhos de sua filha a faz querer rastejar para um buraco.

A srta. Gibson dá a todas o aviso de trinta segundos.

— Ursinha, o que mais você quer dizer para a mamãe? — pergunta Gust. Harriet grita:

— Mamãe, você volta! Volta agora mesmo! — Ela continua gritando — Agora! Agora! — Frida fala por cima da voz dela.

— Eu sinto sua falta. Sinto muito sua falta. Eu amo você, bebê. O coração da mamãe até dói. Parece que alguém está apertando. — Ela fecha o punho e acena para a tela.

Harriet a imita. Antes que a ligação termine, a última coisa que Frida vê é Harriet fechando o punho e fingindo apertar seu coração.

Para Frida, as dramatizações da semana seguinte parecem especialmente cruéis. Comunicação pacífica com madrastas e padrastos. Mãe conversando com madrasta. Pai com padrasto. Esses estranhos que os substituíram e agora drenam o amor de seus filhos.

Quem escreveu os roteiros entende as mulheres. As falas são passivo-agressivas com um toque de mártir para a mãe biológica. A raiva de Frida é autêntica, mas sua calma carece de convicção. Ela não quis falar sobre seu coração doer, espera não ser punida por isso. Vão brincar sobre isso quando Harriet for mais velha. Será o código delas para tristeza e saudade. Na verdade, a tristeza mal toca seu coração. Ela sente a gravidez de Susanna na parte inferior das costas, no pescoço e nos ombros, nos dentes. O bebê deve ter sido concebido logo após o segundo aniversário de Harriet. Ela imagina Harriet acariciando a barriga de Susanna. Gust e Susanna conversando com o bebê enquanto estão na cama. Os três indo ao médico. Harriet vendo os ultrassons, vendo o bebê se mexer.

Susanna não deveria ser a única a dar lições de vida à filha. A juíza da Vara de Família deveria saber que Frida poderia dar um irmão a Harriet também. Um irmão que se parece com ela. Um irmão chinês, moreno. Com os mesmos olhos e tom de pele de Harriet. Na família de Gust e Susanna, Harriet sempre parecerá adotada. Estranhos sempre farão perguntas. Se eles estão tendo seu próprio bebê, por que eles precisam do dela?

Durante a aula, Frida sonha acordada com outro casamento. Tucker em um terno de três peças. Risca de giz, não um smoking. Um vestido rosa para ela. Uma homenagem secreta ao local onde se conheceram. Um buquê de anêmonas. Eles vão se casar em Chicago. Ela fará tudo o que sua mãe pediu da primeira vez. Convidar mais amigos e colegas de seus pais. Fazer uma cerimônia do chá. Usar um véu. Prender seu cabelo. Usar um *qipao* vermelho na recepção. Escolher músicas que os parentes mais velhos possam dançar. Dedicar mais tempo para retratos de família. Mais tarde, fazer um banquete pelos cem dias de seu bebê. Fazer o marido dela aprender mandarim.

A conselheira está preocupada com o estado mental de Frida.

— Eu sei o quanto você estava ansiosa por essa ligação. Deve ser difícil ver seu ex-marido seguindo em frente.

— Ele seguiu em frente há muito tempo. Estou ciente disso. — Frida diz que está feliz por Harriet ter um irmão, que está feliz por eles. — Estou preocupada que minha filha não receba atenção suficiente. Depois que o bebê chegar. Linda disse que a transição de um para dois filhos é a mais difícil. Se eu estivesse em casa, poderia ajudá-la. Ela está passando por tantas mudanças. Vamos nos reencontrar no mesmo mês em que ela ganha um novo irmão, não é? Nem chegamos a falar da pré-escola. Era para ser minha vez de falar com ela, mas Susanna...

— Susanna fez muitos sacrifícios — diz a conselheira.

Frida deve estar atenta ao nível de estresse de Susanna. Ela não deveria fazer suposições sobre seu caso, ainda não.

Antes de Frida sair, elas voltam ao assunto das confraternizações. As instrutoras notaram o interesse de Tucker por ela. Frida lembra à conselheira que ela não flertou, não foi acusada de linguagem corporal sugestiva.

— Não estou dizendo isso. Mas você é humana. Os sentimentos podem escalonar. Lembre-se, Frida, este é um homem que deixou seu filho cair de uma árvore. Você deixou sua filhinha sozinha em casa. Nada de bom pode vir dessa amizade.

As rosas estão murchando na vidcira. Faz mais de trinta e sete graus naquela semana. O refeitório parece cada vez mais com uma masmorra. Ventiladores são trazidos para a escola dos pais para completar o trabalho do ar-condicionado. Pais e mães tomam banho frio e chupam cubos de gelo. Calor, socialização e tédio estão contribuindo para o comportamento de alto risco. As vozes se elevam acima dos sussurros. O contato visual é descarado. Alguns se referem uns aos outros como namorado e namorada. A roda de conversa continua lotada. Um pai é expulso abruptamente por supostamente olhar de maneira cobiçosa para a boneca adolescente de Charisse. A maioria dos pais pensa que ele é inocente.

— Sua palavra contra a minha — disse ele. A boneca foi quem reclamou com as instrutoras. Ela sentiu que ele a estava despindo com os olhos, disse que ele a olhava como se ela fosse um lanche.

Charisse disse:

— Acredite nas mulheres.

Tucker enviou mensagens para Frida usando Jeremy como mensageiro. Ele pediu a Meryl para convidar Frida para se juntar a ele no almoço. Ela quase disse sim. Quase contou a ele sobre a gravidez de Susanna, o cabelo curto de Harriet, as últimas advertências da conselheira. Quer agradecê-lo por tratá-la como se fosse digna de amor. Se Frida soubesse que tal bondade era possível, que poderia se sentir merecedora dela, ela poderia ter sido mais cuidadosa quando era mais jovem. Ela imaginou apresentá-lo a Gust, imaginou-os participando do casamento de Gust e Susanna. Ela também está pensando em novembro, imaginando se conseguirá engravidar aos quarenta ou quarenta e um.

Ela sabe que está se safando mais porque é asiática. Roxanne diz que estão sendo mais duros com as de pele morena. Não importa se estão flertando de volta. Roxanne não tem paciência para os problemas de Frida com Pé de Feijão ou Susanna. Ela diz a Frida para superar sua treta com a garota de Gust.

— Não me fale sobre anéis de diamante — diz ela. A mãe de Roxanne não tem se hidratado, desenvolveu outra infecção urinária. — Eu só quero envolvê-la em plástico-bolha — diz Roxanne. Vizinhos e amigos estão ajudando, mas não é a mesma coisa. Sua mãe é imunocomprometida. Apenas uma hora na sala de espera de um médico ou uma ida à farmácia pode deixá-la doente. O que acontece se a mãe dela piorar e ninguém contar a ela? E se ela precisar ir ao hospital?

Todos os dias, Roxanne se senta com Meryl e Colin no almoço. Sua paixão por Meryl ficou mais intensa e irracional. Todas as noites, ela pergunta, teimosa, se Frida acha que ainda tem uma chance. Roxanne diz que Mcryl terminou com o guarda de olhos verdes, vai terminar com o pai de Ocean assim que ela puder contar a ele pessoalmente.

— Meryl não é a pizza certa para você — diz Frida. — Temos apenas mais três meses. Você sabe disso.

Frida tentou avisar Meryl sobre Colin, mas a garota não deu ouvidos. Colin não quer que Meryl continue amiga de Frida. Ele ainda está bravo com o dia da avaliação. Ele disse que, se Frida realmente se importasse com o destino dos negros nos Estados Unidos, ela o deixaria vencer. Meryl disse que está realmente feliz pela primeira vez em sua vida. Ela está mais feliz do que quando Ocean nasceu. Está mais feliz do que quando conheceu o pai de Ocean. Esta será a história que ela e Colin contarão a seus futuros filhos. Amor em um lugar sem esperança.

— Como aquela música — disse Meryl.

Roxanne parou de rir e falar enquanto dormia.

— Está acordada? — pergunta, acordando Frida durante a noite.

Às vezes ela sai da cama e se senta ao lado de Frida.

Elas se revezam tentando confortar uma a outra. Falam sobre a mãe dela, sobre Isaac, que começou a andar. Sua mãe adotiva comprou para ele seu primeiro par de sapatos de sola dura. Quando ela tentou fazê-lo andar para Roxanne durante a última ligação de domingo, ele não o fez.

— Que mais coisas ele vai fazer e eu não vou estar lá? — pergunta Roxanne.

Frida conta a ela sobre os primeiros passos e as primeiras palavras de Harriet, o momento em que ela conseguiu andar sem cair. Ela não tem mais certeza do que aconteceu em que mês.

Os pais praticam uma comunicação calma e amigável durante os debates com professores, pediatras, treinadores e figuras de autoridade. Frida sente os olhos de Tucker nela o dia todo. Sempre que ele olha para ela, Frida se sente cada vez mais bonita. Está certa de que as câmeras conseguem distinguir entre esse calor e o rubor do amor materno.

Mas ela se revigora com esse sentimento. Quer mais. Não pode permitir que ele seja seu ponto fraco, mas isso acontece apesar de suas melhores intenções. À noite, imagina-se dando a casa de sua mente e a casa de seu corpo ao homem que deixou seu filho cair de uma árvore. Ela imagina seus corpos juntos em uma sala sem câmeras.

Frida não perguntou se ele quer mais filhos, não pode perguntar aqui. Mas seus pais merecem outro neto. As duas famílias de Harriet devem ser equilibradas. Ela adoraria sentir os chutes de novo, deveria ter apreciado aqueles meses em que ela e Harriet estavam sempre juntas, quando contava chutes duas vezes por dia, sentia os punhos batendo em sua barriga na hora de dormir, Harriet reagindo a suas mãos quentes, seu primeiro segredo. Códigos. Um dia no almoço, ignorando o aviso de sua conselheira, ela se senta com Tucker e conta a ele o que está acontecendo em casa.

— Você ainda o ama? — pergunta Tucker.

— Não. Acho que não. Eu deveria ficar feliz por ele. Estou tentando. Se eu fosse uma pessoa boa e altruísta, ficaria feliz. Você ainda ama sua esposa?

— Minha ex-mulher. Você não precisa se preocupar com ela. Ela é minha família. Mas, escute, estou feliz que você esteja pensando sobre isso.

Ele aperta o ombro dela. Ela remove a mão dele. Ele move a perna direita para que ela roce a perna nele. Ela fica excitada. Reorganiza os talheres no prato. Não pode olhar para ele. Se olhar, vai querer tocar. Se ela tocar, sua vida estará acabada.

— Não posso me distrair — diz ela.

— Estou distraindo você?

— Como você chamaria isso?

Ele dá de ombros e diz:

— Talvez, um romance.

Gust e Susanna atendem ao telefonema do domingo seguinte da varanda de sua casa de praia alugada em Cape May. Susanna está usando um chapéu de sol de abas largas e um biquíni preto que mostra seu colo sardento. Gust está bronzeado e sem camisa.

Frida promete não chorar na frente do lindo casal que cria sua filha. Ela olha para os seios de Susanna. Susanna não terá problemas para amamentar. Seu bebê vai mamar instantaneamente. Seu leite será abundante. Ela nunca terá de usar mamadeira.

Suas vozes são distorcidas ao vento. O rosto de Harriet está queimado de sol. Seu cabelo está espetado, em picos molhados. Gust pede que ela diga sua última frase engraçada novamente para a mamãe.

—A lua é uma bola no céu. — Harriet pronuncia cada palavra enfaticamente.

Depois que Frida termina de aplaudir, Harriet aponta para a tela.

— Mamãe, você é má.

Gust e Susanna pedem que seja gentil.

— Você é má! Você é má! Não gosto de você!

Frida está devastada e impressionada.

— Percebo que você está dizendo que está com raiva de mim. Você pode me dizer mais sobre isso? Estou aqui. Estou ouvindo.

— Estou chateada. Estou chateada porque estou chateada.

Frida faz mais perguntas abertas, mas Harriet não responde. Frida levanta o punho e aperta, mas Harriet já esqueceu seu novo jogo.

— Quero praia. Não mamãe.

— Só mais dois minutos — diz Gust. — Diga a mamãe que você sente falta dela.

— Não, mamãe não está em casa! Eu *não* quero falar. Esse *não* é o meu plano!

Frida quer dizer que estará em casa em breve. Mais três meses. Um, dois, três. Números que Harriet conhece. Mas três meses é mais uma estação inteira de espera.

Harriet de repente fica muito quieta.

— Ah não. — Gust olha para seu colo. — Tente segurar. Lembre-se, o xixi vai no penico. — Ele agarra Harriet pelas axilas e a leva de volta para casa sem se despedir, deixando Frida com Susanna.

Susanna tira os óculos de sol.

— Ela deve estar se sentindo estressada. Não temos nenhum acidente há semanas. Pelo menos ela não fez cocô nele. O livro dizia que a emoção faz com que o esfíncter relaxe.

Antes que Frida possa se desculpar, Susanna pergunta se Gust pode tirar algumas coisas de Harriet do guarda-volumes de Frida. Elas finalmente falam sobre a pré-escola. Ela conta a Frida sobre a roupa do primeiro dia de Harriet, a mochila e a lancheira que ela encomendou, as galochas e os sapatos para usar na escola, as etiquetas de nome, a foto de família que eles enviaram para a parede da sala de aula de Harriet. Eles terão de tirar uma nova foto com todos eles assim que Frida chegar em casa. Harriet estudará no colégio Montessori, em Center City. Alguns dias atrás, dois de seus professores apareceram para uma visita domiciliar. Eles discutiram ansiedade de separação, como Susanna deveria lidar com qualquer sinal de regressão, a possibilidade de um cronograma gradativo. Perguntaram se havia alguma consideração especial, coisas que poderiam fazer para apoiar Harriet durante a transição, coisas que deveriam saber sobre a família.

— E o que você disse a eles? — pergunta Frida.

— Contamos tudo a eles. Nós tivemos de fazer isso.

Pais e mães passam a última semana de agosto praticando exercícios de controle da raiva. Frida e Tucker estão juntos na tarde de quinta-feira. Ele se recusa a levar a simulação a sério. Quer aproveitar a oportunidade, quando estão em meio a gritos e recriminações, para falar sobre o futuro. Onde Frida vai morar? Ela tem onde ficar?

— Posso te ajudar.

Ela quer concordar.

— Por favor. Diga sua fala. Estão nos observando. Não saia do roteiro.

— Você está me matando, Frida.

— Eu não estou matando você. Não fale assim. Pense no seu filho.

— Ah, o despertar da culpa. Mamãe um. Papai zero.

— Comece. Grite comigo. Vamos lá.

— Sou uma pessoa com sentimentos.

— Por favor.

Relutante, Tucker começa o exercício, interpretando o ex-marido magoado. Eles progridem da explosão inicial para calma e compaixão.

Frida drena toda a hostilidade de seu rosto e sua voz. Susanna disse que Harriet não deveria se sentir envergonhada. Os professores precisavam saber que Harriet terá de faltar à escola para compromissos com a assistente social e a psicóloga infantil. Frida sabe que os professores cuidarão de Harriet como fariam com uma criança que foi abusada ou molestada. Susanna pode contar aos outros pais, às outras mães. A pergunta surgirá naturalmente. A ex-mulher de Gust. A mãe de Harriet. Onde ela está?

Para Tucker, ela diz:

— Estou ouvindo. Quero que você saiba que eu valorizo sua honestidade.

A srta. Russo passa pela mesa deles. Eles parecem tensos e exaustos, um casal com uma história.

Frida tem lágrimas nos olhos. Ela tenta não olhar para Emmanuelle, mas a boneca percebe.

Emmanuelle sobe no colo de Frida e coloca os braços em volta do pescoço dela.

— Mamãe, você está bem?

A srta. Russo coloca as mãos nas costas da cadeira de Frida.

— Você gostaria de me dizer o que realmente está acontecendo?

A conselheira de Frida está procurando uma metáfora adequada para o estado mental de Frida, o sedimento acumulado. As instrutoras relataram que ela estava distraída. Ela não tem calibrado adequadamente suas emoções. Por que não está lutando pela pureza da mente e do espírito? Essa amizade com um pai ruim só pode prejudicá-la.

No domingo à noite, a escola sediará um baile de fim de verão para manter o ânimo enquanto todos se aproximam dos meses finais de aulas. Desde o suicídio de Margaret, as mães foram obrigadas a participar de aconselhamento extra. Durante as refeições, as mulheres de jaleco rosa puxam as mães de lado e fazem avaliações de humor improvisadas.

Os pais serão levados de ônibus no domingo.

— Sugiro que você fique longe de Tucker — diz a conselheira.

— Como já lhe disse, ele é apenas um amigo.

— Frida, você está tão perto de ser mandada de volta para a roda de conversa. Tenho relatos de toques desnecessários. Algumas ameaças de flerte. Suas instrutoras acham que viram um bilhete sendo passado.

Frida olha acima da cabeça da assistente social para a câmera. Ela olha para seu colo. Se tivessem achado o bilhete, diriam. Se tiverem, ela culpará Tucker. No dia anterior, ela deu a ele seu número de telefone como se tivessem se conhecido no mundo real. Ele prometeu memorizá-lo e destruir o papel. Sentiu-se viva por quebrar uma regra.

— Ele está se aproximando de você, Frida. Como você vai terminar entre os dois primeiros lugares da turma na segunda-feira se você não consegue se concentrar?

— Estou me concentrando. Juro que estou. Harriet começa na escola na próxima semana. Preciso falar com ela.

— Não sei se isso faz sentido. — A conselheira diz que as ligações foram perturbadoras. Também não parecem estar beneficiando Harriet. O acidente do penico sugere que Frida está gerando estresse na filha. O desempenho em sala de aula de Frida era melhor quando ela não pensava nas ligações de domingo. Sem as ligações ou essa amizade perigosa, ela poderá se concentrar. As permissões para usar o telefone estão, portanto, suspensas até novo aviso.

— Não pense que nenhuma de nós tem prazer em puni-la — diz a conselheira.

Frida quer outra casa. Nessa nova casa, ela estará grávida. Desta vez, não haverá medo nem choro, apenas gratidão. Seus filhos foram devolvidos. Seus filhos os perdoarão. Eles vão morar com seus filhos em uma casa que é banhada de luz. A luz vai brilhar através das janelas de um jeito que só acontece nos filmes. Cada cômodo inundado de luz. Ela aprenderá a cozinhar para uma família maior, aprenderá a criar um menino, a ser mãe do filho de outra pessoa, a embalar lanches, a preparar duas crianças para sair. A ex-mulher de Tucker vai recebê-la na família. Não haverá registro. Ninguém vai perguntar sobre o ano perdido.

Ela constrói a casa o dia todo. Imagina um jardim e um balanço, uma varanda nos fundos onde vão tomar uma bebida depois de colocarem as crianças na cama. Na casa cheia de luz, ela nunca vai querer ficar sozinha. Não haverá tédio ou raiva. Nada de gritaria. Nada de ressentimento. Harriet será feliz lá. Em ambas as casas de Harriet, com suas duas famílias, o amor prosperará e crescerá.

— Viva um pouco — diz Meryl.

É sábado de manhã e a equipe de limpeza está preparando o ginásio para o baile.

— Eu não quero viver um pouco.

— Besteira. Você chuparia o pau dele em um segundo se estivessem sozinhos.

— Não, eu não faria isso. Não posso ter incidentes em meu registro. Não vou ser expulsa e não vou acabar com um registro. Eu já te contei. Elas nem mesmo me deixam ligar para casa.

— Você não precisa ser pega. — Meryl a leva sob as arquibancadas para investigar um possível ponto cego. Há mofo, uma família de ratos. Meryl acha que pode funcionar.

— Nem em mil anos — diz Frida.

— Idiota, vocês fariam em pé.

Frida quer contar a ela sobre o professor alcoólatra cujo apartamento inteiro estava cheio de garrafas, o aspirante a fotógrafo que se recusou a beijá-la porque beijar era muito íntimo. Ela não é mais apenas um corpo. Não vai mais tolerar ser apenas um corpo. Ela pode esperar. Tucker e Frida são pessoas que aprenderam a esperar.

Juntas, montam mesas dobráveis, sopram balões até ficarem tontas. A srta. Gibson as deixa saírem mais cedo para escolher os vestidos, que foram doados por um comitê montado pela srta. Knight. Os vestidos foram escolhidos. A maioria é de veludo ou lã. Meryl experimenta um vestido preto com lantejoulas prateadas no corpete. Ela finge segurar um buquê e faz um aceno de miss.

— Bonito ou cafona?

— Ambos — diz Frida. — Bonito de uma forma irônica.

Meryl tem hematomas nas costas, nos quadris e nas coxas. Alguém a está lhe dando amassos contra bordas afiadas, talvez em um espaço estreito, talvez em um armário. Ela pega Frida olhando para ela e diz:

— Não seja babaca.

— Onde você fez isso? Como?

Meryl sorri. Ela e Colin encontraram alguns corredores e armários não monitorados na escola dos pais. Muita coisa pode acontecer em cinco minutos.

Uma bola de discoteca está pendurada na cesta de basquete. Há balões e serpentinas. Tigelas de nozes. Grandes bolos glaceados sem decoração. Há uma longa fila na mesa de comida. Eles comem em pratos de papel.

Há colheres de plástico, mas não há garfos nem facas. Várias mulheres em jalecos rosa estão balançando a cabeça ao som da música.

Frida entra no ginásio mal iluminado, cambaleando em sandálias de salto um número menor que seus pés. Uma hora atrás, as mães estavam desesperadas por spray de cabelo e *babyliss*, perfume e maquiagem. Os vestidos não ficam bem com rostos lavados. Elas se amontoaram nos banheiros da Kemp e ajudaram umas às outras. Para aquelas cujos vestidos eram muito pequenos, várias mãos puxando o zíper. Para aquelas cujos vestidos eram muito grandes, experimentos com faixas amarradas na cintura ou cós dobrados. Algumas se lembraram de seus casamentos. Outras falavam sobre seus bailes de formatura, imaginavam quem seria coroado rei e rainha aqui. Roxanne disse que a srta. Knight provavelmente guardaria as duas coroas para si mesma.

Hoje à noite, usam sedas e lantejoulas, cambaleando em saltos altos depois de tantos meses em botas. Linda usa o cabelo cacheado solto pela primeira vez, com uma aparência adorável e despreocupada. Meryl prendeu o cabelo em dois coques. Frida está usando um vestido amarelo de algodão com gola Peter Pan e mangas bufantes, uma saia rodada. As peças são três tamanhos maiores e ridiculamente simples.

Tucker a encontra, diz que a procurou por toda parte.

— O que uma garota como você...

— Faz num lugar como este. Eu sei. Ha-ha.

Ela quer mesmo rir. Ele está vestindo um terno que não combina, o paletó é muito grande, as calças terminam vários centímetros acima dos tornozelos. Seu cabelo foi repartido de lado e bem penteado. Ele está barbeado novamente. Do pescoço para cima, parece um agente do FBI. Do pescoço para baixo, um mendigo.

Eles ficam a sessenta centímetros de distância um do outro. Frida cruza as mãos atrás das costas.

— Você fica tão bonita com o cabelo solto.

Ela cora. Nunca consegue controlar seu rubor perto dele.

— Não podemos ser vistos juntos. Tiraram minha permissão para usar o telefone. Por sua causa.

— Não podem fazer isso.

— Claro que podem. Elas podem fazer qualquer coisa.

Ele se aproxima.

— Eu abraçaria você.

— Não.

Frida se obriga a afastar-se. Não pode deixar que ele a chame para dançar, não quer dançar com ele em público. A dança levaria a um beijo. Beijar pode levar à expulsão. A expulsão a levaria a um penhasco. Ela seria a próxima Margaret. As mães têm falado assim. Sempre que ouvem falar de uma mãe chorando à noite ou no chuveiro, elas perguntam: "Ela será a próxima Margaret?".

Frida vê Roxanne e se preocupa com ela. Roxanne está tentando dançar com Meryl, mas Meryl não sai do lado de Colin.

O trio de mulheres brancas de meia-idade encontra Tucker. Charisse o puxa para a pista de dança e começa a dançar. Ela gira rápido e dá uma série de pequenos chutes, fazendo o tipo de careta que Frida só pode supor que ela faça durante o sexo. Tucker é um péssimo dançarino. Braços ondulando, balançando a cabeça, como um daqueles bonecos infláveis em concessionárias de carros. Frida provavelmente deveria usar isso contra ele, mas observa os casais e quer dançar com ele mesmo assim.

A srta. Knight se superou. Ela está usando uma capa de cetim com fecho adornado com joias, luvas brancas de ópera até o cotovelo. A capa é rosa, assim como o vestido, que tem bainha estreita e a obriga a dar pequenos passos de rato. Em um mundo justo, pensa Frida, as mães teriam molho de tomate para jogar nela. Um balde de sangue de porco.

A srta. Knight pega o microfone e manda os retardatários dançarem. São 19h30 e o baile terminará às 20h45 em ponto. Todos devem ir para a cama cedo para estarem prontos para a avaliação do dia seguinte.

Frida quase tinha se esquecido.

A srta. Gibson, a DJ da noite, toca "Cupid Shuffle". Roxanne olha para Frida e pisca, imitando os próximos passos. Apenas algumas mães dançam com alguma graça. Rebolam e agitam os braços para indicar que a situação não está levando a melhor sobre elas da mesma maneira que está levando a melhor sobre Frida.

* * *

Um círculo se forma com Linda e Beth no centro. Elas fazem movimentos com os braços como se estivessem moendo alguma coisa. Ambas são surpreendentemente flexíveis. Beth dá um tapa na bunda de Linda. Linda faz um passo chamado "homem correndo".

Frida hesita. Tucker está olhando para ela. O que ela temeria se eles estivessem juntos? Não temeria florestas. Não temeria grandes massas de água. Dançar. Envelhecer. Não temeria a solidão. Ele a ajudaria a cuidar de seus pais. A ajudaria a criar Harriet.

A srta. Gibson está praticando saltos e mergulhos de hip-hop, uma visão desconcertante. Quando a música diz "jogue as mãos para cima", ela o faz com prazer. Dois pais intrépidos a afastam de sua coreografia. Eles a levam para o centro do círculo e a colocam entre eles. Eles se agacham dançando. Ela se agacha dançando.

As mães assobiam. Um dos pais diz:

— Que horror.

Ver a srta. Gibson nessas condições é lamentável. Frida prefere não pensar nas instrutoras ou mulheres de jaleco rosa como pessoas reais, não quer pensar nelas em boates ou restaurantes, como pessoas que se divertem.

A srta. Gibson retoma suas funções de DJ. Ela toca músicas de discoteca. Alguns raps. "Groove Is in the Heart" é uma escolha popular.

As mães tiram os sapatos. Voltam para a mesa de comida para uma segunda rodada de bolo. Não há músicas lentas, então elas giram e saltam.

Depois de mais seis músicas, as luzes se acendem abruptamente. A princípio, os pais acham que estão sendo punidos por dançar demais. Mas, pelas portas abertas, percebem holofotes varrendo o campo. Alguns minutos depois, os guardas ordenam que se dividam para que seja feita uma contagem.

Frida olha para a fila de pais, a fila de mães. Ela procura por Tucker.

As sirenes começam a tocar. A srta. Knight diz a todos para ficarem calmos.

Tucker aparece ao lado de Frida. Ela está aliviada por ele estar seguro.

— Vou ter problemas por ficar perto de você — diz ela.

Ele a pega pelo braço.

— Você vai me ver depois que sairmos, não vai?

Ela não responde. Ele a puxa para mais perto. Ela descansa o rosto em seu peito, cheirando o tecido mofado, enrola os braços em volta da cintura dele. As mãos dele estão no cabelo dela.

— Estou falando sério, Frida.

Ela deveria estar pensando em sua filha. Sua filha que começa a pré-escola dali a dois dias. Sua filha que tem idade suficiente para ter sua própria mochila e falar sobre a lua. Ela se afasta. Fica a alguns passos de distância.

Ele quer se encontrar debaixo das arquibancadas.

— Eu vou primeiro.

— Não posso. Seremos pegos. Sempre sou pega.

— Quando vamos ter outra chance de ficar sozinhos? Ninguém está prestando atenção em nós. — As instrutoras e todos os outros funcionários, exceto um guarda, saíram para começar a busca. Pais e mães estão gritando. Assustados. Alguém diz que Roxanne, Meryl e Colin estão desaparecidos.

— O quê? — Ela precisa encontrar Beth.

Tucker pede que ela o encontre em cinco minutos.

Ela diz:

— Sou uma mãe ruim, mas estou aprendendo a ser boa.

— Frida, não temos muito tempo.

— Eu sou uma narcisista. Eu sou um perigo para a minha filha.

A mão dele em sua nuca é quente e confiante. Ele está olhando para a boca de Frida.

— Eu sei que você pensou sobre isso.

Ela aperta o punho, tentando manter o foco em Harriet, sua garotinha que está aprendendo a respeito de amargura, saudade e decepção. A respeito de uma mãe que pode decepcioná-la ainda mais.

Capítulo 16

Frida foi adicionada à lista de vigilância. A escola acha que ela sabia. Ambas as meninas disseram a suas conselheiras que a consideravam uma irmã mais velha. Se elas falavam sobre fugir, Frida era obrigada a denunciá-las.

As mulheres de jaleco rosa a checam diariamente. Seu sono e sua ingestão de alimentos estão sendo monitorados. Frida agora enfrenta três sessões de aconselhamento por semana. Foi interrogada após a dança, novamente após a avaliação e, de novo, por sua conselheira. O lado do quarto de Roxanne foi revirado. Os pertences de Frida foram revistados. As filmagens da sala de aula, da noite, do fim de semana, da hora das refeições e da equipe de limpeza foram revisadas, bem como as filmagens feitas pelas bonecas de Roxanne e Meryl. O guarda de olhos verdes que os ajudou a escapar foi demitido.

Alguns dizem que vão aparecer mortos. Outros acham que serão pegos. Linda acha que Roxanne e Meryl vão engravidar de novo e perder a guarda desses bebês também. Ela culpa Meryl. Beth culpa Roxanne. Nenhuma delas menciona Colin.

Linda diz que sente falta da atitude desafiadora de Meryl. Ela gostava de como Meryl estava sempre engolindo pacotes e mais pacotes de açúcar, como não conseguia lidar com cafeína, transformava todo café da manhã em leite com sabor de café.

— Lembre-se de que ela não está morta — diz Beth. — Não fale sobre Meryl como se ela estivesse morta.

Frida diz a ambas para ficarem quietas. Há atenção suficiente sobre a mesa delas. São a única turma com duas mães problemáticas, primeiro Lucretia, agora Meryl.

— Era verdade o que diziam a respeito dela e Roxanne? — pergunta Linda. — Elas eram... você sabe... — Ela fecha os punhos e os bate.

Frida não responde. Ela dirige a pergunta para Beth, que está de mau humor sobre Meryl e Roxanne desde o baile. Aparentemente Meryl nunca compartilhou sua fantasia de fuga com Beth. A falha de Frida em relatar suas suspeitas sobre as meninas foi adicionada ao seu registro. Não arriscará outra punição por fofocar.

Frida nunca pensou que elas realmente fariam isso. Roxanne tinha muitas outras ideias. Ela falou sobre sabotar as bonecas de suas colegas com um ímã. Encontrar uma hera venenosa e deixá-la nos carros das instrutoras. Ninguém sentirá mais falta dela do que Frida. Com quem ela vai contar os dias? Com quem vai sussurrar?

Começa a Unidade 8: Perigos Dentro e Fora de Casa. Elas estão aprendendo uma prática de maternagem baseada no medo, projetada para desenvolver seus reflexos de segurança e testar sua força. Esta semana, estão praticando na quadra, correndo enquanto carregam suas bonecas, fingindo escapar de um prédio em chamas.

Frida e Roxanne costumavam imaginar que provações as esperavam: correr sobre brasas, ser lançada de canhões ou jogada em poços de cobras, engolir facas. Ela sente falta dos questionamentos carentes de Roxanne e das risadinhas dos sonhos, falando sobre Isaac.

Roxanne ficaria brava com ela por terminar em terceiro lugar na Unidade 7. Frida não terá permissão para usar o telefone até outubro, talvez até deixar a escola. O baile aconteceu há apenas uma semana. Ela se sente como se estivesse de luto, o que é ridículo, já que eles nunca se beijaram, muito menos se encontraram sob as arquibancadas. À noite, imagina a si mesma nos braços de Tucker. Ela descansaria a cabeça em seu ombro. No ombro do homem cujo filho caiu de uma árvore, ela choraria e ele a confortaria. Eles saberiam que seus filhos estavam dormindo.

* * *

É início de setembro, um ano desde que Harriet foi levada, onze meses desde a última vez que Frida a segurou, três semanas desde seu último telefonema. Frida mal se lembra de como era sua vida há um ano, não se lembra do artigo que estava escrevendo, o nome do professor idoso, o nome do reitor, por que o prazo parecia urgente, como imaginara que sair de casa sem Harriet era possível.

Na aula, depois das sessões sobre segurança contra incêndio e água, as mães aprendem a proteger suas bonecas dos carros que se aproximam. Elas treinam no estacionamento ao lado do campo de futebol. Meryl teria gostado de estar ao ar livre com sua boneca, pensa Frida. Ela gostava do campus mais do que deixava transparecer. Meryl costumava dizer que deveria ter nascido na Costa Oeste. Ela achava que se tornaria uma pessoa diferente se tivesse crescido perto das montanhas, certa de que onde você cresceu determinava seu destino, que crescer no sul da Filadélfia a havia condenado.

— Por que você acha que eu chamei minha filha de Ocean? — disse ela.

O motorista liga o motor. Emmanuelle quer saber quem é o homem. Ela está insatisfeita com as promessas de Frida de que o homem não vai machucá-la.

A escola contratou motoristas profissionais. As instrutoras marcaram o alvo do motorista com um x, dando-lhe espaço para acelerar pelo estacionamento.

— Você tem de fingir que estamos atravessando a rua — diz Frida a ela. — As ruas estão cheias de carros. Os carros são perigosos. Eles podem matar você. Precisa segurar minha mão, tudo bem?

Ela conta a Emmanuelle que atravessar a rua com cuidado era uma das grandes obsessões de seu pai.

— Eu tenho um pai. Eu tinha avós, também. Meu avô morreu quando meu pai era pequeno. Em um acidente de carro. Meu pai tinha apenas nove anos. Não é triste?

Emmanuelle assente.

— Ele ainda fica nervoso quando eu atravesso a rua. Quando estávamos viajando pela China, ele segurava meu cotovelo em cada faixa de pedestres.

Como se eu fosse uma criança. Os pais sempre pensam que seus filhos são criancinhas, não importa quantos anos tenham.

Ela estava com vinte e um anos quando ele fez isso pela última vez. Ela já foi uma filha que viajava, cujo pai se preocupava em mantê-la viva.

Ela diz a Emmanuelle que seu pai completa setenta anos no dia seguinte. Emmanuelle quer saber o que é a China, o que é setenta, por que mamãe parece triste.

— Porque eu gostaria de poder vê-lo — diz Frida. — Também porque eu deveria ter sido mais legal com ele. Devemos ser gentis com nossos pais. Setenta é um aniversário importante.

Beth está ouvindo.

— Tenha cuidado — adverte. Elas não devem sobrecarregar suas bonecas com muitas informações pessoais. Frida agradece a ela pelo aviso. Ela volta ao assunto da segurança de pedestres. Não deveria ter baixado a guarda. Deve manter sua vida real separada, seu verdadeiro coração separado, deve preservar seus sentimentos para novembro.

Na casa banhada pela luz do sol, Frida acrescenta cômodos. Ali, as mães vão fazer trancinhas e contar histórias. Tucker servirá chá para elas. Meryl estará lá com Ocean. Ela será uma péssima hóspede. Roxanne estará lá com Isaac. A mãe de Roxanne vai estar saudável. Margaret estará viva. Lucretia vai encontrá-las.

Elas deveriam ter uma casa-mãe. Uma cidade-mãe. Ela se lembra de ter lido sobre uma ilha na costa da Estônia habitada apenas por mulheres, onde elas trabalhavam na agricultura e na carpintaria. Eram peixeiras e eletricistas. Usavam aventais de cores diferentes dependendo da atividade que exerciam.

— Espere por mim — disse ela a Tucker no baile. Depois de novembro, ela precisará de um novo apelido carinhoso para ele. O homem que deixou o filho cair de uma árvore se tornará o homem que recuperou seu filho. Seu único péssimo dia ficará no passado.

Na aula, elas assistem a vídeos de crianças de plástico sendo atropeladas por carros. Frida ensina Emmanuelle sobre opostos: perigo e segurança. A segurança é com a mamãe. O perigo é longe da mamãe.

276 *Jessamine Chan*

Elas continuam praticando no estacionamento. Uma tarde, as mães são mandadas de volta para Morris devido a uma tempestade. Vestem suas bonecas com roupas secas, mas elas mesmas permanecem encharcadas. Emmanuelle brinca com o cabelo molhado de Frida. Ela ri de seus óculos embaçados.

Os trovões e relâmpagos continuam por horas, assustando as bonecas. A srta. Khoury diz a elas que uma tempestade tropical está se movendo para o norte das Carolinas. O porão de Pierce inunda naquela noite. Há árvores caídas ao longo do Chapin Walk. No sábado, depois que a bomba do reservatório removeu a água, a equipe de limpeza é instruída a lidar com os detritos. Elas nunca estiveram neste porão. A área de armazenamento é decepcionante, comum. Elas reclamam do cheiro enquanto retiram dali caixas úmidas de papéis, uniformes, xampu, pasta de dentes.

Estão quase terminando o dia quando Charisse se perde e, durante suas tentativas de se juntar ao grupo, encontra um quarto trancado. As outras esperam por ela na base da escada. Frida diz a Charisse para se apressar. Desde que Charisse se juntou à equipe de limpeza, ela as tornou mais lerdas.

Charisse grita. Ela chama o grupo. Depois que as mães a encontram, elas se revezam para espiar pelo buraco da fechadura.

Alguém diz que ela não tem certeza do que está vendo. Frida é uma das últimas a olhar. Ela espera ver partes de bonecas, fileiras de cabeças, talvez uma pilha de bebês quebrados, o menino que se jogou contra a cerca e derreteu, a boneca de Lucretia, até mesmo a boneca de sua primeira colega de quarto, Helen. Enquanto seu olho se ajusta à escuridão, ela vê um corpo. O corpo está em um catre, o rosto da mulher voltado para a porta. Uma das mães.

Frida aperta os olhos.

— Quem é essa? — pergunta Charisse.

Enquanto conversam, a mulher abre os olhos. Ela se senta e olha para elas, então corre para a porta e começa a bater. Frida e Charisse saltam para trás. A mulher grita. Frida reconhece sua voz. É Meryl.

Frida leva a mão à boca.

Um guarda ouve o barulho e manda as mães subirem. Meryl continua batendo na porta e implorando.

Meryl se foi há três semanas. Em sua cabeça, Frida lista as razões pelas quais ela não pode a ajudar. Harriet, Harriet, Harriet. Ela é a companheira de quarto de uma desistente e uma fugitiva. Duas idas à roda de conversa. A lista de vigilância. O abraço. Mas Meryl tem medo do escuro. Ela dormiu com ursinhos de pelúcia durante todo o ensino médio. As paredes do porão estão úmidas. Ela poderia ficar doente.

A equipe de limpeza se reúne no jantar. Charisse quer que elas tracem um plano.

— Precisamos falar com a srta. Knight. Podemos tirar Meryl dali. — Se não tentarem, diz Charisse, a equipe de limpeza será como os alemães que fecharam os olhos quando os judeus foram presos. Essa linha de argumentação não é bem recebida. Todo mundo acha injusto traçar paralelos com o Holocausto.

Charisse quer ligar para o advogado dela, fazer com que o advogado ligue para a União Americana pelas Liberdades Civis.

Frida a avisa para não comprometer seu caso.

— Estou tão preocupada quanto você, mas devemos esquecer isso.

Charisse lhe dá um longo olhar de desaprovação.

— Muita frieza da sua parte, Frida. Ela era sua amiga.

— Ela é minha amiga, mas temos de pensar em nossos filhos. O registro, lembra-se?

As notícias do confinamento de Meryl se espalham rapidamente. Todas estão preocupadas com o que está sendo feito com ela. Não entendem por que a escola a trouxe de volta. Temem que Roxanne esteja presa em algum outro lugar do campus.

Frida sabe que Roxanne gostaria que ela fizesse alguma coisa. Ela gostaria que Meryl estivesse segura. Estava tão brava por não terem feito mais por Lucretia. Várias vezes, quando Frida vê a srta. Gibson ou uma das mulheres de jaleco rosa, quer dizer alguma coisa, perguntar se podem ao menos transferir Meryl para um dormitório normal, para um dos prédios vazios. Mas então ela pensa em Harriet e segura a língua.

Charisse continua sua campanha. Ela diz a Frida para se lembrar de quando tinha dezenove anos, provavelmente uma estudante universitária, não trancada em um porão escuro e úmido. Ela traz à tona o caso de Kitty

278 *Jessamine Chan*

Genovese e os espectadores inocentes. Frida diz a ela que o caso já foi refutado.

No almoço do dia seguinte, Charisse vai direto para a mesa de Frida. Frida vai embora antes que a mulher possa envergonhá-la ainda mais, diz a Charisse para perguntar a Beth. Charisse segue Frida de volta a Kemp, até o quarto.

— Precisamos cuidar dela — diz Charisse.

Frida responde:

— Sai daqui. Sai daqui, ou vou contar aos guardas.

Com Meryl no porão, todos estão de olho na mesa delas mais uma vez. Beth passa o domingo inteiro soluçando. Diz que seus pais costumavam trancá-la no porão para puni-la. Ela diz a Linda para pensar no que acontece com as crianças que ficam trancadas em lugares escuros. O que isso faz com suas mentes. Suas almas. Linda responde derramando água na comida de Beth.

Não precisam se preocupar com Meryl por muito tempo. A garota aparece no café da manhã na segunda-feira. Seu cabelo foi cortado de maneira nada lisonjeira e tingido de um austero tom de ruivo. Há um pedaço de cabelo faltando acima da orelha esquerda. Suas mãos tremem. Seu sorriso fraco parece apenas para agradar Charisse, que se senta ao lado dela, acaricia seu braço e parece esperar agradecimentos contínuos por obter sua libertação.

A mãe de Meryl a denunciou, recusou-se a deixá-la ver Ocean quando ela apareceu em seu apartamento depois de conseguir ficar longe por suas primeiras duas semanas de liberdade. Meryl podia ouvir Ocean chorando pela porta. Ela se plantou no corredor e se recusou a ir embora.

A escola vai permitir que termine seu treinamento.

Linda diz:

— É claro que as regras seriam quebradas por uma garota branca.

Charisse diz que a questão não é uma quebra de regras. Alguém precisa garantir que a escola respeite os direitos humanos básicos.

— Minha querida, não ouse — diz Linda.

Meryl faz uma careta para Linda, parecendo momentaneamente com seu antigo eu.

— Minha mãe me disse que eu precisava acabar o treinamento. Ela disse que não me consideraria mais sua filha se eu não terminasse. Vocês acham que eu quero estar aqui de volta? Ela disse que tinha vergonha de mim por ter desistido. Disse que eu era como meu pai perdedor.

A srta. Gibson foi buscá-la. Acompanhada de um guarda. Foi muito estranho ver a diretora-adjunta da escola apertar a mão de sua mãe. A srta. Gibson estava vestindo roupas normais. Jeans. Tênis. O guarda também. Pareciam pessoas normais. Agradeceram à mãe dela por respeitar as regras.

— Todas as nossas senhoras têm sorte por virem de famílias tão solidárias — disse a srta. Gibson.

— E o registro? — Até aquele momento Frida teve medo de falar e evitou olhar Meryl nos olhos.

Meryl não tem certeza. Ela não quer pensar nisso. Elas a importunam pedindo informações. Beth quer saber o que está acontecendo nas notícias. Se vazaram detalhes sobre a escola.

Meryl não tem ideia. Isso não é problema dela. Linda pergunta se ela foi às vias de fato com Colin.

Meryl ignora a pergunta de Linda.

— Eu senti sua falta, idiota — diz Beth, tentando abraçá-la. Meryl empurra Beth para longe.

— Dá um tempo.

Frida pergunta sobre Roxanne.

— Nós nos separamos quando chegamos à rodovia. Ninguém daria carona para nós três. Os uniformes não ajudaram, você sabe. Íamos nos encontrar em Atlantic City e nos esconder em um daqueles prédios abandonados. Colin tinha um lugar em mente. Mas eu queria ver minha filha. Eu sou burra, burra demais.

No caminho para a aula, Frida pergunta se Roxanne também poderá voltar. Meryl acha que não. Ela não sabe para onde Roxanne possa ter ido.

— Espero que ela esteja com a mãe — diz Frida.

— Certo, porque uma ala hospitalar de câncer é exatamente para onde você quer ir depois de sair deste lugar.

— Não foi o que eu quis dizer. De qualquer maneira, não acho que a mãe dela esteja no hospital.

Frida pergunta a Meryl se algo aconteceu no porão, se alguém fez algo com ela.

— Eles não precisam fazer mais. Eles já fizeram muito para nós.

— Eu sinto muito. — Ela conta a Meryl sobre Charisse invocando o Holocausto. — Deveria ter sido eu. Não Charisse. Mas, sabe, você está no meu registro. Assim como Roxanne. Eu deveria denunciá-las. — Ela coloca um braço em volta dos ombros de Meryl. A garota está diferente. Mais magra, mais frágil.

A srta. Khoury e a srta. Russo parecem desapontadas por tê-la de volta. Ela vai precisar se atualizar, fazer treinamento extra. A boneca de Meryl está paralisada há três semanas. Quando sai da sala de equipamentos, suas pernas estão bambas como as de um potro.

O clima começa a esfriar. As mães vestem suéteres sobre seus uniformes. Eles adicionam cobertores extras às suas camas. Em algumas semanas, as árvores ficarão esplêndidas. O outono, lembra Frida, é a estação favorita de Roxanne.

Frida e Beth ficam perto de Meryl nas refeições, tentando protegê-la de Charisse, que vem com comida e elogios, dizendo que ela é corajosa.

Algumas mães negras referem-se a Meryl como a garota que ferrou com Colin. Ele poderia ter conseguido seu filho de volta se não fosse por ela. Fazem Meryl tropeçar no refeitório. Deram uma cotovelada nela na fila do chuveiro. Mas, a cada dia, sua confiança aumenta. Histórias sobre Colin são substituídas por histórias sobre ver o pai de Ocean, quantas vezes ela transou com ele, como ela comeu frango frito, pizza, rosquinhas e doces, como foi bom dormir em uma cama de verdade. Escolher sua própria comida. Fumar.

— Não senti falta da minha boneca — diz ela —, de jeito algum.

Restam oito semanas. Em outubro, os pais retornam. Alguns dizem que a escola quer prepará-los para voltar ao mundo real. Alguns dizem que a escola quer mais confraternizações e expulsões para que possam testar o registro. Alguns dizem que a escola quer mantê-las distraídas para que mais mães fracassem. Talvez alguém esteja ganhando dinheiro com seus fracassos.

Os pais entram no ginásio para assistir a vídeos sobre o perigo de estranhos. Frida procura por Tucker. Ela o vê na primeira fileira de arquibancadas, deseja que ele vire a cabeça.

O tempo passa mais rápido agora que ela pode vê-lo. Ela realiza seu desejo na segunda-feira seguinte, quando Tucker e outro pai se alternam em vários grupos de mães para praticar combate corpo a corpo. Tatames foram colocados no chão. Um especialista em autodefesa vem demonstrar técnicas básicas.

Tucker é o primeiro a bancar o sequestrador. O especialista mostra a Beth como chutar Tucker na parte de trás do joelho. Ela deve, então, pegar sua boneca e golpear Tucker no nariz com a palma da mão. Um movimento rápido para cima causará mais dor.

Eles deveriam fazer mímica de seus movimentos, mas Beth acidentalmente chuta Tucker de verdade. As instrutoras lembram aos pais que devem se proteger, mas não fazem nada para desencorajar os golpes reais.

Quando é a vez de Frida, ela grita e ataca. Ela chuta levemente a parte de trás do joelho de Tucker. Emmanuelle se enrola em uma bola, fingindo que é uma pedra, seu método preferido de sobreviver a cada rodada.

Tucker finge cair, mas agarra o macacão de Frida, fazendo-a cair. Ela se levanta, mas ele agarra seu tornozelo e a derruba novamente. Pode ser que nunca tenham mais do que isso. Ela não o olha nos olhos, ignora a mão em seu tornozelo, suas carícias, borboletas em seu estômago, o desejo de deslizar para baixo do corpo dele.

É melhor que Harriet não possa vê-la. É melhor que Roxanne não esteja aqui. No rescaldo da prática de prevenção de sequestros, Frida parece, nas palavras de Emmanuelle, um "monstro". Todos os dias, elas falam sobre cores, por que o rosto da mamãe está azul e roxo, por que está inchado. Elas falam sobre a Páscoa, o dia em que Emmanuelle foi atingida por aquele garotinho malvado.

— É a vez da mamãe lutar agora — explica Frida. — É a vez da mamãe ser atingida. Eu morreria por você. As mamães estão dispostas a morrer por seus bebês.

Todas as noites, as mães fazem fila na enfermaria pedindo aspirina, compressas de gelo e curativos. Seus rostos lembram frutas podres. Algumas têm dentes lascados. Outras têm pulsos e tornozelos torcidos. Permissões para usar o telefone são canceladas para esperar que elas se curem.

Entre si, elas se perguntam o que leva os funcionários a trabalharem ali, quanto ganham, por que nenhuma das instrutoras se demitiu em protesto, por que nenhum guarda falou, por que nenhuma das pessoas aqui sente tão profundamente por elas quanto as bonecas.

Alguém sugere que as instrutoras são mulheres que tiveram abortos espontâneos. Outras pensam que são mulheres cujos filhos morreram. Beth acha que são estéreis. Linda diz que todas essas ideias vêm de pessoas que leram muitos livros, que assistiram TV demais.

— Muitas pessoas são frias e sem coração — argumenta Linda. — Quem você acha que trabalha em uma prisão? Quem você acha que trabalha no corredor da morte? É um trabalho.

O medo, eles aprendem, é um trunfo que pode ser canalizado em força e velocidade. Pais e mães assistem a vídeos que mostram estranhos levando crianças pequenas para porões. Uma porta se fecha, uma criança emerge com roupas desconjuntadas e olhos mortos. Eles ouvem as estatísticas. Assistem a depoimentos de sobreviventes. Muitos culpam seus pais, especialmente suas mães. Quão diferente teria sido sua vida se fossem verdadeiramente amados, se alguém acreditasse neles quando contaram.

O amor é o primeiro passo, dizem as instrutoras. Durante o treinamento de prevenção de abuso sexual, os pais aprendem que crianças que recebem ampla atenção dos pais serão menos suscetíveis a pedófilos.

Duas mães vomitam durante os depoimentos. Alguns pais choram.

A maioria é cética. Beth diz que nunca é assim que acontece. Que tal falar a respeito dos pais, padrastos e tios? Avós. Amigos da família. Primos. Irmãos. Por que tem de ser culpa da mãe?

Quando as luzes se acendem, o pescoço e as axilas de Frida estão úmidos. Ela está toda fria. Na noite anterior, sonhou que Harriet estava escondida na escola, presa em um quarto escuro, cercada por corpos desmembrados.

Alguém estava agarrando seu pulso. Alguém estava tocando uma campainha. Frida seguiu a campainha até encontrar o quarto certo, mas não conseguiu abrir a porta. Ela ficou do outro lado gritando.

As trilhas do campus estão salpicadas de folhas douradas. Gust e Susanna provavelmente estão levando Harriet para ver as cores do outono. Eles a levarão ao Fairmount Park, ao Wissahickon. Colherão maçãs. Frida pretendia fazer isso no ano anterior. Ela se lembra de comer o *crumble* de maçã de Susanna e sentir inveja, querendo ser o tipo de pessoa que faz sobremesas do zero.

Eles praticam na quadra do lado de fora do Morris. Parquinhos e seus balanços servem como campo de caça para o pedófilo. Pais e mães devem evitar que o pedófilo fique muito tempo ao lado de sua boneca. O pedófilo deve elogiar a boneca, dizendo coisas como "Que garotinha linda você é" e pedir um abraço. Os pais devem, então, interceptar o pedófilo, assumir o controle da situação, levar a boneca para um local seguro e processar a experiência.

Meryl agora fala de sua semana no porão em tom nostálgico. Ela não sabia que voltaria para a porra de um clube de luta. No almoço, diz que essas aulas parecem particularmente estúpidas, sem sentido.

— Depreciativas — diz Frida. — A palavra que você está procurando é *depreciativas*. — Certa manhã, quando é a vez de Frida bancar a pedófila, ela é derrubada por Beth e bate a cabeça na base do escorregador. Ela não pode se mover. Seus olhos não focam. Beth jogou seus óculos no chão. Frida teme estar paralisada, tem medo de ter de ir embora em uma maca. Ela ouve Emmanuelle chorando. As colegas se perguntando se ela está bem.

Beth está ajoelhada ao seu lado, acariciando seu rosto e se desculpando.

— Frida? Frida? Você pode me ouvir?

Ela mexe os dedos das mãos, depois os dedos dos pés. Ela ouve as instrutoras dizendo que devem ligar para a enfermaria, ouve Linda repreendendo Beth. Frida tenta mover as pernas, aliviada por ainda conseguir dobrá-las. Tateia pelo chão, procurando seus óculos. Ela ouve a voz de Tucker, sente as mãos dele erguendo sua cabeça, depois seu torso. Ele a faz sentar. Ele a ajuda a colocar os óculos, descansando a mão em seu rosto.

Suas cabeças estão quase se tocando. Todos podem vê-los. Ela diz que está bem.

— Eu não acho que você deveria fazer isso.

Ele a ajuda a se levantar. Ela tenta dar um passo e tropeça.

— Deixe-me ajudá-la. — Ele pega o braço dela e a leva de volta para o grupo. Ela mal consegue sentir a dor. Ela precisa de seu toque. Seu cuidado. Ele a coloca na grama, segurando-a como um tesouro.

Tucker pega Jeremy e Emmanuelle no colo e cuida deles.

— Mamãe Frida está bem. Estão vendo? Ela está bem. Quando caímos, levantamos imediatamente. Mamãe Frida está aprendendo.

Frida se sente tonta e enjoada. Feliz. Escolhida. Talvez nunca veja a casa dele. Talvez nunca conheça Silas, nunca se torne a madrasta do menino, nunca tenha outro bebê. Pode ser que Frida nunca beije o homem que deixou seu filho cair de uma árvore, mas hoje ela tem certeza de que o ama. Diz isso a ele quando o grupo está apertando as mãos no final do dia. Ela se certifica de que as instrutoras estão ocupadas, então cobre os ouvidos de Emmanuelle, diz a ele para cobrir os de Jeremy.

Ela murmura as palavras.

— Sim — diz ele. — Eu também. Eu te disse. Um romance.

Novamente, elas oram. No ônibus, Frida e suas colegas baixam a cabeça e sussurram. Estão sendo levadas para o dia de avaliação da Unidade 8. Um dia antes, vários grupos praticaram juntos. Estações com diferentes situações de perigo foram montadas em zigue-zague dentro do armazém. Uma estação representava um prédio em chamas, outra tinha um balanço, outra apresentava uma van com janelas escurecidas.

Entre as estações, precisavam correr com suas bonecas. Só havia tempo para que cada um fizesse uma vez o percurso. A escola tinha novas pessoas interpretando os sequestradores e pedófilos, supostamente instrutoras estagiárias e guardas que atuarão em uma escola para mães na Califórnia. Eles eram mais fortes e mais rápidos do que os pais e as mães. Quando ninguém conseguiu terminar o circuito, as instrutoras disseram para eles expandirem sua compreensão do que é possível.

A srta. Khoury afirmou:

— Não importa se você está lutando contra uma pessoa ou doze. Um pai ou uma mãe deve ser capaz de levantar um carro. Erguer uma árvore caída. Assustar um urso. — Ela bate no peito. — Vocês têm de encontrar essa força dentro de si mesmos.

— Vocês não podem deixar seus corpos atrapalharem — acrescentou Russo.

Hoje, Frida termina cedo, saindo no fim da tarde com um corte embaixo do olho. Ela acha que quebrou uma costela. Sente dor ao erguer Emmanuelle. Ao saírem, o corte lateja quando o vento bate em seu rosto.

Emmanuelle ainda está chorando. Ela toca o corte de Frida, então esfrega o rosto, deixando o sangue de Frida nela. Frida tenta limpar o sangue. Parece estar manchando a pele de Emmanuelle.

A avaliação de hoje será inserida em seu registro com a nota zero. Os pais merecem mais do que duas chances, ela gostaria de dizer à juíza da Vara de Família. Merecem mais do que isso. A versão de seu futuro que inclui Harriet agora requer um milagre e ela nunca se considerou sortuda.

Ela leva Emmanuelle para o círculo de pais e mães no estacionamento. Todo mundo está terminando cedo. Eles ficam próximos para se aquecer. Há gelo no chão. As bonecas ficam no centro, tremendo e agarradas às pernas de seus respectivos pais e mães.

Frida perguntou à conselheira o que acontecerá a seguir. Se haverá um período de experiência, se ela precisará ser monitorada pela sua assistente social, srta. Torres, se Harriet ainda precisará ver o psicólogo infantil, se haverá restrições em suas amizades ou relacionamentos, os tipos de trabalhos que ela tem permissão para fazer, se o Serviço Social ainda vai rastreá-la, se ela pode deixar o estado, se pode viajar com Harriet. A conselheira disse que tudo depende de ela conseguir Harriet de volta ou não. Se ela a tiver de volta, haverá mais monitoramento. Se não recuperar a filha, ninguém vai incomodá-la. Ela não será uma preocupação para eles.

— São problemas que você quer ter, pessoas que deve desejar ver — afirmou a conselheira.

A conselheira não disse quando o monitoramento adicional chegaria ao fim. Está totalmente escuro quando Frida sente Tucker ao seu lado.

Jeremy está encantado em ver Emmanuelle. Eles se sentam e começam a brincar.

— Fui derrotado na primeira estação — diz Tucker.

— Eu cheguei à estação dois. Seu prognóstico é bom. Talvez você fique bem.

— Não é assim que este lugar funciona. — Tucker olha para ela com ternura. Ela nunca lhe agradeceu por ter cuidado dela no outro dia, por ter acalmado Emmanuelle.

Sem outra palavra, tiram as luvas e acariciam os dedos um do outro. Frida olha para trás. Não estão seguros. Há a luz da estrada, outros pais e mães, guardas.

Tucker percebe o corte sob o olho dela. Ele tenta tocar seu rosto, mas ela se afasta.

— Eu gostaria de poder protegê-la. Quando sairmos, eu vou te proteger.

Frida quer dizer que fará o mesmo. Ela quer fazer promessas.

Restam três semanas. E depois? Ela toca os dedos nos lábios, depois pressiona os dedos na palma da mão dele. Ele faz o mesmo. Eles passam três beijos assim antes de Emmanuelle perguntar o que eles estão fazendo.

— Passando esperança — diz Tucker.

Capítulo 17

Antes de vir para cá, ela nunca pensou muito sobre árvores. Nem sobre árvores nem sobre infância nem sobre o clima. Ela costumava fazer seu pai carregá-la sobre folhas molhadas. Quando criança, ela achava desagradável a textura de folhas molhadas. Ela ficava parada na calçada e estendia os braços para ele e fazia exigências, agarrava-se a ele, que lutava com seu guarda-chuva. Ele sempre aceitava, apesar de ela já ser grande demais para ser carregada, deveria ter uns três ou quatro anos.

Qual é o peso de uma criança de três anos? E de quatro? Lá fora, as árvores estão pingando. Frida tem folhas molhadas grudadas em suas botas. Olhando a chuva, ela percebe que não terá mais tempo com Emmanuelle lá fora. Emmanuelle não sabe nada das estações. Talvez ela nunca mais veja a luz do sol, não com Frida.

Nesta manhã, as professoras distribuem passarinhos de plástico com manchas de sangue pintadas nos bicos e uma camada de sangue em seus peitos. É novembro, e as mães voltaram às salas de aula para começar a Unidade 9: O Universo Moral. Usando esses acessórios, elas vão exercitar o protocolo de desenvolvimento moral. Vão mostrar o pássaro ferido à boneca e, então, pedir que a boneca o ajude. Vão ensinar a boneca a pegar o pássaro e levá-lo para sua mãe.

As instrutoras vão observar a profundidade da fala maternal, a profundidade de sua sabedoria, a qualidade da transferência de conhecimento, se elas estão encaixando este exercício no esquema geral de responsabilidades morais. Durante estas semanas finais, elas vão ensinar altruísmo a suas bonecas. O sucesso depende de suas próprias qualidades morais, da conexão entre a mãe e a boneca, se elas passaram seus valores às bonecas, se esses valores são corretos e bons.

Tucker foi adicionado ao registro de Frida. Assim como uma terceira ida ao círculo. E também há menções por linguagem corporal lasciva, toques sexualmente sugestivos, desobedecer à sua conselheira e ignorar sua boneca. A conselheira acha que Frida está sucumbindo. Além de suicídio e automutilação, criar uma conexão romântica durante o treinamento sugere desejo de fracassar.

Nas primeiras horas do treinamento sobre moral, os pássaros são lambidos, mordidos, jogados e colocados no bolso. Emmanuelle derruba seu pássaro no uniforme de Frida. Frida recupera o brinquedo e o aninha na mão da boneca. Ela pede a Emmanuelle para observar o pássaro, notar o vermelho.

— O que significa o vermelho? O vermelho para o pássaro é como o azul para você. — Ela passa o braço para trás de Emmanuelle e toca o botão azul. Fala sobre criaturas grandes ajudando as criaturas pequenas, humanos ajudando animais.

Apesar de Frida estar sorrindo, Emmanuelle sente que algo está errado. Ela fica perguntando se mamãe está bem.

— Você triste. — Emmanuelle toca o olho roxo de Frida e sua bochecha inchada. — Dói corpo de mamãe? Corpo mamãe triste? Mamãe triste grande? Mamãe triste pequeno?

Tantas coisas doem. Todos os pais fracassaram na avaliação do dia anterior. Mas Frida diz que está bem. Pede a Emmanuelle que se concentre no pássaro. O pássaro é mais importante que mamãe.

— Lembra, a gente viu passarinhos lá fora. Este é um pássaro de mentirinha. Vamos brincar? Você acha que o passarinho está assustado? O que você acha que os passarinhos sentem? Se você fosse o passarinho agora, como se sentiria?

Emmanuelle acha que o passarinho se sente triste pequeno. O peito do passarinho tem um dodói. O passarinho precisa de um curativo. O passarinho precisa ir lá fora.

— Lá em cima. Voa, passarinho, voa! Voa! — Emmanuelle joga o passarinho para o ar. Ela aponta para a janela. — Vem, mamãe!

— Desculpe, querida. Precisamos ficar aqui. Nós temos de praticar.

— Com Jeremy?

— Lembra, nós dissemos tchau para o Jeremy noite passada. — Elas falam sobre como os pais não vão mais voltar, como Emmanuelle não verá Jeremy de novo, só no ano que vem. Frida quer contar a Emmanuelle que ele, então, estará diferente. Ela também. Eles terão outros nomes. Outros pais. Quanto tempo vai demorar até eles serem amados?

Emmanuelle não parece se lembrar do acesso de raiva de Jeremy. O estacionamento estava lotado naquele momento. Todos os pais estavam machucados. As bonecas estavam brincando pacificamente quando Jeremy tentou jogar uma pedra. Tucker tirou a pedra da mão de Jeremy no último momento. Frida deu o abraço de apaziguar o dano emocional. Tucker deu o abraço de aplacar agressão. Eles conversaram sobre gentileza e reconciliação assistida. Quando se abraçaram, foi por um tempo longo demais.

Eles sussurraram:

— Eu amo você.

Tucker deu a ela seu endereço e número de telefone, seu e-mail. Ela compartilhou os dela.

— Venha me encontrar — disse ele. — Vamos celebrar quando isto tudo acabar.

A escola não sabe nada sobre essa conversa. Ela é uma mãe ruim por se agarrar a essas palavras. Ela era uma mãe ruim por sentir falta dele. Ela era uma mãe ruim por desejá-lo. Deveria saber que a escuridão não os protegeria. Ela deveria saber que o abraço não pareceria inocente. Quanto ele vai custar a ela? Se ela nunca tivesse conhecido o homem que deixou seu filho cair da árvore, seu prognóstico ainda poderia ser razoável.

Até agora, apenas a boneca de Linda segura seu pássaro por mais de alguns segundos. A boneca de Beth lança seu pássaro a distâncias alarmantes. A boneca de Meryl enfia seu pássaro na boca. Elas devem ensinar às bonecas sobre comunidade, a necessidade de ajudar os outros.

— A formação de bons cidadãos começa em casa — diz a srta. Khoury.

Toda menção a cidadania enche Frida de raiva. Ela queria dizer à juíza da Vara de Família que seu pai era o americano mais patriota que conhece. Houve viagens de família para a cidade natal de Lincoln, para Lexington e Concord, para a recriação colonial de Williamsburg. Seu pai visita o Sino da Liberdade e o Independence Hall sempre que vai à Filadélfia.

— Vocês arruinaram os Estados Unidos para ele — ela gostaria de dizer. Para sua mãe também. Talvez eles se arrependam de ter vindo para cá.

Seu pai costumava conversar com ela sobre círculos de responsabilidade. Primeiro, sua esposa, sua filha e seus pais. Depois, seu irmão e os filhos de seu irmão. Então seus vizinhos. Daí, seu bairro. Sua cidade. Os pais dela nunca a ensinaram sobre altruísmo, não de forma explícita. Mas ela viu o que eles faziam por suas famílias. Por ela. Como eles trabalhavam duro. O quanto eles se doavam.

A escola atrasou os relógios. Agora escurece às quatro e meia. O céu é índigo, roxo, violeta, azul cristal e ainda mais azul logo antes de chover.

Quando Harriet faz trinta e dois meses, Frida celebra o dia sozinha. Teria celebrado com Roxanne. Elas teriam imaginado o quanto Harriet cresceu, quanto ela pesa, o que ela pode estar falando, como ela se sente. Moldar uma visão de mundo costumava parecer uma das partes mais difíceis da educação de uma criança. O que terá restado para ela ensinar quando voltar para casa? Harriet vai confiar nela?

Ela costumava pensar que prezava a lealdade acima de todas as coisas, mas, durante sua terceira visita à roda de conversa, ela traiu sua mãe. A srta. Gibson as fez falarem sobre suas infâncias. Ela queria detalhes. O comportamento de Frida, disse a srta. Gibson, era de uma pessoa traumatizada. O que a fez se apegar a Tucker? Só uma mulher perturbada escolheria um homem que feriu seu próprio filho. A srta. Gibson incitou e incitou até Frida contar ao grupo sobre sua mãe perder um bebê. O luto que ela nunca comentou. Como sua mãe talvez nunca tenha superado o luto. Como algumas vezes sua mãe mal falava com ela ou a tocava. As vezes em que sua mãe disse: "Suma da minha vista".

Após uma pausa dramática, a srta. Gibson acrescentou:

— Talvez você tivesse se tornado outra pessoa se tivesse uma irmã ou irmão. Claramente você queria algo que sua mãe não podia dar.

A srta. Gibson disse que sua mãe deveria ter procurado ajuda — um terapeuta ou um grupo de apoio. Se ela tivesse sido uma mãe melhor, teria cuidado melhor de si e, assim, estaria mais disponível para a filha.

Frida resistiu e não disse que aquelas eram soluções americanas. Ela odiava ver sua mãe sendo analisada. Um pequeno aspecto de sua vida sendo usado para explicar seu caráter. Agora sua conselheira saberia. A assistente social saberia. A juíza da Vara de Família saberia. Ela nunca havia contado isso nem sequer a Gust.

Quando elas finalmente conversaram sobre o assunto, sua mãe disse:

— Eu tirei aquilo da cabeça. Só vocês, garotas de hoje, pensam, pensam e pensam. Eu não tinha tempo para isso. Isso é um luxo. Eu não podia ficar emotiva. Precisava trabalhar.

Na aula, elas tentaram pegar o pássaro trinta vezes. Frida fala a Emmanuelle sobre dever. Emmanuelle tem o dever de ser gentil. Tem o dever de cuidar.

— A gosma vermelha quer dizer que o pássaro está machucado. O que fazemos quando uma criatura está machucada?

— Ajudamos.

— Isso. Quem ajuda? Mamãe ajuda? Emmanuelle ajuda?

Emmanuelle aponta para seu próprio peito.

— Eu ajuda. Eu mes-ma! Eu mes-ma! — diz ela, saltando para dar ênfase.

— Você mesma. Bom trabalho. Você pode pegar aquele passarinho e trazer para a mamãe?

Emmanuelle vai até o pássaro e se agacha. Ela acena, dizendo:

— Olá, pássaro! Olá! Olá! — Ela pega o pássaro e o dá para Frida, a primeira boneca a completar o exercício.

Falta uma semana. Mesmo as mães que só tiraram zeros, as que passaram meses na roda de conversa, acreditam que o juiz dará a elas uma segunda chance. Supostamente terão suas últimas audiências no tribunal uma ou duas semanas após saírem. Elas vão receber de volta suas roupas, seus telefones e suas bolsas na última manhã. A escola dará sessenta dólares a cada uma. Os ônibus vão levá-las a seus diversos destinos na comarca. Suas assistentes sociais e os guardiões de seus filhos serão contatados. Arquivos e materiais de apoio serão enviados.

As famílias mudaram. Alguns maridos entraram com pedidos de divórcio. Namorados, namoradas e pais de bebês começaram novos relacionamentos. Aconteceram noivados e mulheres ficaram grávidas. As ligações de domingo são dominadas por discussões sobre logística. Quem ficará com quem, quem pagará as custas legais, se ainda há algum dinheiro na conta bancária, o que dizer às crianças. As mães estão ansiosas por longos banhos e cortes de cabelo, por dormir em suas próprias camas, usar suas próprias roupas, dirigir, ganhar dinheiro, gastar dinheiro. Navegar na internet, fazer compras, ir à manicure. Falar sem um roteiro. Ver seus filhos.

Tucker disse que os pais nunca receberam tópicos de discussão. As chamadas de domingo nunca foram canceladas por problemas técnicos. Frida quer saber se a ex-mulher de Tucker vai permitir que ela se aproxime do filho deles, se Gust vai permitir que Tucker se aproxime de Harriet. Ela precisa ser paciente. Logo ela estará livre para ter seus próprios pensamentos e emoções. Ela tem um ano de choro guardado. Algumas vezes isso pesa em seu corpo.

No ginásio, as mães assistem a vídeos sobre a pobreza. Há segmentos sobre a crise global de refugiados, sobre os sem-teto nos Estados Unidos, sobre desastres naturais. Elas devem conversar com seus filhos sobre os eventos globais. Se elas têm experiência com a pobreza, são encorajadas a compartilhar essas vivências com suas bonecas.

De volta ao Morris, as professoras distribuem tablets carregados com imagens de conscientização: campo de sem-teto, refugiados lançados na praia em barcos de borracha, crianças em favelas do terceiro mundo. As mães começam a ensinar novas palavras a suas bonecas. *Crise humanitária. Migração. Fronteiras. Direitos humanos.*

Frida descreve as imagens como as de um livro de figuras: "Por que esse homem está sujo? Por que ele não tem sapatos? Por que ele está dormindo sob um monte de lixo?".

— Ele mau — diz Emmanuelle.

— Não. É porque algo deu errado na vida dele e alguma vezes, quando as pessoas não têm ninguém que as ajude, elas acabam morando na rua.

— Triste, triste.

— Sim, triste como o passarinho. Mas triste grande, porque ele é uma pessoa.

A srta. Khoury elogia Frida por criar conexões, o elogio, algo tão raro, que parece imaginário.

Frida ensina Emmanuelle sobre abrigos e cozinhas comunitárias, casas temporárias e programas de reabilitação. Ela diz:

— Imagine não ter casa no inverno, imagine como é quando está chovendo. — Ela conversa sobre o direito universal a comida e abrigo.

Emmanuelle aponta para a porta da sala de equipamentos.

— Casa.

Frida diz:

— Nem todo mundo tem essa sorte.

Frida está pensando sobre corações e mentes, cidades e casas. Luzes laterais ou nenhuma luz. Outra casa em outra cidade. Seattle ou Santa Fé. Denver. Chicago. Canadá, sempre uma fantasia. Se Gust e Susanna concordariam com a mudança. Se a ex-mulher de Tucker e seu novo parceiro concordariam. Se a ex-mulher desse homem e o novo parceiro dela concordariam.

Mais informações sobre a família são acrescentadas ao registro de Frida. O bebê de Susanna chegou uma semana adiantado. Um menino. Susanna precisou de uma cesariana de emergência. Sua placenta rompeu. Ela perdeu uma grande quantidade de sangue. Frida descobre isso por meio de sua conselheira, que está impressionada de Gust ter se dado ao trabalho de informá-las.

— Você não perguntou o nome do bebê — diz a conselheira.

— Perdoe-me. Que nome deram a ele? Eu não sabia que seria menino.

O nome do bebê é Henry Joseph. Ele tem dois quilos e trezentos gramas. Tem icterícia, deve passar um mês na UTI neonatal. Susanna deve ficar no hospital por várias semanas.

— Mas ela está bem?

— Está se recuperando. Sugiro que você pense em uma forma de tornar sua volta mais fácil para eles.

Frida diz que fará isso. Ela quer perguntar quem está com Harriet. Gust deve ter de estar o tempo todo no hospital. Os pais deles vieram ajudar? Gust arranjou para que Frida ficasse com Will quando saísse, deu essas instruções para a conselheira.

Frida quer contar a Roxanne sobre o bebê. Susanna talvez esteja inchada após uma transfusão de sangue. Ela pode ver Henry? Pode cuidar dele?

Durante sua primeira semana no hospital, as enfermeiras os pressionaram para dar alimento pronto para Harriet. O leite de Frida estava vindo muito devagar após sua cesariana. Harriet tinha perdido mais de 10% do peso com que nascera. As enfermeiras disseram que os mandariam para casa sem sua filha se Harriet não começasse a ganhar peso.

— Seria trágico — diziam as enfermeiras — se vocês tivessem de ir para casa sem ela.

Não era o que ela queria para Susanna.

Para praticar atenção à pobreza, uma das mulheres de jaleco rosa se vestiu como uma mendiga, com roupas rasgadas e sombra escura esfregada no rosto. Cada par de mãe e boneca deve passar ao lado da falsa mendiga, que lhes pedirá dinheiro. A boneca será treinada para notar a mendiga e puxar a mão da mãe, sinalizando uma intenção altruísta. A mãe dará à boneca uma moeda, que ela deverá doar dizendo "Fique bem" ou "Se cuide."

O que se segue é um dia de confusão, negociação e lágrimas. Nenhuma intenção altruísta é sinalizada. Nenhuma moeda é doada. As mães não conseguem desfazer em um dia os dois meses de lições sobre os perigos de estranhos.

Quando a mendiga pede ajuda, Emmanuelle grita:

— Vá embora!

Frida a corrige, mas Emmanuelle insiste que a mendiga é má. Frida explica a diferença entre maldade e falta de sorte, maldade e sofrimento.

— O que nós aprendemos sobre sofrimento?

Emmanuelle inclina a cabeça.

— Nós ajuda. Eu ajuda. Ajuda pássaro. Ajuda mulher.

Frida explica o conceito de caridade. Para Emmanuelle, caridade é como uma cesta. Como a Chapeuzinho Vermelho. A história de meses atrás. Frida fica surpresa por ela se lembrar. Emmanuelle finge saltitar pela floresta com sua cesta.

— Chapeuzinho — diz ela. — Comida, comida. Cesta. — A moeda é uma cesta que ela vai dar para a mulher.

Emmanuelle ouve a súplica da mendiga e diz:

— Cestas. Tchau!

Frida pergunta se elas podem substituir as palavras. A srta. Khoury diz a ela para continuar tentando chegar à linguagem correta. Emmanuelle derruba a moeda próximo à cabeça da mendiga e grita:

— Mim fez!

A srta. Khoury diz que não é hora de sermos relapsas. Se a criança entende o conceito de bondade, vai entregar a moeda à mendiga e dizer uma palavra gentil. Elas precisam conseguir enxergar, em cada boneca, humanidade.

— Você tem de fazer isso como uma menina grande — orienta Frida. É o último dia de treinamento, e duas estações de moralidade foram montadas na classe: pássaro ferido e mendiga. A boneca deve completar cada uma sem auxílio.

A srta. Russo diz que o comportamento de Emmanuelle reflete tudo o que ela aprendeu este ano. Se ela se sente amada e segura. Se ela tem potencial para se tornar um membro saudável e produtivo da sociedade. Ela é o indicador mais claro do sucesso ou fracasso de Frida.

— Você pode ser esperta e gentil pela mamãe?

Emmanuelle diz que sim.

— Obrigada, querida. Eu amo você.

Elas praticam a frase "Fique bem". Frida passa as mãos pelo cabelo de Emmanuelle. Ela gostaria de saber quando a memória de Emmanuelle será apagada, se ela irá para o depósito até que apareça outra mãe asiática. Quanto tempo Emmanuelle terá de esperar por ela, que nome ela vai escolher, que tipo de relacionamento elas vão ter. A próxima mãe precisa ser cuidadosa. Quando precisar trocar o líquido azul, ajudará se ela massagear as costas de Emmanuelle.

Apenas as bonecas de Frida e Linda chegam perto de completar a sequência. A boneca de Linda comete erros, mas termina em cinco minutos. Emmanuelle termina em seis. Com a velocidade vem também a ambiguidade moral. As bonecas manipulam o pássaro de forma grosseira. As bonecas de Beth e Meryl nem sequer pegam a moeda.

A srta. Knight visita as mães durante o jantar.

— Eu sei que algumas de vocês pensavam que jamais chegariam até aqui, mas tenho certeza de que entenderam que uma mãe pode fazer qualquer coisa. Depois que se forem, vão precisar avaliar a qualidade de suas habilidades maternais todos os dias. Nossas vozes precisam estar dentro de vocês.

Ela pede às mães para darem as mãos e as conduz no mantra. A última avaliação é no dia seguinte. O último exame cerebral é na quarta.

— Estamos ansiosas para ver o que vocês aprenderam.

Na avaliação da Unidade 9, a boneca de Meryl derruba o pássaro. A boneca de Beth vê a mendiga e começa a chorar. A boneca de Linda embolsa a moeda.

Frida tem uma chance de ficar em primeiro lugar. Na estação um, Emmanuelle toca o pássaro com o dedo, dizendo:

— Eu ajuda, tá. Você fica bom, você fica bom. — Ela pega o pássaro e entrega a Frida.

Frida quer beijá-la. Antes ela via Emmanuelle como sua inimiga, mas hoje seus movimentos são decididos e gentis.

Frida a leva para a segunda estação, onde a mendiga está gemendo de dor. A juíza deveria entender que Emmanuelle é dela. Emmanuelle não deveria ser dada a outra mulher. Não deveria ser apagada. Não deveria ser renomeada.

Emmanuelle finalmente nota a mendiga e diz:

— Cestas.

Frida lhe dá uma moeda, que ela coloca próximo à cabeça da mendiga. Ela diz:

— Fique bem.

As mãos do técnico são frias. Frida fecha os olhos e começa a contar de trás para frente a partir de cem. Emmanuelle é o ponto focal, a boneca-criança na qual ela aprendeu a acreditar e a qual aprendeu a amar. Emmanuelle completou os dois exercícios do dia anterior. Com erros, mas tecnicamente Frida terminou em primeiro.

A conselheira disse que, no passado, os juízes às vezes abriam exceções. Uma exceção é o melhor que Frida pode esperar. Ela vai se desculpar por não denunciar Roxanne e Meryl. Vai admitir que sabia de seus planos, mesmo que isso não seja verdade. Vai culpar Tucker por assediá-la. Vai reconhecer o estresse que causou a Susanna durante sua gravidez. Ela só tirou dois zeros. Emmanuelle não se machucou tanto quanto outras bonecas. Foram três visitas à roda de conversa, não dezenas. Ela foi pega dando as mãos, não beijando.

Na tela, é julho. Emmanuelle está guardando seus brinquedos. Elas estão aprendendo a brincar. Frida fica surpresa ao ver que Emmanuelle incorporou muitos dos maneirismos da mãe. O franzir de testa. O hábito de balançar a cabeça enquanto ouve. As piscadelas nervosas. Elas parecem pertencer uma à outra.

Ela se sente esperançosa, mas uma variável terrível aparece no próximo quadro. Ela se vê encontrando Tucker no piquenique, tentando ignorar o suor que escorre por suas costas, a temperatura que agora vai denunciá-la como culpada. Sua testa fica molhada. Enquanto assiste ao vídeo do verão, ela fica quente de vergonha. No baile, estão juntos, sussurrando, obviamente um casal. O desejo é tão fácil de identificar.

Eles fizeram parecer que ela e Tucker estavam sempre juntos. No dia da avaliação da Unidade 8, ela parecia indefesa, uma mulher que não poderia salvar qualquer criança, que não poderia salvar a si mesma. Há tomadas fechadas de Emmanuelle gritando. Uma sequência de Emmanuelle suja com o sangue de Frida. Há tomadas de Frida e Tucker no estacionamento, brincando com as mãos um do outro. Eles aparecem em mais cenas confraternizando do que sendo pais.

Elas recebem seus prognósticos no dia seguinte. Frida foi bem avaliada em carinho, empatia e cuidado. Seus instintos maternais melhoraram drasticamente, mas havia indicadores de culpa e vergonha, alguns picos de desejo quando ela assistiu ao vídeo dela com Tucker.

— Nós nunca sequer nos beijamos. Eu não cruzei essa linha.

— Mas você queria — diz a conselheira —, e esse desejo a distraiu de seu treinamento. Eu disse a você para ficar longe daquele homem, mas você claramente incentivou a atenção dele. Você gostou da atenção. Como podemos saber se você não vai querer buscar essa relação depois de sair daqui? Você percebe que não pode sair com ele?

— Prometo que não farei isso. Você disse que, se eu terminasse em primeiro dessa vez, a juíza poderia abrir uma exceção. — Ela não tinha completado a tarefa mais difícil? Não tinha ensinado Emmanuelle a ser humana?

— A juíza vai levar em consideração todas as informações. Lembre-se, Frida, seu exame deveria ter voltado limpo e maternal.

— Minha família precisa de mim. — Frida defende seu caso mais uma vez. Ela pode cuidar de Harriet enquanto Susanna se recupera. Alguém precisa ajudá-los com Harriet. Gust e Susanna estarão ocupados. Harriet pode morar com ela enquanto eles se adaptam ao novo bebê. Ela pode cozinhar para eles, cuidar do bebê para eles. Harriet precisa da mãe. Ela pode dar a Harriet uma vida boa, sempre seguirá os ensinamentos da escola.

— Meus pais só têm uma neta.

— Você deveria ter pensado nisso antes de sair de casa naquele dia — diz a conselheira. — Nós investimos em você, Frida. Fizemos tudo o que podíamos.

O prognóstico de Frida é de ruim a razoável. A conselheira não pode prever o que a juíza vai fazer.

A conselheira estende a mão, agradece a Frida por ter participado do programa.

Frida nunca perguntou se a conselheira tinha filhos, apesar de ter pensado no assunto. Nenhum filho jamais foi mencionado. O que ela faria no lugar de Frida? Frida aperta a mão da conselheira e a agradece por suas orientações. Ela expia suas falhas uma última vez.

A conselheira a conduz:

— Você é uma mãe ruim por desejar.

— Eu sou uma mãe ruim porque eu senti desejo. Sou uma mãe ruim porque fui fraca.

Hoje é Ação de Graças. Sua mãe deve estar comprando o presente de Natal de Harriet. Ela deve comprar roupas, como sempre. Quando Frida estava grávida, sua mãe disse que ter uma filha seria como ter sua própria boneca real.

— Sua filha será linda — prometeu sua mãe. — Ainda mais bonita. Como você é mais bonita do que eu.

Pelo restante da manhã, Frida anda pelo pátio de pedra. Ela pensa em Harriet no inverno, a casa com iluminação lateral, ela mesma fechando a porta da frente, saindo de carro. O filho de Tucker saindo da casa na árvore. A escola precisa ver que ela mudou, mas sobreviver conta como progresso? Harriet merece mais do que uma mãe cujo maior feito é se manter viva.

Uma vez ela arranhou acidentalmente a bochecha de Harriet e saiu sangue. Uma vez ela cortou a unha do dedão de Harriet muito rente.

— Você é má — disse Harriet. Quando ela for mais velha, vai dizer mais: "Por que você fez aquilo? Por que você me abandonou?".

Frida ouve gritos vindos do Pierce. Porta batendo. Ela vê mães marchando colina abaixo. Elas seguem pelo gramado, para além do anfiteatro. Quando chegam à fileira de árvores, começam a uivar. Elas estão começando a entender. Começando a lamentar. Elas soam como Lucretia no dia do desastre do anjo de neve. Como as bonecas no dia em que foram feridas. A única palavra que Frida consegue distinguir é *não*. Ela espera e ouve, então decide se juntar a elas.

* * *

O alarme soa à meia-noite. As mães formam uma fila no corredor para uma contagem. Assim que o guarda vai embora e as luzes se apagam, elas começam a sussurrar. Meryl desapareceu de novo.

— Não. — Frida tenta gritar, mas sua voz está rouca. Ela força a passagem por entre o grupo até encontrar a colega de quarto de Meryl. A mulher diz que havia um bilhete, mas ela não conseguiu ler antes de ser confiscado. A srta. Gibson sobe e manda todo mundo voltar para seus quartos.

Naquela noite, na cama, Frida fica acordada, rezando para que não apareça uma ambulância. Meryl pode estar escondida em algum lugar. Ela pode ter encontrado outro guarda para ajudá-la.

Quando foi à fileira de árvores para se juntar às mães aflitas, ela não deveria ter dito a Meryl para vir junto. O prognóstico de Meryl tinha sido ruim. Sua assistente social desaprovava a mãe de Meryl, não achava que ela cuidava bem de Ocean, já havia rejeitado o pai de Ocean como possível guardião. Após a audiência final de Meryl, Ocean provavelmente iria para um lar adotivo.

Meryl gritava tão alto, que as veias saltavam de seu pescoço. Muitas mães gritaram até ficar sem voz. Elas se abraçaram. Algumas ajoelharam. Algumas rezaram. Outras morderam as mãos.

Frida pensou em seu pai. Seu pai e seu tio devem ter gritado assim na noite em que Ahma quase foi baleada. Um corpo pode produzir medo puro. Som puro. Som que obscurecia o pensamento. Meryl gritava ainda mais alto. Frida segurou o braço de Meryl para evitar que ela caísse de cara na neve, sentiu alguma coisa saindo de dentro dela enquanto uivava, como se ela estivesse saindo do próprio corpo.

Ela deveria ter ido ver Meryl depois do jantar, deveria ter perguntado se Meryl poderia dormir na cama de Roxanne, só aquela noite. Meryl queria ensinar Ocean a andar de bicicleta no próximo ano. Não de triciclo. De bicicleta. Ela dizia que a linguagem do amor de Ocean era o movimento. Ela imaginava Ocean crescendo até ficar alta como o pai, tornando-se uma corredora, uma saltadora ou lançando dardos. Se sua menina se tornasse uma corredora, conseguiria uma bolsa. Se conseguisse uma bolsa, não ficaria grávida.

— Eu posso quebrar essa porra desse ciclo — disse Meryl.

* * *

Elas deixam o lugar dela vago no café da manhã. Conforme passam por sua mesa, as mães depositam pãezinhos, bolinhos e pacotes de biscoito em frente à cadeira vazia. Elas constroem um altar de pão. Frida faz uma pilha de sachês de açúcar em homenagem a Meryl. Beth se recusa a comer. Ela coçou uma casca de ferida em sua bochecha até abrir, continua coçando durante todo o café da manhã.

Linda pega a mão de Beth. Ela molha seu guardanapo em um copo de água e limpa o rosto de Beth. A srta. Gibson vai ao microfone e diz que serviços de aconselhamento de luto estão disponíveis. Ela pede às mães para curvarem a cabeça e observarem um momento de silêncio. Alguém está soluçando alto. Frida olha e vê Charisse num canto da sala. Mesmo de longe dá para ver que as lágrimas são falsas.

Na classe, é Dia do Adeus, um último dia de união e brincadeira antes de as bonecas serem desligadas. Frida e Beth têm problemas por chorarem e deixarem suas bonecas tristes. A boneca de Meryl fica na sala de equipamentos, parecendo desamparada quando as outras saíram sem ela.

— Por que ela lá? — pergunta Emmanuelle. — Onde mamãe Meryl?

Frida conversa com Emmanuelle sobre tempo, maturidade e impulsos. Mamãe Meryl era muito jovem. Ela ainda estava aprendendo a tomar boas decisões. Ela não pensava sobre como deixaria todos tristes. Algumas vezes as pessoas fazem coisas porque aquilo vai fazer com que se sintam bem naquele momento. Porque elas querem se sentir melhor.

No café da manhã, elas souberam que Meryl havia pulado da torre do sino. Emmanuelle aperta a sobrancelha de Frida e diz:

— Não triste, mamãe. Você feliz.

Elas falam sobre por que a voz da mamãe soa arranhada. Frida explica que sentiu muitos sentimentos grandes no dia anterior. Algumas vezes, quando as mamães sentem grandes sentimentos, elas falam muito alto.

Elas deitam lado a lado de bruços, movendo uma cobra colorida por uma estrada de mentirinha. Enquanto brincam, Frida pergunta:

— Você me ama?

Emmanuelle assente.

— Eu fui uma boa mamãe para você?

Emmanuelle cutuca a bochecha de Frida.

— Você legal.

Frida deveria agradecer Emmanuelle por seu sofrimento, por se tornar real o bastante. Ela ajeita o cabelo da boneca atrás da orelha, memorizando a curva de sua sobrancelha, suas sardas. A próxima mãe precisa mantê-la segura. Precisa proteger Emmanuelle das instrutoras e das outras bonecas. Ela não pode deixar que batam em Emmanuelle. Ela deveria saber que Emmanuelle prefere cenouras a ervilhas. Ela deveria encontrar Jeremy e deixar os dois passarem algum tempo juntos.

Elas brincam a manhã toda, param para almoçar e então continuam. No final da tarde, as mães são fotografadas com suas bonecas. Elas posam contra um quadro branco, na janela, na frente da porta da sala de equipamentos.

A srta. Khoury dá a Frida uma pilha de fotografias instantâneas.

— Mostre-as a ela. Ela vai gostar.

Elas espalham as fotos em um tapete e veem seus rostos aparecerem. Frida não vê uma fotografia dela mesma há um ano. Emmanuelle talvez nunca tenha se visto em uma foto. São seis fotos. Frida está piscando em cinco delas. Seu rosto está pequeno. Seu cabelo está mais cinza que preto. Seus traços estão abatidos. Os traços de Emmanuelle são vívidos, sua expressão, de prazer. O amor entre as duas é óbvio.

— Deixa eu ver — diz Emmanuelle. — De novo! De novo! — Ela deixa impressões digitais nas fotos todas.

No fim do dia, as bonecas sabem que falta algo. É hora de devolver as fotos. Hora de dizer adeus. A boneca de Linda se joga no chão. A boneca de Beth sofre um acidente.

Frida vê Linda colocar uma foto dentro da manga enquanto a srta. Khoury procura uns lenços para Beth.

A srta. Russo está ocupada digitando em seu tablet. A srta. Khoury pega as fotos de Linda sem contar. Quando a srta. Khoury se aproxima, Frida devolve cinco fotos. Ela coloca no bolso aquela em que está com os olhos abertos.

A srta. Russo diz às mães para darem seus abraços finais.

Frida envolve Emmanuelle pelos ombros, encostando seu queixo na cabeça da boneca. Ela vai guardar o aroma de Emmanuelle na memória. Vai se lembrar de seus cliques.

Emmanuelle procura algo no bolso. Ela ainda tem a moeda do dia da avaliação.

— Cesta mamãe — diz ela. — Cesta pequena. — Ela coloca a moeda na mão de Frida e diz: — Fique bem.

Frida começa a chorar. Ela abraça Emmanuelle novamente e lhe agradece. Ela diz a Emmanuelle que a sala de equipamentos não é uma sala de equipamentos. É uma floresta com um castelo. Ela vai dormir um sono especial. Como aquela história da princesa na caixa de vidro.

Emmanuelle faz um beicinho.

— Mamãe, não quer dormir. Não cansada.

As bonecas de Linda e Beth já se recolheram, estão junto à boneca de Meryl.

Frida não diz "adeus". Ela dá um último beijo em Emmanuelle e diz:

— Eu amo você, menina. Vou sentir saudade.

A srta. Russo leva a boneca. Na porta da sala de equipamentos, Emmanuelle olha para trás, para Frida. Ela acena e grita:

—Amo você, mamãe! Se cuide! Se cuide!

Capítulo 18

A SALA DA assistente social foi pintada de azul, no tom de ovo de pintarroxo, que já foi a cor favorita de Frida. Há novos desenhos nas paredes, árvores feitas de mãos, monstros e bonecos de palito, um pôster emoldurado com a foto de uma menininha loira derramando uma única lágrima.

A lágrima ofende Frida, assim como a margarida na mão da menina, assim como o fato de aquela ser uma foto em preto e branco de um banco de imagens. Quem quer que tenha tirado a foto não pretendia que fosse usada dessa forma. A temperatura de Frida está subindo. Ela pisca rapidamente. Seu coração bate forte e rápido. Ela nunca esteve aqui pela manhã. Enquanto espera, ela responde a questões sobre sua transição, admite que suas roupas continuam guardadas em malas. Ela pegou algumas roupas do depósito, reabriu suas contas bancárias, recuperou seu carro, está se acostumando a dirigir novamente, tem sorte de estar morando com seu amigo Will. Ela ainda não começou a procurar emprego, não procurou um apartamento, não teve tempo, esteve ocupada se preparando para a audiência. Ela precisa passar pelo dia de hoje, não sabe o que acontece depois de hoje.

É a primeira terça-feira de dezembro, quinze meses depois que Harriet foi levada, quatorze meses desde a última vez que Frida a pegou no colo, quatro meses desde a última chamada de vídeo. Elas estão prestes a ter sua última visita. No dia anterior, a juíza revogou seus direitos parentais.

Ela não foi incluída no registro, não precisa ser se ela não tiver mais filhos. A juíza prometeu a ela trinta minutos nesta manhã. Frida confere o telefone. Gust não mandou nenhuma mensagem. São 10h07. Ela não achou que ele se atrasaria. Pergunta se o atraso dele vai contar contra o tempo dela. Vinte e três minutos não são suficientes.

— Não se preocupe — diz a srta. Torres. Passar cinco ou dez minutos do tempo não será problema. Ela sorri, parece estar mais suave, olha para Frida com pena. A srta. Torres diz que entende como hoje é importante. Elas podem cuidar da papelada enquanto isso. Ela entrega a Frida uma prancheta. Ao assinar os formulários, Frida concede ao Estado permissão para divulgar suas informações quando Harriet fizer dezoito anos.

A decisão da juíza é definitiva. Os pais não podem recorrer. Frida pergunta se ela pode entrar em contato com Harriet então, ou se precisa esperar que Harriet entre em contato.

— Ela precisa procurar a senhora. Mas tenha fé, sra. Liu. A maioria dos filhos querem encontrar sua mãe biológica.

Frida assente. Ela espera que o próximo pai ou mãe que se sentar nesta cadeira fique violento. Alguém deveria jogar a assistente social contra a parede, estrangulá-la, jogá-la pela janela. A contagem de corpos deveria ser igual. Tantas mulheres de jaleco rosa, instrutoras, conselheiras, assistentes sociais e juízes de família quanto mães que morreram, quanto mães que vão morrer na próxima rodada, na próxima escola.

Como informação de contato permanente, ela coloca o endereço e o telefone dos pais, e acrescenta seu próprio telefone e seu e-mail. Ela assina. Quando Harriet fizer dezoito anos, ela vai ter cinquenta e cinco. Não sabe onde estará morando, se será capaz de sobreviver até lá. Parece errado estar viva, estar sentada aqui, arrumada e usando maquiagem. Seu cabelo está tingido de preto e cortado chanel curto com uma franja, um estilo sugerido por Renee. Suas unhas estão pintadas. Seus dentes foram branqueados. Ela está usando o mesmo suéter e a mesma saia plissada que usou na primeira visita supervisionada. As roupas estão largas nela agora. Ela parece conservadora e alinhada, não a mãe que era antes, não a mãe que se tornou, mas uma mãe de manual, inexpressiva e intercambiável.

Sua audiência durou duas horas. A juíza já havia revisado os vídeos de sala de aula, das avaliações e das chamadas de domingo, considerado os dados dos exames cerebrais de Frida e aqueles vindos de Emmanuelle, lido as recomendações da srta. Khoury, da srta. Russo e da conselheira de Frida, a srta. Thompson.

A juíza disse:

— Aprendi tanto sobre você, sra. Liu. Você é uma mulher complicada.

O que fazia do programa algo tão especial era a possibilidade de ter a perspectiva da criança. Mesmo que Emmanuelle não tivesse toda a linguagem para descrever as habilidades maternais de Frida, mesmo que as instrutoras não tivessem observado Frida em todos os momentos, com o resto dos dados, com a tecnologia, o tribunal tinha uma visão completa das habilidades de Frida. De seu caráter.

— Nós podemos inferir — disse a juíza.

Frida pensou que ficaria cega. Renee falou. Os procuradores do Estado falaram. A assistente social e o psicólogo infantil nomeado pelo tribunal e Gust e Susanna testemunharam. Susanna tinha saído do hospital havia apenas dois dias. Gust e Susanna, que não tinham permissão para ouvir qualquer coisa sobre o programa, falaram por apenas alguns minutos cada um antes de deixarem o tribunal e voltarem para a Unidade de Terapia Intensiva Neonatal para ficar com Henry.

— Nós todos perdoamos Frida — disse Gust. — Seria traumático para nossa filha se elas fossem separadas, Harriet já passou por muita coisa. Queremos que ela tenha uma infância normal. Uma vida normal. Vocês podem tornar isso possível para nossa família.

Susanna disse:

— Harriet pergunta por Frida o tempo todo. Ela diz coisas como "Mamãe volta. Mamãe saudade eu". Para nós, não é uma questão de confiança. Eu sei que Frida pode fazer isso. Ela é uma boa pessoa.

Quando foi a vez de Frida testemunhar, ela se desculpou pelo seu julgamento ruim quanto às fugitivas e a Tucker. Ela respondeu às perguntas do juiz sobre suas três visitas à roda de conversa, o incidente do beliscão, seus zeros, suas discussões com a conselheira. Ela descreveu sua relação com Emmanuelle como linda e rica. Ela aprendeu tanto com a boneca quanto a boneca aprendeu com ela.

— Nós formamos uma equipe — disse ela.

Frida disse à juíza que a maternidade deu à sua vida um propósito e um significado. Ela disse:

— Eu nunca soube o que estava faltando até ter minha filha.

Frida olha o relógio novamente. Onde está Gust? Ela devolve a prancheta e tira uma caixa da bolsa, pede permissão para dar a Harriet algumas relíquias de família.

— Senhora Liu, a senhora não pode dar…

— Não são presentes. Aqui. Dê uma olhada. São para quando ela for mais velha. Quero que fiquem com ela. Para o caso… para o caso de ela não vir me procurar.

A assistente social examina o conteúdo da caixa. Há fotos de família e joias, os brincos de pérola da avó de Frida, um bracelete de jade, sua aliança de casamento, outras fotos de família, um medalhão de ouro dentro do qual ela guardou alguns fios de seu cabelo. Nesta manhã ela perdeu o fôlego quando tirou os fios de cabelo, imaginando Harriet aos cinco e sete anos, como uma adolescente, como uma jovem mulher. Ela quer que Harriet cresça com um pedaço de sua mãe.

A srta. Torres concorda em abrir uma exceção. Frida agradece. Enquanto guarda as joias na caixa, ela ouve vozes. Gust e Harriet estão do outro lado da porta.

— Vamos, você pode andar. Andar como uma menina grande. Vamos ver mamãe agora. Venha, querida. Ela está esperando por nós. Mamãe está logo ali dentro. Precisamos entrar agora.

Frida tira um espelho da bolsa e examina seu batom, então limpa a boca. Ela tenta respirar.

Quando eles entram, a assistente social liga o cronômetro em seu celular. Eles começam sua despedida às 10h18. Frida e Gust se abraçam enquanto Harriet se agarra à soleira da porta. As pessoas na sala de espera viram suas cabeças. Frida se agacha ao lado de Harriet, mas a menina não olha para ela.

Olhe para mim, pensa Frida.

Gust pergunta como ela vai voltar para casa. No dia anterior, ele e Renee ficaram preocupados de ela se jogar na frente de um ônibus. Ele ligou a cada hora, fez Will ir para casa mais cedo e cuidar dela.

Will não vai voltar antes das cinco da tarde. Ele pergunta se ela poderia esperar Will em algum local público. Qual seu plano para hoje? Ela conseguiu dormir essa noite?

— Preciso saber que você está a salvo — diz ele.

— Não dá para conversar sobre isso agora. — Eles gastaram três minutos. Ela se lembra de perguntar por Henry. Gust diz que o nível de bilirrubina de Henry está melhorando.

Ela quer dizer a Gust que o ama, dar a ele instruções sobre os próximos dezesseis anos, explicar como Harriet deveria ser criada. Hoje ela está se despedindo também de Gust.

Ela toca nas costas de Harriet, o hábito de tocar o ponto onde Emmanuelle tinha o botão azul. Harriet empurra a mão de Frida.

— Meu corpo — diz Harriet, movendo-se da soleira para a perna de Gust.

Frida fecha a porta e tenta novamente.

— Ouvi você dizer que é seu corpo. É verdade. Você pode olhar para mim? Sou eu, mamãe. Mamãe Frida. Nem acredito como você está alta. Você pode me abraçar? Estou tão feliz em ver você, Bub, estava ansiosa para te ver. Posso olhar para você?

Harriet olha para cima. Ela continua sendo a criança mais bonita que Frida já viu. A beleza de sua filha a choca e a silencia. Elas dão as mãos e se encaram. Frida sente o olhar da assistente social sobre elas, o peso da câmera e do relógio, um ano de expectativas.

Harriet é alta e esbelta, talvez uns vinte centímetros mais alta que Emmanuelle. Seu rosto agora tem formato de coração. Seus olhos parecem mais chineses. Eles cortaram seu cabelo curto. Ele se enrola em volta das orelhas. Ela está carregando uma boneca bebê negra com sua própria mamadeira. Gust a vestiu em tons de terra: um casaco cinza-chumbo com flores brancas, um macacão marrom, meias verde-escuras, pequenas botas marrons.

— Oi, mamãe. — Harriet aponta para a franja de Frida. — O que aconteceu com seu cabelo?

Gust e a assistente social riem. Frida nem acredita na forma tão clara como Harriet fala agora. Se tivessem mais tempo, se estivessem sozinhas, elas poderiam ter conversas de verdade.

— Você gostou? — pergunta Frida. Harriet assente com a cabeça. Ela dá um passo na direção de Frida, com os braços abertos. Elas se abraçam, Frida se sente instável. Atordoada. Ela beija as mãos de Harriet, envolve seu rosto, olha dentro de seus olhos de verdade, acaricia sua pele de verdade.

Gust tenta sair, mas Harriet pede que ele fique. A negociação dura mais cinco minutos. Gust lembra Harriet do que vai acontecer. Ela não vai mais ver mamãe por um longo tempo. Mamãe vai ficar fora. Vocês precisam dizer adeus hoje.

— Não fora! Não! Não quero assim!

Gust beija a cabeça de Frida, beija Harriet no rosto, diz que vai estar na sala de espera. A assistente social pede a Frida e Harriet para se afastarem da porta. Diz a elas para se sentarem no sofá. Frida pega Harriet no colo, curvando-se com o peso da menina. Ela é bem mais pesada que Emmanuelle. Soluçando, Harriet pergunta por que hoje é adeus.

Frida conta a Harriet sobre sua vida há um ano, como mamãe teve um dia muito, muito ruim e como, por causa de seu dia muito, muito ruim, ela foi para uma escola onde havia muitas mamães e muitas aulas. Havia provas em que mamãe precisava passar.

Ela massageia as mãos de Harriet.

— Eu me esforcei muito. Quero que você saiba que eu dei meu melhor. Não foi minha decisão. Ainda sou sua mãe. Vou sempre ser sua mãe. Aqueles advogados estão me chamado de sua mãe biológica, mas não sou sua mãe biológica, sou sua mãe. Ponto. Não é justo…

— Senhora Liu, por favor evite criticar o programa.

— Minhas críticas não importam mais, importam? — retruca Frida.

— Senhora Liu…

— Mamãe, eu me sinto mal. Minha barriguinha dói. Quero um gelinho.

A assistente social explica que a escola de Harriet dá às crianças pacotinhos de gelo quando elas ficam dodóis. Frida começa a soluçar. É sua última chance de fazer pedidos, compartilhar segredos, mas qual segredo, qual história, explicaria toda a sua vida para sua filha?

As instrutoras diriam para ela falar em um tom de voz mais agudo. Diriam que elas estavam abraçando por tempo demais e dando beijos demais. Ela diz:

— Eu amo você — repetidamente.

Harriet diz:

— Eu amo você também, mamãe. — É a frase que Frida estava esperando. — Amo você muito mesmo.

O rosto de Harriet está aconchegado no pescoço de Frida. Elas falam sobre o que significa dizer adeus hoje, que adeus hoje não é adeus para sempre, que Harriet vai crescer, ficar alta, forte, inteligente e corajosa, e, mesmo que mamãe não possa visitá-la, vai estar pensando em Harriet o tempo todo. Todos os dias. Todos os segundos.

Harriet desce do colo de Frida e dá um tapinha no espaço ao seu lado no sofá.

— Mamãe senta bem aqui. Senta bem aqui e me deixa falar com você. — Ela mostra sua boneca para Frida. — Mamãe, diga adeus para Baby Beth também.

Frida sorri e diz:

— Adeus, Baby Beth. Amo você galáxias, Baby Beth. Amo você até a lua e as estrelas.

— Até Júpiter. Ama Baby Beth até Júpiter.

— Você lembra. Obrigada por lembrar. Amo você até Júpiter. Amo Baby Beth até Júpiter.

Ela levanta o punho e lembra Harriet sobre os corações doloridos. Elas praticam o gesto e o ensinam para Baby Beth. Sempre que Harriet estiver com saudade de mamãe, ela poderá apertar seu coração.

— Mais dez minutos — diz a assistente social.

Frida desce Harriet do colo e pega a caixa com suas relíquias. Ela mostra a Harriet fotos de seus avós e de seus bisavós. Elas olham para uma página de caligrafia escrita pelo pai de Frida quando Harriet era recém-nascida, os traços individuais numerados para que Harriet pudesse aprender a escrever seu nome chinês. Liu Tong Yun. Nuvens vermelhas antes da nevasca. Vermelhão. Sua avó a tinha batizado. Frida a ensina a pronunciar o nome.

Elas abrem a caixa contendo o medalhão. Frida mostra para ela o fio de cabelo.

— Isso é uma parte de mamãe. Por favor, não perca. Quero que você tenha isso quando ficar mais velha.

— Eu não sou velha. Tenho dois anos. Quase três. — Harriet mostra três dedos. — Sou uma criança grande. Mamãe, venha no meu aniversário de três. Meu aniversário é amanhã.

— Não, Bub, não é. Você está fazendo graça. Desculpe, mamãe não vai poder ir. Mas mamãe vai estar lá, em seu coração.

— No colar também?

— No colar também.

Faltam seis minutos. É hora de tirar fotos. A assistente social as faz posar ao lado de uma árvore de Natal em miniatura, então carrega sua Polaroid e pede que sorriam. Harriet choraminga. Frida pede a ela para ser gentil com papai e Susanna, para ser uma boa irmã para Henry.

— Vamos tirar mais algumas perto da janela — diz a assistente social.

Frida pega Harriet no colo e a apoia no quadril.

— Lembre que você nunca fez nada errado. Você é perfeita. Mamãe ama você demais. Mamãe ama você galáxias. Lembre-se de Gonggong e Popo. Eles sempre vão amar você. Eles vão sentir saudade de você todos os dias.

Ela sussurra no ouvido de Harriet:

— Por favor, seja feliz. Que você seja muito, muito feliz. Quero que você venha me encontrar quando crescer. Por favor, me procure. Vou estar esperando você.

— Tudo bem, mamãe. Eu vou procurar. — Elas engancham os dedos mindinhos.

Falta um minuto. Frida abraça Harriet apertado, tentando passar todos os tipos de abraço — não variedades de afeto, mas todo um mundo. Ela finge que está abraçando Emmanuelle, que é só um exercício.

A juíza disse que ela não estava pronta para a responsabilidade. Talvez ela não deixasse Harriet sozinha novamente, mas ela poderia fazer alguma outra coisa. Se ela beliscou sua boneca, o que poderia fazer com Harriet? Se ela não conseguia proteger sua boneca do perigo, como alguém poderia confiar nela para proteger sua filha? Se ela não conseguia tomar boas decisões sobre amizades e relacionamentos em um ambiente controlado, com tanto a perder, por que ela seria capaz de fazer isso no mundo real?

— Eu simplesmente não confio em você — disse a juíza. — Alguém como você deveria ter mais discernimento.

O telefone da assistente social começa a apitar.

— Não! — grita Frida. — Precisamos de mais tempo.

— Sinto muito, sra. Liu. Você teve sua meia hora inteira. Harriet, Harriet, querida, você precisa dizer adeus para mamãe Frida. Papai vai levar você para casa agora.

— Por favor! Você não pode fazer isso.

— Mamãe! — berra Harriet. — Quero ficar com você! Quero ficar com você!

A assistente social sai para chamar Gust. Frida está de joelhos. Ela e Harriet se agarram e choram. Harriet abraça forte o pescoço de Frida e continua gritando. Frida fugiu desses gritos em seu dia muito, muito ruim, mas agora ela recebe os gritos em seu corpo, sentindo a vibração, a saudade. Ela precisa se lembrar desse som. Ela precisa se lembrar da voz de Harriet, de seu cheiro, seu toque, do quanto Harriet a quer agora, do quanto Harriet a ama. Ela beija as bochechas molhadas de Harriet, olha para ela novamente. Elas encostam as testas, como costumavam fazer. Ela diz "Eu amo você" em inglês e mandarim, chama Harriet de seu tesouro, sua linda pequena. Quando Gust e a assistente social voltam, ela se recusa a soltar.

Da janela da sala, Frida vê os vizinhos de Will chegarem em casa com seus filhos. Os vizinhos do outro lado da parede são uma família branca com um filho e uma filha, os dois no ensino fundamental. O menino briga com os pais para se vestir. A menina briga para não escovar os dentes. Um homem branco do outro lado da rua fuma de pijama na varanda. Uma mulher negra do outro lado da rua toca guitarra no início da noite. Uma família negra no quarteirão tem dois bebês gêmeos, meninos. Ela já viu a mãe carregando duas cadeirinhas de carro, uma pendurada em cada braço.

Ela nunca pensou em si mesma como alguém morando em uma cidade cheia de crianças, mas talvez todas as cidades e todas as vizinhanças sejam cheias de crianças quando você perde a sua. West Philly é um tipo particular de tortura, amigável e saudável, uma cidadezinha dentro da cidade, com ruas largas e arborizadas e casas decoradas para o Natal. Ela e Gust uma vez deram uma olhada em casas por aqui. Eles visitaram casas vitorianas de cinco quartos que não podiam pagar, na área da única escola pública boa da cidade. Se eles tivessem comprado uma daquelas casas, ela gosta de pensar. Se tivessem vivido em uma comunidade diferente.

Se ela conseguisse se obrigar a sair de casa, compraria remédio. Benadryl da farmácia em Baltimore. Unisom na drogaria cvs da rua 43. NyQuil da Rite Aid na rua 51. A compra de muitos remédios na mesma loja provocaria perguntas. Ela nunca mais quer responder perguntas de estranhos.

Quando ela pensa no assunto, são sempre remédios. Remédios e bourbon. Nunca uma navalha e uma banheira. Seu corpo parece cheio de eletricidade. Suas mãos formigam. É a tarde de sexta-feira. Nos três dias desde a visita final, ela consumiu todo o álcool no apartamento de Will. Ela ficou sem remédios para dormir. Will não quer comprar mais para ela.

Will tem de trabalhar até as cinco da tarde hoje. Do contrário, ele ficaria em casa, corrigindo trabalhos. Ele tem cozinhado para ela. Ela o ouviu conversando com Gust. Eles discutiram se não precisavam chamar outros amigos para vigiá-la. Ele escondeu as facas. Deu a ela seu quarto. Na primeira noite aqui, ele dormiu no sofá, mas a pedido de Frida ele agora dorme ao lado dela. Ele ainda mantém seu apartamento limpo, é mais fácil agora que seu cachorro mora com sua ex. A garota do vídeo do aniversário de Harriet não era nada sério, diz ele.

Frida se sente culpada por compará-lo constantemente com Tucker, mas gosta de sentir a mão de Will em sua cintura todas as noites e de ouvi-lo dormir. Ela agradece a ele muitas vezes, mas não fala muito mais. Will acha que ela não confia mais nele. Quer que ela se sinta livre para chorar com ele. Ele desistiu de perguntar sobre a escola. Eles têm a mesma conversa todos os dias. Se ela tomou banho, se ela comeu, se ela precisa comer, os perigos de misturar remédios e álcool.

As fotos da última visita ainda estão em sua bolsa. Ela não está preparada para olhar para elas. Ela também não olhou a foto de Emmanuelle, escondida no mesmo lugar. Ela não leu as notícias. Passa a maior parte de seu tempo acordada olhando fotos de Harriet e assistindo a vídeos antigos. A primeira vez que Harriet bateu palmas. Seus primeiros passos. A vez que o pai de Frida recitou o Discurso de Gettysburg para Harriet quando ela era recém-nascida.

Will permite que ela espie o Instagram de Susanna em seu celular. Ela viu Harriet crescendo uma foto por vez, viu fotos dos amigos e professores de Harriet, o bebê de Susanna crescendo na barriga, a primeira consulta de Harriet no dentista, o treinamento do peniquinho, as selfies de família. Ela é proibida de segui-los nas redes sociais. Ela não pode vigiá-los on-line. Se cruzar com Harriet na rua, não pode se aproximar. Legalmente é uma estranha.

O Natal é em menos de três semanas. Ela não tem atendido aos telefonemas de seus pais, Gust pode dar as notícias para eles. Renee disse que as antigas políticas permitiam que os avós mantivessem contato. Sob o sistema antigo, Gust poderia permitir que ela visitasse Harriet, mesmo que Harriet não pudesse viver com ela. Mas as coisas mudaram.

Seus pais se despediram de Harriet por Zoom. Eles mandaram dinheiro para Frida, mas querem que ela pense em se mudar de volta para casa. Pode não ser saudável ficar aqui. Essa cidade guarda memórias demais, escreveu sua mãe.

Frida volta para o quarto de Will e entra embaixo do cobertor. Ela precisa de que tudo ao seu redor seja macio. Ela quer saber o quanto Harriet lembra, se ela se lembra da assistente social separando-as, se ela lembra de ter mordido a mão do pai.

— Mamãe, você volta! — gritou Harriet. — Eu quero mamãe! Eu quero você! Eu quero você!

Harriet se molhou. Há uma mancha no carpete na sala da assistente social. Após eles partirem, Frida gritou como se estivesse na fileira de árvores. A assistente social chamou a segurança e ela foi escoltada para fora do prédio. Continuou gritando no elevador e desmaiou ao chegar à calçada, acordou com um estranho alisando sua bochecha. As pessoas estavam em volta dela, perguntando o que havia acontecido. Alguém a ajudou a se levantar. Alguém a colocou em um táxi.

Ela deveria ter tentado fazer Harriet rir. Ela teria gostado de ouvir a risada de Harriet, vê-la sorrindo mais. Na escola, tinham uma cerca elétrica, os guardas e as mulheres de jaleco rosa. É perigoso estar na mesma cidade, a cinco quilômetros de sua filha.

* * *

Will faz Frida se vestir. Eles andam até a feira de domingo em Clark Park, chegando lá logo que abre. Frida pede para voltar. Há gente demais. Will a tranquiliza, coloca seu braço em volta dela e a guia por entre a multidão. As pessoas estão comprando guirlandas de Natal. Algumas estão fazendo pedidos de perus e tortas. Will pede a Frida que escolha maçãs. Eles entram na fila para comprar pão. Will encontra amigos da Penn, que cumprimentam Frida como se ela fosse sua nova namorada.

Ela não quer encontrar ninguém, não quer ver ninguém passeando com os filhos. Eles desviam de pais com carrinhos de bebê. Estão a um quarteirão de um parquinho para bebês. Ela sente como se todos a estivessem vigiando, que eles sabem onde ela esteve e o que ela fizera.

A juíza da Vara de Família deveria ser informada de que ela está resistindo. Tucker ligou quatro vezes. Mandou mensagens de texto e e-mails. Ele venceu. Silas está morando com ele. Sua ex-mulher está deixando que eles passem um tempo extra juntos durante os feriados.

Germantown fica a apenas trinta minutos. Tucker supôs que Harriet tivesse sido devolvida. Pedia a ela para escolher uma data para eles todos se encontrarem, sugeria patinar no gelo em Dilworth Park. Convidou-as para jantar com eles antes.

Se eles dois tivessem perdido, ela teria ido encontrá-lo. Mas nunca poderá existir uma casa com luz lateral, não em sua mente, não em seu coração. Harriet não pode saber sobre ele. Gust e Susanna não podem saber. Will não pode saber. Seus pais não podem saber. A juíza disse que ela tem problemas de força de vontade, que é suscetível a tentações, fantasiosa e instável. Ela é uma mãe ruim por ainda pensar nele. Ela é uma mãe ruim por ainda desejá-lo. Ela é uma mãe ruim porque não consegue suportar vê-lo com seu filho.

De volta ao apartamento de Will, Frida finalmente liga para casa. Seu pai atende, e ela concorda em usar o FaceTime para eles poderem vê-la. Eles choram. Ela começa a se desculpar. Ela foi uma covarde por fazer Gust contar a eles.

— Você está tão magra — diz sua mãe.

Eles também estão. Eles dizem para ela ir ao médico. Para comer mais carne. Eles conversam em inglês. Frida resiste à vontade de perguntar como Harriet estava durante a chamada deles, como Gust estava.

— Eu vou cozinhar para você — diz seu pai. Ela não precisa procurar emprego imediatamente. Pode encontrar algo em Chicago. Morar com eles. Economizar dinheiro. Vai ser muito bom, todos juntos de novo. Se ela não se sentir bem para viajar sozinha neste momento, eles podem ir buscá-la.

Eles queriam ter ido para a última audiência. Ela deveria ter permitido. Ela deveria ter levado Harriet para visitá-los mais vezes. Quantas visitas foram? Quantos dias exatamente Harriet passou com eles? Eles queriam mais galhos na árvore de família e havia apenas Harriet para absorver sua alegria e suas expectativas. Ela costumava imaginar se tanta pressão não explodiria o coração de sua bebê.

Ela agradece o dinheiro. Deveria dizer a eles que não precisam perdoá-la. Ela não merece seu perdão, não merece uma família.

— Eu quero muito segurar uma neta em meus braços — disse uma vez seu pai.

Quando Harriet tiver dezoito anos, a mãe de Frida terá oitenta e quatro, seu pai terá oitenta e cinco. Frida estará cuidando deles. Eles estarão morando com ela. Ela achava que eles acabariam se mudando para cá. Três gerações vivendo sob o mesmo teto, da forma como ela havia crescido.

Após alguns dias de discussões, ela concorda em voar para Chicago com uma passagem só de ida. Ela vai ficar por um mês ou dois, talvez mais. Seu pai se oferece para ir a Filadélfia e alugar um caminhão, levar as coisas dela para casa, mas Frida não está pronta para tornar a mudança permanente. Ela não sabe onde deve morar. Ela quer ficar perto de sua filha.

Seus pais querem reunir a família em casa para dar boas-vindas a ela. Seu pai vai fazer lagosta com molho de feijão-preto, seu prato favorito. Ele irá a Chinatown comprar os ingredientes e massas também — tortas de coco, pães de porco assado.

Ela adora esses sabores. Adora sal. Seu pai diz que eles vão tomar champanhe. Eles ganharam uma garrafa no último Natal, estavam guardando para ela.

A felicidade na voz de seus pais a deixa nervosa. Ela se pergunta quanto tempo até ela desapontá-los, se serão dias ou apenas algumas horas. Faz uma semana desde a visita final. No dia anterior ela procurou o endereço da escola de Harriet. Pensou em dirigir pela frente do prédio de Gust e Susanna, considerou a possibilidade de observá-los, aprender suas rotinas.

Depois de desligar, ela liga para Renee e deixa uma mensagem dizendo que está se mudando temporariamente para a casa de seus pais. Ela se enrola no sofá e dorme por algumas horas, acordando apenas quando Will chega. Ele a deixa apoiar a cabeça em seu colo e acaricia seus cabelos.

Frida imagina Tucker a tocando, pensa no baile, em como ele cuidou dela quando ela bateu a cabeça no escorregador.

Ela conta a Will sobre seu plano.

— Vou sentir sua falta — diz ele. — Mas faz sentido. Depois você volta, certo?

— Acho que sim. Não sei o que estou fazendo. Não sei o que quero. Isso é o que meus pais querem.

Pensando sobre voltar a Evanston, ela se levanta abruptamente e se tranca no quarto. Se estiver do outro lado do país, ela não vai ficar procurando Harriet em cada praça e cada parquinho. Harriet não vai poder ouvir seu sinal. O que ela poderia fazer durante os próximos dezesseis anos para deixar Harriet orgulhosa, para sinalizar, para dizer a ela que sua mãe ainda tem saudade?

Seus pais querem que ela voe imediatamente para casa, mas Frida precisa de mais tempo. Ela reserva uma passagem para 22 de dezembro. Ela dirige até seu depósito e pega mais roupas e papéis, uma caixa com roupas de bebê de Harriet, o livro de memórias de bebê, álbuns de fotos. Quando chegar à casa de seus pais, ela vai construir um altar para Harriet, mantê-lo próximo à sua cama para poder adormecer olhando as fotos da filha. Se ela mantiver a memória de Harriet viva, talvez consiga suportar. Ela vai contar os meses, como fazia na escola.

Frida está surpresa do quanto sente falta das mães e das bonecas. Ela quer contar a Roxanne o que aconteceu com Meryl. Ela quer saber se as bonecas estão sendo bem cuidadas no depósito. Emmanuelle deve estar se sentindo só. Ela deve precisar de uma troca do líquido azul. Se sua memória ainda não foi apagada, será que ela está pensando na mãe? Será que ela espera que Frida volte?

Até agora, Frida não tinha percebido o quanto ela dependia de Emmanuelle para uma dose diária de carinho. No futuro, quando perderem seus filhos reais, talvez os pais ganhem bonecas. Algumas mães disseram que queriam levar suas bonecas para casa.

É uma pena, ela pensa, que ninguém inventou um enxerto ou um transplante. A escola poderia ter substituído as partes defeituosas de suas personalidades com instintos maternos, mentes maternas, corações maternos.

Frida começa a sair mais. Ela para de passar o dia todo de pijama. Ela anda para cima e para baixo pela avenida Baltimore, olhando mães com seus filhos, o desfile de famílias a caminho do Clark Park. Mas nada parece verdadeiro sem sua filha, nem o tempo nem o espaço nem seu corpo.

Ela está em liberdade há três semanas quando acontece a ligação. É manhã de sábado, meio de dezembro. Will recebe uma chamada de Gust. Frida junta os fragmentos de informação a partir do lado de Will da conversa. Gust e Harriet acabaram de chegar do pronto-socorro. Susanna ainda está lá com Henry. Eles o levaram porque ele não conseguia segurar nada no estômago. Esteve vomitando a noite toda. Henry tem estenose pilórica. Ele vai ser operado nesta tarde. Gust precisa voltar para o hospital, passar a noite com Susanna. Ele pergunta se Will pode ficar com Harriet. Will nunca tinha passado a noite com ela antes, mas Gust acha que ele consegue. Vai deixar instruções detalhadas. Harriet está acostumada com ele. Não dá para chamar alguém desconhecido para ficar com ela. A mãe de Gust voltou para a Califórnia. A mãe de Susanna voltou para a Virgínia. Eles nunca precisaram de uma babá regular.

Will aceita, e Frida começa a sonhar. Após ele sair do telefone, ela pergunta se ele poderia tirar algumas fotos de Harriet. Will acha que fotos vão fazê-la se sentir pior.

— Preciso vê-la.

— Eu entendo, mas acho que você não deveria...

— Só uma ou duas fotos. Talvez um vídeo. Por favor. Não conte para ela que são para mim.

Durante a maior parte da manhã ela se mantém ocupada. Will sai para fazer coisas na rua, precisa estar na casa de Gust ao meio-dia. Frida liga para se despedir de Renee, pede desculpas por importuná-la no fim de semana. Renee a elogia pela decisão de voltar para casa.

— Talvez quando Harriet for mais velha... — diz Renee. Sua voz vai sumindo, permitindo a Frida preencher aquele silêncio com esperanças e fantasias.

Ela pergunta se Frida quer o vídeo da última visita. A assistente social o enviou há alguns dias. Frida não está pronta. Elas concordam em se falar em janeiro, se desejam boas festas adiantado. Renee sugere que ela arranje algum passatempo calmante, como fazer tricô ou cozinhar.

— Não consigo pensar em passatempos agora.

— Você vai ficar bem, Frida. Você é mais forte do que imagina.

Frida murmura um pequeno agradecimento. Ela não acredita que enganou alguém, que alguém ache que ela é boa. Talvez não exista nenhuma parte dela que continue pura e altruísta e maternal. Se eles fizessem um exame de seu cérebro agora, encontrariam pensamentos perigosos. O primeiro é que Harriet dorme profundamente. O segundo, que Will pode deixá-la entrar.

Antes de Will sair, Frida pede um outro favor. Hoje à noite, depois de Harriet ir dormir, ela quer ir até lá.

— Não vou acordá-la. Não vou tocá-la. Não vou falar com ela. Só quero vê-la.

— Frida, por favor. — Ele quer ajudar, não acha que o que aconteceu foi justo, não acha que o programa, seja lá o que houve, tenha sido justo, não com ela, ou com ninguém, mas ela poderia ser presa. Poderia causar problemas para Gust. — Já tem coisas demais acontecendo com eles.

— Eu mando uma mensagem e você me deixa entrar. O prédio deles está cheio de gente velha. Ninguém vai acordar. Eu nunca mais terei essa oportunidade. Ninguém mais faria isso por mim. Preciso vê-la. Não pude dizer adeus de forma apropriada. Você entende, eles só nos deram meia hora.

— Frida, você não deveria me colocar nessa posição. Você sabe que eu não consigo dizer não para você. — Ele a abraça e sussurra em seu ouvido: — Você vai ficar bem sozinha? Preciso ir.

Ela pede que ele pense no assunto. Se concordar, basta mandar uma mensagem para ela dizendo *sim*.

Naquela tarde, ela espera pela resposta de Will, tenta limpar sua mente. Ela pensa no dia em que Meryl foi encontrada, como ela estava depois. Meryl disse que não dormiu durante o tempo que passou no porão. Ela achava que, se dormisse, alguém iria atacá-la. Ela se sentiu como um animal, pulava com qualquer barulho. Ela estava assustada para caralho. Era pior que os exames cerebrais, pior que qualquer avaliação. O pânico nunca desaparecia. Ela disse que nada valeria aquela semana no porão, nenhuma comida, nenhum sexo, nenhuma liberdade, mas a compreensão atual de Frida sobre coisas que valiam a pena era tênue.

Seu banco ainda está aberto. Ela dirige até a filial na rua 36 e retira 8 mil dólares, tem de responder a perguntas do gerente sobre por que precisa de uma quantia tão grande. Ele diz a ela que deveria ter avisado com antecedência. Ela concorda. Ela sabe que qualquer transação acima de 10 mil dólares será reportada, pesquisou antes de vir e depois apagou a busca de seu histórico.

Ela se desculpa, diz que está indo para um casamento da família nesta noite, que é um costume chinês dar envelopes vermelhos com dinheiro dentro. Sua prima vai se casar. Seus pais pediram a ela para cuidar dos *hong baos*.

Ela recebe o dinheiro em notas de cem e esconde o envelope no fundo da bolsa. Vai até a Target e usa o dinheiro para comprar uma cadeirinha de carro, lembra-se de escolher uma cadeira grande para uma Harriet mais alta e mais pesada. Ela compra comida, petiscos que Harriet pode gostar, alimentos não perecíveis, sacos de frutas e legumes, garrafas de água. Will pode tomar a decisão por ela. Ele pode recusar. Mesmo se ele disser que sim, ela poderá perder a coragem. Mas na outra noite ele disse que a amava. Que sempre a amara. Que faria qualquer coisa por ela. Ele disse que quando Frida estiver pronta, talvez, se ela sentir a mesma coisa, eles poderão começar de novo.

No apartamento de Will, ela arruma suas roupas e seus documentos. Coloca as malas no carro. Imprime uma lista de hotéis em New Jersey e guarda seu computador. Haverá um Alerta Amber. Eles vão anunciar seu nome no noticiário. Vão mostrar sua foto. A foto de Harriet. Vão rastrear seus movimentos. Ela não sabe como roubar um carro, alterar a placa ou adotar uma nova identidade. Ela não tem uma arma. Não vai poder pegar um avião. Não pode colocar Harriet em perigo. Não há lugar neste país onde uma mãe e uma filha parecidas com elas possam ser invisíveis. Ela não está segura de estar disposta a passar anos no porão, mas qual será a importância da punição se a alternativa é nada?

Ela passa a tarde limpando o apartamento. Ela lava a roupa de Will e troca seus lençóis e toalhas. Às 22h23, ele manda uma mensagem. *Sim.*

As mãos de Frida estão tremendo quando ela veste o casaco, apaga as luzes e tranca a porta. Enquanto dirige, ela diz para si mesma que ainda pode evitar o porão. Meryl disse que, no escuro, ela pensava em Ocean, em sobreviver por Ocean.

— Eu sabia que ela iria querer que eu tentasse — disse Meryl.

Will pode mudar de ideia quando ela chegar lá. Harriet pode acordar. Mas ela iria para o porão por algumas horas, uma noite, alguns dias, uma semana com sua filha.

A cada semáforo, Frida pensa em desistir.

Nesta noite está fácil achar uma vaga. Ela estaciona o carro a alguns passos da porta do prédio de Gust e Susanna. Ela manda uma mensagem para Will e pede para ele deixá-la entrar. Talvez Meryl tenha se sentido assim quando chegou ao topo da torre do sino. Não importa o que aconteça, haverá conforto e prazer. Um momento com sua filha no qual ela dita as regras. Um final diferente.

Subindo as escadas para o segundo andar, Frida pensa em seus pais. Eles mal podem esperar para vê-la. Eles nunca ficaram tanto tempo sem vê-la. Seu pai ainda a chama de seu bebê. Eles arrumaram seu quarto. Estão arrumando a casa. Ela poderia simplesmente dar uma olhada em Harriet e pegar o avião para casa, como combinado. Apesar de seus erros, todos estavam ansiosos para vê-la na festa de família na véspera de Natal.

Will deixou a porta só encostada. A sala está repleta de brinquedos de Harriet. Há novas fotos dos três nas paredes, pinturas a guache de Harriet penduradas com fita rosa, fotos de Henry na geladeira, um moisés no saguão, pilhas de fraldas de pano, uma pilha de macacões de bebê.

Frida nunca viu a casa deles bagunçada. Ela se recusa a pensar no novo bebê, na cirurgia ou em Gust e Susanna no hospital. Ela se senta ao lado de Will e pega sua mão. Ela precisa de mais um favor. Ela quer uma hora sozinha com Harriet. Tem um bar a alguns quarteirões. Ele pode esperar lá. Ela manda uma mensagem quando tiver terminado.

— Acho que você não deveria fazer isso. E se ela acordar?

— Ela não vai acordar. Gust diz que ela dorme bem agora. Eles falaram muito sobre isso na minha audiência. Como ela dorme bem. Ela só tem problemas para dormir quando está doente. Por favor. Preciso disso. É só uma hora. Não estou pedindo para passar a noite. Eu nunca vou pedir isso de novo para você. — Ela promete ser silenciosa. Promete não acender as luzes. Só quer ver sua bebê dormindo. — Ninguém vai saber. — Ela conta a ele sobre a assistente social cronometrando seu tempo, fazendo mãe e filha posarem para fotos, de ser arrastada para fora do prédio. Ele não disse que o que aconteceu com ela foi cruel? Não disse que gostaria que elas tivessem tido mais tempo? Elas tiveram trinta minutos após um ano separadas. — Você não sabe o que eles fizeram conosco. Naquele lugar. Se eu contasse, você não acreditaria em mim.

Eles discutem por mais dez minutos. Frida olha o relógio e Will pergunta novamente a ela o que aconteceu. Com ela, com as outras mães. Por que ela não pode contar para ele?

— Eu conto depois. Prometo. Mas preciso que você faça isso por mim. Por favor. Você disse que faria qualquer coisa por mim. É isso. Se eu devo dizer adeus para ela, quero um pouco de privacidade. Eles não me deram qualquer privacidade. Eu só quero mais tempo.

Will se rende.

— Está bem.

Ele vai pegar seu casaco.

Ela o segue. Fica na ponta dos pés e o beija nos lábios. Dá a ele o beijo que teria dado em Tucker. Will é um bom homem. Um dia ele será um bom marido. Um bom pai.

— O que foi isso? — Ele tenta beijá-la outra vez.

— Nada. — Ela se afasta. — Eu amo você. Obrigada.

—Amo você também. Tenha cuidado, está bem? Ligue para mim se precisar de alguma coisa.

Quando ele sai, Frida age rapidamente. Encontra uma mochila no armário do vestíbulo. Acha o casaco de inverno de Harriet, seu gorro e as luvas, seus sapatos. Vai ao banheiro e pega a escova de dentes de Harriet, sua pasta, um vidro de xampu de bebê, uma de suas toalhas com capuz, algumas toalhas de papel. Ela entra no quarto e abre as gavetas da cômoda de Harriet, pega blusas, calças, camisetas, meias, calcinhas, pijamas e alguns cobertores.

Harriet está dormindo o sono dos mortos. Frida pega alguns bichos de pelúcia da cadeira de balanço. Ela ainda nem deu uma boa olhada em Harriet, sabe que se parar para pensar no que está fazendo, vai desfazer a mochila e colocar o quarto em ordem novamente, vai pensar em seus pais e em Will, Gust e Susanna e o bebê Henry, todos a quem ela está magoando.

Em uma hora, ela vai estar a pelo menos oitenta quilômetros da cidade. Ela não sabe o que acontece depois disso, só que tem de tirar Harriet da cama rapidamente e em silêncio. Ela se joga no chão e inclina a cabeça até o tapete. Ela sussurra:

— Sinto muito.

As instrutoras ficariam orgulhosas. Ela se move mais rápido nesta noite do que jamais se moveu na escola. Transforma seu medo em força e velocidade. Resiste à vontade de beijar Harriet quando a pega no colo. Ela enfia Baby Beth na bolsa e cobre Harriet com seu casaco de inverno. Pendura a mochila no ombro.

Ela ainda tem quarenta minutos para mudar de ideia, respeitar as regras do Estado, se salvar do porão, salvar seus pais de perderem também sua filha. Mas descendo as escadas, tentando não perturbar Harriet, ela se sente feliz e inteira. Elas estão juntas, como deveria ser.

Ninguém as vê saindo do prédio. Ninguém vê quando ela prende Harriet na nova cadeirinha e a cobre com um cobertor até o queixo. Ela liga o aquecedor, daí sai dirigindo cuidadosamente. Ela está na via expressa, indo para o norte, quando Harriet acorda.

— Mamãe.

A voz de Harriet a assusta. Harriet não costumava acordar falando palavras. Por um segundo, Frida se sente orgulhosa, então percebe que Harriet está chamando Susanna.

Ela para no acostamento, liga o pisca-alerta e se junta a Harriet no banco traseiro.

— Sou eu — diz ela. Ela dá a boneca a Harriet, a beija na testa e fala em tom maternal perfeito — Não fique assustada, Bub. Estou aqui. Mamãe está aqui.

Os olhos de Harriet ainda estão semicerrados.

— Por quê? Por que você aqui?

— Voltei para pegar você. Nós vamos viajar. De férias.

Demora vários minutos para acalmá-la, para dizer a ela para não se preocupar com papai e mamãe Sue-Sue, com tio Will e com o bebê Henry, para explicar que ela vai passar um pouco de tempo com a mamãe, que esse tempo nunca será suficiente.

— Eu não poderia deixar você partir desse jeito. Não com aquela mulher má. Não naquela sala. Não vou perder você.

Harriet esfrega os olhos. Ela olha pela janela.

— Está escuro, mamãe. Estou com medo. Estou com medo. Aonde estamos indo, mamãe?

Frida segura as mãos de Harriet, beija os nozinhos e as pontas dos dedos.

— Não sei ainda.

— Podemos ver a lua?

Frida ri.

— Podemos olhar a lua mais tarde, claro. Talvez a gente consiga até ver estrelas hoje. Você nunca ficou acordada até tão tarde, não é? Vai ser bom este tempo juntas, Bub. Por quanto tempo conseguirmos. Volte a dormir, certo? Não fique com medo. Eu vou tomar conta de você. Amo você tanto. Eu voltei, entende? Vou ficar com você.

Ela começa a murmurar. Acaricia a bochecha de Harriet, que pega a mão de Frida e a segura contra seu rosto, se aconchegando nela como um travesseiro.

— Mamãe fica comigo. Você vai pôr eu para dormir?

— Vou. Vamos achar um lugar bonito e confortável para dormir. Você pode dormir do meu lado, está bem? Lembra, você costumava gostar disso. Podemos fazer isso toda noite. Vou abraçar você.

Frida pensa em Emmanuelle na grama. Na boneca olhando para o sol. Sua outra filha, veículo de sua esperança. De seu amor.

— Podemos ter um abraço em família.

Ela espera até Harriet fechar os olhos. Se ela tivesse conseguido reconfortar Harriet dessa forma no outono passado. Se ela tivesse sido uma mãe melhor.

Ela volta ao banco do motorista lembrando-se das aulas no armazém, de assistir ao vídeo do aniversário de Harriet enquanto Emmanuelle gritava. Quando volta à estrada, ela olha pelo retrovisor. Harriet está completamente imóvel. Logo, em horas, ou dias, se ela tiver sorte, haverá sirenes. Haverá mais guardas, mais mulheres, um tipo diferente de uniforme.

Frida tem as fotos na bolsa. Quando chegarem à primeira parada, ela vai esconder a foto dela com Emmanuelle no bolso interno do casaco de Harriet, onde apenas Gust e Susanna vão olhar. Quando acharem, vão fazer perguntas. Vão levar a foto para Renee. Renee vai fazer perguntas. Quando for mais velha, Harriet vai fazer perguntas. Frida vai dar a ela uma foto de sua visita final também.

Harriet vai aprender uma história diferente. Um dia, Frida vai contar ela mesma a história a Harriet. Sobre Emmanuelle e o líquido azul. De como Harriet certa vez teve uma irmã, como sua mãe queria salvar sua irmã. Como sua mãe amava muito as duas meninas. Ela vai contar a Harriet sobre Roxanne e Meryl. Vai contar a Harriet sobre a mãe que era, os erros que cometeu. Vai contar a Harriet sobre gerar uma nova pessoa em seu corpo, como a criação dessa pessoa desafia a linguagem e a lógica. Aquela ligação, ela vai contar a Harriet, não pode ser medida. Aquele amor não pode ser medido. Ela gostaria de saber se Harriet algum dia gerará uma nova pessoa, se ela estará de volta à vida de Harriet quando isso acontecer. Ela gostaria de dizer a Harriet que ela pode ajudar a cuidar dessa pessoa. Que ela pode ser cuidadosa. Ela vai convencer sua filha a confiar nela. *Sou uma mãe ruim*, ela vai dizer. *Mas aprendi a ser boa.*

Agradecimentos

Por todo tempo em que estive trabalhando neste romance e sonhando com sua publicação, também estive ansiosa para agradecer. Minha mais profunda gratidão às pessoas e instituições que foram fundamentais na criação deste livro e apoiaram minha vida de escritora:

À equipe Frida. A Meredith Kaffel Simonoff, minha agente feroz e deslumbrante, por nossa colaboração e parceria literária. Aos meus brilhantes editores, que entenderam o coração e o propósito deste livro e me mostraram como chegar lá. Dawn Davis, pela orientação e pela resolução de problemas de forma amorosa e elegante, tornando meu manuscrito mais enxuto e significativo, e por me orientar a respeito de livros, carreira e maternidade. Jocasta Hamilton, pela abundante sabedoria, magia e humor. Marysue Rucci, Charlotte Cray e Ailah Ahmed, por tomarem as rédeas com tanto carinho e brio. Trabalhar com vocês foi um sonho realizado.

À equipe Simon & Schuster. Jonathan Karp, Dana Canedy e Richard Rhorer, que lutaram por este livro. Brittany Adames, Hana Park e Chelcee Johns, que conduziram o navio. Morgan Hart, Erica Ferguson e Andrea Monagle corrigiram minha linha do tempo e consertaram muita coisa. Jackie Seow, Grace Han e Carly Loman projetaram a casa mais linda para as minhas palavras. Rhoads e Chonise Bass conectaram este livro aos leitores.

À equipe Hutchinson Heinemann. Laura Brooke, Sarah Ridley, Olivia Allen, Henry Petrides, Linda Mohamed, Claire Bush, Rose Waddilove, Emma Gray Gelder, Mat Watterson e Cara Conquest, obrigada por suas paixão e visão.

Na CAA e na DeFiore & Company, muita gratidão às intrépidas Michelle Weiner e Jiah Shin; seus assistentes Zachary Roberge e Kellyn Morris, Jacey Mitziga, Dana Bryan, Emma Haviland-Blunk e Linda Kaplan pelo trabalho incansável em meu nome.

Diane Cook e Catherine Chung, minhas mentoras na escrita de romances e queridas amigas, pela leitura de rascunhos e conversas estimulantes. O conto de Diane, "Moving On", de sua aclamada coleção *Man v. Nature*, também foi uma inspiração inicial para a escola.

Keith S. Wilson e Yvonne Woon, por lerem e discutirem com entusiasmo um capítulo revisado de cada vez e sempre exigirem o próximo capítulo. Agradecimentos adicionais a Keith por servir como consultor de tecnologia informal.

Amigos que generosamente leram todo o manuscrito ou partes: Naomi Jackson, Annie Liontas, Sarah Marshall, Lizzy Seitel, Chaney Kwak, Sean Casey e Lindsay Sproul. Agradecimentos especiais a Lydia Conklin e Hilary Leichter pela leitura e pela torcida em todas as etapas.

Pelo suporte transformador que me deu tempo, espaço e apoio financeiro, agradeço: a Elizabeth George Foundation, o Anderson Center, a Jentel Foundation, o Kimmel Harding Nelson Center, a Helene Wurlitzer Foundation e o Virginia Center for the Creative Arts. Agradecimentos especiais à Ragdale Foundation por ter dado uma chance a mim em 2007.

A Bread Loaf Writers' Conference significou muito para mim. Este projeto teria permanecido um conto obscuro se não fosse um impulso crucial de Percival Everett. Obrigada, Percival, por ver um romance nas páginas que enviei para seu workshop. A Lan Samantha Chang e Helena María Viramontes, pelos excelentes conselhos e grandes sonhos. A Michael Collier, Jennifer Grotz e Noreen Cargill, pelo primeiro voto de confiança.

Meus professores em Brown e Columbia: Robert Coover, Robert Arellano, Ben Marcus, Rebecca Curtis, Victor LaValle, David Ebershoff (alegria e admiração!), Sam Lipsyte, Stacey D'Erasmo e Gary Shteyngart.

Obrigada por me ensinarem sobre artesanato, literatura e perseverança. Escrevi minhas primeiras histórias na oficina de ficção inicial de Jane Unrue, em Brown, em 1997. Obrigada, Jane, por me colocar neste caminho.

Thomas Ross e Rob Spillman na *Tin House*, Michael Koch na *Epoch*, e seus colegas, por publicarem minhas primeiras histórias.

Minha família na *Publishers Weekly*, pela oportunidade de aprender sobre a indústria enquanto trabalhava com os melhores leitores imagináveis.

Beowulf Sheehan, por sua gentileza e seu talento.

Carmem Maria Machado, Diane Cook (de novo), Robert Jones Jr., Leni Zumas e Liz Moore por suas palavras.

Erin Hadley, pelo apoio emocional e pela história fundamental. Erin O'Brien, Brieanna Wheeland, Samuel Loren e Bridget Sullivan, por conselhos sobre a Vara de Família e a medicina pediátrica.

Os jornalistas e estudiosos cujo trabalho influenciou o desenvolvimento desse mundo ficcional de maneiras tangíveis e intangíveis. Da *New Yorker*, "Where Is Your Mother?", de Rachel Aviv, e "The Talking Cure", de Margaret Talbot, surgiu o interesse inicial. O artigo de Talbot também inspirou a contagem de palavras das bonecas e me apresentou à maneira de falar das mães com as crianças. Devo ainda mencionar as seguintes leituras: "Foster Care as Punishment: The New Reality of 'Jane Crow'", de Stephanie Clifford e Jessica Silver-Greenberg no *New York Times*; *What's Wrong with Children's Rights*, de Martin Guggenheim; *Nobody's Children*, de Elizabeth Bartholet; *Beyond the Best Interests of the Child*, de Joseph Goldstein, Anna Freud e Albert J. Solnit; *Small Animals*, de Kim Brooks; *To the End of June*, de Cris Beam; *Perfect Madness*, de Judith Warner; *All Joy and No Fun*, de Jennifer Senior.

Os professores e funcionários da Escola Comunitária Infantil do Oeste da Filadélfia e as babás amorosas de minha filha — Pica, Alex, Angel, Madeleine, Daniella e a professora Alex —, cujo trabalho árduo me permitiu terminar este livro.

Minha querida amiga, Bridget Potter, em cuja idílica cabana comecei a escrever a história de Frida em fevereiro de 2014.

Amigos que me ouviram e incentivaram: Sara Faye Green, Emma Copley Eisenberg, Jamey Hatley, Meghan Dunn, Crystal Hana Kim,

Vanessa Hartmann, Steven Kleinman, Gabrielle Mandel, Shane Scott, Rui Dong-Scott, Claw e meus colegas do GPP, meu grupo de escritores do Brooklyn, amigos da residência e os garçons e funcionários do Bread Loaf, de 2013 a 2015. A falecida Jane Juska. Dorit Avganim, Ellen Moscoe e Jordan Foley, minha equipe de mães em West Philly. Muriel Jean-Jacques, Kristin Awsumb Liu, Maya Bradstreet, Nellie Hermann e Jenny Tromski, gente que tem fé em mim há mais de duas décadas.

Minha madrinha Joyce Fecske e as famílias Chan, Soong, Wang, Kao, Diller, Hodges e Sethbhakdi, obrigada por seu amor e apoio. Minha amada irmã, Audrey Chan, e meu cunhado, Jason Pierre, pela solidariedade e pelo fôlego da família Chan. À memória amorosa de meus avós, especialmente minhas avós, Chin-Li Soong e Soolsin Chan-Ling.

Meus pais, James e Susy Chan, pelo amor sem limites, uma infância cheia de livros e arte, paciência, generosidade, pais e avós dedicados e seu bom exemplo. Não posso agradecer o suficiente por tudo o que vocês fizeram para tornar este livro, minha escrita e minha família possíveis. Obrigada por sempre acreditarem em mim.

Meu marido, Adam Diller, por seu amor, cuidado e trabalho pesado, por essa felicidade, nossa família e nosso pássaro. Sou capaz de escrever por causa da vida que construímos juntos.

Minha filha, Lulu. Quando tinha três anos e meio, você me pediu para incluir seu nome no meu livro. Aqui está. Eu amo ser sua mãe e vou tentar ser boa.

ESTE LIVRO, COMPOSTO NA FONTE FAIRFIELD,
FOI IMPRESSO EM PAPEL PÓLEN NATURAL 70G/M² NA CORPRINT,
SÃO PAULO, BRASIL, OUTUBRO DE 2022.